Eva Zeller
Nein und Amen

Eva Zeller

Nein und Amen

Autobiographischer Roman

Deutsche Verlags-Anstalt
Stuttgart

CIP-Kurztitelaufnahme der Deutschen Bibliothek

Zeller, Eva:
Nein und Amen: autobiogr. Roman /
Eva Zeller. 2. Aufl. – Stuttgart:
Deutsche Verlags-Anstalt, 1987.
ISBN 3 421 06315 X

Gesamtherstellung: Wilhelm Röck, Weinsberg
Printed in Germany

»Für Liselotte«

Hier braucht man nur die Fernsehantennen von den Dächern wegzudenken, ein paar Wartburgs und Trabants von den Straßen, und schon sieht das Dorf aus wie vor vierzig Jahren; rein gar nichts hat sich verändert, nicht die Häuserfronten (die sind nur schäbiger geworden), nicht die Straßennamen auf den Emailleschildern, Untertor, Obertor, Burgstraße, Kirchstraße, Raetzerstraße, nicht die Laternen, an denen die Schilder derart angebracht sind, daß sie wie Galgen aussehen; die Lichtgehäuse aus je zwölf, um eine bauchige Mitte gelehnten, sich nach oben und unten verjüngenden, schmiedeeisengefaßten Tafeln sind mückenverklebt, fliegenbeschissen wie eh und je; und das Kopfsteinpflaster! Herr des Himmels, wer hier laufen gelernt hat, fällt, sollte man meinen, so leicht nicht auf die Nase. Ob diese Kugeln, Klötze, Würfel, Buckel, Prismen, hochkantigen Keile je von Menschenhand behauen wurden, steht dahin. So grob und unsortiert und ungefügt ist der Straßenbelag in den Boden gerammt, als sei er wie die Delle von Gletschern hingesetzt. Kein Stein gleicht dem anderen, nur hart sind sie alle, mit glatter oder geriffelter Oberfläche trotzten sie der Zeit, den Menschenfüßen, Pferdehufen, Wagenrädern unter Kartoffelfuhren, den Langholzfuhren, Ernte-, Lehm- und Mistladungen, den strohverpackten irdenen Töpferwaren, die hier getöpfert werden – selbst deutsche und russische Panzerketten haben das Teufelspflaster nicht einebnen können.

Die Delle liegt vor den Toren des Dorfes, vorm Untertor, genau gesagt. Das Dorf hat drei Tore, denn es war einmal ein Städtchen, ein trutziges, unbesiegbares, wie die Chronik wissen will, ein ganz und gar uneinnehmbares, von hohen Erdwällen, klaftertiefen Wassergräben sowie einem unbetretbaren Sumpfgürtel umgebenes Düwelsnest an der großen Heerstraße, die von Magdeburg über Brandenburg nach Berlin führte. Die Delle ist keine zwei Kilometer vom Untertor entfernt, weiß der Kuckuck, weshalb sie so entlegen erscheint, so unzugänglich, so außer Ruf- und Schußweite. Dabei führen drei Wege in die Delle: Der Trampelpfad durch die tiefgelegenen sauren Wiesen folgt am Pechnelkenberg vorbei den Windungen eines Baches; der zweite, den nur Ortskundige kennen, quetscht sich durch die Lücke, einem engen Gang zwischen Scheunenwänden und scherbenbesetzten Hof- und Gartenmauern und weiter unter Disteln und Weißdorn ins Freie und folgt hakenschlagend den Feldrainen; der dritte, breiteste, ist die Verlängerung der Raetzerstraße, der einem, im Auf und Ab sanfter Windungen, schönen, weichen Sand unter die Sohlen legt.

Die Delle ist kein Ausflugsziel. Die einzige Sehenswürdigkeit in dieser Gegend ist die Wüste Kirche Dangelsdorf in der Nonnenheide. Im 15. Jahrhundert haben Quitzows wilde Scharen oder Hussitenhorden die Kirche geschleift; es gibt da mehrere Lesarten in den Heimatkundebüchern. Sehr alte, steife Fotografien zeigen Schulklassen, Schützen- und Männergesangvereine auf den bemoosten Grundmauern und Erdstufen der Ruine. Ein Volksschullehrer entdeckte bald nach dem Weltkrieg, der damals noch nicht der Erste hieß, unter rankenziehenden Brombeerbüschen und Berberitzensträuchern den Eingang zu einem Verlies und fand neben bleigefaßten Glasscherben ein Paar guterhaltene Handschellen. Berühmt aber wurde die Kirchenruine Dangelsdorf, weil hier zwischen dem zusammensinkenden Gemäuer die Franzosen Anno 1812 auf ihrem elenden Rückzug aus Rußland ihre Kriegskasse vergraben und sie sich, die Halunken, zwanzig Jahre später wiedergeholt haben. Die Chronik berichtet, ein feingekleideter Herr sei eines Tages in der Nähe der Ruine aufgetaucht und habe den dummen Hütejungen des Försters Schönrock für einen Lohn von drei Talern überredet, ihm um Mitternacht einen Spaten und eine Laterne zu bringen und ja keiner Menschenseele davon zu sagen. Der Depp von Hütejunge habe dann auch noch die brennende Laterne gehalten, damit der Franzos' seinen Schatz schön finden konnte. Diese historischen Szenen haben Jungvolkjungen und Jungmädel der Hitlerjugend eines Tages an Ort und Stelle in einem Stegreifspiel nachgespielt. Sie haben wilde Schlachten mit Stöcken als Schutz- und Trutzwaffen geschlagen, bei denen alle auftreten durften, und sind zu Zuschauern geworden, als Elfriede Jänicke in die Hosenrolle des feingekleideten Herrn schlüpfte, von dem die Chronik erzählt; der Förster Schönrock, der zum Schluß des Spiels seinem Hütejungen die Ohren lang und die Hosen stramm zu ziehen hat, wurde von Kurt Jüngels dargestellt.

In die Delle kommen die organisierten Jugendgruppen auch schon mal: zu Geländespielen, Schnitzeljagden, Lagerfeuern. Manchmal holen sie Wasser zum Abkochen aus Frau Jüngels Hofpumpe. Ihren selbstgestickten Wimpel tragend, verschwinden sie wieder zwischen zwei gekrümmten Waldstücken in einem der Talwege, die zu sandig sind, um Spuren zu hinterlassen. *Zwischen Berg und tiefem, tiefem Tal*, singen sie, *saßen einst zwei Hasen, fraßen ab das grüne Gras bis auf den Rasen.*

Sonst liegt die Delle unbeteiligt an den Zeitläuften. Die Maulbeersträucher wachsen, setzen kätzchenartige Blüten und weiße Beeren an. Hin und wieder radelt der Postbote zur Raetzerstaße hinaus, um den Jüngels Drucksachen über Seidenraupenzucht zu bringen. Den Völkischen Beobachter oder das Regionalblatt, den

Anzeiger für Görzke und Ziesar, liest man in der Delle nicht. Kurz vor der Machtübernahme ist den Jüngels, die aus Schlesien stammen, in einer verzwickten Erbfolge das Haus in der Delle zugefallen. Der Mann, das merkte man schnell, war ein Einzelgänger, wie er im Buche steht, einer, bei dem man nie wußte, woran man war, es dauerte eine Ewigkeit, bis er die Lippen auseinanderbekam, man hätte reineweg denken können, er sei taubstumm. Den Leuten kam er nie ganz geheuer vor, was Wunder, daß er sowas Ausgefallenes wie eine Seidenraupenzucht betrieb. Die arme Frau, so hinterm Mond leben zu müssen mit dem spinnerten Mann, bald auch ohne die beiden Söhne; die wollten was Besseres sein und gingen nach Barby zur Oberschule. Nur an den Wochenenden und zu den Ferien kamen sie angeradelt, als ob sie nicht einmal das Fahrgeld für die Bahn hätten. Der Jüngere hatte eine Trompete, die in einer schwarzen Kunstlederhülle steckte, hinten auf seinen Gepäckträger geschnallt.

Es dauert eben seine Zeit, bis so eine Seidenraupenzucht etwas abwirft; erst müssen die Maulbeersträucher wachsen in der windgeschützten Delle, um den gefräßigen Raupen Futter bieten zu können, die müssen sich dann einspinnen in ihren kleinen seidenen Särgen. Was dabei herauskommt, ist bestimmt zum Leben zu wenig und zum Sterben zu viel. Da war Frau Jüngels Gewerbe als gelernte Damenschneiderin schon einträglicher. Es sprach sich rasch herum, wie prompt und flott sie arbeitete, ihre Spezialität waren Brautkleider; auch zum Schleierstecken holte sie bald jede Brautmutter zu ihrer Tochter. Doch was man besonders hoch schätzte, war Frau Jüngels Verschwiegenheit. Obwohl sie beim Maßnehmen für das Brautkleid genau feststellen konnte, ob hier eine Mußheirat vorlag oder nicht, erfuhr die nächste Kundin kein Sterbenswort von ihr.

Als der Krieg ausbrach, war der älteste Sohn, Richard

Jüngels, unter den ersten Opfern, sein Name wird als oberster in goldener Schrift auf dem schwarzen Sockel des Kriegerdenkmals eingraviert.

Als der Krieg ausbrach, sagte der Führer, er selber habe damit auch jenen Rock wieder angezogen, der ihm der heiligste und teuerste sei, und er werde ihn nur nach dem Sieg wieder ausziehen, oder er werde dieses Ende nicht erleben. Es sei gänzlich unwichtig, ob wir leben, wichtig sei nur, daß unser Volk und Deutschland lebe.

Außer dem Bürgermeister und dem Ortsgruppenleiter, die von Amts wegen verpflichtet waren, gingen auch Frau Jüngels' Kundinnen in die Delle, um ihr Beileid auszusprechen. Das Wort Held flößte noch niemandem Angst ein, ein großgeschriebenes, unantastbares Wort aus Schulbüchern und Zeitungen, ein schwarzumrandetes, das in der Zusammensetzung mit Tod vorkam: ... *erlitt den Heldentod mein über alles geliebter, lebensfroher Junge im blühenden Alter von 21 Jahren ... er erfüllte seine Heldenpflicht bis zum letzten ... Du zogst in den Kampf mit stolzem Herzen, wir bleiben zurück in herben Schmerzen ...* Held, ein geflügeltes Wort, das alle Bedenken weit unter sich läßt in stolzer Trauer, ein Engel unter den Wörtern. Ein Held ist nicht eigentlich tot, sondern ist mitten unter uns, *seine schäumende Jugendkraft, sein Draufgängertum ist uns ewiges Vorbild ... der Kampf geht weiter in seinem Geist ... sein letzter Gedanke galt dem Führer ... das deutsche Volk jedoch weiß auch Verluste zu ertragen, Opfer lassen die Größe des Volkes nur wachsen ...*

Jüngels haben keine Todesanzeige in die Zeitung gesetzt. Tage vergehen, bis es sich herumgesprochen hat, daß es den ersten Gefallenen gibt. Einen Blumenstrauß in der Hand radelt meine Mutter in die Delle. Eine vergrößerte, gerahmte, mit roten und weißen Nelken bekränzte Fotografie von Richard, so erzählt Mutter, habe schräg gegen ein Sofakissen auf der Chaiselongue gelehnt. Frau Jüngels habe erst allmählich zu Tränen gefunden und sich dann in Mutters Armen ausgeweint. Die kleine Rosa habe mitgeweint, vielleicht begreife sie doch mehr als man sich vorstellen könne. Der schräg nach vorn kippende Spiegel über dem Vertiko sei mit einem schwarzen Tuch verhängt gewesen, die Schneiderpuppe übrigens auch, und die Standuhr habe man angehalten; auf dem Vertiko habe ein Bild von Richards jüngerem Bruder Kurt gestanden.

Wenn ich meine Mutter zu Anproben begleitete oder selber ein neues Kleid von Frau Jüngels genäht bekam, hat Kurt sich manchmal herbeigelassen, Verstecken mit mir zu spielen. Er hat mich immer rasch gefunden zwischen den Reihen der Maulbeersträucher, in beiseite gestellten Kisten im Hof, hinter den Kaninchenställen. Ehe ich die rettende Hauswand erreichte, faßte er mich am Schlafittchen und hielt mich länger als nötig fest. Er dagegen hat sich selten finden lassen. Wie vom Erdboden verschluckt blieb er in seinem Versteck, durch kein Versprechen, kein Schmollen hervorzulocken. Von einer anderen Richtung, als man hätte vermuten können, kam er endlich angeschlendert oder stand schon hinter mir, um mir seine beiden Hände auf die Augen zu legen: Rate, wer ich bin. Oder er hat mich in den April geschickt und ließ mich Dinge suchen, die es gar nicht gab. April, April! Kurt war es auch, der mich darüber aufklärte, daß man seine ausgefallenen Milchzähne rückwärts über den Kopf werfen und sich dabei etwas Schönes wünschen müsse; man dürfe sich aber nicht umdrehen, sonst gehe der Wunsch nicht in Erfüllung.

Der Krieg tobt nun schon fast zwei Jahre. Tobt sagt man noch nicht, denn wir eilen von Sieg zu Sieg. Rommel ist zur Offensive übergegangen. Einheiten des deutschen Afrika-Korps stoßen in der Wüste bei Sollum an der ägyptischen Grenze vor. Der Balkankrieg ist siegreich beendet. Die jugoslawische Armee hat kapituliert. Wir landen auf Kreta. Der Krieg findet in den Wochenschauen statt vor Filmen wie *Hauptsache glücklich* mit Heinz Rühmann und Hertha Feiler oder *Liebe zollfrei* mit Hans Moser. Die Sturzkampfbomber greifen an. Die deutsche Reichskriegsflagge wird allenthalben gehißt. Wir sehen, wie sie gehißt wird. Sehen das stolze Lachen des Soldaten, der sie hißt. Am Himmel schweben Fallschirmjäger.

Am 13. Mai verunglückt der Stellvertreter des Führers, der Parteigenosse Rudolf Heß. Obgleich ihm wegen seiner seit Jahren fortschreitenden Krankheit vom Führer strengstens verboten war, sich noch fliegerisch zu betätigen, hat er, entgegen dem Befehl, es vermocht, sich in den Besitz eines Flugzeuges zu bringen, und zwar einer Me 110. Der Führer steht vor einem Rätsel. Am 10. Mai gegen 18 Uhr startete Heß von Augsburg aus zu einem Flug, von dem er nicht zurückkehrte. Ein hinterlassener Brief zeigt in seiner Verworrenheit leider Spuren geistiger Zerrüttung, welche befürchten läßt, daß er in selbstmörderischer Absicht in den Tod geflogen ist.

Meine Großmutter schüttelt den Kopf. Meine Mutter sagt: der arme Mann. Was mein Vater dazu zu sagen hat, will ich gar nicht wissen. Onkel Hans sagt: Wie soll sich einer da ein Bild machen. Er ist jetzt auch eingezogen als Zahlmeister im besetzten Holland. Mein Kreis ist wieder Kreis Jericho I, denn ich bin aus dem Reichsarbeitsdienst wegen Untauglichkeit entlassen. Ein Stempel muß meine Untauglichkeit noch besiegeln. Kein Wort von Flucht, von unerlaubter Entfernung aus dem Lager. Nach einem dreiwöchigen Krankenhausaufenthalt bin ich wieder da, wohin ich meiner Meinung auch gehöre: zu Hause. Ein zutrauliches Wort. Nur Ausgleichsdienst muß ich leisten.

Mit Rücksicht darauf, daß ich noch erholungsbedürftig bin, wird mir keine schwere körperliche Arbeit abverlangt. Ich kann mich nicht beklagen. Beim Deutschen Frauenwerk, Abteilung Volkswirtschaft, Beratungsstelle Ziesar, arbeite ich mit bei der Aufklärungskampagne für deutsche Hausfrauen. Es geht um richtige Kartoffellagerung, um die Urlaubsregelung von Hausangestellten – sieben Tage im Jahr –, es geht um die Vermittlung von Pflichtjahrmädchen, und es geht – immer unter dem Aspekt des Vierjahresplanes – um Wildgemüse zur Anreicherung des Speisezettels und um die Einsparung von Millionen Seifenstücken. Wenn nämlich jede deutsche Hausfrau, durch deren treue Hände das Volksvermögen geht, jedes Seifenstück an einem Bindfaden aufhängt, anstatt es im Nassen liegen zu lassen, können Wunder an Ersparnissen erbracht werden.

Ist es statthaft, im Tonfall von damals, ausgerüstet mit meinem heutigen Bewußtsein, zu erzählen, wie es gewesen ist? Läuft es nicht auf Beteuerungen hinaus: So ist es wirklich gewesen. Ob ihr's glaubt oder nicht. Natürlich glaubt ihr's nicht. Ich müßte also mein eigener Zeitgenosse von damals werden, müßte meinem heutigen Welt- und Lebensgefühl entsagen. Müßte die Vergangenheit zur Gegenwart machen und berichten: Es geht in jenen Maitagen 1941, von denen die Rede ist, um Gänseblümchen als Brotaufstrich. Aber die Worte entziehen sich uns. Jedes Wort, ganz und gar jedes Zitat, dreht uns den Rücken zu, will nicht gewesen sein, was es war, denn sonst ist es der Verdammnis, zumindest der Lächerlichkeit preisgegeben.

Wie also soll man die Stimmung beschreiben, die wie das Wetter von höherer Instanz erzeugt wurde? *Denn keiner melde dem Führer, daß in seinem Gau, in seinem Kreis, in seiner Gruppe oder in seiner Zelle die Stimmung schlecht sei. Verantwortliche Träger der Stimmung sorgen für Stimmung in ihrem Bereich, so wie der Führer für die Stimmung des ganzen deutschen Volkes sorgt.*

Ich fahre mit dem Triebwagen um 6 Uhr 50 nach Ziesar, sitze an einer hochrückigen Schreibmaschine und entwerfe aufgrund mir zur Verfügung gestellten Aufklärungsmaterials Aufrufe zur richtigen Kartoffellagerung, zur Einsparnis von Seife, zur Wiederverwendung der Waschlauge, wie auch einen ausführlichen Ankündigungstext für eine große Sammelaktion von Wildgemüse als wertvolle Bereicherung des Küchenzettels. *An die deutschen Hausfrauen, die guten Willens sind...* alle deutschen Hausfrauen sind guten Willens. *An die deutschen Hausfrauen* Ausrufungszeichen. *Wie der Reichsausschuß für Volkswirtschaft mitteilt, ist ein Drittel der Bevölkerung in den USA unterernährt, weil es nicht genügend mit Vitaminen versorgt ist. Wir aber können trotz Bewirtschaftung der Grundlebensmittel unseren täglichen Vitaminbedarf leicht durch Wildgemüse decken. Es gibt kein Unkraut* Ausrufungszeichen. *Was an Feldrainen, in Gräben, auf Wiesen und Schotterhalden wächst, darf nicht verachtet werden. Unter Wildgemüse fällt: Sauerampfer, Brennessel, Löwenzahn, Huflattich, Vogelmiere und Hirtentäschel, und unter Wildgemüse fällt das unauffällige Gänseblümchen. Die Blattrosetten enthalten außer Vitaminen auch wichtige Mineralstoffe und Nährsalze und sind, zerstampft, mit Margarine und Zwiebel vermischt, ein schmackhafter Brotaufstrich oder auch eine würzige Zugabe für Suppen und Saucen*, nein, Tunken, man sollte immer das deutsche Wort wählen. Nicht trocken Brot, sondern Gänseblümchen als Brotaufstrich macht Wangen rot.

Ich arbeite zur vollen Zufriedenheit meiner Vorgesetzten.

Zum erstenmal ist, seit ich denken kann, meine Mutter bettlägerig, und ich muß an ihrer Stelle eines Sonntags in die Delle. Auch ich trage einen Blumenstrauß, gehe den gangbarsten Weg, die Raetzerstraße, hinaus, gehe schnell, will es hinter mich bringen, das Beileidaussprechen, Umarmen, Mitweinen, denn nun ist Kurt, Jüngels zweiter Sohn, gefallen. Ich werde nicht wissen, was ich sagen soll, es ist mein erster Kondolenzbesuch. Ich trage einen braunweiß gesprenkelten Rock, den ich mir aus einem Vorhang selber geschneidert habe, und eine Berchtesgadener Jacke; ich sehe wie verkleidet aus; das kann behauptet werden, weil jemand, der mich von dem tiefergelegenen Wiesenpfad aus über die hellbeschienenen Wegbuckel auf- und wieder untertauchen sieht, mir schreiben wird, ich habe wie verkleidet ausgesehen. Ein alter Hund und ein paar Kinder aus der Raetzerstraße rennen noch ein Stück weit mit; die Kinder kehren um, als sie hören, daß der Leierkastenmann ins Dorf gekommen ist. Der Hund läuft vor mir her, mit seiner schwarzen Nase hundert Gerüche ausmachend, die er in seiner guten Zeit voneinander unterscheiden konnte. Mit einem Mal täuscht er eine lahme Pfote vor, läßt mich vorbei, macht hinkend kehrt, trottet zurück, ohne sich umzudrehen. Mein *Komm Dux, komm!* geht unter in dem schluchzenden, jauchzenden Leierkastenlied: *Freut euch des Lebens, solange noch das Lämpchen glüht.*

Draußen zwischen den Feldern ist es still. Die Saat steht halbhoch. Die wilden Kirschen blühen. Die Weißdornhecken. Die schrägen Schnitte in den Kieferstämmen sind nicht die Signaturen Verliebter, sondern Zapfstellen, aus denen das Harz tropft. Ich achte auf das Wildgemüse, auf das ich nie geachtet habe. Ich gehe rasch. Durchquere, was ich inbrünstig Heimat nenne, um derentwillen es Helden geben muß.

Bei den Jüngels' auf der Chaiselongue in der guten Stube das schräg gestellte Bild von Kurt. Er war bloß Gefreiter. Er lacht. Er hat ein tiefes Grübchen im Kinn und lange, nach oben geschwungene Mädchenwimpern. Rate, wer ich bin. Wovor ich mich gefürchtet habe, das laute Weinen, die Umarmung bleiben mir erspart. Frau Jüngels weint nicht mehr. Sie schiebt mich mit steifem Arm zu einem Stuhl am Fenster. Alles wäre aber leichter, wenn sie nur weinte. Ich setze mich an den Tisch. Ich sage: Ich soll Sie von meiner Mutter grüßen. Frau Jüngels nickt und fragt, seit wann ich sie sieze. Sag weiter du zu mir. Ich sitze am ebenerdigen Fenster und sehe im Garten Rosa stehen. Jüngels' haben noch eine Tochter, einen Nachkömmling, der geboren wurde, als Frau Jüngels schon weit über die vierzig war, ein Sorgenkind, mit dem sie ihre liebe Müh und Not haben, eine Strafe des Himmels, sagen die Leute, ein Ausbund von Häßlichkeit, ein armes Wurm, zum Gotterbarmen, so verschandelt, sowas lebt... Das Kind heißt Rosa, es wird getuschelt, nach Rosa Luxemburg, aber die Leute reden viel, vielleicht haben die Jüngels sich in die Delle verkrochen, um Rosa das Spießrutenlaufen zu ersparen, wer weiß. Rosa hat schräggestellte Augen, einen tiefen Knick über der Nasenwurzel und verschrumpelte Ohrmuscheln; bewegen tut sie sich, als seien alle Gelenke ausgeleiert. Sie steht am Fuß einer Leiter. Zwei Hosenbeine steigen eine und noch eine Sprosse tiefer, bis Herr Jüngels im Garten steht. Über Rosas Kopf hinweg spricht er mit jemandem, der nicht zu sehen ist. Mit vorgestrecktem Arm tritt er aus dem Fensterausschnitt. Um Gottes Willen, sagt Frau Jüngels, da ist jemand gekommen. Er will doch keinen sehn.

An das Eintreten der beiden Männer in Jüngels' gute Stube werde ich mich noch oft erinnern. Das ist ein Kamerad von Kurt, sagt Herr Jüngels, er opfert einen Urlaubstag, um uns zu besuchen. Ich sehe mich den dunkelsten Augen gegenüber, die mir je begegnet sind. Soll ich Kaffee kochen? frage ich und gehe schon zum

Vertiko, um Tassen, Untertassen und Kuchenteller zu holen. Das Vertiko ächzt. Die Spiegelkonsole ist verhängt. Vor dem schwarzen Tuch in postkartengroßen Stehrahmen die beiden Bilder, die ich schon lange kenne: eine Maria, sich sträubend gegen die Verkündigung des Engels, eine zweite, die Füße des Herrn mit den Haaren trocknend. Jüngels' sind die einzigen Katholiken weit und breit, was übrigens beweist, so meine Mutter, daß Rosa nicht nach Rosa Luxemburg benannt worden sein kann. Ich kenne die drei Tauftassen mit den Silberrändern und den verschnörkelten Silbernamen *Richard Kurt Rosa*, an Kindergeburtstagen wurden sie hervorgeholt. Nicht auszudenken, was geschähe, wenn ich die beiden Tassen der Toten auf den Tisch stellte.

In der Küche lege ich Holz im Herd nach und warte auf das Kochen des Wassers. Das Überhandtuch ist blau bestickt: *Eigner Herd ist Goldes wert.* Viel braun und weiß glasiertes Bunzlauer Geschirr auf den Borden, dazwischen Baldriantropfen und Hopfen-Einschlaf-Plätzchen *Thalysia*. Auf dem Holzkasten sitzend, die Kaffeemühle zwischen den Knien, kann ich durch zwei offenstehende Türen über den Flur hinweg den Dunkeläugigen sitzen sehen, auch Frau Jüngels in ihrem schwarzen Satinkleid; von Herrn Jüngels sehe ich nur den Rauch seines Zigarillos.

Hoffentlich durfte ich überhaupt Bohnenkaffee nehmen?

Aber ja, sagt Frau Jüngels, zieht aber ihre Tasse zurück, als ich ihr einschenken will. Leise, als schlafe hier jemand, geht sie aus der Stube.

Ihre Frau hätte ruhig bleiben sollen, sagt der Besucher und sieht dabei mich an, Kurt hat nicht gelitten, wirklich nicht.

Kopfschuß, sagt Herr Jüngels, kein Held verreckt, jeden putzt es mit Kopfschuß weg. Richard, in den

Straßenkämpfen in Warschau, hat auch einen Kopfschuß abbekommen, bei mir wird es auch einer sein, falls sie mich noch einziehen. Besser Kopfschuß als verwundet in Gefangenschaft. Bei den Kämpfen in Nordgriechenland haben englische Soldaten unsere gefangenen Verwundeten mit Handgranaten beworfen und ihnen tagelang nichts zu essen und trinken gegeben. Solche schweren Verletzungen des Völkerrechts sind bei uns unmöglich, wir haben ja einen hohen Begriff von soldatischer Ehre.

Herr Jüngels sieht dabei mich an. Seine Augen sagen etwas anderes als seine Stimme. Beim Sprechen zeigt er seine vom Zigarillo-Rauchen schwarzhalsigen Zähne. Er schlürft den heißen dünnen Kaffee und nimmt sich zusammen. Heißt bis zuletzt, fragt er, daß Sie dabei waren, als Kurt starb?

Nach Worten suchend, erzählt der Soldat, wie er mit Kurt an einem völlig stillen Tag an der Grabenwand gelehnt und Pfeife geraucht habe. Das sei am Thermopylenpaß gewesen. Geredet hätten sie darüber, ob der neue General ihrer Division für bessere Verpflegung sorgen würde, der alte sei recht spartanisch gewesen. Da hätten die Griechen ein bißchen MG-Streufeuer geschickt, weil ein Panzer abgeschleppt werden sollte; wie gesagt, ein ganz ruhiger Tag, dem einzigen Schuß in ihrer Nähe sei Kurt zum Opfer gefallen. Ein paar reißende Gebirgsbäche hätten so laut gerauscht, daß die Schüsse kaum zu hören gewesen seien.

Es könnte so gewesen sein, sagt Herr Jüngels, so hat es uns der Feldgeistliche auch geschrieben. Als Richard fiel, hat man uns später ein Bild von dem deutschen Soldatenfriedhof geschickt. Herr Jüngels holt das Bild aus der Tischschublade und gibt es mir zuerst. Es zeigt endlose, sich perspektivisch in den Bildhintergrund verlierende schnurgerade Reihen von Kreuzen, über deren Längsbalken Stahlhelme gestülpt sind. Durch blühenden, etwa gleich hohen Mohn sind die Reihen aufgefächert, man sieht mehr Mohn als Kreuze und Stahlhelme. Nicht einmal auf den allervordersten Querbalken sind die Namen der Gefallenen zu lesen, die Mohnblüten geben nur unzusammenhängende Buchstaben frei. Man meint, das brennende Rot zu sehen auf der schwarzweißen Fotografie, deutlich erkennt man die schwarzen Flecke an den vorderen unteren Kelchrändern, die sternförmigen Narben. Unsinnigerweise fange ich an, die Kreuze zu zählen. Jedes Kreuz ein Held. Dreieinhalb Millionen deutsche Gefallene werden es sein, wenn dieser Krieg zu Ende gehen wird und nochmals 3 Millionen Ziviltote, nein, nein, nein, das würde nicht einmal Herr Jüngels wahrhaben wollen. Hegt nicht jeder die Hoffnung, daß der Krieg die längste Zeit gedauert hat? Hegt nicht jeder die Hoffnung, daß die Opfer nicht umsonst gewesen sind? Hoffnung, ein Wort, das spreizt sich, kräht und läuft geköpft noch weiter.

Für wen mag der Soldat mich halten? Etwa für Kurts Braut? Ich frage Herrn Jüngels, ob er auch gehört habe, daß vor ein paar Tagen zwei polnische Fremdarbeiter aus der Ziegelei geflohen seien. Ich hoffe, Herr Jüngels schlägt dann dem Soldaten vor, mich auf dem Heimweg zu begleiten, schließlich können sich die Polen hier noch herumtreiben in dem tiefgelegenen verbuschten Gelände. Herr Jüngels macht aber eine Handbewegung, die besagt, daß die zwei nicht weit gekommen seien und man kurzen Prozeß mit ihnen gemacht habe; übrigens, sagt Herr Jüngels, um ein Haar gleich mit dreien; ein junger Bursche aus der Gegend, ein rechter Tunichtgut, habe Kleinvieh stibitzt und im Schleichhandel nach Berlin verschoben, ein ganz hübscher Nebenverdienst müsse das gewesen sein, auch ihm, Herrn Jüngels, habe das Schlitzohr Hühner und Enten gestohlen, im Schutz der Verdunkelung sei das kein Kunststück; eigentlich habe man den

Hühnerdieb, den Volksschädling, einen Kopf kürzer machen wollen, habe ihn dann aber doch nur zu zehn Jahren Zuchthaus begnadigt und zu fünf Jahren Ehrverlust; mein Herr, sagt Herr Jüngels zu dem Gefreiten, zehn Jahre Zuchthaus und fünf Jahre Ehrverlust für einen Hühnerdieb, mein lieber Herr Gesangverein, zehn Jahre; und nun sieht das Haupternährungsamt sich genötigt, die Eier zu rationieren; jeder versorgungsberechtigte Volksgenosse erhält gegen Entwertung des Abschnittes C der Reichseierkarte pro Woche nur zwei Eier anstatt wie im Vorjahr drei; das sind Zeiten, mein lieber Herr.

Hat der Gefreite keinen Namen? Er wurde nur als Kamerad von Kurt vorgestellt. Hat Herr Jüngels meinen Namen genannt? Warum sagt keiner mehr was? Wo ist Frau Jüngels? Ich sollte nach Frau Jüngels sehen. Das Schlafzimmer ist nebenan. Dorthin führt Frau Jüngels ihre Kundinnen vor den hohen Schlafzimmerschrankspiegel. Die beiden Betten sind gemacht. An ihren Fußenden die schwarze Schneiderpuppe. Eine Ecke des dicken behäkelten Paradekissens ist eingedrückt. Ich bin oft umgekippt beim Anpassen. Vor den Schlafzimmerfenstern steht eine Akazie. Sie schneit gerade ihre wolligen Blüten. Wir haben ihre Blätter abgezupft: verliebt, verlobt, verheiratet, geschieden, verliebt, verlobt..., die Blattstiele haben wir uns auf die Nase gesetzt. Frau Jüngels ist nicht in der Schlafstube. Zu welcher Tür ist sie hinausgegangen? Die beiden Männer sitzen immer noch am Tisch. Der Zeiger der Uhr ist angehalten, der Spiegel verhängt. Die Zeit bleibt stehn in Jüngels Stube. Wenn das Glück einsetzt, muß man es doch spüren? Wenn es aussetzt auch? Die Wanduhr, fällt mir ein, hat ein schönes Geläute. Man vermißt den nachhallenden Ton. Ich muß gehen. Ich möchte noch bleiben. Ich könnte das Geschirr abräumen. Der Gefreite hat seinen Kaffee noch nicht ausgetrunken. Er ist ja kalt geworden, sage ich und deute fragend auf die Kanne unter dem gehäkelten Kaffeewärmer. Der Gefreite legt eine dünngliedrige Hand auf die Tasse.

Nein, danke sehr.

Was haben wir noch gesprochen?

Rosa, von der man gedacht hat, sie sei ihrer Mutter gefolgt, kommt unter der Chaiselongue hervorgekrochen; breitbeinig auf dem Teppich sitzend, kippt sie nach vorn, um rhythmisch mit der Stirn auf den Boden zu schlagen, ihr Rücken streckt sich, als sei sie ein wirbelloses Weichtier. Das macht ihr Spaß, sagt Herr Jüngels. Nach einer Weile legt er seinen Zigarillostummel in den Aschenbecher, steht auf und hebt das schwere Kind auf seinen Schoß. *Hoppe hoppe Reiter, wenn er fällt, dann schreit er.*

Rosa lacht lallend. Fällt er, fällt er, Papa.

Fällt er in den Graben, singt Herr Jüngels, *fressen ihn die Raben*. Geh schön zu Mama, Rosa.

Fällt er, fällt er, Papa.

Geh schön, Mama weint sonst und sucht Rosa.

Fällt er, fällt in den Graben.

Unter den Blicken des Soldaten nehme ich Rosa auf den Arm und schleppe sie in den Garten. Auf der untersten Sprosse der Leiter sitzend, die man vom Wohnstubenfenster aus sehen kann, Rosa breitbeinig auf meinem Schoß, spielen wir weiter Hoppe hoppe Reiter, wenn er fällt, dann schreit er.

Als Rosa zu ihrem Vater zurück will, bleibt mir nichts anderes übrig, als mich zu verabschieden. Auf Wiedersehn, Herr Jüngels, auf Wiedersehn... *mein lieber Herr* kann ich schließlich nicht sagen, und dem Gefreiten scheint es die Sprache verschlagen zu haben. Ich denke, du bist im Arbeitsdienst, sagt Herr Jüngels und setzt, zum erstenmal lächelnd, hinzu: Schipp immer treu und red nich bei.

Mich haben sie wegen Untauglichkeit entlassen, sage

ich, jetzt mache ich Ausgleichsdienst. Beim Deutschen Frauenwerk, Beratungsstelle Ziesar.

Mein Nachhauseweg führt mich durch die Wiesenmulden; hier, mutmaße ich, ist der Gefreite hergekommen, sonst hätte ich ihn gesehen auf dem oberen Weg. In weitausholenden Schlingen fließt der Bach und landet feinen Schlamm an die Ufer. In der klaren Quelle fluten Tannenwedel. Hier steht unter einer Gruppe Ebereschen eine Bank. Ich warte lange. Aber in einem durch nichts begründeten Vertrauen verlasse ich mich auf das Losungswort *Deutsches Frauenwerk Beratungsstelle Ziesar.* Dort bin ich zu finden, mein lieber Herr. Ich für mein Teil habe unser gemeinsames Leben schon begonnen. Dafür bin ich mit Erfahrungen ausgestattet, die ich nirgendwo gemacht haben kann, es sei denn bei Hölderlins Diotima oder Kleists Käthchen von Heilbronn.

Mit dem Leben dieser großen Liebenden, die offenbar nichts zu tun hatten als zu lieben, hat mein jetziger Zustand freilich nichts gemein. Um 6 Uhr 50 fahre ich mit dem Triebwagen nach Ziesar und bin noch zu beneiden, weil die meisten Frauen und Mädchen um fünf mit dem Werkbus in die Munitionsfabrik nach Buckau müssen. Granatendrehen heißt ihre Arbeit. Im Vergleich dazu ist mein Textentwerfen beim Deutschen Frauenwerk geradezu ein Kinderspiel. Ich entwerfe so überzeugende Texte, daß die Hausfrauen gar nicht anders können, als die Kartoffeln richtig zu lagern, Seife zu sparen, die Waschlauge wiederzuverwenden oder die Mahlzeiten mit Wildgemüse anzureichern. Und das alles hat zu geschehen im Namen des Führers und des Volkes und des Heiligen Krieges. Neben meinem Schreibtisch hängt eine Holztafel, auf die aus dem Illustrierten Beobachter ausgeschnittene, schon leicht vergilbte Zeitungsbilder gepinnt sind. Sie zeigen Kapitänleutnant Prien, wie er dem Führer seine U-Boot-Männer vorstellt; tanzende Massai mit Ringen um die Hälse und Speeren in den Händen; den Führer mit dem 90jährigen Generalfeldmarschall von Mackensen; den Führer und den Duce; Karikaturen von Churchill, Stalin und Molotow.

Die Leiterin der Beratungsstelle ist eine Frau Ebeling, der man das Attribut vorbildlich beilegen muß. Sie macht ihre Arbeit ehrenamtlich und rät und hilft, wo sie nur kann, auch in ganz kitzligen Fällen. Als zum Beispiel ein 16jähriges Pflichtjahrmädchen, das sie in einen kleinstädtischen Fünfkinderhaushalt empfohlen und vermittelt hat, schwanger wird, entscheidet sie ohne viel Federlesen und gegen die allgemeine Empörung, daß dies kein Unglück sei, da müsse man mal auf die Pauke hauen, das Mädel könne stolz sein auf seine Mutterschaft; zwar wisse man aus Erfahrung, daß die Mehrzahl der unehelichen Mütter erbuntauglich sei, folglich, so Frau Ebeling, könne es auch keine grundsätzliche Gleichstellung ehelicher und unehelicher Mütter geben, nie im Leben. Aber in diesem besonderen Fall – man sehe sich das Prachtmädel an – sei nun wirklich kein dirnenhafter Charakter zu erkennen, auch von seiten des Kindsvaters, eines 16jährigen kerngesunden Burschen aus der Gegend, sei keine schlechte Erbmasse zu befürchten. Das Pflichtjahrmädel könne deshalb, so entscheidet ohne zu fackeln Frau Ebeling, bis sechs Wochen vor der Niederkunft in dem Haushalt verbleiben, dann werde der Reichsmütterdienst alle weiteren Schritte einleiten... *Heil Hitler, Martha Ebeling, Leiterin der Beratungsstelle des Deutschen Frauenwerkes Ziesar*. Frau Ebeling diktiert mir ihre Briefe in Stichworten. Mir obliegt die stilistische Seite der Angelegenheit. In einem ihrer Briefe, in dem es wiederum um den Verbleib des schwangeren Pflichtjahrmädchens in dem kleinstädtischen Fünfkinderhaushalt geht, empfiehlt sie der um die moralische Entwicklung ihrer fünf Kinder besorgten Hausfrau, die Sache doch einmal mit den

Augen des Führers zu betrachten, welcher alle Kinder deutschen Blutes liebe, des Führers, der gesagt habe, er messe den Erfolg seiner Arbeit nicht am Wachsen der Autobahnen, nicht an neuen Fabriken, Brücken, Divisionen, sondern am gesunden Wachsen des deutschen Kindes; wenn dieses gedeihe, dann sei kein Opfer umsonst. Der Führer sehe in jeder – Frau Ebeling betont in jeder – deutschen Frau eine natürliche Vollfrau, welche im innersten ihres Seins die Empfängnis wünscht. Absatz. Einrücken. Haben Sie das? Empfängnis wünscht. Der Schlitten meiner alten Schreibmaschine hoppelt hin und her. Die natürliche Vollfrau wäre mir sicher längst entfallen, hätte ich es hier nicht schon mit meiner asketischen Wörtlichkeit zu tun gehabt. Ich entwerfe allen verständliche Texte. Das Material dafür legt mir Frau Ebeling jeden Morgen auf den Schreibtisch. Keine Fremdwörter bitte. Keine komplizierten Schlangensätze. Sie sind ja vom Land. Denken Sie immer an unsere Landfrauen. Ich habe Texte zu entwerfen über Zucht und Erziehung des Nachwuchses a) im Kindergarten, b) in der Familie; über das Landjahr der weiblichen Jugend, über Ehestandsdarlehen, Wohlfahrtspflegerinnen, über die Hebung der Volksgesundheit und über Erlebnisschulung. Erlebnisschulung, was ist das? Wir sollen Deutschland über alles lieben und ehren. Liebe und Ehre sind blutgebundene Gefühle und nicht, wie Gedanken, übertragbar, sondern an rassische und völkische Voraussetzungen geknüpft. Erlebnisschulung ist das Gegenteil von Erkenntnisschulung. Bockt meine Schreibmaschine? Der Schlitten fährt hin und her. Ich hämmere drauflos. Ich bin aus dem Reichsarbeitsdienst wegen Untauglichkeit entlassen und muß froh sein, daß es da kein Nachspiel gegeben hat und ich hier Ausgleichsdienst machen darf. So sieht das aus, mein Lieber. Manchmal sieht mir mein Vater über die Schulter. Mein Vater – er liebt den Führer nicht – würde mich, könnte er mich hier sehen, wahrscheinlich einen Schreibtischtäter nennen, vorausgesetzt, das Wort habe es zu diesem Zeitpunkt schon gegeben. Aber er sieht mich nicht.

Eines Tages fragt Frau Ebeling, ob ich auch Kunstschrift schreiben könne, so eine Zierschrift in einzelnen Buchstaben? Kann ich, klar, Kunstschriftschreiben haben wir im Zeichenunterricht gelernt. Man braucht dazu Spezialfedern, Schreibtusche und sehr glattes, gutes Papier, auf dem die Tusche nicht verläuft. Ich beuge mich über das schönste, glatteste Papier, das es weit und breit nicht mehr zu kaufen gibt, ziehe mit einem Lineal Bleistiftlinien und male in dicken Ab- und haarfeinen Aufstrichen einzelne Buchstaben, die aneinandergereiht Sprüche ergeben. Sprüchen entkommt man nicht. Meine Hauptbeschäftigung in jenen Mai-, in jenen Junitagen des dritten Kriegsjahres ist Kunstschriftschreiben. Dabei läßt es sich aufs schönste einem Feldpostbrief entgegenträumen; mit der Zeit vervollkommne ich mich im Schreiben, im Träumen, ich weiß: Der Brief des Soldaten wird kommen; bald bin ich der reinste Schriftkünstler; in allen Schaukästen des Deutschen Frauenwerkes, des Reichsmütterdienstes, des Werks für Kinderlandverschickung und einiger angeschlossener Verbände hängen meine wunderschön geschriebenen Sprüche: *Eins weiß ich, das ewig bleibt, der Toten Tatenruhm.* Sogar im Nachrichtendienst des Deutschen Frauenwerks und in der Frauenwarte erscheinen einige Kunstschriftwerke von mir, ohne Namensnennung freilich, aber ich bekomme das erste Honorar meines Lebens. Nein, das sind nicht meine Sprüche; unter manche hätte ich zwar meinen Namen setzen mögen, unter andere aber auf keinen Fall; doch Kunstschriftschreiben ist immer noch besser als Latrineschrubben im Reichsarbeitsdienst. Für die Stirnseite des Raumes, in welchem Frau Ebeling ihre Hausfrauenkurse abhält, muß ich einen Spruch schreiben; der hängt da verglast und gerahmt; was aber wird Frau Ebeling im Mai 45 mit dem Spruch machen, wohin damit in dem schrecklichen Schlamassel?

Adolf Hitler, du bist unser Führer,
Dein Name macht die Feinde erzittern,
Dein drittes Reich komme,
Dein Wille sei allen Gesetz auf Erden,
Laß uns täglich deine Stimme hören
Und befehle uns durch deine Führer,
denen wir gehorchen wollen
Unter Einsatz unseres Lebens,
Das geloben wir
in Ewigkeit,
Amen.

Frau Ebeling hat einmal den Führer gesehen, in Bückeburg, so nahe fuhr sein Auto an denen vorbei, die Spalier standen, daß sie einen Kotflügel anfassen konnte. Frau Ebeling sagt: Ich habe die Geschichte berührt.

Vielleicht hat sie die Verse selber gedichtet, getextet würde man heute sagen, oder sie sind von Baldur von Schirach oder Hans Baumann, was weiß ich. Ich habe keine Ahnung. Ich habe eine blasse Ahnung davon, daß hier ein bißchen viel Brimborium gemacht wird – meine Großmutter zitiere ich da lieber als meinen Vater, der alles gleich in Grund und Boden verdammt –, aber wie gesagt, Kunstschriftschreiben ist besser als Latrineschrubben. Das Telefon klingelt. Hier Deutsches Frauenwerk Beratungsstelle Ziesar.

Frau Ebeling hat gute Beziehungen zu einem Besitzer von Forellenteichen. Während der Mittagspausen radeln wir manchmal zu einem wohlverdienten Schmaus, wie Frau Ebeling es nennt. Sie kann nicht wissen, wie wenig ich mir aus Fisch mache. Schön zubereitete gebratene

Forelle oder Forelle blau kriege ich ja noch runter, aber dann und wann ist der Tisch nicht gedeckt, und Frau Ebeling ergreift selbst die Initiative, schmeißt zwei zappelnde Fische auf die zersäbelte Platte des Küchentisches; sie schnellen bald auf die eine, bald auf die andere Seite, zappeln immer wieder hoch, als könnten sie nicht wahrhaben, daß sie auf dem Trockenen liegen. Frau Ebeling besorgt das Schlachten der Fische durch einen kräftigen Schlag mit einer Rührkeule auf den Kopf und durch einen tiefen Messerschnitt unterhalb des Kopfes. Der Gestank steigt mir in die Nase. Frau Ebeling packt den Fisch an seinem glitschigen Schwanz und demonstriert mir, als halte sie einen ihrer Hausfrauenkurse, wie man zu schuppende Fische gegen den Strich schuppen muß; Forellen aber werden nur die Flossen gestutzt, dann werden sie mit verdünntem, kochendem Essigwasser übergossen und der Zugluft ausgesetzt, damit sie sich blau verfärben. Während sie blau werden, hält Frau Ebeling mir Vorträge über die richtige Zubereitung von Fischen aller Art, die ich nie im Leben essen werde. Um der Parole *Kampf dem Verderb* gerecht zu werden, schneide man die Köpfe ab, hebe ihnen Augen und Kiemen aus, schlitze sodann den kopflosen Fischen die weißen Bauchseiten auf, um die Eingeweide und schwarzen Häutchen zu entfernen. Schlei in Dillsoße, Hecht in Spreewaldsoße, Karpfen braun, gespickter Schellfisch, Seezunge, Rotzunge, Fischhackbraten, versteckter Aal, Aal grün, der Eiweißbedarf des deutschen Volkes, sagt Frau Ebeling, muß zu 38 Prozent aus dem Meer gedeckt werden. Zum Glück kann ich meinen Widerwillen verbergen, das wenigstens habe ich gelernt bei den Jungmädeln, im Bund Deutscher Mädel; mich zusammenreißen. Das werde ich später gründlich wieder verlernen müssen, denn kein Mensch weiß ja, woran er mit mir ist, weil ich mich immer zusammenreiße, anstatt zu sagen, wie mir zumute ist.

Obwohl übelkeiterregend, spüle ich die Forellen unter fließendem Wasser ab, ich mache mich nützlich und gehe Frau Ebeling zur Hand. Wenn ich mich übergeben würde, wer weiß, womöglich hielte Frau Ebeling mich für schwanger wie das Pflichtjahrmädchen; bei mir würde sie sicher keinen dirnenhaften Charakter befürchten, sondern mich unter *natürlicher Vollfrau deutschen Blutes* einstufen.

Sind Sie immer so still, Kind?

Ja, Frau Ebeling.

Der Führer ruft zu den Reichssportwettkämpfen auf; pflichtgemäß ertüchtigen sich sieben Millionen junge Deutsche in den Grunddisziplinen der Leibesübungen, darüber hinaus zeigt die faschistische Jugend Italiens ihr sportliches Können im Forum Mussolini in Rom; bloß ich habe ein ärztliches Attest, ich brauche nicht mitzumachen. In Frau Ebelings Augen, das ist mir klar, bin ich ein Drückeberger. Und das bin ich ja auch. Ist untauglich sein nicht eine Schande? Wir haben gelernt, daß es eine Schande ist. Gerade zum Kunstschriftschreiben tauge ich noch. Die Sonne liegt auf meinem schönen Papier. Von dem ebenerdigen Fenster aus kann ich einen Platz übersehen, in den fünf Straßen münden, fünf biedere, preußische, melancholische Straßen, so schmucklos wie gerade; den Platz erreicht, drehn sich die Häuser im Kreis. Ein blauer Briefträger geht von Haus zu Haus. Kinder treiben ihre Kullerreifen vor sich her. Aus einem der Häuser kommt eines Morgens eine Frau gestürzt, kommt schnurstracks auf die Beratungsstelle des Deutschen Frauenwerks zugestürzt, in Kittelschürze und Filzpantinen. Ich mache das Fenster auf.

Wo brennt's denn?

Frau Ebeling, keucht die Frau.

Ist noch nicht hier. Ich glaube, sie macht Außendienst. Die Frau unterm Fenster platzt vor Wichtigkeit, hat sie doch heute nacht mitbekommen, daß der Apotheker Feindsender höre; sie sei noch spät in die Apotheke gerannt, um Medizin für ihren Mann zu holen, der einen Herzanfall gehabt habe – da sei sie hintenrum gegangen, um ans Schlafstubenfenster zu klopfen; aus der Kräuterkammer habe sie durch die vorgelegten Läden und durch die Verdunklung hindurch eine Männerstimme gehört: *vielgeliebtes Weib*, so rede schließlich der Apotheker nicht mit seiner Frau, es sei auch nicht seine Stimme gewesen, das habe sie genau gehört, sie habe dann gelauscht, zugegeben, ihr Ohr an den Fensterladen gehalten, ein Brief sei vorgelesen worden, da habe einer sich lustig gemacht, über den Führer, über die Generäle, überhaupt über alles habe einer sich da lustig gemacht, und dann sei noch so quakige Negermusik gekommen, also das könne gar nichts anderes gewesen sein als ein Feindsender.

Hier ist der Londoner Rundfunk. Drei kurze, ein langer Schlag auf die Kesselpauke, mein Vater sagt, das Zeichen stehe im Morsealphabet für V, victory; *die Alliierten werden siegen, der Tyrannei ein Ende machen.* Tyrannei ist wieder so ein Vaterwort, das mich auf die Palme bringt. Ich finde das maßlos übertrieben. Aber wenn ich meinem Vater gegenüberstehe, bin ich zu feige, ihm meine Theorie, die Partei und Hitler seien nicht Deutschland, entgegenzuhalten. *Vielgeliebtes Weib*, ruft mein Vater seine vierte Frau neuerdings, ruft es in dem Wiener Tonfall des Gefreiten Hirnschal, dessen dusseliges Gequatsche die Frau unterm Fenster heute nacht gehört hat und dessen Tiraden mein Vater sich nachts in seinem schalldicht abgeschirmten Arbeitszimmer gläubig wie das Evangelium anhört, als sei den englischen Nachrichten mehr zu trauen als den deutschen! Wir siegen und siegen, aber da gibt es Leute, die erklären den Krieg glatt für verloren. Glaub bloß nicht, daß es mit den Blitzsiegen so weitergeht, sagt mein Vater. Seit meiner Malaise mit der Arbeitsdienstführerin, die stolz auf ihre alte Parteinummer war, finde ich, finde ich ganz entschieden, man könne die Partei nicht mit Deutschland gleichsetzen. Man braucht kein Parteigenosse zu sein, um ein guter Deutscher zu sein. Ich bin ziemlich stolz auf diese Einsicht, wenn ich sie auch vorsichtshalber für mich behalte. Ta ta ta taaaa, drei kurze, ein langer Schlag auf die Kesselpauke. Hier ist der Londoner Rundfunk. Mein Vater schert sich nicht darum, daß das Abhören von Feindsendern mit hohen Strafen belegt wird. Außer ihm, dachte ich bisher, hört kaum jemand Feindsender. Und nun ein Apotheker aus Ziesar.

Und was hat Frau Ebeling damit zu tun?

Der ist doch ihr Bruder.

Du meine Güte.

Da kommt Frau Ebeling angeradelt aus einer der Straßen. Der Wind setzt sich unter ihren Dirndlrock und die Dirndlschürze. Die Frau unterm Fenster sagt Heil Hitler zu mir und geht ihr entgegen.

Ich sehe die beiden Frauen auf dem breiten, sandigen Bürgersteig stehen, das Fahrrad zwischen ihnen. Ein Mann tritt hinzu. Die drei wollen sich gleichzeitig die Hände zum Gruß reichen, ziehen sie aber lachend zurück und werfen die Köpfe in den Nacken. Wenn drei sich über Kreuz die Hände reichen, sagt der Volksmund, stirbt ein Jude. Der Mann hebt die Hand zum deutschen Gruß und geht fort. Die beiden Frauen stecken die Köpfe zusammen, zwei gutartige, tüchtige Personen, zweifelsohne. Sie haben jetzt darüber zu befinden, ob jemand, der sich noch andere Informationen als die offiziellen verschafft, angezeigt und als Volksverräter entlarvt wird. Auf unserem überfüllten Planeten, sagt mein Vater, werden viertausend Sprachen gesprochen, aber ihr wollt nur eine wahrhaben, die deutsche, das ist doch bestußt.

Sprache unser, die wir dich sprechen in Gnaden, süße Geliebte, dichtet Josef Weinheber, *die wir dich schweigen in Ehrfurcht, heilige Mutter.* Einem sprachlich so vollkommenen Ausdruck, einem so eindringlichen Pathos gegenüber fühle ich mich wehrlos. Auch diese Gedichtzeilen habe ich wunderschön in meiner erlernten Kunstschrift geschrieben, zum Entzücken von Frau Ebeling. Weinheber? Den Namen muß sie sich merken. Ein Wiener? Ah, aus dem Land, das uns den Führer bescherte. Sie hat sich jetzt zwischen der Liebe zu ihrem Bruder und der Liebe zum Führer zu entscheiden. Welche Liebe die größere sein wird, darüber besteht kein Zweifel. Frau Ebeling glaubt – man könnte sagen – reinen Herzens an den Führer. Müßte man ihren Bruder nicht warnen? Ich meine, müßte ich ihren Bruder nicht warnen, damit er sich Ausreden zurechtlegen oder ein Alibi verschaffen kann? Es gibt mehrere Apotheken in Ziesar, ich weiß nicht, was Frau Ebeling für eine geborene ist. Ich weiß also nicht, wie ihr Bruder heißt. Ich bin erleichtert, daß ich mich nicht einmischen kann. In mir kommt wieder der Unwille hoch gegen alles, was mich aus meinen Träumen reißt. Oft sehe ich BDM-Mädchen und HJ-Jungen über den Platz vor meinem Fenster marschieren, höre ihren Gleichschritt auf dem Pflaster, höre ihre Lieder von der *hellen Morgenfrühe, die unsere Zeit ist*, von *den Lerchen, den Lerchen, die wir beten hören*, von der *Lüneburger Heide, dem wunderschönen Land, denn du weißt, du weißt es ja.* Dann komme ich mir nicht wie achtzehn, sondern wie achtzig vor, solange liegt es für mich zurück, daß ich da mitmarschiert bin. Aber – auch das ist wahr – jetzt weiß ich nicht, wohin ich gehöre. Mit dem Stempel *untauglich* bin ich aus einer Verankerung gerissen, in der ich wie alle gehangen habe. Nun heißt es bloß noch: immer auf dem Quivive sein, sich in Unauffälligkeit verkleiden. Sich die Parolen meines Vaters zu eigen machen; das paßt mir nicht. Heißt zugeben, daß er recht hat mit seinem Genörgel. Meine leisen Zweifel sind nur erst geahnt, noch lange nicht spruchreif. Und tagtäglich werden sie widerlegt durch Siegesmeldungen und den heldenhaften Einsatz des ganzen Volkes.

Und ich, was trage ich dazu bei? Ich bin ein Versager.

Frau Ebeling hat übrigens vorerst keine Anzeige gegen ihren Bruder erstattet. Das hat sie denn doch nicht übers Herz gebracht, und zwar mit Rücksicht auf ihre Schwägerin und ihre Neffen, die treu dem Führer ergeben sind. Für ihren Bruder – der übrigens nicht versucht habe, sich herauszureden: dein Bluff mit der Angstmache – schäme sie sich in Grund und Boden; sie habe ihren Bruder völlig falsch eingeschätzt, sie habe gedacht, er sei so ein Spitzweg-Apotheker hinter seinem Rezepturtisch, der geduldig seine Arzneien zusammenstelle, der nichts sehe außer Tinkturen und Salben, nichts lese außer der Deutschen Apothekerzeitung, aber mit der Annahme habe sie völlig falsch gelegen, wo habe sie nur ihre Augen gehabt, die halbe Bibliothek ihres Bruders gehöre auf den Scheiterhaufen. Wissen Sie, was er mit einem seiner Söhne gemacht hat? Der Junge hat sich den Fortsetzungsroman *Der eiserne Seehund* aus der Zeitung geschnitten und abgeheftet, Sie haben den Roman sicher auch gelesen? Nein? Es handelt sich um den U-Boot-Erfinder Wilhelm Bauer, sehr spannend geschrieben, eine richtige Lektüre für Buben. Was macht mein Bruder, als er zufällig den gesammelten Roman findet? Er bekommt einen Tobsuchtsanfall und schlägt mit dem Aktendeckel auf den Jungen ein und schreit, er solle lieber Schiller und Kleist lesen.

Zu Hause erzähle ich nichts von Frau Ebelings Bruder. Meiner Mutter darf man mit Aufregendem jetzt nicht kommen. Wenn ein Magengeschwür abgeheilt ist, abgegangen, sagt sie, macht sich das nächste bemerkbar mit

Schmerzen, Übelkeit, Erbrechen. In dem Erbrochenen sind hellrote Blutspuren. Sie nimmt nur Haferschleim und Tees zu sich, schluckweise Fleischbrühe mit kleinen Buchstabennudeln, häppchenweise Weißbrot. Aufgrund eines ärztlichen Attestes erhält sie eine Zusatzdiätlebensmittelkarte; ich erhalte übrigens dieselbe Zusatzdiätlebensmittelkarte wegen meiner komplizierten Blinddarmoperation, die hinter mir liegt. Ihr seid vielleicht Helden, sagt Großmutter. Geduldig nimmt meine Mutter ihre Medizin ein, geduldig macht sie dreimal am Tag ihre Rollkuren, dreht sich, auf dem Sofa liegend, auf die rechte Seite, auf den Bauch, die Herzseite und wieder auf den Rücken. Sie wird immer weniger. Ihre guten wunden Augen sehen mich an. Warum weint sie soviel? Ihre Augen haben die intensive irisierende Bläue, wie nur Säuglinge sie haben und die bei den meisten Menschen mit der Zeit verblaßt. Jetzt muß man ihre Augen umflort nennen. Sie sehn mich an, als ob ich nicht ganz bei Trost sei. Irgend etwas ist mit mir. Ich weiß nur nicht was. Ich frage unbefangen:

Ist was mit mir?

Was soll denn sein?

Wie du mich ansiehst.

Ist das verboten?

Sieht man mir an, daß ich verliebt bin? Der Feldpostbrief, der erste von über zweitausend Briefen, kommt eines schönen Tages. Der Soldat, den Herr Jüngels mir als Kamerad von Kurt vorgestellt hat, heißt Dirk. Mein Freund Dirk, hat Kurt mir in seinem letzten Urlaub erzählt, findet überall eine Orgel, in jedem russischen Dorf, das wir besetzen, da gibt er Konzerte, da ist er in seinem Element, der würde noch spielen, wenn die Kirche schon brennt.

Kurt hat mir Dirk angekündigt. Dirk schreibt, er habe mich von dem Wiesenweg aus auf den hellbeschienenen

Buckeln auf- und wieder untertauchen sehen, in dem steifen Gardinenrock und der Berchtesgadener Jacke sei ich ihm wie verkleidet vorgekommen, aber wie ich gegangen sei, das habe sich ihm eingeprägt. Meine Adresse habe er sich von Herrn Jüngels geben lassen. Kurt sei ein guter Kamerad gewesen und zuletzt ein Freund. Die Kugel hätte genausogut ihn selber treffen können, sie habe aber Kurt gegolten. Kurt habe übrigens nie meinen Namen genannt, dagegen sei oft von einer Elfriede die Rede gewesen; falls ich diese Elfriede kenne, möge ich ihr von Kurts Tod erzählen. Der erste Brief schließt mit der Frage, ob ich immer noch beim Deutschen Frauenwerk arbeite?

Ja, da arbeite ich noch, falls man mein Kunstschriftschreiben und Textentwerfen Arbeit nennen will. Nun schreibe ich vor allem Briefe an Dirk, die ich geschickt unter dem schönen Papier verschwinden lasse, sobald die Dielen hinter mir knarren. An meinem Schreibtisch sitzt jemand, der mir zum Verwechseln ähnlich sieht, mein künstliches Ebenbild gewissermaßen; das macht marionettenhafte Bewegungen, hebt den langen Hörer von der Gabel. Hier Deutsches Frauenwerk, Beratungsstelle Ziesar. Man faßt sich am besten kurz. Ja, gewiß doch, ich habe Sie für den neuen Hausfrauenkurs eingetragen. Heil Hitler. Mein Double steht auf, um jemanden zu begrüßen, Arm hoch, Arm runter, setzt sich wieder hin und beugt sich über das weiße Papier: *Sprache unser, die wir dich sprechen in Gnaden.* Darunter ein angefangener Brief an Dirk. Lieber Dirk, mit Kurt habe ich als Kind Verstecken gespielt, das war alles. Seine Mutter ist Damenschneiderin und hat für uns genäht, deshalb sah ich Kurt auch in jedem Urlaub wieder. Sie brauchen sich also nicht zu wundern, wenn er meinen Namen nicht erwähnte. Mit Elfriede war er heimlich verlobt, sie wollten im nächsten Urlaub heiraten ... Zwei Schriften übereinander geschrieben und von einer dritten unterlaufen, welche der Gegenwart vorauseilt und immer nur ein Wort schreiben möchte anstelle aller Umschreibungen: Liebe. Ein Wort aus Romanen und Gedichten. Aus Gedichten vornehmlich. *Wo hast du all die Schönheit hergenommen, / du Liebesangesicht, du Wohlgestalt.* Ricarda Huch; und natürlich Goethe. *Sag, was will das Leben uns bereiten.* Mit achtzehn kenne ich so viele Gedichte auswendig wie zu keiner anderen Zeit. Sehnsucht, Liebe, Herzensschreie, wo bringt man die unter? Jedenfalls nicht in diesem Büro, an dessen Stirnwand das Führerbild hängt und etliche von mir geschriebene Sprüche: *Wer auf die Fahne des Führers schwört, hat nichts mehr, das ihm selbst gehört.* Die Sprüche sagen mit metallener Stimme: Es geht nicht um dich, meine Liebe, nicht um dich und deine Gefühle; in den Augen des Führers sind das Gartenlaubengefühle, gemessen an der Liebe zum Vaterland. Aus Liebe zum Vaterland müßte die Schwester den Bruder anzeigen können, die Tochter den Vater. Das Telefon klingelt. Das Kriegshilfswerk des Deutschen Roten Kreuzes fragt an, ob das Deutsche Frauenwerk zum Tag der Heckenrose Frauen und Mädchen bereitstellen könne, die Heckenrosenabzeichen verkaufen. Frau Ebeling kommt und legt mir einen Bericht des Statistischen Reichsamtes auf den Schreibtisch, aus dem hervorgeht, daß die Bevölkerungsentwicklung trotz Krieg unerwartet günstig verlaufe; 1940 wurden im Reichsgebiet – ohne Berücksichtigung der eingegliederten Ostgebiete – und obgleich die Mehrzahl der zeugungsfähigen Männer an den Fronten stünde, 1640000 Kinder geboren, das sind 1200 Kinder mehr, als die Zahl der lebend geborenen Kinder im Jahr davor betrug. Die Zahl der Kriegstrauungen, insbesondere auch die der Ferntrauungen, sei ebenfalls im Steigen begriffen. *Mut zum Kind* heißt der Aufruf, den ich aufgrund dieser

Angaben zu verfassen habe. In markigen, einprägsamen Sätzen bitte, sagt Frau Ebeling. Sie müssen immer mit der politischen Ungeschultheit der Landfrauen rechnen. Da ist noch ein weites Feld zu beackern. Da muß man mal auf die Pauke hauen. Es ist unsere Aufgabe, den Frauen ein beispielloses Selbstwertgefühl zu vermitteln. Das muß von uns ausstrahlen. Wenn Frau Ebeling von ihren Aufgaben spricht, ist kein Wort von ihr selber. Wie hat sie denn vor ein paar Jahren geredet? Vermutlich hat sie drauflos schwadroniert, wie sie es sich jetzt nur leistet, wenn sie mir den Inhalt eines Films erzählt. Ins Kino geht sie nun mal für ihr Leben gern. In Ziesar gibt es zwei Kinos, eins der beiden liegt auf dem Weg von meiner Dienststelle zur Bahn. Jede Woche läuft ein anderer Film: *Ohm Krüger* mit Emil Jannings, *Der Weg ins Freie* mit Zarah Leander, *Friedemann Bach* mit Gustaf Gründgens. Im Vorbeigehen sehe ich mir die Bilder an. Frau Ebeling sieht sich sicher jeden Film zweimal an, so haarklein erzählt sie mir den Inhalt am nächsten Morgen. Bitter enttäuscht ist sie, als einmal eine ganze Woche lang in ihrem Kino kein Spielfilm läuft, sondern Sondervorstellungen Deutscher Wochenschauen mit dem Titel *Über alles in der Welt*. Dieselbe Frau, die im Dienst die banalsten und albernsten Bemerkungen über Gänseblümchen als Brotaufstrich so sagt, als falle gleich ein Sprechchor ein, um das Gesagte zu wiederholen und zu bekräftigen, schwärmt vom Kintopp und will da nichts, aber auch gar nichts von der Bewegung oder gar vom Kriege hören und sehen. Kriegsfilme sieht sich Frau Ebeling grundsätzlich nicht an. Die hübsche, füllige Blondine mit dem unvermeidlichen Haarknoten, den angekräuselten Dirndlkleidern, den zupackenden Bewegungen wechselt den Tonfall, wenn sie von dem bezopften Gustaf Gründgens redet. Nur dann stellt sie auch den Volksempfänger leiser, der sonst den ganzen Tag auf vollen Touren läuft. Und nur wenn Frau Ebeling hinter mich tritt, um etwas zu diktieren, stellt sie das Radio ab. Also Sie haben verstanden, die Frauen warten bloß darauf, aus ihrer scheinbar unentrinnbaren Engigkeit herausgerissen zu werden, um sich an etwas Großes, Wesentliches, an etwas Ewiges zu binden. In diesem Sinne sollte Ihr Aufruf sein. Können Sie das bis heute mittag gemacht haben? Aber ja, Frau Ebeling. *Mut zum Kind. Nicht Resignation – das beweist die steigende Geburtenziffer...hat um sich gegriffen...*

Lassen Sie Ihre vermaledeiten Fremdwörter weg. Nicht Resignation! Wer liest denn da weiter. Und dann diese Gedankenstriche. Schreiben Sie kurze, markante Sätze, die sich einprägen, Sätze, die auf die Leute einprasseln, bis sie alles unbesehen glauben. Die Sprache übernimmt das Denken (sagt mein Vater). Wenn hundertmal behauptet wird, im Himmel sei Jahrmarkt, ist eben im Himmel Jahrmarkt, basta. Also: *Mut zum Kind* Ausrufungszeichen. Einrücken. *1200 Kinder mehr als*...machen wir getrost 1500 Kinder daraus, wer kann das schon nachprüfen. *1500 Kinder mehr als im Vorjahr wurden trotz Krieg in Deutschland geboren. Was beweist das Fragezeichen. Die deutsche Frau, der deutsche Mann blicken voller Zuversicht in die Zukunft*, nein, *sehen vertrauensvoll der Zukunft entgegen...*

Lieber Dirk, die Kugel hätte genausogut mich treffen können. Solche Sätze dürfen Sie nicht schreiben. Das dürfen Sie nicht einmal denken.

Eine Kugel kommt geflogen, gilt sie mir oder gilt sie dir. Das Lied vom guten Kameraden wird im Radio von einem Posaunenchor geblasen, weil gerade unser 30000-t-Schlachtschiff *Bismarck* nach tapferem Kampf gegen eine feindliche Übermacht 400 Seemeilen westlich von Brest gesunken ist; lediglich die Beschädigungen der Schrauben raubten dem stolzen Schiff seine Manövrierfähigkeit; noch vor wenigen Tagen hat die *Bismarck* den englischen Schlachtkreuzer *Hood* in die Luft gejagt. Auge um Auge. Zahn um Zahn. *Die Zahl der Kriegstrauungen, insbesondere auch die der Ferntrauungen ist ebenfalls gestiegen.* Lieber Dirk, die Räucherwurst habe ich mir nicht vom Munde abgespart. Bei uns auf dem Land bekommt man noch manches ohne Fleischmarken. Wir treiben wieder Tauschhandel, Kernseife gegen Eipulver, Raucherkarten gegen Zuchtkaninchen, Trockengemüse gegen Damenschuhe, Seifenkarten gegen Wolle, Trauring gegen Federbett, Bohnenkaffee gegen Weckringe, Streichhölzer gegen Schmalz. Bitte stelle Deinen Fuß auf ein Blatt Papier und fahre mit dem Bleistift herum, damit ich Deine Sockengröße habe.

Zum Sockenstricken braucht man also Abitur. Und: Der Mensch lebt nicht vom Brot allein, sondern von einem jeglichen Feldpostbrief, der jeden Morgen kommt. Obwohl mein Vater mit einemmal ausgesucht nett zu mir ist, kann er sich diese beiden Sätze, voll Ironie, nicht verkneifen. Als es meiner Mutter besser geht, läßt mich mein Vater wieder nach Kassel kommen, um mit ihm und seiner Familie nach Sellin auf Rügen zu fahren. Nicht mit 18, erst wenn das Kind 21 geworden ist, endet elterliche Gewalt. Daß ich unter den Augen meines Vaters unverdrossen an den Socken für Dirk stricke und ohne Erklärung jeden Morgen meinen Feldpostbrief in Empfang nehme, den Vater aus seinen Briefschaften herausangelt, ist schon so etwas wie Selbstbehauptung. Er erwartet zweierlei von mir: daß mir endlich die Augen aufgehn über die Machenschaften dieser Muschpoke – so nennt er die Regierung des Großdeutschen Reiches – und daß ich seine Mitarbeiterin werde. Merkwürdigerweise redet er in den Urlaubstagen an der

Ostsee nicht mehr so oft von seinen Plänen mit mir als seiner Nachfolgerin. Er sieht mich nur nachdenklich an, was mir unbehaglicher ist als seine Erwartungen an mich. Oft äußert er seinen Unwillen, daß er hier in der Pension nicht wie zu Hause BBC hören kann. *Vielgeliebtes Weib* ruft er nur, wenn niemand sonst es hören kann. Meine kleinste Halbschwester kriegt einen Klaps, weil sie *vielgeliebtes Weib* hinter ihrer Mutter herkräht. Psst, das darf man nicht laut sagen. Warum denn nicht? Darum. Mein Vater sitzt in Badehose und Südwester im Strandkorb und liest ein Buch mit dem Titel *Über die göttliche Proportion*. Man könnte ihm nicht erzählen, daß ich zur Zeit Texte verfassen muß über Gänseblümchen als Brotaufstrich und über die Wiederverwendung der Waschlauge. Vater sieht aus wie auf den vielen Fotos, die in seinem Labor hängen. Hundertmal ER, lesend, schreibend, rauchend, die Augen mit der Hand beschattend, Kopfbild, Brustbild, in voller Größe von vorn, von der Seite, in Bademänteln vor Meeren, in strohgeflochtenen Strandkörben, Sandburgen, den Namen FRANZ mit Muscheln in den Sand legend, Vater mit Babys in altmodischen Steckkissen und Häubchen, Vater huckepack auf dem Rücken einer fülligen Dame. Auf einem Bild ist er eingeschlafen; noch im Schlaf sieht er aus, als spitze er die Ohren.

Beim Lesen macht er sich immerfort Notizen. Das solltest du dir auch angewöhnen. Was liest du zur Zeit? Immer noch Erwin Guido Kolbenheyer? Immer noch Butzenscheibenliteratur? Der warme Wind blättert die Seiten seines Buches um. Der Wind trägt Kommandostimmen, metallische Schüsse, Liedfetzen über die Dünen. Meine kleine Schwester kriegt einen Klaps, wenn sie das Horst-Wessel-Lied mitsingt. Was mein Vater über den Sturmabteilungsführer Horst Wessel wissen will, dessen Märtyrertod ein ganzes Volk besingt, also das schreit zum Himmel. Mitnichten habe dieser heruntergekommene ewige Student Wessel aus politischen Gründen eine Kugel verpaßt bekommen; ein gewisser Ali Höhler, Rotfrontkämpfer im Nebenberuf, hauptamtlich aber Zuhälter, habe ihn aus Rache kaltgemacht, weil Wessel sich eine Dame vom Strich erkoren habe, deren Arbeit in Höhlers Zuständigkeit gefallen sei; ausgerechnet diesen Horst Wessel habe der Herr Reichspropagandaminister mit enormem, mit bewunderungswürdigem propagandistischem Aufwand zum Ideal einer idealistischen Hitlerjugend gemacht. Ich möchte wirklich mal wissen, woher mein Vater seine Informationen bezieht. Ich lasse mich von meinem Vater nicht zum Eingeweihten machen.

In Föhren- und Buchenwäldern liegt ein Sommerlager der Hitlerjugend. Vom Kamm unserer Düne aus sind die vordersten spitzen Zelte zu sehen, ein zertrampelter Sandplatz am Waldrand mit der Fahnenstange in der Mitte. An zwei vorgeschobenen Bäumen sind Ringscheiben befestigt. Meine kleinen Halbschwestern liegen auf dem Bauch, um dem Treiben unterhalb der Düne zuzusehen. Sie haben herausgefunden, daß 300 Berliner Jungen dort als Führungsnachwuchs herangebildet und daß die besten Schützen mit Ansteckknadeln ausgezeichnet werden. Eines Tages findet Judith beim Muschelsuchen ein rundes Abzeichen im Sand. Es zeigt zwei gekreuzte Gewehre auf einer Ringscheibe. Judith ist zwölf und hat längst begriffen, daß man unserem Vater mit sowas nicht kommen darf. Die Berliner Jungs findet sie aber Klasse und will das Abzeichen zurückgeben. Zusammen rutschen wir die Düne hinunter. Die Hitlerjungen sind gerade mit ihren Kochgeschirren zum Essenfassen angetreten. Alle sehen uns entgegen. Judith hebt ihren Fund hoch. Da schießt ein Junge, ist er 12, ist er 13 Jahre alt, auf uns zu, entreißt Judith das Abzeichen und drückt es mit beiden Händen an die Brust, an die Lippen. Gleich weint er vor Freude, nein, er reißt sich zusammen und bedankt sich, als habe Judith ihm das Leben gerettet. Aus fünfzig Meter Entfernung, erzählt er uns, habe er noch ins Schwarze getroffen. Wie er, seine Schießauszeichnung in der erhobenen Hand, zurückrennt, brechen die 300 Jungs in ein Indianergeheul aus. Über dem Dünenkamm tauchen Neugierige auf und taucht auch unser Vater auf, in voller Größe, beide Arme in die Hüften gestemmt, ein Mann im Gegenlicht von kolossalem Zuschnitt. Immer baut er genüßlich an seiner Überlegenheit. Wie mir seine Selbstdramatisierung auf die Nerven geht. Seine Weltverfügung. Nur mein beharrliches Ohrenverschließen gegen alles, was mein Vater sagt, geht mir nicht auf die Nerven. Judith muß mir schwören, kein Sterbenswort von dem Abzeichen zu erwähnen; wir seien nur die Düne runtergerutscht; aufwärtsklimmend schwören wir, daß wir nur die Düne runtergerutscht seien. Ich benehme mich wieder mal, wie ich mich immer benommen habe angesichts meines Vaters, als Kindskopf, als Bangbüxe, ganz die Tochter meiner Mutter.

Ich baue mir eine Extra-Burg, um ungestört Briefe an Dirk und nach Hause schreiben zu können. Zu Judith sage ich stolz, ich sei heimlich verlobt. Auch das könnte ich meinem Vater nicht sagen, weil er mich kindisch nennen würde, als ob ein Mädchen sich heutzutage noch verlobte, und gar heimlich, das sind doch, ja, ich weiß, Gartenlaubenallüren sind das. Zwar soll ich Entscheidungen über meine berufliche Zukunft fällen, soll politisch klarsehen, aber in seinen Augen werde ich immer der Kindskopf bleiben. Zwischen den Strandkörben und Sandburgen tauchen jetzt zwei Hitlerjungen auf mit einer großen Raute; sie verkaufen zugunsten der NS-Kinderlandverschickung Nägel mit Köpfen, schwarzen, weißen und roten Köpfen, zwanzig Pfennige das Stück. Die Spender dürfen die Nägel mit einem Hämmerchen selber in die vorgebohrten Löcher der Raute schlagen, die weißen in den Kreis, die schwarzen in das Hakenkreuz, die roten in das Umfeld; sind alle Nägel eingeschlagen, ist das HJ-Abzeichen fertig. Wie wird mein Vater sich jetzt verhalten? Von seiner Haustüre in Berlin hat er noch alle Leute mit Sammelbüchsen abgewimmelt und hat nie die Fahne gehißt, wenn die Beflaggung des Reiches angeordnet war, hat nie Eintopf gegessen, wenn das ganze deutsche Volk Eintopf aß. Ich bin wirklich gespannt.

Na, dann kommt mal her, Jungs, sagt er leutselig und haut eigenhändig drei Nägel in die Raute. Ich traue meinen Augen nicht. Hat er eingesehen, daß man nicht gegen den Strom schwimmen kann? Mitnichten. Man muß jetzt ein perfekt getarnter Volksgenosse sein, erklärt er mir, als die Jungs weitergegangen sind, jetzt geht's nur noch ums Überleben, der Spuk ist bald vorbei. Merk dir das: Überleben ist Mimikry. Als wolle er mir noch weitere Lektionen erteilen, rutscht er über den von mir aufgeschütteten Wall.

Er und ich in meiner Sandburg, die nur für mich gebaut ist. In dem engen Trichter hat nur einer Platz. Noch nie ist er mir so auf den Pelz gerückt, auf die nackte Haut. Er will mir etwas vorlesen. Er schreibt nämlich an einem Roman über Leonardo da Vinci. Das ist dir doch hoffentlich ein Begriff? Oder? Manchmal tauchen die kleinen Halbschwestern über dem Wall auf. *Vielgeliebtes Weib*, ruft Vater in besagtem Tonfall, halt uns mal die blonden Besen vom Hals. Vaters vierte Frau ist fast so groß wie er, sehr schlank und dunkelbraun gebrannt. Ihr tiefsitzenden brauner Haarknoten sieht nicht bieder, sondern todschick aus. Was man ihr lassen muß: Sie gehört nicht zu den Bessergestellten, die noch ein Dienstmädchen haben und in Cafés herumsitzen. Sie hat jetzt kein Dienstmädchen mehr und arbeitet trotzdem rund um die Uhr als Vaters Mitarbeiterin. Vater liest von einem monumentalen Reiterstandbild, welches Leonardo da Vinci von einem Herzog in Auftrag gegeben wurde. Das originale Tonmodell des Pferdes wurde dem Herzog auch vorgeführt, aber zum Guß ist es nie gekommen, weil das bereitgestellte Erz zum Gießen von Geschützen verwendet worden ist. Interessiert dich das? fragt Vater.

Ja, natürlich.

Natürlich ist das gar nicht. Natürlich ist, daß du Socken strickst und Liebesbriefe an Soldaten schreibst. Du mußt dich schon entscheiden, ob du dein deutsches Gemüt oder deinen Verstand trainieren willst. Er unterbricht sich und liest weiter aus den raschelnden Manuskriptseiten: Leonardos Experimente über den Vogelflug und seine Spekulationen über die Flugmöglichkeiten des Menschen, über Strömungsgesetze der Luft und des Wassers. Vater sagt, es habe nie ein größeres Genie gegeben als Leonardo und nie ein tragischeres; das meiste von seinen Entwürfen sei unverwirklicht geblieben; über das, was alles verloren gegangen sei an Zeichnungen und Manuskripten, könnte man Romane schreiben. Mein Vater, neben mir in der gelben Sandburg, sagt: Unvergleichlich, Leonardos *Zeichnungen vom Untergang der Welt*. Man hört das Wellenschlagen, die Hammerschläge, Kinderrufe, *vielgeliebtes Weib*, einmal schwebt die Raute vorüber.

Auf die schräge Innenwand meiner Sandburg malt mein Vater mir in diesem denkwürdigen Ostseeurlaub mit dem Zeigefinger eine geometrische Figur, die mir die totale Erfassung des einzelnen in unserem Staat verdeutlichen soll und seine totale Überwachung. Das bist du, sagt Vater und versucht, ein einzelnes Sandkorn aus seinen aneinandergeriebenen Zeigefingerkuppen rieseln zu lassen. Und das ist der Staat. Er zeigt auf seine gemalte Figur: ganz oben der Führer, die Reichsleitung, der Gau, die Kreis-, die Ortsgruppe, die Zelle, der Block, die

Partei, die Deutsche Arbeiterfront. Er langweilt mich tödlich, das habe ich ja alles mal auswendig lernen müssen, HJ, SA, SS, NSKK, NS-Frauenschaft, um diesen Staat zusammenzuschmieden hat der Führer die Gewerkschaften und Unternehmerverbände aufgelöst, die Länder und ihre Parlamente ausgelöscht. War das denn so schlecht? War vorher alles korrupt? Waren meine Geschichtslehrer denn Idioten, die uns nur Lügen eingetrichtert haben? Ich hüte mich, solche Fragen laut zu stellen. Ich lasse ihn reden und geometrische Figuren malen, über die der Sand rieselt. Ich gehöre ja keiner dieser Organisationen an, und überwacht fühle ich mich schon gar nicht. Immer muß mein Vater alles auf die Spitze treiben. Immer mich aus meinen Träumen schubsen. Über nichts anderes als über politische Dinge hat er je mit mir geredet.

Mein Vater bringt es fertig, unsere Erfolge einfach hinwegzureden, die offenkundige Tatsache zu leugnen, daß der Vormarsch der Deutschen unaufhaltsam ist. Seit Kriegsbeginn überrollen wir ganz Europa, überqueren Brücke um Brücke, erobern Stadt um Stadt. Aufs *Großeganze* gesehen ist der Krieg schon gewonnen. Aber mein Vater sagt, der Krieg sei bereits verloren. Peer, du lügst, kann ich da nur sagen.

Lieber Dirk,

wir reisen überstürzt nach Berlin zurück. Du kannst Dir denken, warum. Ich wäre gerne noch die paar Tage hier geblieben, bis mein Urlaub zu Ende ist. Das Wetter ist jetzt herrlich, ein Tag so strahlend schön wie der andere, aber mein Vater hat keine Ruhe mehr.

Mein Vater packt seine Koffer, wie nur er Koffer packen kann. Zuunterst kommen seine Bücher. *Leonardo da Vinci. Das Rätsel von Leonardos Schlachtenbild. Über die göttliche Proportion. Eine Sittengeschichte.* Auf die Bücher kommen die Schuhe in Schuhbeuteln, jeder Spalt wird mit schmutziger Wäsche ausgestopft. Wenn ich ihn Koffer packen sehe, wird die Uhr für mich auf Kinderzeit zurückgestellt. Aufs pedantischste legen zwei überlange Männerhände, auf deren Handrücken kein Härchen zu sehen ist, Bücher, Papiere, Unter- und Oberhemden, Schlafanzüge, gefaltete Taschentücher in einen plakatbeklebten Koffer, stopfen Socken, Etuis, eine Kleiderbürste, einen Feldstecher senkrecht dazwischen, daß alles schön Halt hat. Ausgezirkelt der Platz für das blaugoldschwarze Reisenecessaire. Vater ist ganz groß im Kofferpacken. Alle Gegenstände, mit denen er lebt, sind systematisch, übersichtlich, man könnte sagen, liebevoll geordnet, sortiert, arrangiert, genauso wie die hunderttausend Karteikarten in den Karteikästen seines Arbeitszimmers, die Auskunft geben über die Weltgeschichte der Technik. Da wird nicht herumgesucht. Da greift man nur zu. Mein Vater ist der ordentlichste Mensch, den ich kenne. Er sagt von sich: Ich bin die Ordnung in Person. Die Ordnung in Person muß eine andere Person sein als die, deren Existenz so kolossal chaotisch ist im Zusammenleben mit anderen Menschen. Mit Gegenständen kann er umgehen. Mit Menschen nicht, es sei denn, sie ließen sich von ihm zu Gegenständen machen. Habe ich je solche Gedanken wörtlich gedacht? Was dichte ich der Achtzehnjährigen an?

Wir Kinder – auch wenn er mir aus seinen Manuskripten vorliest, zähle ich doch weiterhin zu den Kindern –, wir Kinder hocken auf dem Bett und sehen ihm zu beim Kofferpacken, sein vielgeliebtes Weib hat Vater weggeschickt, um alle Zeitungen zu kaufen, die es hier zu kaufen gibt. Er sagt: Die Neue Zürcher Zeitung müßte man haben, um sich ein Bild machen zu können, aber wir leben ja in einem Ghetto. Ich beneide meine kleinen Halbschwestern, die noch nichts zu begreifen brauchen. Ich soll endlich begreifen, was die Stunde geschlagen hat.

Begreifst du denn nicht, was die Stunde geschlagen hat? Herr des Himmels, was hat sie denn geschlagen. Wir machen einen herrlichen Urlaub an der See. Ich bekomme jeden Tag einen zärtlichen Brief. Es ist Krieg, ja, aber eine Hand reicht nicht aus, um alle Siegesmeldungen aufzuzählen. In diesem Urlaub, ich weiß es genau, habe ich manche Träne zerdrückt. Nicht aus Heimweh, nein, schon gar nicht aus Liebeskummer oder warum eine Achtzehnjährige sonst noch weinen könnte. Den Tränen war ich nahe oder habe ihnen, im Sand auf dem Bauch liegend, sogar freien Lauf gelassen, weil mein Vater mich quält mit seinen Weltuntergangsthesen. Er sitzt im Strandkorb, auf der Loggia seines Zimmers, am Frühstückstisch und liest halblaut die Überschriften aus dem Völkischen Beobachter, die alle einmütig und eindeutig von den Erfolgen unserer deutschen Wehrmacht berichten, die diese Erfolge mit Zahlen belegen, über die man sich freuen, auf die man stolz sein könnte, aber mein Vater sagt: Das ist es ja eben; wie in einem Spiegelkabinett werden die Erfolgsmeldungen vervielfacht und täuschen darüber hinweg, daß Großbritannien, Rußland, China, bald auch – du kannst Gift drauf nehmen – die Vereinigten Staaten von Amerika und alle ihre Verbündeten – das sind dreiviertel der Gesamtbevölkerung der Erde, mein liebes Kind –, täuschen darüber hinweg, daß diese Weltmächte das kleine Deutschland zermalmen werden und damit vom Nationalsozialismus befreien und von der wahnwitzigen Idee, daß die Deutschen die Herrenrasse seien.

Rußland? Ja, Rußland auch, seit heute morgen. Wir sitzen beim Frühstück auf der Terrasse. Die Sonnenschirme sind noch nicht geöffnet. Der Bohnenkaffee ist dünn, die Butter in kleine Röschen rationiert, aber sonst ist alles wie im tiefsten Frieden. Ich kann futtern, soviel ich will, denn seit einigen Monaten ist mein Fohlenspeck verschwunden, mein Vater könnte ruhig mal sagen, ich hätte mich nun ganz hübsch ausgewachsen. Ich habe mir die neue Frisur zugelegt, die Entwarnungsfrisur, wie man sie nennt, das aufwärts gebürstete Haar. Und gleich wird mein Vater einen Feldpostbrief aus dem Poststapel heraussuchen, der neben seinem Teller liegt. Da werden die Schiebetüren zum Speiseraum von der Bedienerin weit geöffnet, und alle können die Stimme aus dem Radio hören: *Die Welt hält den Atem an. Im Morgengrauen ist die großdeutsche Wehrmacht im Osten auf der ganzen Front angetreten von der Ostsee bis zum Schwarzen Meer. Der Führer wird einen Aufruf an seine Soldaten erlassen. Es geht um die Sprache der Waffen gegen demokratisches Theater.*

Begreifst du nun, was die Stunde geschlagen hat?

Ich gehe ins Wasser. Ich schwimme weit hinaus an diesem Morgen, so weit, daß der Strandwärter mich zurücktuten muß. Inhaltsschwere Tage gibt es jetzt viele, schicksalsträchtige Zeiten, historische Augenblicke reihen sich an historische Augenblicke. Geschichte und allerbanalster Alltag. Wir brechen den Urlaub ab, weil der Führer, von schweren Sorgen niedergedrückt und seit Monaten zum Schweigen verurteilt, nunmehr den Zeitpunkt für gekommen hält, Moskau die Zähne zu zeigen, denn die Bolschewiken haben den deutsch-russischen Vertrag von 1935 schmählich verraten. Wir brechen den Urlaub ab, weil mein Vater, der Prophet, nichts als Unheil wittert und einfach ignoriert, daß die slowakische Armee mitmarschiert gegen die Sowjets, daß Ungarn prompt seine diplomatischen Beziehungen zu Moskau abbricht, daß Italien und Rumänien der Sowjetunion den Krieg erklären und ebenso Finnland sich als getreuer Waffengefährte erweist. Im Handumdrehen haben wir 400000 russische Gefangene, haben zahlreiche rote Kampfflugzeuge beim Einflug in Ostpreußen abgeschossen. Das Unternehmen Barbarossa hat begonnen. Ich komme in mein lausiges Büro zurück, benommen von den einander widersprechenden Meldungen aus den Wehrmachtsberichten und aus dem Mund meines Vaters, benommen mehr noch von der Tatsache, daß die Feldpostbriefe von Dirk ausbleiben.

Ein Glück, tagsüber komme ich nicht ins Grübeln, auf unserer Dienststelle haben wir alle Hände voll zu tun. Die schweren feindlichen Angriffe auf das Ruhrgebiet haben die Verschickung der Kinder aus luftgefährdeten Städten zur Folge. Frau Ebeling leistet Übermenschliches. Auf unbürokratischem Wege erledigt sie, was erledigt werden muß. Persönlich sucht sie jede Familie in Ziesar und Umgebung auf, die sich aufgrund eines von mir formulierten, zu Herzen gehenden Aufrufes bereit erklärt hat, ein Ruhrgebietskind aufzunehmen. Nur ausnahmsweise nimmt Frau Ebeling für diese Fahrten den ihr zur Verfügung stehenden Dienstwagen in Anspruch, denn sie gehört nicht zu denen, die der kämpfenden Truppe das Benzin wegnehmen. In der Familie ihres Bruders bringt sie gleich zwei Kinder unter, ein drittes, Geschwister der beiden, nimmt sie selber auf, ihre Mutter wird sich des Kindes liebevoll annehmen, während sie, Frau Ebeling, im Einsatz ist.

Als die Kinder auf dem Kleinbahnhof Ziesar erwartet werden, ist das rote Backsteingebäude beflaggt und mit Girlanden geschmückt, als rolle der Kaiser beziehungsweise der Führer persönlich ein. Die Hitlerjugend in allen Einheiten samt dem Spielmannszug ist auf dem Bahnsteig angetreten. Die Familien, die ihr Pflegekind abholen wollen, drängeln hinter den Formationen auf dem schmalen Kiesstreifen bis zu den Weichen, die zu betreten verboten sind, und auf der anderen Seite bis zu einem Feldweg, der die Gleise überquert. Dort steht als Kuriosum ein Warnschild: *Halt, wenn das Läutewerk der*

Lokomotive ertönt oder die Annäherung des Zuges anderweitig erkennbar wird. Die Lokomotive stößt schon von weitem Freudenschreie aus, da springt der Führer des Spielmannszuges auf eine Kieskiste, die Trompeter winkeln die Arme an, reißen mit der Rechten die Trompeten hoch und schmettern los, daß es einem in die Glieder fährt: *Vorwärts, vorwärts, schmettern die hellen Fanfaren / vorwärts, vorwärts, Jugend kennt keine Gefahren ...* Als der Zug dann einfährt und langsam zum Stehen kommt, singen die BDM-Chöre zu den Fanfaren: *Ist das Ziel auch noch so hoch, Jugend zwingt es doch*; dann ist kein Halten mehr, alle auf dem Bahnsteig fallen in den Refrain ein: *Unsere Fahne flattert uns voran / unsere Fahne ist die neue Zeit*; die freiwilligen Helfer und Helferinnen vom Roten Kreuz heben die Kinder aus dem Zug, die Lokomotive steht unter Dampf, vielleicht singen auch die Ruhrgebietskinder mit: *Denn die Fahne führt uns in die Ewigkeit, ja die Fahne ist mehr als der Tod.* Und mitten unter allen stehe ich, singe mit und denke nicht an meinen Vater. Auslachen würde er mich, sähe er das. Seit über einer Woche aber kein Brief von Dirk. Es wird an den Luftangriffen liegen, auch Hannover, Braunschweig und Magdeburg sind bombardiert worden, ganze Postwaggons bleiben stehen oder sind ausgebrannt.

Selbstverständlich hat sich auch meine Mutter bereit erklärt, ein Ruhrgebietskind aufzunehmen. Jedes der ankommenden Kinder hat ein Pappschild um den Hals hängen, auf dem stehen Name, Alter, Heimatadresse und die Anschrift der Gastfamilie. Unser Ruhrgebietskind heißt Helene Siminsky, ist neun Jahre alt und kommt aus Wanne-Eickel. Ich soll es in Empfang nehmen und nach Dienstschluß mit ihm nach Hause fahren. Die Kinder werden, auch das hat Frau Ebeling organisiert, einzeln ausgerufen; jedes erhält, ehe es seiner Pflegemutter zu treuen Händen übergeben wird, einen Blumenstrauß von einem Jungmädel überreicht, das Jungmädel sagt dabei: Heil Hitler, herzlich willkommen in unserer schönen Heimat.

Doofe Kuh, schreit eins der Ruhrgebietskinder daraufhin, stampft mit dem Fuß auf die Kiste, auf die man es gehoben hat, und schleudert den Blumenstrauß in die Menge. Mein Gott, das wird doch nicht ausgerechnet Helene Siminsky aus Wanne-Eickel sein?

Sie ist es. Strampelnd und schreiend wird sie mir samt ihrem verschnürten Pappkarton durch die Menge zugeschoben. Sicher hat das Mädel Heimweh, wer hätte mehr Verständnis dafür als ich; vier- bis fünfmal im Jahr hat man mich als Kind zu meinem Vater nach Berlin verfrachtet, obgleich ich Bauchgrimmen vor Heimweh hatte.

Zuerst versuche ich, den gestrengen Namen Helene abzuschwächen:

Wie sagt denn deine Mutter zu dir? Leni oder Lenchen?

Doofe Kuh, schreit Helene.

Hoppla, doofe Kuh sagt sie bestimmt nicht zu dir.

Als ich versuche, die runtergerutschten Kniestrümpfe hochzuziehen, tritt Helene mir gegen das Schienbein und spuckt. Am liebsten würde ich die Göre samt ihrem Pappkarton wieder in den Zug setzen. Ich versuche es mit einem Köder:

Wollen wir Eis essen gehen?

Aber das verfängt bei Helene nicht. Sie hat beschlossen, sich keinen Schritt vom Bahnhof zu entfernen. Gut so, dann rennt sie mir wenigstens nicht davon. Die Leute sind inzwischen auseinandergelaufen, eine jede Familie mit ihrem Ruhrgebietskind. Ich stehe noch immer mit Helene auf dem Bahnhofsplatz. Da kommt Frau Ebeling auf uns zu.

Heil Hitler, Helene.
Heil du ihn, schreit Helene.
Frau Ebeling ist verblüfft, fängt sich aber rasch.
Hör mal, du kleine Krotte.
Achtung, sage ich, sie stößt und spuckt.
Nicht bei mir.
Wie mit einem Polizeigriff überwältigt Frau Ebeling das störrische Kind, bugsiert es in das Auto ihrer Schwägerin und ordnet an, daß Helene dort bleibt, bis ich sie abholen werde.

Ich atme erst mal auf. Vermutlich wird nur meine Großmutter mit dieser Helene fertig werden. Meine sanfte Mutter tut mir jetzt schon leid. Den Nachmittag verbringe ich alleine im Büro, denn Frau Ebeling ist fix und fertig, auch will sie die ersten Stunden mit ihrem Ruhrgebietskind verbringen. Das Telefon läutet. Hier Deutsches Frauenwerk. Beratungsstelle Ziesar. Ich nenne meinen Namen.

Hier spricht eine Nachrichtenhelferin. Ich soll Sie von Dirk grüßen, er befindet sich in einem Lazarett in Bad Kissingen. Er ist nicht verwundet. Er hat aber eine Gelbsucht. Haben Sie mich verstanden?

Ja.
Heil Hitler.
Heil Hitler.
(Heil du ihn.)

Ich komme nicht dazu, danke zu sagen oder Fragen zu stellen, die Teilnehmerin hat das Gespräch beendet. Ihre Stimme war von starken Störgeräuschen überlagert. Stünde nicht Bad Kissingen auf dem schönen weißen Papier, ich würde denken, ich hätte mich verhört oder einer meiner Träume sei dermaßen präzise geworden, daß ich Stimmen vernehme, Nachrichten wildfremder Menschen empfange. Hier spricht eine Nachrichtenhelferin. Das Wort ist wörtlich zu nehmen: Sie verhilft mir zu einer Nachricht über Dirk. Er ist Funker. Er muß im Feldlazarett erfahren haben, daß der Transport nach Bad Kissingen geht und muß es bewerkstelligt haben, mich zu verständigen. Haben Sie mich verstanden? Ich habe verstanden. Nun ist es an mir zu handeln. Den restlichen Nachmittag entwickle ich eine Tätigkeit, die fieberhaft genannt werden müßte, wenn sie nicht so umsichtig und zielstrebig wäre. Zuerst lasse ich mich vom Fernamt mit der Kurverwaltung Bad Kissingen verbinden. Dort melde ich mich dreist als Deutsches Rotes Kreuz Hauptgeschäftsstelle Berlin. Ich erbitte die Telefonnummern derjenigen Lazarette in Bad Kissingen, in denen die internistischen Fälle liegen. Darüber kann die Kurverwaltung leider keine Auskunft geben; sie verbindet mich aber mit der Medizinischen Klinik Bad Kissingen.

Verbindlichen Dank. Heil Hitler.

Heil Hitler.

Von der Medizinischen Klinik erfahre ich, daß in allen von der Deutschen Wehrmacht belegten Lazaretten – mit Ausnahme der Chirurgischen Klinik – sowohl internistische, als auch, zur Nachbehandlung, chirurgische Fälle liegen. Auf meinem Spruchpapier notiere ich Telefonnummern von zwölf Kissinger Lazaretten; im vierten bereits bestätigt man mir, daß Dirk vor zwei Tagen eingeliefert worden sei, verbinden könne man mich allerdings nicht mit ihm, leider, auch ans Telefon rufen könne man ihn nicht, da er bettlägerig sei.

Ich werde ein Telegramm an Dirk schicken, damit er weiß, seine Botschaft über die Nachrichtenhelferin hat mich erreicht. Der Wortlaut des Telegramms? Nachricht empfangen, gute Besserung? Um Gottes willen nein. Tausend Genesungswünsche? Auch nicht. Ich kann kein Telegramm an Dirk senden. Funker – das weiß ich aus Kriegsfilmen – fordern Verpflegungsnachschub an, geben Munitionsbedarf weiter, melden die Zahl und die Namen der Gefallenen und Verwundeten und Gefangenen. Vaters Formulierung vom perfekt getarnten Volksgenossen fällt mir ein. Die Nachricht über die Nachrichtenhelferin war gewiß riskant. Ich werde Dirk nur einen Brief schreiben. Lieber Dirk, ich verspreche Dir, bald zu Dir zu kommen! Ich entwickle ihm einen Plan, wie ich das anstellen werde. Wieder werden meine ärztlichen Atteste herhalten müssen. Ich werde alle Hebel in Bewegung setzen, um hier wegzukommen. Ich schreibe: Mir fällt ein Stein vom Herzen, weil Du nicht mehr an der Front bist. Was sind das für Zeiten, in denen man sich über eine Gelbsucht freut, weil das immer noch besser ist als... Ich zerreiße den Brief und fange einen neuen an: Lieber Dirk, als ich heute Deine Nachricht erhielt... schon zerreiße ich den neuen Briefanfang und bin entschlossen, überhaupt nicht zu schreiben. Mit der Unantastbarkeit des Briefgeheimnisses, so mein Vater, ist es hierzulande nicht mehr weit her. Ich werde Dirk Blumen durch Fleurop schicken. Ich werde Blumen sprechen lassen. Was für Blumen? Rosen. Es ist ja Rosenzeit. Rosen sind unverfänglich. Nein, ich werde auch keine Blumen senden, denn genaugenommen darf ich noch gar nicht wissen, daß Dirk in Kissingen ist, genaugenommen darf ich die Nachricht der Nachrichtenhelferin gar nicht empfangen haben. Besser, ich hätte nicht in den Lazaretten herumtelefoniert. Ich verbrenne die zerrissenen Briefe im Kachelofen. Fast vergesse ich, mein Ruhrgebietskind abzuholen. Wie heißt es doch gleich? Helene, richtig, Helene Siminsky aus Wanne-Eickel.

Helene fühlt sich hier schon wie zu Hause, sagt der Apotheker lachend zu mir, als ich Helene abholen will. Auch Frau Ebeling ist da. Die Ruhrgebietskinder spielen mit den Apothekerkindern mit Hof Verstecken mit Anschlag. Helene hat sich so gut versteckt, daß kein Mensch sie findet.

So viel habe ich schon herausbekommen, sagt Frau Ebeling zu mir, Helene hat keine Mutter mehr und hat keine Geschwister. Ein altkluges Einzelkind und ein Kommunistenkind dazu. Nur unter Gleichaltrigen ist sie zu haben. Ihre Mutter und Ihre Großmutter würden nicht mit ihr fertig werden. Ich habe mich entschlossen, Helene selber zu behalten. Tagsüber kann sie bei meiner Schwägerin sein. Ich werde Helenes Vater verständigen. Sie sind doch einverstanden?

Großer Gott, dagegen habe ich wirklich nichts einzuwenden. Heute fügt sich alles aufs Schönste. Ein Tag großen Glücks. Im Kino läuft auch *Hauptsache glücklich* mit Hertha Feiler und Heinz Rühmann. Frau Ebeling mit ihrem Filmgedächtnis hat mir alle Einzelheiten erzählt. Eine Frau trägt zwei Spankörbe blühender Fuchsien vor mir her. Der Bahnhof ist für mich geschmückt. Ich bin viel zu früh. Ich tänzele die Bahnsteigkante entlang bis zu den Weichen und bis zu dem Feldweg. Damals ist einem nicht eingefallen, ein altes Warnschild einfach mit nach Hause zu nehmen. *Halt, wenn das Läutewerk der Lokomotive ertönt oder die Annäherung des Zuges anderweitig erkennbar wird.* Das Schild wäre heute eine Rarität. Ich hätte es allerdings nicht hindurchretten können. Ich lege mein Ohr an den Strommast und höre die Welt summen. Ich bin so glücklich, daß ich den Strommast umarme. Auf seinem Rund ist ein schwarzer Blitz als Warnung vor Hochspannung. In Gedanken schreibe ich Briefe an Dirk: Wetten, daß es keine drei Tage dauert, bis ich bei Dir bin! Den möchte ich sehen, der mich hindert, nach Kissingen zu kommen. Wie ich das anstellen werde? Das ist noch nicht spruchreif. Sprüche jedenfalls schreibe ich keine mehr. Es gäbe ein ganz einfaches Mittel, auf der Stelle zu einer Kur nach Kissingen zu kommen. Ich bräuchte bloß meine Bauchschmerzen ins Feld zu führen. Aber das kann ich meiner Mutter nicht antun. Ich muß mit offenen Karten spielen. Ich weiß, meine Mutter spielt mit.

Nichts kommt ihr gelegener, als mein Wunsch, eine Kur in Bad Kissingen zu machen. Kissingen ist genau das richtige für Magen und Darm. Du bist mein vernünftiges Mädel. Meine Versicherungen, ich habe gar keine Schmerzen, es gehe mir nur um den Soldaten im Lazarett, glaubt sie mir nicht. Du willst mich bloß schonen, das ist lieb von dir. Es wird sich sehr viel später herausstellen, daß sie anfangs sogar den Soldaten für erfunden hielt, hat sie doch Grund zu denken, ich sei dem Tode geweiht. Wenn nicht ein Wunder geschieht, schreibt sie in einem Brief an ihren Arztfreund Adolf Tegtmeier, ist das Kind dem Tode geweiht.

Mir wird später niemand meine Ahnungslosigkeit über meinen Gesundheitszustand glauben wollen. Ich bin viel zu jung und viel zu verliebt, um argwöhnisch zu sein. Heute denke ich: Wer weiß, was Glück ausrichten kann. Vielleicht kann es wirklich und wahrhaftig Wunder wirken. Wie im Märchen habe ich drei Wünsche frei. Der erste Wunsch: Ich will zu Dirk. Der zweite Wunsch: Ich will zu Dirk. Der dritte Wunsch: Ich will zu Dirk. Bad Kissingen, wo liegt das eigentlich? Im Bayrischen, sagt Mutter, nicht weit weg von Schweinfurth, wo die großen Fabriken für Kugellager sind, geh bloß bei jedem Fliegeralarm in den Keller, versprich mir das! In meinem Schulatlas, auf der Karte des Großdeutschen Reiches, eingeschlossen Österreich, das Saargebiet, die Sudeten, das Protektorat Böhmen und Mähren, suche ich Bad Kissingen. Großmutter ist dort mehrmals zur Kur gewesen, vor dem Ersten Weltkrieg, als es noch ein elegantes Staatsbad war, das, mutmaßt sie, sei es heute sicher nicht mehr. Sie zeigt mir ein rotes Brunnenglas, auf dem eine Art Tempel herausgeschliffen ist, und eine bunte Postkarte mit angeleuchtetem Springbrunnen. Sie zählt berühmte Leute auf, die in Bad Kissingen Kuren gemacht haben, allen voran Bismarck, der sei wegen seines Leberleidens und seiner Leibesfülle mindestens ein Dutzend Mal in Kissingen zur Kur gewesen, dort habe man auch sein Höchstgewicht ermittelt, zweieinhalb Zentner habe er auf die Waage gebracht. Nach einigen Kuren habe er, dank des abführenden Kissinger Bitterwassers und des Heilfastens nur noch knapp zwei Zentner gewogen. Auch der von Großmutter vielgeliebte Theodor Fontane sei häufig Gast in Kissingen gewesen. Als Reiselektüre werde sie mir seine Novelle *Eine Frau in meinen Jahren* mitgeben, außerdem noch eine Ausgabe von Bismarcks Briefen. Von den anderen längst verblichenen Kissinger Kurgästen, die sie noch nennt, habe ich nur die Namen Adolph Menzel und Heinrich von Treitschke behalten. Sie zeigt mir alte steife Fotografien, auf denen sie als junge Frau mit Federhut und Schnürtaille und Sonnenschirm zu sehen ist, am Arm ihres beleibten Ehemannes im Rosengarten steht oder in der Wandelhalle wandelt. Trinkkuren, Rosengarten, Wandelhalle. Kissingen muß schön sein, und wenn es auch nicht mehr das sein sollte, was es einmal gewesen war, schön wird es immer noch sein. Baden werde ich im Luitpoldbad. Womöglich fährt der historische kleine Dampfer noch auf dem Flüßchen, das auch Saale heißt, fränkische Saale. Meine Großeltern sind seinerzeit mit dem Dampferle bis zur Saline gefahren, um von dort aus einen Ausflug zu machen, Landpartie, sagt Großmutter. Die Damen, stelle ich mir vor, trugen Spitzensonnenschirme und Sonnenhüte, auf denen Glaskirschen reiften, die Herren Vatermörder und Spazierstöcke mit silbernen Knäufen, und irgendein dienstbarer Geist schleppte Deckelkörbe voll belegter Brötchen, Wein und Obst hinter ihnen her. Ich bin zur falschen Zeit geboren.

Die Zugverbindung nach Bad Kissingen, die Fahrkarte, die Lebensmittelkartenabmeldung, die einstweilige

Freistellung vom Ausgleichsdienst – alles regelt sich wie von selbst. Ich wundere mich nicht. Die Gestalten in Märchen wundern sich nicht. Ich packe meine Koffer genauso penibel, wie mein Vater seine Koffer packt, die Bücher zuunterst, Kolbenheyers *Amor dei*, Carossas *Verwandlungen einer Jugend* und das eben erschienene *Jahr der schönen Täuschungen*, Hölderlins *Hyperion* und seine Gedichte, Fontanes Novellen und Bismarcks *Briefe an seine Braut*. Mit einem Schuhbezugsschein, der Großmutter auf Antrag bewilligt wurde und auf dem als Geburtsjahr 1863 steht samt dem Vermerk, es handele sich um orthopädische Schuhe, kaufe ich mir die ersten hochhackigen Schuhe meines Lebens, ein Paar rote Sandaletten. Schuster Schenk drückt beide Augen zu, meiner Großmutter erweise er jeden Gefallen, und wenn sie meine, sie brauche in ihrem Leben kein Paar neue Schuhe mehr, und ihren Bezugschein der Enkelin gebe, so werde er das schon unauffällig hindrehn. Meine überstürzte Abreise nach Bad Kissingen erfolgte unter Umständen, die für mich im Dunkeln liegen, die ich aber ohne Erstaunen hinnehme als Zeichen dafür, daß ich nach den eintönigen Schuljahren nun ins Leben getreten bin, zwar nicht ganz so, zwar absolut nicht in dem Sinne, wie unser Direktor in seiner Abiturientenabschiedsrede, die so lang war wie dieses Wort, uns in bewegten und bewegenden Wendungen ans Herz gelegt hat: wie wir ins Leben zu treten haben *in dieser historisch größten Zeit unseres deutschen Volkes, in diesem gewaltigen Geschehen, das eine neue Welt aufbaut und einen jeden von uns bis in die letzte Faser unseres Seins erfaßt*. Harte Klischees hagelten auf uns ein: Gewaltiges Geschehen, große Volksgemeinschaft, historisch größte Augenblicke. Wie hörten wir es? Wie man den Wind hört, der ums Haus weht? Die letzte Faser meines Seins ist von etwas ganz anderem erfaßt als vom Gesetz der großen Volksgemeinschaft, in der wir uns *unserer dienenden Gliedschaft* – so unser Direktor wörtlich – *bewußt werden müssen.* Nicht Carossas Gedicht, mit dem unser Direktor seine Abschiedsrede schloß, steht in meinem Tagebuch unter dem 1. Juli 1941, sondern Verse von Hölderlin, und da nicht die auswendig gekonnten *O heilig Herz der Völker, o Vaterland*, sondern der Satz über Susette Gontard, den er seinem Freund Neuffer schrieb: *Es ist immer auch ein Tod für unsre stille Glückseligkeit, wenn sie zur Sprache werden muß.* Ein Satz, den ich aus Großmutters *Klassischem Vergißmeinnicht* abgeschrieben habe; sie hat ihn an ihrem Verlobungstag 1881 in ihrer schwungvollen Schrift eingetragen. So ausgerüstet mit Attesten und Gedichten und vielen guten Wünschen fahre ich nach Kissingen. Uneingeschränkt und ohne Rücksicht auf das Volksganze will ich meiner Wege gehn, lieber Herr Direktor. Nicht *dienmütig, wie es deutschen Frauen geziemt.* Krieg, Krankheit, Tod, Verhängnis, Damoklesschwert, Heimsuchung, Schreckgespenst – solche Worte werden Mutter und Großmutter gedacht haben bei meiner Abreise. Ich denke nur Liebe. Bisher habe ich Görzke jedesmal unter Tränen verlassen, wenn auch unter heruntergeschluckten, die in der Kehle brannten. Nie schien mir hier alles sattsam bekannt zu sein. Nun zum erstenmal habe ich das Gefühl, aus etwas herauszuwachsen oder mindestens etwas hinter mir zurückzulassen, was nur eine Vorbereitung auf das Kommende gewesen war.

Das Postauto fährt nicht mehr an die Bahn nach Wiesenburg, das Benzin steht der kämpfenden Front zu. Was läßt meine Mutter sich einfallen? Sie organisiert eine Pferdekutsche, die mich samt meinem Gepäck an die Bahn nach Wiesenburg bringt. Sogar Großmutter gönnt sich das Vergnügen einer Kutschfahrt. Wir stuckern über die Schlaglöcher der Chaussee, durch das flachmuldige

Land, den gradstämmigen Buchenwald. Man könnte meinen, wir machten eine Landpartie. Vetter Klaus kutschiert uns. Über die Schulter hinweg ruft er, dies seien die schwärzesten Tage der englischen Flotte, der Führer habe gesagt, die Engländer taumelten von Niederlage zu Niederlage. Mutter kämpft mit den Tränen. Großmutter sagt: Man schlägt die Zeitungen auf, und sie sind schwarz von Todesanzeigen.

Die Antwort des siebzehnjährigen Vetters: Das war in allen Kriegen so. Ich habe mich freiwillig zur Luftwaffe gemeldet.

Warum gerade Luftwaffe, denkst du nicht an Gerhard? Ist ein abgestürzter Flieger nicht genug in der Familie?

Sag bloß noch: Ich bin der letzte Namensträger.

Bist du das nicht?

Es hat seit Jahren Familiendebatten um Klaus gegeben. Wegen seiner sportlichen Leistungen haben seine Lehrer ihn für eine Ordensburg vorgeschlagen. Mein Onkel, die Gründlichkeit in Person, hat sich erst mal erkundigt, was eine Ordensburg eigentlich ist, und kam zu dem Ergebnis, dies sei denn doch nicht das Richtige für seinen Sohn. Er sei durchaus dafür, daß die Jugend sich abhärte, aber diese Ordensburgerziehung sei ihm zu hart, eine *gewalttätige, herrische, unerschrockene, grausame Jugend* solle da heranwachsen, *an der nichts Schwaches und Zärtliches mehr sei, der das freie Raubtier aus den Augen blitze,* jawohl, das stehe geschrieben, und deshalb könne er sich nicht entschließen, seinen Sohn zu einem solchen *Gottmenschen* machen zu lassen.

Wir sind viel zu früh an der Bahn. Da ist der Wartesaal mit der schwer zu öffnenden Tür. *Sotü schließt selbst* steht auf der dicken Türangel. Der alte, rotäugige Kellner ist nicht mehr da. Frieda Uttermark aus Neuhütten bedient jetzt hier. Sie setzt sich an unseren Tisch und lacht schallend, als ich nach dem Kellner Frage.

Mann, der? Der sitzt, der war doch andersrum.

Frieda sagt, sie brauche nicht in die Munitionsfabrik, weil sie Zucker habe. Hier könne sie den ganzen Tag Radio hören. Radio höre sie für ihr Leben gern, am liebsten das Wunschkonzert und *So klingt's beim Wein!* Wir trinken Brause und reden vom Radio. Die schöne Sendereihe *Die Heimat reicht der Front die Hände* ist mit der Sommerpause zu Ende, im September kommt dafür *Die Front reicht ihrer Heimat jetzt die Hand.* Klaus behauptet, das sei ja das Wunschkonzert, Frieda sagt, das sei eine andere Sendereihe. Der Streit ist ergiebig und kann nicht entschieden werden, weil zur Zeit der Wehrmachtsbericht aus dem Volksempfänger kommt. Frieda sagt: Mein Mann steht bei Damaskus. Was denkt man bei diesem Satz? Sieht man einen Soldaten neben einer Moschee stehen? Sieht man ihn an eine Grabenwand gelehnt, und er fällt in den Graben auf sein Gesicht wie weiland Saulus bei seiner Bekehrung in Damaskus? Klaus sagt, Friedas Mann könne gar nicht bei Damaskus stehen. Bei Damaskus stünden die Franzosen und Amerikaner. Auch gut, sagt Frieda, dann habe ich das verwechselt. In Dalmatien war er sicher schon, und in Italien und Griechenland.

Friedas Mann ist weit herumgekommen. Vor dem Krieg? Wo war er da? In Görzke, einem Nest im Fläming. Kein Mensch weiß, wo es liegt. Über Wiesenburg, Belzig, Brandenburg ist kaum einer hinausgekommen, vielleicht einmal im Jahr nach Berlin. Und nun Dalmatien, Italien, Griechenland. Frieda sagt es, als sei ihr Mann ein Weltenbummler geworden. Er war Molkereiarbeiter, ungelernter, rollte die Milchkannen auf die Rampe, schrubbte die Zentrifugen, immer hat er säuerlich gerochen. 36 ist er in die Deutsche Arbeitsfront eingetreten. Die haben ihn erst mal drei Monate auf eine Molkereischule geschickt, danach hatte er dreimal soviel

Wochenlohn. Wer war er vorher? Ein Niemand, ein Nichts. Dann wurde er auch noch Werksoldat. Kurz vorm Krieg machte er mit Frieda eine Kraft-durch-Freude-Reise in die Hauptstadt der Bewegung, sie sind auch ins Haus der Deutschen Kunst geführt worden, dort hat ein Bild gehangen, das hieß *Wir sind Werksoldaten,* und einer auf dem Bild sah genauso aus wie Friedas Mann, als ob der Maler ihn gemalt habe. Und jetzt steht er bei Damaskus oder in Dalmatien.

Die Stimmen mischen sich mit den Erfolgsmeldungen des Radiosprechers: Durchbruch an der lettisch-russischen Grenze, Vorstoß nach Südwest-Estland, Operationen am Ilmensee, Durchbruch durch die Dünastellung, Erstürmung von... Verfolgungskämpfe in... Doppelschlacht bei... Vorstoß nach... Erzwingung des... Säuberung von... Umfassungskämpfe bei... Spähtrupp in der Wüste... Vernichtungsschlacht von weltpolitischem Ausmaß. Mutter, die mein Gepäck aufgegeben hat, setzt sich zu uns. Sie sieht mich an, als ob ich in den Krieg ziehe. Ich stehe vor einem Rätsel. Trinkgeld nimmt Frieda keins von meiner Großmutter, das wäre ja noch schöner, wo Großmutter doch ihren Vater trotz seiner Beinprothese bis zuletzt Arbeit bei vollem Lohn gegeben habe. Wer verreist hier überhaupt, fragt Frieda.

Ich fahre nach Bad Kissingen zur Kur.

Für Friedas Ohren klingt das so exotisch wie Damaskus und Dalmatien.

Na, denn erhol dich mal schön. Was machste denn da?

Baden und Brunnentrinken, sagt Großmutter und erzählt von Kissingen, wie es früher gewesen ist.

Jedenfalls die Zeit ist hingegangen, ohne daß meine Mutter viel hätte sagen müssen. Sie hat ihre Stimme nicht in der Gewalt, meint sie doch, es sei ein Abschied für immer. Ich bin ahnungslos und kreuzfidel. Ich wüßte nicht, wann ich fideler gewesen wäre als auf dem Wiesenburger Bahnhof bei meiner Abreise nach Bad Kissingen.

Juli 41. Ich kann mich nicht von außen sehen. Keiner von uns im Wartesaal, auf dem Bahnsteig, mitten in Großdeutschland, kann sich wie auf einem ausgebreiteten Bilderbogen selbst betrachten. Jeder ist vergraben in seine alltägliche Erfahrung, und am allertiefsten ist diese Erfahrung im extremen Schmerz- oder Glücksfall. Neben Mutters Angst um mich verblaßt die gottverlassene Allgegenwart des Krieges, genauso wie neben meinem Wohlgefühl und meinen Glückserwartungen. Klaus fiebert seinem Dienst in der Luftwaffe entgegen. Der Pfiff der Lokomotive ertönt. Die Dampfwolke wächst. Großmutter, wie immer, wenn ich fortfahre, gibt mir ihren Reisesegen mit, den ich noch nicht als Zitat höre: *Sei glöcklich, mein liebes Kind.* Mein Gott, denke ich, daß sie immer noch so lachen kann. Was hat sie schon vom Leben zu erwarten mit fast achtzig. In Gedanken an Großmutter denke ich jetzt oft und wörtlich: Was hat sie noch vom Leben zu erwarten, wo ihre Sehkraft nachläßt, daß sie kaum noch den Faden ins Öhr fädeln kann. Wie bringt sie ihre Tage hin? Wacht sie in aller Herrgottsfrühe vom Klappern der Milchkannen auf, vom ersten Hahnenschrei, wenn das Licht auf die zusammengerückten Möbel fällt, auf den Rauchtisch, der halbiert werden kann, auf den gelben Kachelofen, den Nähtisch mit dem samtenen Fußkissen, das Vertiko mit der Majolikabowle, auf das Ölgemälde des 1917 gefallenen Sohnes, auf die schweren Silberleuchter neben dem Volksempfänger (kein Führerbild in diesem Zimmer). Noch weiß ich nicht, daß Großmutter sterben kann und doch für mich hierbleiben wird; kein anderer könnte dieses Bild besetzen. Noch weiß ich nichts von der Gewalt der Orte, die einen ansaugen. Mir schwant aber schon, daß die so schwer Behinderte, der man, als sie noch jünger war, als ich jetzt bin, ein Hüftgelenk entfernte, nur dank eines disziplinierten Tageslaufes lebt, der von Pflichten und Gebeten geregelt ist.

Meine Großmutter sieht den Krieg als ein den Völkern auferlegtes Schicksal; aber daß ein Gefreiter Weltgeschichte macht, das will ihr nicht in den Sinn. Das Wort *hergelaufen* verschluckt sie. *Hergelaufener Gefreiter* sagt mein Vater, wenn er von Hitler spricht. Großmutter moniert, daß der Führer immer *so rumbrüllen* muß. Wir sind doch nicht taub. Auch daß er von Gott als von der *Vorsehung* spricht, gefällt ihr nicht. Sie haßt solche Umschreibungen. Aber dazu neigen die Obern wohl alle. Man – damit meint sie ihre Generation – hat ja noch die Kaiserreden im Ohr. Der Kaiser hat 1918 vom *alten Alliierten* geredet und Gott gemeint: *Der alte Alliierte dort oben hat mit uns Deutschen noch etwas vor, sonst würde er uns nicht so in die Schule nehmen.* Großmutter: Ein 1918 darf sich nicht wiederholen. Zwischen ihrem Schlafzimmer und meiner Mansarde ist nur eine dünne, nichttragende Wand. Ich mußte aber der Einquartierung weichen. Großmutter kann abends nicht einschlafen, weil sie das Schnarchen der Offiziere nebenan hört, das Gemurmel und Kullern der Kugeln auf der Kegelbahn hinterm Garten. Niemand von uns hat Großmutter je unfrisiert gesehen oder ohne Gebiß oder ohne ein Samtband um den faltigen Hals. Wenn sie ihre Schiene an das kraftlose Bein schnallt, ertastet sie unzählige Öhre. Daß sie angesichts des abgelegten braunledernen Monstrums mit dem abgeknickten Kniegelenk auf dem Bettvorleger überhaupt den Mut hat, jeden Morgen aufzustehen – Gebiß, Brille, Schiene, Stock –, fix und fertig dazusitzen, wenn Mutter das Frühstück auf dem Nickeltablett bringt, den Muckefuck, das klitschige Kriegsbrot, das Butterportiönchen. Und jetzt fängt der Tag erst an. Nur selten gibt es eine Abwechslung, eine Kutschfahrt nach

Wiesenburg zum Beispiel. *Reise glöcklich, mein liebes Kind.* Mein kleines Abbild in ihren Brillengläsern winkt. Und Großmutter – war das an diesem oder an einem anderen Abschiedstag – ruft noch lachend und drohend: Erhole dich gut, ich erscheine dir sonst.

Ich beschwöre dich – ich erscheine dir sonst – daß du nach meinem Tode über mich derb und frei schreibst, nicht verdammt kleinstädtisch – zart und delikat über alles. Das, so lese ich Jahre später, schrieb Jean Paul an Christian Otto im Jahre 1802. Ich weiß nicht, ob meine Großmutter Jean Paul gelesen hat, das *ich erscheine dir sonst* halte ich eher für eine spontane Erfindung von ihr, es paßt zu ihr. So entläßt sie mich. Wer stützt wen, wie sie zur Kutsche zurückgehn, meine Mutter die lahme Greisin oder umgekehrt die Lahme die Tochter? Ich sehe es nicht mehr.

Wie ich mich kenne, habe ich ein Abteil für mich allein gesucht, um laut singen zu können, aber es gab keine leeren Abteile im Krieg; und ich kenne mich nicht, es sei denn als Kunstfigur, die ich neu erfinde und vor Glück laut singen lasse in einem eigens für sie freigefegten Abteil und den Gesang untergehen lasse im Rattern der Wagenräder. Zuletzt fährt ein Triebwagen an den flachen Ufern der fränkischen Saale entlang. Da habe ich Fontanes Novelle, die in Bad Kissingen spielt, schon ausgelesen, ich lese gerne über galante Zeiten:

Erlauben Sie mir, meine gnädigste Frau, Ihnen Ihren Becher zu präsentieren.

Die Dame verneigte sich.

Und Ihnen auf Ihrer Brunnenpromenade Gesellschaft zu leisten? Immer vorausgesetzt, daß ich keine Verlegenheit schaffe?

Wie wäre das möglich, Herr Rat: Eine Frau in meinen Jahren.

Soll ich fortfahren: Voll hochgespannter Erwartungen

komme ich in Bad Kissingen an. Auf dem Bahnsteig empfängt mich ein alter Mann in einer grünen Livree, auf seinem Mützenschirm steht der Name des Sanatoriums, das man für mich ausgesucht hat. Ich will aber nicht in das Sanatorium, ich will in das Lazarett, das früher Hotel Heinze hieß und, wenn Großmutters Erinnerung nicht trügt, dem Theater gegenüber liegt. Ich gebe dem livrierten Mann meinen Gepäckschein und – als sei ich solche weltmännischen Gesten gewohnt – ein Trinkgeld und sage, ich wolle lieber zu Fuß gehen. Die hochhackigen roten Sandaletten erweisen sich als unbequem. Ich gehe die häuserlose Straße vom Bahnhof in die Stadt. Das Eckhaus dem Theater gegenüber heißt immer noch Hotel Heinze und ist jetzt Lazarett. Neben der Drehtür steht *Hier wird Blut gespendet*, und auf einem Schild ist zu lesen, daß von Montag bis Freitag von 15 bis 17 Uhr Besuchszeiten seien, samstags von 14 bis 16 und sonntags von 14 bis 17 Uhr. Es ist Samstag abend. Ich muß mich 24 Stunden gedulden, bis ich Dirk wiedersehen kann. Ich muß mich noch fünf Wochen gedulden, bis ich Dirk wiedersehen kann, denn er liegt, wie mir ein Pfleger am nächsten Tag erklärt, auf der Quarantänestation und darf unter keinen Umständen Besuch empfangen, auch keinerlei Lebensmittel dürfen für ihn abgegeben werden, aber Briefe, Briefe natürlich. Und Blumen? Blumen auch, ja.

Ich übe mich in Geduld. Es ist die härteste Übung in meinem achtzehnjährigen Leben, die Besucher täglich ins Lazarett gehen zu sehen und selber vor der Tür zu bleiben. Ich stöckele die Promenade auf und ab, mit mühsamen Schritten auf zu hohen Hacken. Schönheit muß leiden. Die Verwundeten sehen mir nach. Ich wandele in der von Wandelgalerien umzogenen Wandelhalle, aus hohen Arkadenfenstern stürzen Kaskaden blühender Hortensien. Brunnen plätschern. Im Rosengarten blühn

Rosen, die, so meine Großmutter, eines jeden Züchters Herz höher schlagen lassen. Das Dampferle hat seine Vergnügungsfahrt für die Dauer des Krieges eingestellt. Ich wandere zur Saline und inhaliere tief die salzige Luft. Wann immer es sich einrichten läßt, verlasse ich das Sanatorium, stehle mich davon, schlendere durch den Kurpark, unter Riesenbäumen und Laubengängen und gläsernen Wandelhallen, sitze an steinernen Tischen und schreibe Briefe und Tagebuch, von allen abgesondert durch gestutzte Hecken. Das Pladdern heftiger Sommerregen treibt mich in die überhohen Lese- und Gesellschaftsräume des Kurhauses. Hier sind die Lautsprecher leise gestellt. Eine leise Stimme informiert über das Stukageschwader Immermann, das seinen fünfhundertsten Feindauftrag im Osten erfolgreich durchgeführt und dem Feind blutige Verluste zugefügt hat. Soundsoviele Bunkerstellungen und feindliche Batterien brachte es zum Schweigen, vernichtete Geschütze aller Kaliber, setzte an die 400 Panzer außer Gefecht, zerstörte über 4000 Fahrzeuge. Außerdem behinderten die kühnen Angriffe dieses Geschwaders die Durchzugsbewegungen des russischen Nachschubs, durch Bombenvolltreffer auf Eisenbahnstrecken und Munitionszüge; auf Panzerbrücken und Flußübergänge legte es den Nachschub nahezu lahm. Auf der Zitadelle von Kiew blickt ein deutscher Wachposten in diesem Augenblick über ein Kloster auf eine brennende Dnjepr-Brücke. Pioniere der Flak sichern den Luftraum. Die Kurkapelle spielt Strauss-Walzer. Ich gehe gern bei Regen spazieren, die hohe Luftfeuchtigkeit soll gut für den Teint sein. Bei Regen füttere ich am Liebfrauenteich Enten. Die Enten watscheln im Gänsemarsch hinter mir her. Drei- bis viermal täglich gehe ich zum Lazarett gegenüber dem Theater. Im Theater läuft *Fidelio,* ein Gastspiel der Würzburger Oper. Ich höre mir *Fidelio* an, aber die Liebe dieser beiden bleibt opernhaft.

Die in einem viel zu engen Wams verkleidete dicke Leonore singt: *Ja, es ist die Vorsehung.* Da höre ich meinen Vater den Führer nachäffen, wie er die *Vorsehung* beschwört, mit einem dunklen, kurzen O und rollendem, doppeltem R.

Die langen Abende. Ich gehe oft ins Kino: *U-Boote westwärts, Reitet für Deutschland, Der Weg ins Freie, Spähtrupp Hallgarten, Kornblumenblau, Der Etappenhase, Heiraten aber wen.* Den Inhalt der meisten Filme kenne ich schon aus Frau Ebelings Schilderungen. Frau Ebeling ist gegenwärtig, wenn ich durch Bad Kissingen gehe. Was würde sie sagen zu dem Heer der Verwundeten? Man sieht ja nur die Nichtbettlägerigen, die sich fortbewegen können in Rollstühlen, an Krücken und Stöcken, den Arm hochgeschient oder in der Schlinge, den Hals in einer Gipskrawatte; Blinde, die geführt werden oder mit einem weißen Stock vorwärtstastend laufen lernen. Der Wochenschaukrieg wendet sich und zeigt seine Rückseite. Sehe ich sie soviel anders als Frau Ebeling? Wenn ich ehrlich bin, gestehe ich: Auch ich sehe die Verwundeten als zum Krieg gehörig. Meine ganze Schulzeit hindurch hat man uns den Krieg als einen Kreuzzug verkündet, der geführt werden muß gegen das absolut Böse. Krieg: ein heroischer Akt von einzigartiger moralischer Größe, der verklärte Krieg, zu dem auch der rühmliche Opfergang der Verwundeten gehört. Die Mehrzahl der Kinobesucher sind verwundete Soldaten. Die Leinwandbilder zeigen Sturmboote auf dem Peipus-See, auf Panzern aufgesessene Infanterie, Bewohner ukrainischer Städte, die mit erhobenen Armen aus dem Bild rennen, andere, die den deutschen Befreiern Blumensträuße und gefaltete Hände entgegenstrecken. Überlebende aus der Kesselschlacht von Bialystok werden als Gefangene abgeführt. Die beweglichen Leinwandbilder zeigen Luftaufnahmen zerstörter Befestigungen in der Stalinlinie, in Großaufnahme Generalfeldmarschall Keitel und Generalfeldmarschall von Brauchitsch, sich über ausgebreitete Karten beugend. Hitler blickt ernst und einsam; alle Bilder sind bleifarben, keine roten Lippen, kein rotes Blut, die Städte brennen farblos, Grodno, Witebsk, siebzig Nächte nacheinander wurde London bombardiert. 60000 Luftkriegstote in England. Englische Sperrballone schweben wie fette Maden über schwelenden Hafenanlagen. Die Einsätze der britischen Jagdabwehr werden genau markiert und verfolgt. Ein deutscher Flugzeugführer tippt mit seinem Bleistift auf die fraglichen Punkte der Karte. Bei diesem oder einem anderen Bild springt einer der Verwundeten auf, trotz des Halbdunkels sieht man: Er hat einen hochgeschienten Arm und stimmt das Engellandlied an. Der Beginn des Spielfilms verschiebt sich, weil alle Kinobesucher in einer lähmenden Disziplin stehend das Engellandlied singen: *Denn wir fahren, denn wir fahren gegen Engelland.* Singe auch ich mit? Alle singen mit. Da ist nicht ein einziger Buhruf. Wir singen einstimmig. Schließlich hat ein Verwundeter das Lied angestimmt. Die erhobene Rechte gehört zu einem Verwundeten. Auch als Kriegsopfer fällt er nicht aus der Rolle. *Die eigentliche Mobilmachung,* pflegt mein Vater Hitler zu zitieren, *ist die Mobilisierung der emotionalen Kräfte eines Volkes.* Daß alle im Kino singen, ist nichts Besonderes. Das paßt ins Bild wie der girlandengeschmückte Bahnhof, wie das beflaggte Reich, wie die Todesanzeigen in den Zeitungen: *In treuer Pflichterfüllung fiel beim Einbruch in die Schutzstellungen vor Leningrad, nach glücklich überstandenem Feldzug im Westen unser einziger Sohn ... fiel für Führer und Vaterland im Kampf gegen den Bolschewismus, ausgezeichnet mit dem Eisernen Kreuz Erster Klasse und dem Goldenen HJ-Abzeichen im blühenden Alter von 20 Jahren ... erhielten wir die erschütternde Nachricht, daß in der Spitzengruppe einer Vorausabteilung vor den karelischen Wäldern mein geliebter Mann ... in tiefer stolzer Trauer, sein Leben war Kampf und fand in der Hingabe an den Führer höchste Vollendung ... fiel im heldischen Vorwärtsstürmen für Großdeutschland ... gab sein junges, hoffnungsvolles Leben ... starb den Fliegertod über dem Kanal ... uns wurde die schmerzliche Gewißheit, daß im Feldlazarett im Osten nun auch unser jüngster Sohn seinen Verletzungen ... ein schmerzliches Gedenken zum ersten Todestag ... Christus der Herr des Lebens berief zu sich seinen treuen Diener, den katholischen Divisionspfarrer einer Infanterie-Division, Inhaber des Militärverdienstkreuzes mit Schwertern.* Die Zeitungen fallen gefaltet aus den Rotationsmaschinen. Sie sind schwarz von Todesanzeigen. Das ist nichts Auffallendes. Das fällt nicht auf. Das ist der Alltag. Geschichte zum Anfassen, wie Historiker Jahrzehnte später sagen werden. Eine der Kulissen, die uns umstehen, ist schwarz von Todesanzeigen. Die Kulissenschieber haben große Namen. Mein Vater nennt sie einfach Kroppzeug. Nein, ich bin noch lange nicht soweit, meinem Vater zuzustimmen. Denken nicht alle anderen Nationen auch patriotisch? Die Stimme meines Vaters ist überlagert von den Stimmen aus dem Deutschlandsender, seiner Sendemelodie: *Üb immer Treu und Redlichkeit / bis an dein kühles Grab / und weiche keinen Finger breit / von Gottes Wegen ab.*

Mein Vater ist ein Vaterlandsverräter. Halbnackt neben mir in der Sandburg beschreibt er Leonardos Zeichnungen vom Untergang der Welt. Über uns schweben genagelte Hakenkreuze. Mein Vater hebt nie den Arm zum Deutschen Gruß. Da muß man mal auf die Pauke hauen. Ta ta ta taaaa, drei kurze, ein langer Schlag auf die Pauke. Hier ist der Londoner Rundfunk. Deutsche Störsender zwitschern. Der dusselige Gefreite Hirnschal macht sich über den Führer lustig, über die Generäle, über unsere Ritterkreuzträger; zeichnen die Engländer, die Franzosen, die Russen ihre Helden nicht genauso aus wie wir?

Die Nachmittage sind lang. Die Abende. Ich gehe oft ins Kino. Manche Micky-Maus-Trickfilme sehe ich zwei- oder dreimal, manche Wochenschauen: Im Häuserkampf arbeitet sich die deutsche Infanterie immer näher an die sowjetischen Stellungen heran. Überlebende eines torpedierten russischen Schlachtschiffes werden von einem deutschen Flakkreuzer aufgefischt. Ein Flugzeugführer bespricht mit seiner Besatzung den nächsten Bombereinsatz über London. In seinem Gesicht steht Ruhe, Mut, Entschlossenheit, keine Spur von Angst. Hitler im Führerhauptquartier berät mit seinem Generalstab die Durchführung der nächsten Operation, die Frage ist, ob man zuerst Richtung Moskau oder Richtung Kiew marschieren soll. Deutsche Panzer tauchen auf, die Drehtürme schwenken herum, Schnellfeuerkanonen zielen auf die Kinogänger, immer neue Panzer kriechen eine Schlammwand hoch, kippen nach vorn und gleiten mit eingezogenen Waffen in einen Fluß, durchschwimmen ihn und wuchten sich am anderen Ufer wieder hoch. Die Verwundeten singen. Auf sie wartet ein Genesungsurlaub. Wer nur mit einer Gelbsucht von der Front in ein Heimatlazarett kommt, hat das große Los gezogen. Ihm steht nicht nur ein langer Genesungsurlaub zu, er kann auch damit rechnen, nur noch als *verwendungsfähig Heimat* zu gelten, das heißt, nicht wieder an die Front zu müssen. Liebend gern will ich wochenlang auf ein Wiedersehen mit Dirk warten, wenn er nur nicht an die Front kommt. Ich übe mich in Geduld. Im Schneckentempo kommt die Zeit voran. Bald kenne ich Bad Kissingen in- und auswendig, keine Bank im Kurpark, auf der ich nicht gesessen hätte. Die Brunnenfrauen schwenken den vielbesungenen, perlenreichen Sprudel von einem Glas ins andere, damit das Gas entweicht, und verschütten dabei keinen Tropfen. In beleuchteten Vitrinen vor den Lesesälen stehen historische Brunnengläser auf reich verzierten Füßen, blau, rot, gelb, kristallhell, aus den meisten ist der alte, säulenreiche Brunnenpavillon herausgeschliffen, von Blattwerk und Ornamenten umrankt. In Kissingens Blütezeit, hat meine Großmutter gesagt, seien die Gläser beliebte Mitbringsel gewesen, heute seien sie nur noch gesuchte Sammlerstücke. In den Lesesälen liegen die einschlägigen Tageszeitungen, der Völkische Beobachter, Bad Kissinger Anzeiger, Kissinger Saale-Zeitung und der reich bebilderte Illustrierte Beobachter, und in allen steht, so mein Vater, dasselbe. Auch die Schaufenster der beiden Buchhandlungen gleichen einander: Will Vesper *Das harte Geschlecht*, Hans Grimm *Volk ohne Raum*, Hans Carossa *Das Jahr der schönen Täuschungen*, Rudolf G. Binding *Keuschheitslegende*, Agnes Miegel *Kinderland*, Jakob Schaffner *Kraft durch Freude-Fahrten*, Dr.Haarer *Die deutsche Mutter und ihr erstes Kind*. In den Schaufenstern der Lebensmittelgeschäfte liegen mehr und mehr die Mogelpackungen.

Meine Tischnachbarin im Sanatorium hat Meteorismus, zu deutsch Gasbauch. Die meisten Patienten haben Operationen hinter sich oder sind gar inoperable Fälle. Die Kränksten unter ihnen haben gar keinen Magen mehr oder nur einen Restmagen, alle zwei Stunden müssen sie ein Quäntchen flüssiger Nahrung zu sich nehmen.

Viele leiden an Magengeschwüren wie meine Mutter, an Zwölffingerdarmgeschwüren, an Funktionsstörungen der Leber nach überstandener Gelbsucht. Die Gelbsuchtkranken sind monatelang hier. Für Dirk ist, nach menschlichem Ermessen, der Krieg vorbei. Ich kann die Mauer anfassen, hinter der er liegt. Er liegt in einem Viererzimmer im Hochparterre. Im Schutz der Verdunkelung schmuggeln wir Bücher, Briefe, kleine Geschenke durchs Fenster. Anfangs ist ein Kamerad, der das Bett verlassen darf, unser Nachrichtenhelfer. Ich sitze auf den Stufen des Theaters und warte auf das Zeichen, das Öffnen des Fensters, das leise Räuspern, das gesummte *Immer rin immer rin in die Wurschtfabrik;* Dirks Kamerad ist ein Berliner. Ich reiche meinen Brief hinauf, empfange Dirks Brief. So sind wir sicher, daß niemand unsere Post zensiert.

Nachmittags, wenn die vorgeschriebenen Kuranwendungen hinter mir liegen, die Unterwassermassagen, Fangopackungen, Bestrahlungen, sitze ich im Lesesaal des Regentenbaues oder bei warmem, trockenem Wetter auf einer Bank im Schmuckhof, über mir eine Marquise, zu Füßen Blumenkästen mit blühenden Fuchsien, geschorener Rasen, Rosenrabatten; auf Sockeln steht sich ein lebensgroßes nacktes Marmorpaar gegenüber, beide von Hunden begleitet. Vom Kurgarten her hört man die Kurkapelle: den *Hohenfriedberger Marsch, Lieder ohne Worte,* Strauss-Walzer, sonntags *Ich bete an die Macht der Liebe* und *Der Gott der Eisen wachsen ließ.* Was so stark duftet, ist Jelängerjelieber an den Spalieren. Der Kurgast, so hat die leitende Ärztin des Sanatoriums uns in einem Vortrag gesagt, soll ein Pflanzenleben führen, bitte keine Aufregungen des Nervensystems. Ich lese Briefe. Ich schreibe Briefe. Bald wissen Dirk und ich mehr voneinander, als jeder von uns bisher von sich selber wußte. Haben wir die familiären Verhältnisse beschrieben? Schließlich hat uns der Esel nicht im Galopp verloren. Meinem Vater werde ich die Attribute kalt und arrogant beigelegt haben und werde nicht unerwähnt gelassen haben, daß er politisch gegen den Strom schwimmt. Mutter und Großmutter werde ich prima und großartig genannt haben und werde beteuert haben, nie in Entscheidungsnot geraten zu sein, immer gewußt zu haben, wohin ich gehöre. Ganz gegen seine sonstige

Gewohnheit schreibt mein Vater häufig Briefe nach Kissingen, ich erinnere mich, einige seiner makabren Scherze Dirk in den Briefen berichtet zu haben. Mein Vater wünscht mir einen *flotten Kurschatten, und sei's ein einarmiger,* oder, schrieb er, der Onkel Doktor solle mich mal mit dem Reflexhammer auf meine deutsche Gesinnung hin abklopfen.

Seinen baldigen Besuch stellt er in Aussicht. Aber darauf gebe ich nichts. In der vierjährigen Internatszeit hat er so oft geschrieben, bei Gelegenheit wolle er vorbeikommen und reinsehen. Gekommen ist er nicht ein einziges Mal.

Ist die Schulzeit für eine Achtzehnjährige der Rede wert? Was also schreibt man im zehnten, im zwanzigsten, im vierzigsten Brief – von denen keiner kürzer als acht Seiten gerät? Die meisten Briefe sind verlorengegangen. Im Mai 45 wird Elfriede Jänicke, unter Aufsicht eines russischen Postens, jeden Morgen mit den Briefen das Feuer in unserem Herd anfachen. Unser Haus wird die Kommandantur sein, Elfriede wird, mit anderen Frauen, als Koch- und Putzhilfe herangezogen. In diesen Briefen war die Rede von unserer ersten Begegnung. Die schönste Geschichte, die Liebende sich erzählen, ist die eigene, und die allerschönste, die sie immer wieder voneinander hören wollen, ist der Anfang ihrer Geschichte, das Märchen *Es war einmal.* Es war einmal ein unauffälliger, entlegener Landstrich: die Delle, ein sanftes Gletschertal, das wir neu vermessen. Beim Schreiben ist es, als ob die Worte gerade zur Welt kommen. Welche Worte? Mir stehen nur die heutigen zur Verfügung, um die drei Wege in unser Bilderbuchtal zu beschreiben, den untersten durch die Wiesenmulden, den Bach, wie er aus der klaren Quelle tritt, in weitausholenden Schlingen fließt und feinen Schlamm an die Ufer landet, der an heißen Sommertagen zu wabenförmigen Fladen zerreißt. Der Weg führt um den Pechnelkenberg herum. Quecke, Zittergras, Windhalm, Wollgras mit hängenden Blüten, Knaulgras und Simse stehen fest und biegsam auf geknoteten Halmen. Die Pechnelken, die dem Hügel den Namen geben, blühn rotkohlrot. Hinter dem Pechnelkenberg tritt der zweite Weg aus den Brombeerbüschen und einer kleinen Senke voll dicker Disteln und Weißdornhecken, in denen er sich bisher versteckt hat. Jetzt kann man auch den oberen, geradeaus eilenden Weg erkennen, auf dem Dirk mich, unterwegs zu den Jüngels, hat gehn sehn in meinem steifen Gardinenrock und der Berchtesgadener Jacke, rostige Leierkastenlieder im Ohr, die in den Scharnieren knirschen: *Freut euch des Lebens.* Ein Hund bellt dazu. Der ausladende Himmel, das Schachbrett der Felder, ärmelfuchtelnde Vogelscheuchen, Kastanien- und Ebereschengruppen, junge Bäumchen, von Pfosten gestützt, in Kupfer gestochene Roggenfelder – das Bild einer solchen Landschaft hing früher in schwerem Goldrahmen in der dunklen Diele des Gutshauses, nur daß da noch ährenraufend der Heiland durch die Felder schritt.

Auf den Stufen des Theaters sitzend, sehe ich einen großen, hageren Herrn in Zivil vor dem Lazarett auf und ab gehen. Wenig später kommt er mir in der Wandelhalle entgegen, ein Brunnenglas in der Hand. So, denke ich, wird Dirk in dreißig Jahren aussehen. Ich weiß, daß Dirks Vater in Kissingen ist; er will veranlassen, daß sein Sohn in ein Lazarett nach Mecklenburg verlegt wird. Ich habe nicht den Mut, dem Herrn entgegenzugehen. Wie sollte ich mich vorstellen? Wenige Tage später streicht eine Frau, schwarzhaarig, schön und vergrämt, um das Lazarett. Dirk schreibt, seine Mutter sei, auf welche Weise auch immer, in die Quarantänestation vorgedrungen. Die Schwester habe sie wieder aus dem Zimmer hinauskomplimentiert, auf dem Flur habe seine Mutter einem Arzt aufgelauert und sich darüber beklagt, daß ihr Sohn jeden zweiten Tag Spritzen in immer dieselbe Armvene bekomme, da habe der Arzt so laut gebrüllt, daß die ganze Station es habe hören können. Gute Frau, habe er gebrüllt, gute Frau, Ihr Sohn befindet sich auf keiner Frühgeburtenstation, hier liegen deutsche Soldaten. Wollen Sie das bitte zur Kenntnis nehmen.

Dirk darf das Bett verlassen. Nach den Mahlzeiten trägt er sein Tablett zu einem Geschirrwagen, in seinem blauweiß gestreiften Schlafanzug geht er langsam an den drei Fenstern vorbei, deren Flügel bei dem warmen Wetter weit offenstehen. Sehen können wir uns, ansehen, zunicken, manchmal ein paar Worte wechseln, Briefe tauschen. Meine Kur in Bad Kissingen spielt sich vor allem auf den Stufen des Theaters ab, unter den Fenstern eines Lazaretts. Die Ärztin ahnt nicht, daß ich weder die Liegekur, noch die Diät und Trinkkur einhalte. Die Glücks- und Erwartungskur vor dem Lazarett bekommt mir jedoch besser als alle Anwendungen zusammen, die im Ernstfall doch nicht helfen würden. Was hilft im Ernstfall? Erzählen? Briefeschreiben? Sich mitteilen? Zuhören? Täglich erzähle ich acht bis zehn Seiten lang rückhaltlos von mir und empfange offenherzig Antwort. Täglich erzählt Dirk rückhaltlos von sich. Wir tragen unser Herz auf der Zunge. Wie in den Merseburger Zaubersprüchen geht der Heilung Erzählen voraus. Längst bevor Dirk mir den *Chasana*-Lippenstift von den Lippen küßt, wissen wir alles voneinander. Das Wort Beziehung ist noch nicht üblich. Man sagt da Techtelmechtel, Verhältnis, Flirt, Liebelei, Poussieren. Vor dem Hintergrund des Krieges liegen uns solche Unerheblichkeiten fern, solche angestrengten Leidenschaftslosigkeiten. Dem Ernstfall Krieg setzen wir den Ernstfall Liebe entgegen. Auch – ohne es zu wissen – dem Ernstfall Krankheit.

Meine Kur in Bad Kissingen ist zu Ende, und länger zahlt die Krankenkasse nicht. Mutter und Großmutter beschwören mich, eine sogenannte offene Kur zu machen, ich soll bleiben, solange es geht. *Erhole dich gut, ich erscheine dir sonst.* Eine Frau Schmaus, deren Mann eingezogen ist, vermietet mir ihr Schlafzimmer in geflammter Birke. Das breite Doppelbett in der Zimmermitte, zwischen den beiden niedrig sitzenden Fenstern eine geflammte Spiegelkommode mit zwei schwenkbaren Seitenspiegeln rechts und links. Nur am Tage trete ich mir dreifach im Türrahmen entgegen, wenn ich in das Zimmer komme. Abends muß ich mich erst an dem geschwungenen Fußbrett des Doppelbettes entlang bis zu den Fenstern tasten und die Verdunkelungsrollos herunterziehen, bevor ich Licht anmache. Die Glühbirne der Hängelampe erleuchtet wenig mehr als die eigenen Glühfäden. Im dreitürigen Schlafzimmerschrank darf ich nur ein Drittel für meine Sachen benützen, hinter den beiden anderen Türen hängen Dutzende Anzüge des Hauptmanns Schmaus, die Frau Schmaus gelegentlich lüftet und bürstet. Die Fenster sehen über eine enge Straße auf das Schaufenster des Miederwarengeschäftes der Frau Schmaus und auf den Spielhof eines NSV-Kindergartens. Ohne aufzumucken tun die Kinder alles, was sie sollen, andernfalls knöpft die Kindergärtnerin sich schon mal einen Lausebengel vor und verpaßt ihm eine Ohrfeige. Das gläserne *Ting tang Tellerlein* kommt mir oft zu Ohren, und auch hier zupfen die Kinder beim Nachhausegehen Akazienblätter ab: *verliebt, verlobt, verheiratet, geschieden.*

Meine Mutter besucht mich über ein Wochenende im August. Sie schläft neben mir in dem Doppelbett. Wer uns auf der Kurpromenade, im Rosengarten, an der Saale promenieren sieht, muß denken, sie sei hier zur Kur. Sie sieht aus wie einer der Todeskandidaten, die mich im

Sanatorium umgaben. Ich begleite sie zur Blutabnahme ins Labor. Die Laborantin, während sie ein Reagenzglas schüttelt und gegen das Licht hält, sagt, das gefalle ihr aber gar nicht. Ich dringe darauf, daß Mutter meine Ärztin aufsucht. Ich lasse sie nicht nach Hause fahren, bevor sie einen Schlauch geschluckt, Kontrasteinläufe, Röntgenuntersuchungen hat über sich ergehen lassen.

Meine Furcht ist unbegründet: Ihre Mutter ist gesund wie ein Fisch im Wasser, die Narben alter Magengeschwüre sind reizlos, kein Grund zur Beunruhigung, mein liebes Kind, das kann ich Ihnen schriftlich geben. Ihrer Mutter fehlt gar nichts. Sie ist nur überanstrengt wie alle Frauen, die die Last des Krieges mittragen, Kriegsdienstverpflichtungen, Haushalt, Garten und die schlaflosen Nächte, wenn feindliche Bomber im Schutz tiefer Wolkendecken anfliegen, *Einflug Hannover – Braunschweig* heißt die Rundfunkvorwarnung bei uns. Oft weiß man nicht, sagt Mutter, ist es nun das Grummeln von der Kegelbahn, ist es Gewittergrollen um diese Jahreszeit oder sind's die Himmlerschen Heerscharen. Herr des Himmels, selbst meine Mutter verfällt schon in Vaters Jargon, den sie nur von mir haben kann, denn meine Eltern sehen sich nie. Jede der fliegenden Festungen trägt eine Todesfracht, die abgeladen werden muß. Drei Munitionsfabriken liegen in unserer Nähe, tief versteckt in den Wäldern, alle Gebäude mit Tarnanstrichen. Die Werkbusse, die auch nachts die kriegsdienstverpflichteten Frauen aus der Umgebung holen und bringen, haben vorschriftsmäßig schwarze Kappen auf den Scheinwerfern, die nur einen schwachen Lichtschein aus zwei Schlitzen über wenige Meter Straße werfen. Sowie das Brummen in der Luft zu hören ist, halten die Busse, löschen die Scheinwerfer; die Fahrgäste müßten sich links und rechts in die Wälder begeben, aber hier ist noch nie eine Bombe gefallen, also warten sie, im Bus sitzend, bis die Luft wieder rein ist, schlimm nur, daß nicht geraucht werden darf. Glück hat meine Mutter, sie braucht keine Granaten zu drehn, als Sekretärin arbeitet sie im gut getarnten Büro einer Munitionsfabrik, neuerdings bloß noch halbtags, denn Großmutter konnte ein ärztliches Attest beibringen, das bescheinigt, wie hinfällig sie in letzter Zeit geworden sei, man könne sie unmöglich den ganzen Tag allein lassen. Wie Mutter mir das erzählt, bringt sie ein Lachen zustande; ich kann mir ausmalen, wie gekonnt Großmutter zum erstenmal in ihrem Leben die Hinfällige gemimt hat. Nachmittags gibt Mutter noch ein paar Klavierstunden, macht die große Wäsche selbst, den großen Garten, versorgt die Gräber auf dem Friedhof, stapelt Holz für den Winter, während ich in den Lesesälen lese, auf der Kurpromenade lustwandele, in Wandelhallen, Rosengärten. Aber alle Welt legt Wert darauf, daß ich noch lange in Kissingen bleibe. Die offene Kur, wie lange sie auch dauert, belastet finanziell die Mutter nicht, gute Freunde steuern dazu bei; Mutter sagt beisteuern, nicht bezahlen; du wirst es nicht für möglich halten, sogar dein Vater hat die Spendierhosen an. Mach dir keine Gedanken. Ich mache mir keine. Ich gehe oft ins Kino. Die Filme heißen *Das Lied der Liebe, Melodie der Liebe, Das Land der Liebe, Die kleine und die große Liebe, Du und ich, Immer nur du, Wir zwei.* Vor jedem Film die Wochenschau. Man sieht das Meer brennen, als die Sowjetflotte in unsere Minensperre vor Reval gerät. Bis nach Finnland hinein hört man die Detonationen von hundert Schiffen. Unsere Kampfflugzeuge fliegen Angriff auf Angriff, bis auch das letzte feindliche Schiff in Grund gebohrt ist. Zum erstenmal seit Beginn des Ostfeldzuges hat sich die Sowjetflotte aus dem Hafen gewagt – und schon liegt sie auf Meeresgrund. Der Durchbruch durch die Stalinlinie ist geglückt; südlich der Pripjetsümpfe in Richtung Smolensk und südlich des Peipus-

Sees ist die deutsche Wehrmacht in breiter Front angetreten zur Umfassungsschlacht zwischen Dnjestr und Dnjepr; ungarische und slowakische Verbände stehen ihr in treuer Waffenbrüderschaft zur Seite.

Alles spricht dafür, daß ich in Kissingen das Ende des Krieges abwarten kann.

Ich gehe in die Wandelhalle zur Modenschau. Da werden keine unerschwinglichen Modelle vorgeführt, sondern tragbare, praktische; die frauliche Linie, sagt die Ansagerin, löst die sportliche ab; die frauliche Linie ist wieder Trumpf. Es geht um *Punktsparsamkeit;* nur guter Wille und ein bißchen Geschick gehören dazu, um mit den Abschnitten der Kleiderkarte auszukommen und um aus *sage und schreibe* 3,25 Meter Stoff ein komplettes, enganliegendes *Ganztagskomplet mit Bleistiftrock und Jacke* zu schneidern. Die Modefarbe für den Winter 41/42 ist lila, aufgesteppte Taschen sind der letzte Schrei. Auf Stoffverschwendung kann selbst, wie man sieht, das große Abendkleid verzichten; die Kurkapelle bläst einen Tusch, die Verwundeten klatschen, es klatschen die Blinden, als ein Mannequin in fliederfarbenem, kurzem Tüllkleid mit abgesetzten Spitzenbahnen über den Laufsteg tänzelt. Man darf auch im Krieg das Leben genießen und modebewußt sein, sagt die Ansagerin; allerdings, sagt sie, wenn diese Mode Linien bevorzugt, welche die Körperformen entstellen oder unnatürlich hervorheben, dann ist das ein Beweis für fremde Einflüsse, denen die Zurschaustellung des Körpers artgemäß ist. Uns hingegen ist sie nicht artgemäß. Der nordische Mensch, sagt die Ansagerin, zeigt gesunde Körperfreude ohne unnatürliches Preisgeben von Allzumenschlichem. Er ist wie seine Natur zurückhaltend, stolz und doch anmutig. Auch zeigen sich in der Frauenkleidung keine Merkmale der Geschlechterverwischung wie zum Beispiel das Betonen schmaler Unter- und breiter Oberkörper, also Anlehnung an männliche Körperformen. *Das sind Entartungserscheinungen einer fremden Rasse, die fortpflanzungsfeindlich und daher volkszerstörend sind. Gesunde Rassen verwischen den Geschlechterunterschied nicht.*

Am 31. August zeigt die Wochenschau die Massenveranstaltung auf dem historischen Schloßplatz in Breslau, wo schon 1813 die Freiwilligen zusammengeströmt sind, um die Freiheit zu verteidigen, und wo das Eiserne Kreuz als Auszeichnung für die Tapfersten gestiftet worden ist; viele ausländische Gäste werden in Großaufnahme vorgestellt; Baldur von Schirach sagt, *für das neue, das kommende, das größere Europa entrollen wir die Fahnen. Die Losung heißt: Über Gräber vorwärts.*

Der erste September ist der erste Opfersonntag für das Kriegswinterhilfswerk des kommenden Winters, ein gewaltig gesteigertes Spendenaufkommen wird erwartet. Ein Aufruf an den Litfaßsäulen wirbt für freiwillige Helfer und Helferinnen, um die Reichsstraßensammlung mit Erfolg durchführen zu können. Ich kann mich nicht freiwillig melden, denn ab 14 Uhr darf ich zum erstenmal zu Dirk ins Lazarett; er ist auf eine normale Station verlegt worden. Die Wartezeit ist zu Ende. In dem Restaurant, in dem ich meistens esse, werden an diesem Sonntag drei Eintopfgerichte angeboten, ein Erbsenessen zu 70 Pfennig, ein Bohnenessen zu einer Mark und ein Linsengericht zu zwei Mark. Zwanzig beziehungsweise dreißig Pfennig werden für das Kriegswinterhilfswerk abgeführt. Der Gast erhält eine Quittung für seine Spende. Weil ich weder Erbsen, noch Bohnen oder Linsen essen darf, gehe ich in ein anderes Lokal, das genauso trist ist wie das erste, aus dem Lautsprecher dröhnt dieselbe Marschmusik, es hängt an der Wand das gleiche Hitlerbild: der Führer die linke Hand am Koppelschloß, die Rechte zum Deutschen Gruß erhoben. Verwundete, die auf dem Weg zur Besserung sind, essen mit ihren

Angehörigen Eintopfgerichte. In diesem Lokal gibt es Blutwurst ohne Fleischmarken. Ich bestelle Kartoffeln und Blutwurst. Über der Theke steht:

> Gewiß, die Maggisuppen sind beliebt,
> doch niemand sollte böse sein und schelten,
> wenn's manchmal keine Maggiwürfel gibt,
> die guten Dinge sind mitunter selten.

Wen wundert's, sagt der Radiosprecher, *seine Mutter war eine aus Italien eingewanderte Jüdin.* Die Rede ist von Roosevelt, auch seine Frau habe eine jüdische Mutter gehabt, eine gewisse Rebecca Hall, der Vorname sage alles; die jüdisch versippten Schildträger der Plutokratie hätten sich wieder einmal selbst übertroffen.

Ich esse Kartoffeln und Blutwurst. *Und hier,* sagt der Radiosprecher, *die neuesten Produkte jüdischer Gangsterphantasien:* Die USA-Regierung habe ein angeblich von Hitler unterzeichnetes Dokument in die Hände gespielt bekommen, aus welchem hervorgehe, daß der Führer alle bestehenden Religionen abzuschaffen gedenke: die protestantische, die katholische, die mohammedanische, die hinduistische, die buddhistische und die jüdische in gleicher Weise. Weiter heiße es in diesem verlogenen Dokument, Deutschland wolle den Besitz aller Kirchen beschlagnahmen, Kreuze und Symbole verbieten, die Geistlichkeit für immer zum Schweigen bringen, und zwar unter Androhung der Verschickung ins Konzentrationslager. Dieser *Bockmist* sei denn doch *ein zu starker Tobak,* als daß selbst *das verhetzte amerikanische Volk* ihn für wahr halte. *Roosevelt in seinen hysterischen Haßreden gegen das neue Europa* habe sich selbst entlarvt. *Als was? Als Boß einer Fälscherwerkstatt.*

Natürlich habe ich diese wie tausend andere Rundfunkmeldungen vergessen. Die später nachgelesenen, im Wortlaut zitierten Botschaften sind aber die Geräuschkulisse dieser Jahre. Der Volksempfänger ist nicht wegzudenken, nicht die Erkennungsmelodie des Deutschlandsenders. Auf der Berliner Funkmesse habe ich aus Goebbels Mund gehört, daß der Volksempfänger einer der wichtigsten Führungsmittel und Erziehungsinstrumente sei. Da hast du's, hat mein Vater gesagt, oder: Das also ist des Pudels Kern, und hat wütend das kleine japanische Papierschirmchen zerstückelt, das auf meinem Eis gesteckt hat; und als Goebbels dann den Führer hochleben ließ, dem wir zu danken haben, daß der Volksempfänger im Preis gesunken und für jeden Volksgenossen erschwinglich sei, da hat mein Vater seine lausigen, kaltblütigen Thesen zum Besten gegeben und hat *Ich lach mir einen Ast* gesagt. Und ich habe ihm von Herzen einen Buckel gewünscht. Das war vier Jahre zuvor.

Hitler blickt beschwörend von der Wand. Ich muß lange auf die Kellnerin warten, bis ich die Blutwurst bezahlen kann. Es ist aber erst dreizehn Uhr, ich verlasse das Lokal – die Zeit steht still. In der hohen, aufgerichteten Muschel spielt die Kurkapelle. Im Lesesaal liegen die neuesten Zeitungen aus. Sie melden die stolzen Versenkungsergebnisse des Monats August, dreizehn Millionen Bruttoregistertonnen insgesamt. In der Uniformjacke eines gefallenen bolschewistischen Hauptmanns haben unsere Leute Aufzeichnungen gefunden, die Bände sprechen und Einblick geben in die chaotischen Zustände der feindlichen Heeresführung; im allgemeinen Schlendrian würden die russischen Schanzen immer an den falschen Stellen errichtet.

Ich gehe in den Park zurück. Hier gibt es keinen Wildwuchs, hier ist alles gestutzt, verwaltet, gepflegt, Brückchen führen über unbetretbaren Rasen, in Lusttempelchen lehnen Verwundete. Sie sehen mir nach. Ich wiege nur noch 50 Kilo, aber mir ist das recht. Ich trage eine Entwarnungsfrisur und hochhackige rote Sandalen, die zu der Jahreszeit nicht mehr passen. Dazu ein hellgraues *Ganztagskomplet mit Bleistiftrock*, das meine Mutter mir auf ihre Kleiderkarte gekauft und mitgebracht hat. Ich sitze in einer Heckennische und male mir die Lippen nach. Mein runder Taschenspiegel mag Teile des bastfarbenen Anzugs eingefangen haben, so nahe geht der alles überragende Herr an meiner Bank vorüber. Vielleicht habe ich mich gerade tief über den Spiegel gebeugt, oder ich bin nicht zu erkennen in meinem Komplet, mit der aufgesteckten Frisur. Er geht jedenfalls an meiner Bank vorbei; ich, wie auf Knopfdruck, trete hinter die Bank ins Gebüsch. In einem der zigtausend von der Deutschen Wehrmacht beschlagnahmten Betten liegt Dirk und wartet auf mich. Da kann ich meinen Vater nicht brauchen. Abgesehen davon, ich kann ihn überhaupt nicht brauchen. Wieso kommt er unangemeldet? Das muß doch einen Haken haben. Weshalb besucht er mich in Bad Kissingen? Solange ich denken kann, hat er mich nie besucht. Nun taucht er genau an dem Tag auf, an dem ich das erstemal ins Lazarett darf. Nein, mein Lieber, mich bekommst du nicht zu Gesicht. Während ich mich tiefer ins Gebüsch zurückziehe, behalte ich ihn im Auge. Welch Wunder, daß er nicht wie Fontanes Herr Rat eine Dame anspricht, um unter Geplauder und Koketterie zu promenieren: *Erlauben Sie, meine gnädigste Frau, Ihnen Ihren Becher zu präsentieren und Ihnen auf Ihrer Brunnenpromenade Gesellschaft zu leisten.* Er geht in Richtung Wandelhalle. Ich verfolge ihn mit Blikken. Kein Erschrecken darüber, wie automatisch ich mich beim Anblick meines Vaters in die Flucht schlagen lasse. Das war immer so und geschieht ohne mein Zutun. Ihm freimütig entgegenzutreten, *hallo Vati* zu sagen, *das ist aber eine Überraschung*, auf diesen Gedanken komme ich nicht. Es liegt nicht in meinem Belieben, mich ungezwungen und manierlich aufzuführen, weil es keine

Gelegenheit gegeben hat, es einzuüben. Das Wort *unzugänglich* paßt hierher, *unansprechbar.* Mein Vater ist *unzugänglich* und *unansprechbar* für mich. Mit sechs Jahren habe ich einen wildfremden Herrn, der mit einem kleinen Goliath vor unserem Haus vorfuhr und rückwärts aus dem Auto kletterte, für meinen Vater gehalten. Er hatte schwarzes, mit Brillantine glänzend gestriegeltes Haar und trug seinen Hut bittstellerisch in der Hand. Das war nicht mein Vater, sondern mein vom Gericht bestellter Rechtspfleger. Mein Vater hat seidiges, silbernes Haar. Wer ihn sieht, denkt, sollte man meinen, daß jede Achtzehnjährige stolz ist auf so einen Vater. Jede Tochter müßte sich bei ihm einhaken wollen, um vor aller Augen unter Geplauder und Koketterie durch den Kurpark zu promenieren. Mein Vater hat sich ein Brunnenglas geholt. Er lustwandelt durch den Park, taucht unter bei den Trauerweiden, geht durch Rosenbögen, an milchweißen Kugellampen vorbei, an den Nachbildungen antiker Statuen, an plätschernden Wasserspielen, durch hintereinandergestaffelte Heckentüren, über Brückchen. Ich lasse ihn Spießrutenlaufen vor meinen Blicken. Ich verliere ihn aus den Augen. Ein Kind treibt einen Trudelreifen vor sich her, der Reifen bleibt vor meinem Gebüsch liegen. Das Kind sieht mich und erschrickt. Mein Vater kommt den Hauptweg entlang. Er setzt sich auf die Bank, auf der ich gesessen habe. Ich kann sein Räuspern hören. Sonntags kommen besonders viel Leute zum Kurkonzert. Ich weiß, wie mein Vater über die kreuzbraven Deutschen denkt, die hier promenieren. Er nennt sie Stimmvieh. Oder Kanonenfutter. Krethi und Plethi. Er sagt: Gedanken, die in Massen auftauchen, wie ich das hasse. Er sagt: Die meisten sind ihrer Zeit ähnlicher als ihrem Vater. Und er sagt Sätze wie die: Als die Germanen noch auf den Bärenfellen lagen und Met soffen, hat man in Israel schon Psalmen gesungen. Ja, das hat er wörtlich gesagt. Und im selben Atemzug: Mach nicht dein Muttigesicht. Um Himmels willen. Sei kein Kind. Sei kein Kind. Wann um Gottes willen höre ich endlich auf, meinen Vater zu zerpflücken, als sei er eine Zwiebel, die nichts als Schalen hergibt?

Mir ist zum Heulen. Er hat es aufgegeben, mich hier zu finden, und ich habe längst den Anspruch aufgegeben, daß Väter ihren Kindern eine grenzenlose Vaterliebe schuldig sind. Er kippt den Rest Brunnenwasser aus dem Glas. Gleich wird er aufstehen und weggehen. Zum Bahnhof oder noch einmal zu meinem Zimmer? Frau Schmaus ist mit der Sammelbüchse fürs Kriegswinterhilfswerk unterwegs. Ich stehe wie Lots Weib. Ein Augenblick offener Verstörung. Noch könnte ich hinter ihn treten, ihm beide Hände auf die Augen legen, *rate wer ich bin?* sagen. Noch ist Zeit dazu. Aber genau das kann ich nicht. Da ist kein gordischer Knoten, den man durchhauen könnte. Von jeher habe ich mich vor ihm verkrochen. Sogar schwimmen lernte ich, weil ich, mich an einer Mole entlanghangelnd, von ihm fortstrebte, weg von seinem nassen behaarten Oberkörper, der aus dem Wasser ragte. Vielleicht wollte ich ihm auch imponieren: Sieh mal, ich kann schwimmen. Einem Ausbund an Erfolg, Ausdauer, Weltüberlegenheit, Selbstzufriedenheit und strotzender Gesundheit kann niemand imponieren, schon gar keine Tochter, ein dickes Landkind, das in den Ferien jedesmal bei ihm antanzen mußte, das einmal versucht hat auszureißen, aber unter dem blauen U der Berliner U-Bahn nahm es der Riesenvater wieder in Empfang: Hat sich das Kind einfach verdünnisiert. Na bravo. Bloß mich führt man nicht hinters Licht, also ab marsch, sei kein Kind, und nun mal huppdiwupp, auf geht's, den schönen Tag lasse ich mir nicht vermasseln.

Den schönen Tag lasse ich mir nicht vermasseln. Ehe ich mich versehe, habe ich das Lazarett erreicht. Warte mit klopfendem Herzen in der Gruppe Angehöriger, die alle ihre Verwundeten besuchen wollen. Mein Vater könnte auch hier noch vorbeikommen. Wo ich geh und steh, kann er mir noch dreinreden, erst in drei Jahren bin ich volljährig.

Mein Vater ist mir im Wege.

Punkt zwei betrete ich das Krankenzimmer mit den vier Betten, von denen zwei und zwei sich gegenüber stehen. Über jedem Kopfende eine schwarze Tafel, auf der mit weißer Kreide Name, Geburtsdatum und Truppenteil des Verwundeten geschrieben stehen. Darunter die Fieberkurve. Zwei dunkle Augen auf dem weißen Kissen. Unter den Augen der anderen Verwundeten und ihrer Besucher können Dirk und ich uns nicht das erstemal küssen, auch wenn sie wegschauen nicht. Das heben wir uns für später auf. Wer lange nur erst eine Hausmauer anfassen durfte, um sich zu vergewissern, daß einer dem Heldentod entronnen ist, hat warten gelernt. In Zeiten, die eine spätere Geschichtsschreibung finster nennen muß, sind wir glücklich.

Vor wenigen Tagen sah ich im Schaufenster einer Buchhandlung ein Buch mit dem Titel *Das Glück und die Trauer – Herstellung und Lösung affektiver Bindungen.* Das Buch lag gleich dreimal da.

Daß affektive Bindungen hergestellt werden könnten, wie Industriegegenstände hergestellt werden oder wie ein Kuchenteig hergestellt wird, ist uns nicht in den Sinn gekommen. Unsere affektiven Bindungen sind so ins naive Spiel zurückversetzt, daß ich zweifle, ob sie überhaupt durch das Denken hindurchgegangen sind. Etwas Ungewolltes und Ungewußtes setzt sich in Gang. Wir fangen an zu leben, als ob es uns vorher nur erst in schwachen Umrissen gegeben hätte.

Dirk wird seinen Eltern erst in einigen Tagen mitteilen, daß er jetzt Besuch empfangen darf. *Ein Mann wird*

Vater und Mutter verlassen und seinem Weibe anhangen. Schon sind wir Verbündete. Lachend erzähle ich ihm vom Besuch meines Vaters. Stell dir vor, mein Vater ist gekommen. Aber ich habe mich verkrümelt. Da kann er warten, bis er schwarz wird. Daß mein Vater jetzt durch Bad Kissingen läuft und mich sucht, ist nur eine Lebenseinzelheit neben dem eingreifenden Ereignis, auf Dirks Bettrand sitzen zu dürfen. Der Ärmel seines gestreiften Schlafanzuges rutscht hoch, als er meine Hand streichelt; ich sehe seine zerstochene Armbeuge, einen dunkelblauen Bluterguß von der Größe eines Markstücks. Ach das, sagt Dirk, der Arzt ist zu faul, um das Bett herumzugehen, er spritzt immer in dieselbe Vene.

Was spritzt er?

Strophantin. Unsere Herzen sind ganz schön mitgenommen. Für uns ist der Krieg ein für allemal vorbei. Wir haben keinen Mumm mehr in den Knochen, verstehst du?

Leise erzählt er mir von seinem Kameraden Alwin Wuttke im Nebenbett, das jetzt umstellt ist von seinen Besuchern, Eltern, Frau und Kindern. Wuttke ist Tierpfleger im Berliner Aquarium. Wenn alle das heulende Elend beim Wickel hat, klönt er seinen Kameraden was vor von seinen Krokodilen, Schildkröten, Schlangen und Vogelspinnen. Die Schlangen, weiß Wuttke, streifen ihre Haut einschließlich der Liderhaut ab, die zu einer durchsichtigen Kapsel vor den Augen verwachsen ist.

Wuttke, dem es doch ebenso dreckig geht wie allen hier, wenn nicht noch dreckiger, entführt seine Zuhörer in paradiesische Gefilde, zu seiner nachgebildeten Riesenechse, die vor 90 Millionen Jahren unter Schachtelhalmen wandelte. Und keiner regt sich mehr über ein paar Wochen Quarantäne auf, über einen sturen Arzt, der immer in dieselbe Vene spritzt, über lauwarmes, labberiges Essen.

Meine Wirtin Frau Schmaus ist eine Dame von 1,85 Meter Länge. Wuttke, der sie einmal zu Gesicht bekommt, als sie etwas durchs Fenster reicht, sagt: Wenn die hinschlägt, isse gleich zu Hause. Frau Schmaus ist ein Ebenbild von Frau Ebeling und steht ihr an Tüchtigkeit und Umsicht in nichts nach. Sie hat mir ihre ganze Wohnung zur Verfügung gestellt. Der Braut eines Verwundeten würde sie keinen Wunsch abschlagen. Ihr Mann, noch vor kurzem Offizier beim Stab einer Zerstörergruppe, ist gerade als Oberleutnant der Luftwaffe zu einem Jagdgeschwader versetzt worden, und zwar genau an seinem zehnten Hochzeitstag. Ein Grund zum Feiern. Sein Hauptmann und sogar der Gruppenkommandeur seines Geschwaders, Träger des Eichenlaubs zum Ritterkreuz des Eisernen Kreuzes, haben Frau Schmaus gratuliert. Ein Tag großen Glücks. Sie macht mich auf alle Verlautbarungen hinsichtlich der Kriegsernährungswirtschaft aufmerksam, darauf zum Beispiel, daß man anstatt 62,5 Gramm Käse auch eine Normaldose Kondensmilch kaufen kann oder anstelle von 125 Gramm Zucker eine Dose Reichelts Kunsthonigpulver. Schon jetzt muß jeder Verbraucher sich bei seinem Kaufmann eintragen für kakao- und marzipanhaltige Erzeugnisse, die erst Anfang Dezember ausgegeben werden. Auch die Spirituosen für die Weihnachtszuteilung müssen bereits im September und der Weihnachtsbohnenkaffee bis 15. Oktober vorgemerkt werden, aber nur für Verbraucher, die das achtzehnte Lebensjahr vollendet haben. *Sind Sie denn schon 18, Kind?* Was machte ich ohne Frau Schmaus. Dirks Raucherwaren sind ein Tauschobjekt ersten Ranges. Weil ihr Mann ein leidenschaftlicher Pfeifenraucher ist, gibt Frau Schmaus mir reichlich Köstlichkeiten dafür, die wiederum ihr Bruder aus Paris geschickt hat, Gewürze zum Honigkuchenbacken, Gelatine, echte Vanille, Kakao, Kaffee. Jeden Vormittag nach einem Bad oder einer Unterwassermassage werkele ich, anstelle meiner Liegekur, in Frau Schmaus' Küche. Aus Mehl, Zucker, Honig, Ei, Hirschhornsalz und Pottasche bereite ich einen Teig, rolle ihn aus, steche Formen aus und backe sie ab. Ein Teil kommt in die Feldpostpäckchen für den Herrn Oberleutnant, der größere Teil ist für Dirk und Wuttke. Mit der Diät der beiden kenne ich mich aus. Aus Kaffeesatz lese ich nicht die Zukunft, ich backe Mokkatorte, ich backe Schokoladenkuchen ohne Fett, Möhrenkuchen ohne Mehl, zaubere Schlagsahne aus Magermilch, Gelatine und Vanille, brate fettarme Graupenbratlinge. Kein Tag, an dem ich für Dirk und Wuttke keine Überraschung hätte. Augen zu, Mund auf, kommandiere ich, und die beiden essen mir aus der Hand.

Watt wir hier zu essen kriejen, sagt Wuttke kauend, is nemlich uff de Rieselfelder jewachsen. Man ekelt et sich so rin, aber man muß Jott for allens danken. Der Stolz, der is det schlimmste, wat de kriejen kannst, det nimmste.

Wuttke, Alwin, hat Wuttke sich vorgestellt und hat dabei ausgesehen, als könne er wahrlich mehr als Brot essen. Seine Augen strahlten über alle Maßen, daß sie das aufgedunsene Gesicht vergessen ließen. Ein Pfiffikus und Schlaumeier wäre Dirk bald auf die Nerven gegangen, *uffen Jeist,* wie Wuttke sich ausgedrückt hätte. Den Wuttke das erstemal sehen und auf der Stelle begreifen, der kaspert nicht bloß rum, obgleich er gerade kaspert, der ist nicht bloß ein Filou, der Schwerenöter vom Dienst, das ewig vergnügte Huhn. Wuttke ist der geborene Clown mit dem wissenden Lächeln, der im langen roten Trikot, mit rotumrandeter Glatze in die Manege latscht und sich der Lächerlichkeit preisgibt: Nu haik aber de Faxen dicke.

Wuttke, Alwin, sagt er, als wir uns das erstemal sehen, na endlich, lassen Se sich mal ankieken, und Wuttke kiekt mir an und sagt: Da wird einem ja janz warm ums Herze. Und ich, ich kann, was ich bei Dirk nicht gekonnt habe, ich kann ihm vor aller Augen einen Kuß auf die Backe geben. Ein tausendköpfiges Zirkuspublikum hätte gebrüllt vor Lachen über Wuttkes Ohnmachtsanfall ob dieses Kusses. Und wer küßt mir, ruft Ruland aus dem gegenüberliegenden Bett, Schnauze, sagt Wuttke, det is unsre Braut. Und daß det weeßt: Das Berühren der Fijüren mit de Foten is verboten.

Ruland, das hat Dirk mir schon geschrieben, kann es kaum erwarten, wieder bei seinem Haufen an der Front zu sein, bei einem Panzerregiment der Heeresgruppe Nord. Der Dämlak hat lange keen blutijen Einsatz jehabt, erklärt Wuttke, der is total überkandidelt, wat will man machen, wenn eener hops jehn will, musser hops jehn. Mannomann, sowat von daneben jelebt, da hörn ja die Blumen uff zu duften.

Wenn das Oberkommando der Wehrmacht Sondermeldungen bekanntgibt – und es sind viele im September 41: der Sturm auf Kiew, die Einnahme Poltawas, die Umzingelungsschlacht östlich des Dnjepr, bei der drei sowjetische Armeen eingeschlossen werden –, wenn solche Meldungen aus dem Lautsprecher über der Tür kommen, legt Ruland sich zurück auf seine hinter dem Kopf gefalteten Hände und blickt gegen die Decke, wobei seine Nasenflügel sich weiten, und legt Wuttke, Alwin, sich zurück auf seine hinter dem Kopf gefalteten Hände und pfeift leise vor sich hin: *Stiefel muß sterben, is noch so jung, so jung* oder *Immer rin in de Wurschtfabrik*, oder er bläht auch nur seine Nasenflügel auf wie ein wieherndes Pferd, und kein Mensch kann behaupten, er nehme Ruland auf den Arm und piesacke ihn. Wat peilste mir denn ejalwech an, haik wat jesacht? Vergackeiern will ik dir? Ik? vonwejen. Janz dusselich stellt Wuttke sich, er wird sich 'n Deibel tun und ne Lippe riskiern. Für sein

Jesicht kann keener nich, oder? Wuttke fracht ja nich mal, wieso und warum er hier liejen und langsam in seine eijene Soße ersaufen muß, anstatt seinen Viechern uffen Salatblatt ihr Fressen hinzuschieben. Allerdings, det muß er zujem, uffen Transport hierher in Lazarettzuch, da hat er een jetroffen, ooch een Berliner, Friedhofsgärtner von Dorotheenstädtischen Friedhof, wo alle de jroßen Jeister liejen, ooch son Schwachmatikus, also den seine Dickfälligkeit... Aus de kalte La Mäng hätte er den de Fresse polieren können, der hat keen Blatt vorn Mund jenommen und hat dauernd, aber ooch die janze Zeit jesacht: Ik will uff mein Friedhof, det will ik, und nich Kriech spieln, det will ik nich. Der Radiosprecher sagt, die blutigen Verluste des Feindes an der Ostfront seien um ein Vielfaches höher als bekanntgegeben werden könne. Wie aus zahlreichen Nachrichten hervorgehe, mache sich die sowjetische Führung kein zuverlässiges Bild von der Lage ihrer eigenen Front. Beim Festhalten am Grundsatz der unbedingten Wahrheit sei für die deutsche Berichterstattung daher allergrößte Zurückhaltung geboten, wenn sie dem Gegner nicht wertvolle Aufschlüsse geben wolle. Der berechtigte Wunsch des deutschen Volkes, täglich über den Verlauf der Operationen unterrichtet zu werden, müsse demgegenüber zurückstehen.

Ach so is det, sagt Wuttke, jarnich unflott.

Für sein Leben gern geht Wuttke ins Kino. Auf Dirks Bettrand sitzend, muß ich den Inhalt der Filme erzählen, die ich mit Frau Schmaus zusammen gesehen habe, *Kornblumenblau, Spähtrupp Hallgarten, Allotria, Lumpaci vagabundis, Der Etappenhase, Alles hört auf mein Kommando, Lachparade. Da stimmt was nicht.*

Manchmal bittet mich Frau Schmaus, sie in Vorträge zu begleiten, vornehmlich in solche, die die NS-Frauenschaft veranstaltet: *Die Rolle der Frau in der Kampfzeit. Die Bewegung als Erziehungsträger. Reichsberufswett-*

kampf. Adel der Arbeit gegen Geist des Profits. Die Ostmark ruft. Frau Schmaus ist der Meinung, eine deutsche Frau solle abends nie alleine ausgehen, solle auch nicht rauchen, nicht trinken, sich nicht die Fingernägel lackieren, selbst einen Bubikopf findet sie modischen Schnickschnack, allerdings hübsch angezogen wünsche der Führer sich seine Staatsmädel, seine Frauen, *straff, aber nicht stramm, herb, aber nicht derb.* Frau Schmaus hat ein Gedicht *An die deutschen Frauen* aus der Zeitung geschnitten und mir gegeben, die letzte Strophe lautet:

Verehrungswürdig sollt ihr bleiben,
Nicht fremder Rassen Lust und Spiel,
Das Volk soll rein und sauber bleiben,
Das ist des Führers höchstes Ziel.

Das Gedicht muß Wuttke unbedingt seiner Frau schikken: Wo die sich doch een Bubikopf hat schneiden lassen und sich ooch janz ungeniert de Fingernäjel knallrot anmalt, sojar de Fußnäjel, für besondere Jelejenheiten, na klar Klärchen... Wuttke, wat Wuttke is, der is sich nich mal janz sicher, ob se nich janz und jar mal nebenrausjeht, nu vielleicht nich jerade mitten Kriejsjefangenen, objleich, dat muß man zujem, da och janz schmucke Jungs... aber det will Wuttke sich doch lieber nich ausmaln, davor kann ja ooch keener nich sin, ik nu schonmal janich; aber det is ja nu mal de Wahrheit, janz so reen und sauba wie de Führer sich det vorstellt, jeht det nu inne Wirklichkeit doch nich zu, leider, leider, wo der Führer doch det jroße Vorbild is, reenewech nischt hat der mitte Weiber, wie'n Fakir is der, der uff Näjel pennt. Dajejen, wie der Röhm noch jelebt hat und anne Macht jewesen is, der soll ja nu wieder andersrum jewesen sin und soll immer nach Italien an warmen Po rumkarjohlt sin...

Ende der Durchsage, brüllt Ruland.

Haik wat Falsches jesacht! Kann ik davor, wenn der det mitten warmen Po jehabt hat! Die Liebe und der Suff, det reibt den Menschen uff.

Der vierte Mann im vierten Bett – *Weiß, Arnim* steht auf seiner schwarzen Tafel – zeichnet meistens vor sich hin und sagt so gut wie nichts. Der is vonne Muse jeküßt, erklärt Wuttke, da kann ik soville Witze machen, wie ik will, un wenn ik von den Dingsda, den Justaf Fröhlich erzähle, der mit de Baarova liiert is, un der den miesen Bock von Babelsberg jeohrfeigt hat, wie der een Rangdewu mit seine Lida jehabt hat – also den Weiß, Arnim, kriegste nich zum Lachen, der wird det doch nich etwa ernst nem? Auweia. Und Wuttke, Alwin, strahlt Weiß, Arnim, an, daß es seine Art hat. Soll ik stille sitzen? Malste mir en face oder en profil? Hier, det is meine Schokoladenseite, isset so recht? Kiek ma, wat ik ne Knollen-Neese habe, die kommt nich von Muttern her, da kann ik nich davor.

Ich gäbe viel darum, den verlorengegangenen Skizzenblock noch einmal betrachten zu können, den Weiß, Arnim, uns zu unserer Verlobung schickt. Auf einem weißen Kissen liegen nur zwei dunkle Augen: Dirk. Ruland mit im Nacken gefalteten Händen und seinem Johannesblick. So hat er ausgesehen, als die Stimme im Lautsprecher erzählte, wie tausend und abertausend Menschen in der Ukraine, in Wolhynien und Podolien den deutschen Befreiern zugejubelt, Triumphpforten errichtet und Fähnchen aus Blusen und Hemden geschnitten und geschwenkt haben. Das dankbarste Modell für Weiß, Arnim, ist Wuttke. Wuttke auf dem Bettrand sitzend mit wassersüchtigen, baumelnden Beinen, die Lippen zum Pfeifen gespitzt, *Stiebel muß sterben, is noch so jung so jung*. Wuttke en face, en profil, der Lautsprecher über der Tür mit der runden bespannten Mitte, aus der Zickzackblitze kommen. Wuttke, grinsend wie ein

Honigkuchenpferd mit geweiteten Nüstern. *Wat se sajen, haste Worte, da hört denn doch die Weltjeschichte uff.* Und Wuttke, Alwin, ausgestreckt auf seinem Bett mit Händen, die Dirk ihm gefaltet hat. *Sehn wir uns nich in diese Welt, denn sehn wir uns in Bitterfeld.* Wuttke hat jefracht, wieso und warum er hier liejen muß, anstatt uffen Salatblatt seine Viecher ihr Fressen rinzuschieben, und hat sich durch die Antworten aus dem Lautsprecher nicht beruhigen lassen. Keinem Kameraden hat Dirk mehr nachgetrauert als Wuttke. Am Tag nach Wuttkes Tod habe ich Dirk zum erstenmal weinen sehen. Weiß, Arnim, vonne Muse jeküßt, hat dem Toten sein pfiffiges Lächeln gelassen, hat Wuttkes Kopf mit der rot umrandeten Glatze so in die Kissen gedrückt, daß die Falten im Halbkreis einen Kranz bilden. Ruland hat die Zähne zusammengebissen und hat an die Decke gestarrt.
Aber soweit ist es noch nicht, Wuttke lebt noch, wenn ihm ooch manchmal janz blümerant is, und hat seine Sprüche druff, mit dem Daumen drückt er tiefe Dellen in seine Waden und sagt kopfschüttelnd: *Det kommt nich von unjefähr, det kommt von wat anders her,* und: *Ja, ja, der Führer nimmts vons Lebendije.*

Mein Vater ist hier gewesen. Eine Legende auf bedichteten Parkwegen. Wenn er wenigstens ein grimmiger, heftiger Mann gewesen wäre, dann wäre leichter zu erklären, weshalb ich mich nicht habe finden lassen. Warum habe ich ihn nicht mit ins Lazarett genommen, um ihm Dirk und Wuttke vorzustellen? Das ist – hätte ich glatt gesagt – mein Verlobter. Und das ist sein Kamerad Alwin Wuttke, aus Berlin, wie du hörst. Ich hätte Kamerad gesagt, weil dieses Wort alle sogenannten Unterschiede mit einer Handbewegung wegwischt. Kameradschaftlich – ich wette – hätten sich mein Vater, der Wahlberliner, und Wuttke, der waschechte Berliner, auf Anhieb verstanden. Denn was alle Welt die Regierung nennt, heißt bei beiden *die Muschpoke.* Und wenn mein Vater von Hitler als dem wildgewordenen Gefreiten spricht, sagt Wuttke, hinter der hohlen Hand, damit Ruland es nicht hört, *der Himmelheber, mit den keen Blumenpott nich zu jewinnen is,* sagt das auch angesichts der Autobahnen, der Siege, des Lautsprechers. Der Lautsprecher meldet, ganz Europa sei mit großer Freude erfüllt, der Sieg über Kiew habe ein unvergleichliches Auslandsecho hervorgerufen, in Rom genauso wie in Helsinki, in Bukarest, Preßburg, Madrid, Sofia, Kopenhagen, ja, in Paris und New York. Der Führer spricht. Im Berliner Sportpalast eröffnet er das Kriegswinterhilfswerk und ruft zur Kleiderspende auf.

Im Sportpalast rumbrüllen ist volkstümlich, und volkstümlich will man's haben. So redet mein Vater, seine skeptischen Worte haben es schwer, sich bis zu mir durchzuschlagen, müssen sie doch durch Zarah Leanders Schlagerantworten, *Heimat deine Sterne,* durch *Fox tönende Wochenschau* und jede Menge Sondermeldungen. Vaters Sticheleien stechen nicht bei mir, sie bringen mich bloß auf die Palme, denn es gibt schlechterdings nichts, was er mir nicht madig machte. Hätte ich ihn mit ins Lazarett genommen, er hätte in Wuttke einen Verbündeten gefunden. *Unsere Vorausabteilungen stehen vor Leningrad in den Karelischen Wäldern. In kühnem Handstreich wurden wichtige Brücken und Stützpunkte des Feindes genommen. Englands Schiffsverluste sind unersetzlich.* Wie könnt ihr da von verlorenem Posten reden? Mein Vater sagt: Du kannst dir den Posten gar nicht verloren genug vorstellen. Ahnst du überhaupt, welche Menschenreserven Rußland hat? Wuttke sagt zu Dirk: Ik weeß nich, wir siejen uns reenewech um Kopp un Krajen. Der Lautsprecher sagt: *Jedes Volk hat ein Recht auf Selbstverständnis.* Kann man sich das noch in einem anderen Tonfall gesagt vorstellen, in einem

Tonfall, den noch kein Stiefel getreten und getroffen hat?

Noch vor Einbruch des Winters werden wir in einem letzten, gewaltigen Hieb den Gegner zerschmettern, sieben Tage haben genügt, um der ungeheuerlichsten Kriegsmaschinerie aller Zeiten den tödlichen Stoß zu versetzen. Auch der Sprecher im Radio fordert das ganze deutsche Volk auf, warme Winterkleidung, Wolldecken, Stiefel an die Sammelstellen zu bringen, nur wenn die Heimat so opferfreudig die kämpfende Front im Osten unterstütze, sei diese für den russischen Winter gerüstet. Was sagt Wuttke dazu? Wuttke sagt weinerlich: Kledage abjeben? Denk an mir un deinem Kinde, bevor dat du sowat tust. Und Wuttke sagt zu mir, als mein Jahrgang im ganzen Reichsgebiet von der Hitlerjugend und dem Bund Deutscher Mädel in feierlichen Verpflichtungsfeiern in die Partei übernommen werden soll: Nich doch Aujuste, heiraten mußte. Wuttke, als ich ihm von meiner Reichsarbeitsdienstzeit erzähle, sagt lachend wie Herr Jüngels: Schipp immer treu und red nich bei. Wuttke, der immerfort pinkeln muß – det is nu mal so, deshalb brauchen Se nich immer rausrennen – pinkelt am liebsten während einer Führerrede. *Mit angehaltenem Atem und Segenswünschen begleitet euch, meine Soldaten, in den nächsten schweren Tagen die Heimat, denn ihr schenkt ihr mit Gottes Hilfe nicht nur den Sieg, sondern die wichtigste Voraussetzung für den Frieden.* Amen, sagt Wuttke und zieht die Bettflasche unter der Decke vor.

Jetzt reicht's, brüllt Ruland.

Justaf, Justaf, ärger dir nich, mach nich son Jesichte, det steht dich nich.

Wir warnen Wuttke, er riskiere Kopf und Kragen mit seiner Berliner Schnauze.

Kopp un Kragen haben se doch schon, sagt Wuttke, wat wollen se mit een Moribundus?

Die Filme heißen jetzt *Jud Süß* und *Kinder wie die Zeit vergeht.*

Die Zeit vergeht. Wir haben kein Gefühl für Zeitvergehn, für das Umschlagen vom Sein ins Werden. Da wird aus Abend und Morgen immer wieder der erste Tag. Wir sehen unser Leben noch nicht dahineilen. Wir haben alles noch vor uns. Wir können warten. Unsere verschlungenen Hände sind das äußerste. Ich sitze auf Dirks Bettrand. Dirk hat immer noch Fieber, erhöhte Temperatur wenigstens, das macht seine Augen noch glänzender. Oft schläft er vor Schwäche ein.

Einem Schlafenden, einem unruhig Schlummernden, kann man nicht ins Gesicht starren, kann nur hin und wieder einen scheuen Blick auf ihn werfen: Schläft er noch? Selbst durch die dünnen Lider hindurch ist zu erkennen, wie dunkel die Augen sind. Manchmal treten ihm Schweißperlen auf die Stirn, das Haar an den Schläfen kräuselt sich. Seine Hände liegen auf der Bettdecke. Hin und wieder bewegen sich alle zehn Finger, als machten sie auch im Schlaf die Gelenkigkeitsübungen, die sie im Wachen trainieren, um der Steifigkeit vorzubeugen. Trockenspielen nennt Dirk das. Ich sitze auf seinem Bettrand. Ich bin nur achtzehn Jahre alt geworden, um mich auf diese Augenblicke vorzubereiten. Mein Zustand heißt: Angekommensein. Aufs Deutlichste und Richtigste da angekommen sein, wohin ich gehöre. Es ist, als sei Dirk für mich der Schlußstein einer Kuppel, die endgültige Zusammenfassung, unter der ich bleiben, die nicht über mir zusammenstürzen kann wie alles um mich her. Für die Liebe gibt es keinen schlecht gewählten Zeitpunkt.

Ich sitze auf dem Bettrand und hüte Dirks Schlaf. Sich gesund schlafen ist eine von Großmutters Zauberworten, die noch immer geholfen haben. Aus Ausgeräufeltem stricke ich Pullover für Dirk. Für die Zeit, wo er entlassen werden wird. Aus weichem Nappaleder einer alten Handtasche nähe ich einen Tabaksbeutel. Für die Zeit, wo Dirk wieder seine Pfeife wird rauchen können. Darüber wird es Winter. Wir zweifeln nicht an einer Zukunft, die natürlich jenseits des Krieges liegen wird. Wir sind voller Pläne. Dirk hat, bevor er eingezogen wurde, mit einem Musikstudium begonnen. Er wird es aber nicht fortsetzen können, sondern wird auf Musikwissenschaft ausweichen müssen, denn er hat bei einer schweren Detonation nicht rechtzeitig den Mund aufgerissen. Er trug eine Verletzung des rechten inneren Ohres davon. Eine Verletzung davontragen klingt harmlos. Dirk sagt: Ich sitze im Konzert, lese die Partitur und höre die hohen Töne nicht mehr. Kannst du dir das vorstellen? Er behauptet allen Ernstes, er würde es leichter verkraften können, wenn ihm ein Bein abgeschossen worden wäre. Wuttke im Nebenbett hat sich zur Wand gedreht. Ruland studiert den zerlesenen Völkischen Beobachter vom Vortag, und Weiß, Arnim, zeichnet wie immer, zeichnet vielleicht gerade das Gesicht des Schlafenden. Meine Ärztin wundert sich über mein Wohlergehen. Nur weiter so, mein liebes Kind. Wir machen Fortschritte. Das liegt, würde ich ihr heute antworten, an dieser inneren Befehlsgewalt, falls Sie verstehen, was ich meine. Jede Zelle ist mit sich im reinen. Sie können mich getrost aus Ihrer Behandlung entlassen, liebe Frau Doktor. Es geht mir so gut wie nie wieder in meinem Leben. Hatte ich jahrelang Bauchschmerzen? Nicht daß ich wüßte. Selbst die Menstruationsbeschwerden sind wie weggeblasen. Im Internat habe ich jeden Monat vor den Tagen, die unsere Lehrerinnen die kritischen nannten, gebibbert und war froh, wenn das schleimige Blut unter Krämpfen und Zähnezusammenbeißen durchgekommen war und ich mich vom Sportunterricht abmelden konnte. Unter uns sagten wir Schülerinnen: Ich habe meine Tante zu

Besuch, wenn wir die Tage hatten. Monat für Monat unterdrückten wir den Ärger über diese Heimsuchungen. Jetzt fange ich an, einen Körper zu haben, mit dem ich einverstanden bin, ohne zu ahnen, ohne auch nur im Traum zu ahnen, daß ich mit einem *Befund*, der einem Todesurteil gleichkommt, vor einem halben Jahr aus der Berliner Klinik entlassen worden bin. Mir geht es bestens. Frau Schmaus will meiner Überschlankheit beispringen: Sie schenkt mir zwei BHs, von denen der eine mit rosa, der andere mit hellblauen Applikationen in Rosettenform aufgebauscht ist, passend dazu zwei Hüftgürtel, jeder mit vier Strumpfhaltern.

Dirk schlägt vor, mich an einer nahegelegenen Universität zu immatrikulieren, allein schon deshalb, um nicht zu Kriegshilfsdiensten herangezogen zu werden. Für das Wintersemester 41/42 immatrikuliere ich mich in Würzburg. Das Papier, das mich als *stud. phil.* ausweist, wird man mir erst aushändigen, wenn ich eine beglaubigte Abschrift meines endgültigen Freistellungsscheines vom *Reichsarbeitsdienst Weibliche Jugend* werde vorlegen können. Die hochschwangere Sekretärin im Sekretariat der Universität Würzburg zeigt mir, wie so ein Freistellungsschein aussieht. Er muß besagen, daß hiermit *die Reichsarbeitsdienstverpflichtete vom Reichsarbeitsdienst Weibliche Jugend freigestellt* sei. Grund: *Untauglich*, das Wort ist groß und gesperrt gedruckt. Vermerkt ist ferner, daß *die Freigestellte diesen Freistellungsschein bis zur Vollendung ihres fünfundzwanzigsten Lebensjahres sorgfältig zu verwahren und auf Verlangen den Dienststellen des Reichs, den Behörden der allgemeinen und inneren Verwaltung, als auch im Ausland den Auslandsvertretungen des Deutschen Reichs vorzulegen habe. Fälschungen und Mißbräuche werden als Urkundenfälschung strafrechtlich verfolgt.* Bis zur Vollendung meines fünfundzwanzigsten Lebensjahres kann ich überhaupt nicht denken, aber ich brauche dieses Dokument. Die Sekretärin fragt mich, wie ich denn dies Ding zu drehen gedenke? Ich werde aus gesundheitlichen Gründen freigestellt, sage ich empört. Ich auch, lacht die Frau und tätschelt ihren Bauch, und was studieren wir denn nun? Kunstgeschichte, Psychologie oder sowas? Mann, Mann, so wollen wir den Krieg gewinnen. Ich sorge wenigstens für Nachschub.

Außer an die Einschreibung im Sekretariat erinnere ich mich an eine alte Brücke mit Kopfsteinpflaster, an die Marienburg auf dem Berg, Kerbtäler mit Weinhängen; Würzburg, eine schöne, herbstliche Stadt. Einmal, das ist vier oder fünf Jahre her, hat mein Vater mir Berlin gezeigt, *ehe es ganz die Reichshauptstadt von Großdeutschland werden wird.* Kein Zweifel, er hätte mir Würzburg gezeigt, ehe es zu 85 Prozent zerstört und *das Grab am Main* genannt werden wird. Ich habe es nicht zugelassen, daß er es mir zeigt. Habe keinen einzigen Riemenschneider in Würzburg gesehen. Habe es vorgezogen, die Augen zu schließen, mir die Ohren zuzuhalten. Ich gehe über die Mainbrücke, aber ich sitze auf Dirks Bettrand. Die Ausblendung der unmittelbaren Wirklichkeit muß gut funktioniert haben. Wie Quecksilber im Fieberthermometer sich immer wieder zur Kugelform zusammenzieht, zieht die Welt sich für mich auf einen Punkt zusammen. Aber Dirk duldet mein Ausblenden von Welt nicht. Wie ihm klar wird, daß ich auf seinem Bettrand gelandet bin und fürder nicht anderes im Sinne habe, als dort zu sitzen und ihn zu meiner besseren Hälfte zu machen, verscheucht er mich. Er hat herausgefunden, daß Max Kommerell in Marburg liest. Ihn zu hören, bei ihm ein Seminar zu besuchen gilt unter Germanisten als Geheimtip und als Auszeichnung. Du mußt ihn hören. Ich gäbe etwas darum, könnte ich nach Marburg gehen. Geh du für mich. Kommerell ist Dichter und

Literaturwissenschaftler in einer Person. Dirk will auch wissen, Kommerell sei Schüler Friedrich Gundolfs, der Stefan George so verherrlicht habe. Max Kommerell aber habe rigoros mit George gebrochen und sich diesem großen Magier voll Wut und Trauer entzogen. Georges Gedichte gehören wie Goethes, wie Rilkes, wie Hölderlins zu unserem Auswendig-Gekonnten, das wir für unverlierbar und unantastbar halten. Mich treibt die Neugierde nach Marburg, den Mann zu hören, der mit George abrechnen kann, das scheint mir zu diesem Zeitpunkt geradezu frevelhaft. Also melde ich mich in Würzburg wieder ab und schreibe mich in Marburg ein. Ich weiß nicht mehr, welche Vorlesungen ich sonst noch gehört habe. Kommerells federnde Intelligenz ist das Aufregendste, was mir auf meinen Universitäten begegnet ist. Er liest nicht etwa über George, sondern über Jean Paul. Er ist Dozent, Dichter, Schauspieler, Pantomime, Komödiant in einer Person. Jeder Satz kommt so präzise und leicht, daß man staunend auf den nächsten wartet. Bei Zitationen hebt er nur die Stimme ein wenig, manchmal auch nur die Hand, deren Finger er bewegt, als blättere er in einem Buch; was er zitiert, sagt er voller Ehrfurcht und doch so, als sei es von ihm selber, ihm soeben zugefallen: *... und kein Gedanke kam nackt, sondern jeder brachte sein Wort mit und stand in seinem richtigen Wuchs da ohne die Schere der Kunst.* Manchmal hat man Angst, die vibrierende Stimme vom Katheder könne versagen. Kommerell verzehrt sich in jeder Vorlesung. Wie ich ein Jahr später von seinem frühen Tod höre (er wird nur 43 Jahre alt), denke ich, daß er in diesem Marburger Wintersemester bereits ein schwerkranker Mann gewesen ist mit einem berserkerhaften Geist, der ihn umbrachte.

Weil ich meinen Freistellungsschein vom Reichsarbeitsdienst persönlich aus unserer Kreisstadt abholen muß, fahre ich im November für ein paar Tage nach Hause. Mit umständlicher Genauigkeit sucht Dirk mir die Zugverbindungen aus dem Fahrplan. Er trägt mir Grüße für meine Mutter und Großmutter auf. Unbekannterweise. Er würde sie gerne kennenlernen. Noch lieber aber, das gibt er unumwunden zu, würde er mal meinen Vater in Augenschein nehmen.

Wir schmücken, wie in jedem Jahr vor Totensonntag, unsere Gräber. Zu Füßen des Grabes meines Großvaters Eugen Bertrand ist ein winziger Grabhügel. *Ursula Bertrand* steht auf der Steintafel in der Mauer, eine Cousine von mir, die bald nach ihrer Geburt an Gürtelrose gestorben ist. Die Leute im Dorf tuscheln, daß wir am Tod der kleinen Ursula schuld seien, weil wir die Frau nicht gerufen haben, die die Rose besprechen kann. Ich helfe auch beim Umgraben des Gartens. Dabei stößt man immer wieder auf Knöchelchen, denn an der Stelle, wo unser Haus steht, hat sich einmal ein Wendenfriedhof befunden. Wie in jedem Spätherbst trocknen wir Pilze und Pflaumen, legen Gurken und süßsaure Kürbisse ein, stampfen Sauerkraut und kochen Rübensaft. Ich mache mich nützlich. Ich stapele Brennholz. Abends knicken die langen Schatten an der bestapelten Hauswand ab und gleiten mit Schattenfingern darüberhin. Ich sehe es von der Laube aus, wenn ich die Gartengeräte zurückstelle. Von uns aus kann der Winter kommen, den wir für den letzten Kriegswinter halten. Wir sind gerüstet. *Trotz ungünstiger Witterung erzielen wir weitere Fortschritte in Ost und West. Die Front im Osten reicht vom Eismeer bis Moskau. An die dreieinhalb Millionen bolschewistische Gefangene sind in unserer Hand. In keinem Augenblick wird bei der Heerführung der Bol-*

schewisten ein höherer Gedanke, eine wirkliche Strategie sichtbar. Stalin weiht das 25. Jahr bolschewistischer Blutherrschaft mit einer Rede vor den Moskauer Stadtsowjets ein; wie ein Winseln vor den Bundesbrüdern in London und Washington um eine zweite Front klingt diese Rede. Reichsleiter Alfred Rosenberg gibt einen umfassenden Überblick über die künftige Gestaltung des Ostraums.

Hier zu Hause bleiben, alle Meldungen aus dem Volksempfänger, der Zeitung, aus Fox Tönender Wochenschau, die uns die Ohren volltönt, unwidersprochen. Höchstens Großmutter wiegt den Kopf hin und her und findet alles so gigantisch. Aber daß wir den Krieg verlieren könnten – diesem würgenden Verdacht muß entgegengetreten werden. Wie ich ihr von Dirk erzähle (mit welchen Worten?), meint sie, nun sei ich den Kinderschuhen entwachsen. Mutter steht viel am Ofen oder sitzt auf der Ofenbank und wärmt sich den Rücken. Irgend etwas ist mit ihr, ich weiß nur nicht was. Hat sie Liebeskummer? Das würde sie mir erzählen. Sie hat mir immer alles erzählt. Auf meine Fragen antwortet sie nur: Schließlich sei draußen Krieg. Also, folgere ich, bangt sie doch um jemand bestimmten an der Front. Mein Vetter Klaus hat es gegen den Willen seines Vaters geschafft, von der Flieger-HJ, der er schon lange angehörte, in das NS-Fliegerkorps übernommen zu werden. Dort, erklärt er mir, werde die Spreu vom Weizen geschieden, nur wer strenge Prüfungen auf Eignung, Begeisterung und einwandfreie charakterliche Haltung hin bestanden habe, werde da aufgenommen. Er erzählt von seinem Lehrer Doktor Werner, der als Oberleutnant in einem Panzerregiment im Osten stehe: Er befehligte eine Kampfgruppe, der Feind überschüttete die Geschützbedienung eines von Panzerjägern herbeigeschafften schweren Flakgeschützes mit Infanterie- und Artilleriefeuer, dabei wurde Doktor Werner das linke Auge ausgeschossen. Diese schwere Verwundung konnte aber seinen Kampfeswillen nicht brechen, sagt Klaus, vielmehr packte ihn die helle Wut. Während Blut unter seinem Notverband hervorsikkerte, begann er erneut zu feuern und rief: Weitermachen, jetzt werden wir es ihnen zeigen, ein Auge sieht noch. Klaus' Augen – er hat die goldbraunen seiner Mutter – leuchten, wie Augen nur leuchten können. Immer, wenn ich an Klaus denke, sehe ich seine wie trunken leuchtenden Augen, höre seine Stimme: Weitermachen, ein Auge sieht noch. Bei der Wintersachenspende für die Ostfront sind in unserem Dorf fünf Lastwagen voll warmer Kleidung zusammengekommen, jeder gab alles Entbehrliche hin. Vom Präsidenten der Reichsmusikkammer, Professor Dr.Peter Rabe, wird das ganze deutsche Volk um Spenden von Noten und Musikinstrumenten gebeten, *damit unsere Soldaten an der Front in ihren spärlich bemessenen freien Stunden fröhlich musizieren können. Der Dank derer ist euch sicher, denen wir mit all unseren Gaben doch nichts vergelten können.*

Wäre mein Schifferklavier nicht im Reichsarbeitsdienstlager zurückgeblieben, meine Mutter hätte es jetzt gespendet. Nun trennt sie sich von Noten, an denen ihr Herz hängt, aber sie singt keine Schubert- und Loewe-Lieder mehr. Früher hat sie sich die Wirklichkeit durch Singen geschmeidiger gemacht. Sie hat das Singen verlernt. Und das Lachen. Beim Mittagessen informiert uns Großmutter über die neuesten Radiomeldungen, erzählt vom Staatsakt in der neuen Reichskanzlei in Berlin, bei dem der Reichsminister des Auswärtigen, von Ribbentrop, die finnischen, dänischen, rumänischen, spanischen, japanischen, slowakischen, bulgarischen und kroatischen Außenminister und Botschafter begrüßt hat zur Verlängerung des Antikominternpaktes bis 1946; die Finger einer Hand reichen nicht aus, um die mit uns verbündeten Staaten aufzuzählen. Wir sitzen um den

Tisch. Sitzen im Fallgebiet der Volksempfängerwörter. Es ist unmöglich, nicht von dem einen, dem anderen getroffen zu werden. Ein ganzes Volk wird erschüttert und erschüttert. Großmutter putzt ihre Brille, über ihrem Stuhl hängt an der Wand ein großes, goldgerahmtes Ölbild. Es zeigt einen Weinkeller, braun in braun gemalt, an eins der Fässer ist ein betrunkener Mönch gesunken; vor ihm steht, die Hände in die Hüften gestützt, in langer brauner, von einem Strick umgürteten Kutte der Bruder Kellermeister und sieht sich die Bescherung an. Daneben, erdrückt von dem schweren Goldrahmen, ein schwarzweißes, schulheftgroßes Hitlerbild, etwas weiter auf der blumigen Tapete Beethovens Totenmaske. In der Vitrine stehen goldene Tassen, sie klirren auf ihren Tellern, wenn auf dem Kopfsteinpflaster ein Pferdefuhrwerk vorbeifährt oder die Panzer vom Truppenübungsplatz Altengrabow. Der Kachelofen strahlt wohlige Wärme aus. Auf dem Tisch steht ein Strauß lila Astern. *Komm Herr Jesu.* Großmutter, die vor dem Krieg dem bombastischen Dritten Reich nichts hat abgewinnen können, ist tief bewegt von der Beisetzung des großen Fliegerhelden Ernst Udet. Während wir uns die Schüsseln zureichen, uns die Münder, und verstohlen auch die Augen, mit den Servietten betupfen, erzählt sie mit ihrer umständlichen Genauigkeit den Verlauf der Trauerfeier im Luftfahrtministerium in der Wilhelmstraße in Berlin; die Preußische Staatskapelle habe den Trauermarsch aus Wagners Götterdämmerung gespielt, das Podest sei mit roten Rosen, der Sarg mit der Reichskriegsflagge geschmückt gewesen, der Stahlhelm habe mitten auf dem Fahnentuch gelegen, auf einem schräggestellten Ordenskissen seien alle Kriegsauszeichnungen des Toten zu sehen gewesen; in Opferschalen haben Feuer geflackert, und Göring habe gesagt, der Allmächtige habe seinen allerbesten Kameraden abberufen, dem er den Aufbau der Jagdfliegerei und die gesamte

Technik der Luftwaffe übertragen habe; der Gefallene gehe nun zu den Kameraden, die vor ihm gefallen seien; er, Göring, wisse nicht, wie es da drüben sein werde, er rufe aber dem Helden Ernst Udet zu, der mit zweiundsechzig Abschüssen einer der erfolgreichsten Jagdflieger gewesen sei: *Wenn du dort drüben unsere Kameraden siehst, dann kannst du ihnen melden, daß die neue Luftwaffe, getreu dem Geist der Kämpfer des Ersten Weltkrieges, Garant des Sieges sein wird, den auch du mit heißem Herzen erfleht hast.* Großmutter lehnt das Pflaumenkompott ab. Ich löffele die Salatsauce aus der schön geschliffenen Glasschale. Es beruhigt meine Großmutter, daß unter der *neuen Führung*, wie sie die Regierung immer noch nennt, auch aufrechte Christen seien.

Hätte ihr jemand gesagt – aber wer zu diesem Zeitpunkt hätte es ihr sagen sollen? –, daß der Generaloberst Udet keineswegs gefallen ist, sondern von Göring zum Selbstmord genötigt wurde, weil die neue Führung ihm die Tragödie der deutschen Luftwaffe im Mehrfrontenkrieg in die Schuhe schob – sie hätte es nicht geglaubt, sondern für infame Lügenpropaganda gehalten, für zersetzende Parolen, zu denen allenfalls mein Vater imstande wäre, denn ein hoher deutscher Offizier wie Generalfeldmarschall Göring würde nie und nimmer solche Worte in den Mund nehmen am Sarg eines Mannes, den er selbst in den Tod getrieben hat.

Der integre oder auch nur der arglose Mensch ist für das absolut Böse unzugänglich. Millionen Menschen, speziell aus dem sogenannten Bildungsbürgertum, haben sich wie meine Großmutter verhalten: Weil sie an das Gute, Wahre und Schöne glauben wollten, trennten sie das, was bei aller Liebe als böse erkannt wurde, ab und schoben es namenlosen Leuten des Regimes zu, aber mit solchen Schurken – verdammtundzugenäht – würde der Führer schon klarkommen, wenn er nur erst davon erführe, denn das Böse spielte sich hinter dem Rücken des Führers ab. Seit der Führer der oberste Befehlshaber der deutschen Wehrmacht war, konnte man ihm nicht in den Rücken fallen, ohne Deutschland in Gefahr zu bringen. Nun waren *Deutschland* und *Das Regime* aufs Innigste und Unheilvollste aneinandergekoppelt. Die Propaganda in Gestalt des klumpfüßigen kleinen Propagandaministers mit der bellenden Stimme sorgte dafür, daß selbst unter den allerschwersten Heimsuchungen die unerschütterliche Gewißheit blühte, Deutschland könne nicht untergehen, *Deutschland heiliges Wort du voll Unendlichkeit über die Zeiten fort seist du gebenedeit.* Die Heiligsprechung Deutschlands, die Mythologisierung Deutschlands mußte vorangetrieben werden, um über die Gutgläubigen verfügen zu können.

Hier liegt der Schlüssel zur Verfügbarkeit der Massen. Der Durchschnittsbürger ist zum Volksgenossen geadelt. Ist die Mittelmäßigkeit in Person. Eine raffinierte Propaganda hat dieser Unperson Selbstbewußtsein verliehen, einen Stellenwert in der großen Volksgemeinschaft, und jedem einzelnen ein bißchen Macht, einen Posten, ein Pöstchen. So war er für das, was man mit ihm vorhatte, geblendet. So empfand er das strenge Reglement des allgegenwärtigen Regimes nicht als Zumutung, sondern als Notwendigkeit, um das große heilige Reich zu sichern gegen innere und äußere Feinde.

Wie eh und je schiebe ich meine Großmutter in ihrem Rollstuhl zum Gottesdienst. Zu unserer Kirche führt eine holprige, abschüssige, gewundene Gasse. Alle drei Glokken läuten noch, noch ist keine eingeschmolzen. Großmutter singt jetzt die alten Lieder eine Oktave tiefer, sie kennt alle Strophen auswendig, hält das zersungene Gesangbuch mit dem weich gewordenen schwarzen Ledereinband nur der Form halber in den beringten Händen. Der alte Pastor Krolow ist nicht mehr im Amt.

Auf der Kanzel steht ein junger Pastor. Alle Welt wundert sich, daß er noch nicht zur Wehrmacht einberufen ist. Er wird doch kein Drückeberger sein? Was tut im dritten Kriegsjahr ein junger gesunder Mann auf der Kanzel? Der junge Pastor hat sich gerade eingerichtet im Pfarrhaus mit seiner schönen Frau, der die Leute verstohlen nachblicken: Hübsche Frauen und Mädchen gibt es auch hier, aber schöne? Die Frau Pastor ist von makelloser Schönheit und großäugig wie eine Ikone, dabei stumm wie ein Fisch, mehr als *guten Tag* und *guten Weg* kommt nicht über ihre roten Lippen; was soll sie auch sagen, wo sie jeder verwirrt anstarrt. Sie sitzt singend in dem alten Gestühl und ist schön. Der neue Pastor, sagt Großmutter, predigt am liebsten aus dem Alten Testament. Habakuk ist sein Lieblingsprophet. *Es geht Gewalt vor Recht. Darum ergehen verkehrte Urteile.* Was soll man dabei denken. Wen meint er mit dem *grimmigen schnellen Volk, das hinzieht, so weit die Erde ist, um Wohnstätten einzunehmen, die ihm nicht gehören, das gebietet und zwingt, wie es will, dessen Rosse schneller sind als die Panther und bissiger als die Wölfe am Abend, das Gefangene zusammenrafft wie Sand.* Der Pastor da oben auf der viel zu hohen Kanzel im diffusen Licht der Kronleuchterkerzen sagt: *Und mit alledem machen sie ihre Kraft zu ihrem Gott. Amen.*

Ach, der mit seinem Habakuk, sagt mein Vetter Klaus verächtlich. Er ist gerade ein paar Tage zu Hause und nur Großmutter zuliebe mit in die Kirche gegangen: Aber nie wieder, das schwöre ich dir. Der Pastor spricht noch ein Gebet auf der Kanzel, *denn auch die Steine in der Mauer werden schreien, und die Sparren am Gebälk werden ihnen antworten;* und genau, wenn der Sand in dem großen Stundenglas an der Kanzel durch die enggeschnürte Taille gerieselt ist, steigt er herab und geht zum Altar und hat es nochmal mit seinem Habakuk. *Weh dem, der die Stadt mit Blut baut und richtet die Burg auf mit Unrecht.* Also das Ganze riecht denn doch nach Sabotage, meint Klaus, oder ob er die Bolschewiken gemeint hat mit dem grimmigen Volk? Jedenfalls ins Fürbittengebet schließt er den Führer nicht ein, auch nicht unsere Waffen; ein junger Mann von gestern, der immer noch nicht einberufen ist, das muß einen Haken haben. Er zeugt einen Sohn. Er pflanzt einen Apfelbaum, als ginge morgen die Welt unter. Er wird übrigens, das sei dazugesagt, demnächst einberufen werden auf seinen nachdrücklichen Wunsch hin als Meldefahrer bei einer Sanitätskolonne und wird während der großen Befreiungsoffensive im November 43 von einer seiner Meldefahrten durch die Erdlöcher einer Steppenschlucht, durch Dreck und Schlamm und Lehm auf Knüppelpfaden zwischen dem Raksaan–Tal und der Ossetischen Heerstraße unweit Stalingrad wie vom Erdboden verschluckt sein; und seine Frau, die nun seine Witwe ist, wird nachts, wenn kein Mensch sie hören kann, in den Burgwall rennen und schreien, wie ich bisher nie einen Menschen habe schreien hören, denn ich werde zufällig eines Nachts auch im Burgwall sein und werde mir die Ohren zuhalten und denken: Wenn mir das je passieren sollte, wenn Dirk wieder an die Front müßte und nicht wiederkäme, ich ertrüge es nicht, ich würde nicht erst schreien, ich würde gleich Schluß machen.

Eine Woche nach der Beisetzung des Generaloberst Ernst Udet – ich sitze wieder in der Küche von Frau Schmaus in Bad Kissingen und steche Weihnachtsplätzchen aus dem ausgerollten Teig, Halbmonde, Sterne mit und ohne Schweif, das ganze Firmament breite ich auf dem gefetteten Blech aus – da wird im Volksempfänger, der bei Frau Schmaus auf dem Küchenfenster steht, die Trauerfeier für den siegreichsten Flieger aller Zeiten, den Oberst Werner Mölders, übertragen, *den heldischsten*

Sohn unseres Volkes, den Tapfersten der Tapferen, wie Göring sagt, *den im Tode Unbesiegbaren, der in 115 Luftkämpfen überlegen war. Wie nahe du meinem Herzen gestanden hast, weißt du selber, du junger, glücklicher, sieggekrönter, strahlender Held. Der Wunsch eines jeden deutschen Jungen,* schließt Göring seine Trauerrede am Sarge Mölders, ist: *ein Mölders zu werden.* Danach, vom Küchenfenster her, getragen von Posaunen geblasen, das Lied vom guten Kameraden, *einen bessren findst du nit,* das reimt sich dann auf *gleichen Schritt und Tritt.* Danach spricht eine helle Knabenstimme, die kaum den Stimmbruch hinter sich hat, die jedes Wort mit einem harten Knacklaut sprengt und nahe daran ist, wieder eine Oktave höher zu gehen, danach spricht die vibrierende Knabenstimme das Gedicht *Deutschland,* das ich selber bei verschiedenen Gelegenheiten habe aufsagen müssen:

Vater im Himmel, entschlossen zum Tode
knien wir vor dir, o antworte nun,
Ist noch ein Volk, das dem hehren Gebote
redlicher dient, als wir Deutschen es tun?

Gibt es ein solches? Dann, Ewiger, spende
schicksalsgewaltig ihm Lorbeer und Sieg!
Vater, du lächelst! O Glück ohne Ende,
Auf und hinein in den heiligen Krieg.

Ich backe meine Plätzchen ab. Man kann sich getrost vorstellen, daß ich das Radio abschalte und beim Weiterbacken Weihnachtslieder singe oder summe. Wenn Frau Schmaus zu Hause ist, läuft der Volksempfänger immer. Am Sonntagmorgen des 7. Dezember meldet der Sprecher, daß Deutschland und Italien den Vereinigten Staaten von Amerika den Krieg erklärt haben, wie mein Vater es im Sommer prophezeit hat.

Ich backe gehaltvolle Plätzchen, die kakao- und marzipanhaltigen Erzeugnisse sind ausgegeben worden, ebenso die Spirituosen und die Weihnachtsbohnenkaffeezuteilung. Es weihnachtet sehr, es wird unser letztes Kriegsweihnachten sein. London, meldet der Völkische Beobachter, läßt bloß noch Potemkinsche Geschwader steigen und gibt immer groteskere Erklärungen ab für die schweren britischen Flugzeugverluste. Frau Schmaus nimmt das historische, mit Fischbein versteifte und mit Taft und Spitze überzogene Schnürmieder aus dem Schaufenster ihres Miederwarengeschäfts, um selbstgewandete Brokatengel hineinzustellen und Tannenzweige, an denen sie die bunten Holzfigürchen aufhängt, die zugunsten des Winterhilfswerks verkauft worden sind. Als sie ihr Geschäft vor fünf Jahren eröffnete – es war noch tiefster Frieden und mit allem ging es aufwärts –, hatte sie ausschließlich weibliche Kundschaft, Kurgäste vornehmlich; es gehört viel Geschick und Fingerspitzengefühl dazu, die Damen, die korpulenten zumal, aber auch die überschlanken, die vorne und hinten nichts haben, fachmännisch beim Kauf von Korselettes und Büstenhaltern zu beraten. Mit Kriegsbeginn hat Frau Schmaus rasch begriffen, was die Stunde geschlagen hat, und hat ihr Warenangebot erweitert um orthopädische Artikel wie Bruchbänder, Stützkorsetts, Halskrawatten, Gummistrümpfe; sie hat an Lehrgängen der Handels- und Gewerbekammer teilgenommen, ein 60-Stundendienst die Woche war die Regel bei ihr, denn damals hat sie sich auch noch politisch betätigt; damit ist es allerdings vorbei, sagt sie, sie rühre keinen Finger mehr, was aber nicht heißen soll, daß sie sich nicht mehr für eine gute Nationalsozialistin halte. Als sie sich seinerzeit selbständig machte, war sie Zuschneiderin in einem großen Textilbetrieb der Damenunterbekleidung und wurde dort zur Vertrauensfrau der Deutschen Arbeitsfront gewählt, die damals schon fast 10000000 Mitglieder hatte, aber eines

Tages, nachdem sie ihre ganze Kraft und Begeisterung eingesetzt hatte, kam eine gelernte soziale Betriebsarbeiterin und nahm ihr sang- und klanglos die Aufgaben aus der Hand. Der Mohr hat seine Schuldigkeit getan. Frau Schmaus ist nie darüber hinweggekommen, so wenig wie über ihre Kinderlosigkeit.

Sie stellt das historische Schnürmieder, das Schmuckstück, nachdem sie es behutsam abgepustet, abgebürstet und in einen weißen Kopfkissenbezug gehüllt hat, auf den Kleiderschrank in meinem Zimmer. Dort steht auch ein grüner Holzfuß für den Weihnachtsbaum, den sie bei der Gelegenheit gleich herunterholt. Den Weihnachtsbaum kann den Deutschen kein Mensch verbieten. Von Goebbels ist ein Gebot ausgegangen, daß alle Welt geschützet werde vor christlichen Anspielungen auf Weihnachten, das erhöhe nur die Sentimentalität der sentimentalen Volksgenossen; *im dritten Kriegsjahr* brauchten wir aber *deutsche Menschen, die hart* – vermutlich sagte er, *wie Kruppstahl* – seien. Das sei *das Gebot der Stunde.*

Der Goebbelssche Befehl ist nur an Mitarbeiter der Presse ergangen. Weil meine Mutter als freie Mitarbeiterin für den Lokalteil unseres Anzeigers für Ziesar und Görzke arbeitet, zehn Pfennig pro Druckzeile, hat sie davon Kenntnis bekommen. Was sagst du dazu? Sie kommt gar nicht darüber hinweg. Immer war sie der Meinung, daß nicht gottlose Schurken regieren, sondern Männer, wie Bismarck einer war, auf den der Führer sich oft genug beruft. Der Führer, davon ist meine Mutter überzeugt, weiß gar nichts von solchen Erlassen seines Propagandaministers und würde sie nie im Leben billigen.

Der Führer, sagt Herr Jüngels, hat nichts davon gewußt, und als es ihm zu Ohren gekommen ist, hat er diesem schandbaren Treiben ein Ende gemacht. Herr

Jüngels spricht nicht von dem Goebbelsschen Weihnachtsverbot, sondern von ganz schlimmen Morden – ja, dieses Wort ist hier angebracht –, die an Insassen von Pflegeheimen verübt worden sind. Weil Frau Jüngels kränkelt, hat er sich nach einem Pflegeheim für Rosa umgesehen, nur für den Fall, daß er und seine Frau das arme Mädel eines Tages nicht mehr betreuen könnten. Was er da zu hören bekommen hat, hat ihm die Absicht, Rosa eines Tages wegzugeben, ein für allemal vereitelt. In der Umgebung einer Pflegeanstalt am Neckar munkelte man und hatte alsbald auch Beweise, daß immer wieder Kranke bei Nacht und Nebel in geschlossenen Autos wie Schwerverbrecher abgeholt worden und nie mehr zurückgekommen sind. Ihre Angehörigen erreichte bald darauf die Nachricht, der betreffende Patient sei an einer Infektionskrankheit verstorben, aus hygienischen Gründen habe man die Leiche gleich verbrennen müssen; gegen die Entrichtung einer Gebühr könne die Asche in einem Behältnis durch die Post zugesandt werden. Den Eltern eines behinderten Kindes sei eine solche Mitteilung zweimal zugestellt worden, und auch die Asche sei zweimal eingetroffen; da erst haben sie Verdacht geschöpft und herausgefunden, daß mindestens 250 Kranke weggeschafft und getötet worden seien, um ein erbgesundes, rassereines Großdeutschland zu garantieren, in welchem für Idioten und Krüppel kein Platz sei. Herr Jüngels, während er mir das erzählt, sitzt auf der Chaiselongue, auf der die Bilder seiner gefallenen Söhne gelehnt haben, Rosa, schrägäugig, schlaff, sabbernd, hängt über seinen Knien, und Herr Jüngels, der sogar in Verdacht gestanden hatte, ein Kommunist zu sein und über Hammer und Sichel seiner roten Fahne das Hakenkreuz genäht zu haben, um nicht aufzufallen, wenn die Beflaggung des Reichs befohlen war, Herr Jüngels sagt zu mir: Erst jetzt weiß ich, daß alle Schlechtigkeiten hinter dem Rücken des Führers passieren, es ergeht ihm wie Kaiser Wilhelm dem Zwoten, der auch von korrupten Schleimscheißern umgeben war. Wenn der Führer wüßte, daß derartiges bei Nacht und Nebel...

Mein Vater, der die Flöhe husten hört, sagt auch *Nacht und Nebel.* Er meint aber nicht die bei Nacht und Nebel beiseitegeschafften Idioten und Krüppel, sondern einen geheimen Erlaß Hitlers in den von Deutschen besetzten Gebieten. Wer sich dort gegen das Reich vergeht, wird heimlich zwischen Nacht und Nebel zur Aburteilung durch ein Sondergericht in ein Konzentrationslager verbracht. Er sagt *verbracht,* nicht *gebracht.* Woher er Kenntnis von geheimen Führererlassen haben will, sagt er natürlich nicht. Zum Jahreswechsel muß ich wieder einmal nach Kassel, noch immer unterstehe ich der väterlichen Gewalt, muß mich immer noch wie ein Tennisball zwischen meinen Eltern hin und her schlagen lassen. Ich erzähle triumphierend am Beispiel der abtransportierten Geisteskranken, wie der Führer eben da eingreift, wo Unmenschliches geschieht, aber es fruchtet nichts, mein Vater amüsiert sich über mein nie wankendes Führerbild. Kind Gottes, das ist ein Phantom. Aber Phantome werden leider immer wirklicher, je mehr sie sich als Phantome erweisen. Woher willst du wissen, daß Hitler seinen Tötungsbefehl zurückgenommen hat, das wäre ja ganz neu.

Von Herrn Jüngels.

Wer ist Herr Jüngels?

Ja, wer ist Herr Jüngels. Und wer ist mein Vater. Einer jedenfalls, der immer alles besser weiß, er will sogar einen Arzt in Limburg kennen, der einer Gutachterkommission angehört hat, die unheilbar Kranke von leichteren Fällen zu trennen hatte, die Unheilbaren wurden dann zu den Gemeinnützigen Krankentransporten GmbH überstellt. So harmlos klingt das, mein Kind. So sachlich.

Mein Vater kennt sich da aus. Schließlich hat er selber einen geistig behinderten Sohn, meinen Halbbruder Franz-Bernhardt, der in einer Anstalt lebt. Zum ersten- und letztenmal spricht mein Vater von diesem Sohn. Falls Hitler wirklich seinen Tötungsbefehl zurücknehmen mußte, wäre das nur den Predigten eines katholischen Bischofs zu verdanken, der die Machenschaften im Zusammenhang mit Hitlers Euthanasiebefehl zur Vernichtung lebensunwerten Lebens an die große Glocke hängte. Dazu gehört Mut. Alle Achtung. Mein Vater nennt den Bischof einen vom anderen Deutschland, wie später die Geschichtsschreibung es nennen wird. Warum frage ich meinen Vater nicht: Und du? Hast du keinen Mut? Wenn auch nur die Hälfte von dem wahr sein sollte, was du mir seit Jahren auftischst, was sage ich, wenn auch nur ein Zehntel davon wahr sein sollte, dann müßtest du doch etwas dagegen unternehmen. Irgendwas. Und nicht dasitzen – eine elegante Erscheinung – und den lieben Gott einen guten Mann ... O nein, ich frage ihn nichts; bei ihm wird alles überbeantwortet; ich will gar nicht wissen, was er mir zu sagen hat. Außerdem: Mein Vater hat immer gelogen. Das beruhigt mich rasch. Die ganze Familie weiß: Bei jeder seiner Scheidungen hat er das Blaue vom Himmel heruntergelogen. Und wenn er zur Kasse gebeten wurde, wenn es um den Unterhalt der Kinder ging, na, dann gute Nacht. Ich kann ein Lied davon singen. Wieso spielt er mit einem Mal den Moralischen? Mit einem Fußtritt befördere ich alles, was er sagt, in die dunkelste Ecke meines Bewußtseins. Darin habe ich Übung. Das habe ich immer so gemacht. Noch ahne ich nicht, daß diese unaufgeräumten Erfahrungen mit meinem Vater mich vor gelungener Einpassung ins Reich bewahrt haben. Wie stets bei derartigen Auseinandersetzungen sage ich kein Wort. Sitze da. Zucke vielleicht mit den Schultern. Lache verlegen, drücke mich in irgendeine

Ecke. Die Kasseler Wohnung hat viele Ecken. Aber mein Vater läßt nicht locker. Er will mich unbedingt vor der infektiösen Wucht dieses Massengeschehens, wie er das nennt, bewahren. Nie hat er mich vor irgend etwas bewahren wollen, da konnte ich grimmigstes Heimweh und Durchfall haben, Scharlach, Angst, Ziegenpeter, es hat ihn nie tangiert. Mit einem Mal ist er besorgt um mich. Er erwartet wenigstens einen Funken Verstand von mir. Er nimmt mir soviel eherne Einfalt nicht mehr ab.

Wie alt bist du jetzt?

Er weiß nicht mal, wie alt ich bin.

Neunzehn. Fast neunzehn.

Mit neunzehn wußte ich schon, wo's lang geht. Da hatte ich schon die Augen auf.

Und dann kommen die Sätze, die mit *Wenn ich du wäre* anfangen, und die in demselben aufgebrachten Tonfall gesagt sind, in dem er immer gegen alles gewettert hat, was mit meiner Mutter und ihrer Familie zusammenhing.

Wenn ich du wäre, würde ich mein Schulenglisch auffrischen und schon mal vorsorglich Russisch lernen. Auch wenn du jetzt nur der Liebe pflegst.

Das ist nun wieder Originalton Vater. Dieser smarte Intellektuelle, der Heine-Zitate anstelle von Tischgebeten spricht, zum Beispiel, wenn es Schweinebraten gibt:

Auch einen Schweinskopf trug man auf
in einer zinnernen Schüssel;
noch immer schmückt man den Schweinen bei uns
mit Lorbeerblättern den Rüssel.

Noch immer das hölzern pedantische Volk,
noch immer ein rechter Winkel
in jeder Bewegung, und im Gesicht
der eingefrorene Dünkel.

Wenn ich du wäre, würde ich mir mal Gedanken machen um meine berufliche Zukunft.

Seine skeptischen Blicke gleiten an meinem Körper hinunter. Kriegt das Kind ein Kind?

Wenn ich du wäre, würde ich versuchen, in der neutralen Schweiz zu studieren.

Wenn ich du wäre, dann ja. Ich werde aber heiraten. Solche Sätze habe ich immer nur gedacht.

Wenn ich du wäre, würde ich mal anstelle der Kolbenheyers und Bluncks und Miegels, und wie die Damen und Herren Poeten von der Reichsschrifttumskammer alle heißen, Heine lesen. Ja, ja, ich weiß: *Denk ich an Deutschland in der Nacht.* Mein Vater sieht allerdings nicht so aus, als könne irgend etwas ihn um den Schlaf bringen. Er strotzt vor Gesundheit. Er setzt Kinder in die Welt, Töchter. Immer bloß Töchter. Er sagt: kein Kanonenfutter. Er sagt, ich soll mal meine Großmutter schön von ihm grüßen. Eine Unverschämtheit, wo er immer bloß auf ihr Geld aus war. Grüß mal deine Großmutter schön von mir. Wenn mich nicht alles täuscht, hatte sie immer einen guten Draht zum lieben Gott. Jetzt kannst du ihr die Germanenbibel schenken. In der steht von der Edda bis zu Hitlers Kampf alles, was Dichter und Denker, Philosophen, Helden und Staatsmänner vom ungebrochenen Wesen des deutschen Menschen zu künden wissen. Die Deutschen, sagt mein Vater, haben das Schürfrecht auf die Tiefe. Und nun sogar von Staats wegen. Alles ist immer eher tief und schön als wahr, biedert sich als Treuherzigkeit an, als Blauäugigkeit, als schnurgerades Denken. So ein Firlefanz, ein Papperlapapp, ein lausiges. Mein Vater redet sich in Rage; wie sagt man's seinem Kinde. Wie klärt man es auf über den Schwachsinn und die Banalität des gesunden Menschenverstandes, des gesunden Volksempfindens gar. Mon dieu! Er sagt: Und dann kannst du deiner Großmutter auch noch erzählen, was der Herr Rosenberg, seines Zeichens Beauftragter des Führers und Urheber jeglicher Engstirnigkeit, was also der Herr Rosenberg, Alfred heißt er, über das Alte Testament geäußert hat. *In Fetzen die geile Satansbibel!* hat er gesagt. Übrigens hat einer der neuen Dichterlinge sich angemaßt, den Peer Gynt neu zu übersetzen, ein Herr Dietrich Eckart, da wird der Erzschelm Peer Gynt zu einem nordischen Faust umgemogelt, einem Nazi fast. Was diese Herren in die Finger kriegen... Aber ich sehe, du hörst überhaupt nicht hin. Wo hast du bloß deine Gedanken. Nichts Dümmeres unter der Sonne als verliebte Weiber! Ein Vatersatz. Und das sagt einer, der auf nichts mehr aus ist als auf verliebte Weiber.

Alle Bemerkungen über ihn sind immer zutreffend und falsch.

Mein Vater findet es einen Jammer, daß er nicht mehr in Berlin leben kann, da hätte er mich in die Katakombe geführt. Wie er Katakombe sagt, denke ich an unterirdische Gänge und Kammern, in deren Wänden und Nischen eingetiefte Märtyrergräber liegen. Er meint aber ein Berliner Kabarett dieses Namens, dort hätte er mir gerne mal Werner Finck vorgeführt, wie der den deutschen Gruß verhohnepipelt, die erhobene Rechte. Mein Vater neben dem lamettabehangenen, brennenden Weihnachtsbaum erhebt sich mit aufgehobener Rechten und murmelt von aufgehobenen Rechten. Alle Kerzen spiegeln sich in seinen Brillengläsern und in den Perlen der Perlenkette seiner Frau.

Dann singt er *Stille Nacht. Stille Nacht* haben Heilig Abend die deutschen Soldaten vom Eismeer bis in die afrikanische Wüste gesungen, und der Volksempfänger hat es übertragen. Mein Vater singt die erste Strophe zackig als Marschlied, die zweite mit der lahmen Larmoyanz eines Superstars, die dritte, als ob das Swing-

Orchester Teddy Stauffel ihn begleite. Noch nie habe ich ihn singen hören. Langsam wir er mir unheimlich. Für den Rest des Abends hängt er in seinem Ledersessel. Er hat sich selbst nichts hinzuzufügen. Seine Zigarre wird langsam kürzer, die Asche länger, die Asche ist nicht einmal beim Singen abgefallen. Am nächsten Morgen beim Frühstück erwähnt er nur noch, daß die Katakombe in Berlin übrigens geschlossen, Werner Finck mit Berufsverbot bestraft sei.

Mein Vater führt mich in Kassel ins Theater. Nicht in Peer Gynt, das er so liebt, das wird leider nicht gespielt, aber, wenn meine Erinnerung mich nicht täuscht, in Hebbels *Judith*. Meine Erinnerung täuscht mich sicher. Mein Tagebuch läßt mich im Stich. Wurde Anfang 42 noch Hebbels *Judith* aufgeführt? Die dramatische Geschichte einer Jüdin, die ihr Volk retten will? Oder hat man einfach den jüdischen Hintergrund weggelassen und nur die patriotische Idee, die nun wiederum so gut ins Bild paßt, im Auge gehabt? Ich sehe Judith jedenfalls vor mir, so schön, daß Holofernes bei ihrem Anblick schwört, nie mehr einen Menschen blenden zu lassen. Eine unvergessene und unvergeßliche Szene. Später im Hintergrund der Bühne ein geschmücktes Zelt, auf das Judith langsam zuschreitet. Gesteht sie sich ein, wie leidenschaftlich sie sich zu Holofernes hingezogen fühlt, oder deutelt sie ihr Begehren in ihren göttlichen Auftrag um? Egal, schön wie die Sünde dreht sie sich noch einmal zum Publikum, ehe sie ins Zelt schlüpft, um Holofernes zu töten. Vaters Frau neben mir kommt wieder zu Atem. Sie ist eine leidenschaftliche Theaterliebhaberin. Ungeniert läßt sie sich nachher an der Garderobe von Vater in ihren Pelz helfen. Patriotische Frauen haben ihre Pelze bei der Wintersachensammlung der kämpfenden Front zur Verfügung gestellt. Wir hingegen gehen nach der *Judith*-Aufführung schick essen im Ratskeller. Vaters

Frau hat dafür extra Fleischmarken aufgespart. Ich trage ein schwarzes Seidenkleid, dem man nur deshalb nicht ansieht, daß es immer noch mein Konfirmationskleid ist, weil Großmutter die Ärmel aufgeschlitzt und einen Faltenwurf aus rotem Seidendamast eingearbeitet hat. So, mein Kleines, der Mensch muß sich zu helfen wissen. Nun bist du salonfähig. Wir treffen uns im Ratskeller mit einem Archivrat der Kasseler Landesbibliothek, einem ungemein gelehrten Haus, der mich, während er mit Vater politisiert, mit glimmerigen Äuglein anplient, unter dem Tisch mit einem Bein herumangelt und versucht, seine Fußspitze zwischen meine Beine zu schieben. Halbwelt nennt meine Großmutter sowas. Mir ist der Atem zu schade für dieses Wort. Der Archivrat, während er, wie gesagt, sich unter dem Tisch zu schaffen macht, erzählt flüsternd von einem Generaloberst Hoepner, Oberbefehlshaber der 4. deutschen Panzerarmee; den habe Hitler aus der deutschen Wehrmacht ausgestoßen, jawohl, weil er seinen Truppen an der Ostfront auf eigene Verantwortung den Befehl zum Rückzug aus den Winterquartieren gegeben habe. Der Archivrat sagt: Strategische Instinkte werden hinweggefegt. Die Versklavung ist perfekt. Aber eine gemeinsame Erklärung der Vereinigten Staaten von Amerika, des Vereinigten Königreiches von Großbritannien und Nordirland, der Union der Sozialistischen Sowjetrepubliken, Chinas, Australiens, Belgiens, Kanadas, Costa Ricas, Kubas, der Tschechoslowakei, der Dominikanischen Republik, El Salvadors, Griechenlands, Guatemalas, Haitis, Honduras, Indiens, Luxemburgs, der Niederlande, Neuseelands, Nicaraguas, Norwegens, Panamas, Polens, Südafrikas und Jugoslawiens, die die Charta vom 14. August 1941 anerkennt, besagt, daß der vollständige Sieg über das faschistische Deutschland notwendig ist, um Leben, Freiheit, Unabhängigkeit und religiöse Toleranz zu gewährleisten.

Der Archivrat prophezeit den totalen Zusammenbruch der deutschen Ostfront für den Sommer 42. Hitler, in seiner Rede zum Heldengedenktag im März, prophezeit die Vernichtung der Roten Armee für den Sommer 42. Das Militärbündnis Deutschland-Italien-Japan sei die unerschütterliche Basis für den Sieg.

Während im Februar der Durchbruch unserer stolzen Schlachtkreuzer Scharnhorst und Gneisenau und des schweren Kreuzers Prinz Eugen von Brest aus durch den Kanal in die Nordsee gelingt, bin ich längst wieder in Kissingen. Dirk darf aufstehen und hat stundenweise Ausgang. Zum erstenmal gehen wir nebeneinander, nicht Hand in Hand oder gar Arm in Arm, so zu gehen ist einem Gefreiten untersagt. Immer wieder muß Dirk seine rechte Hand an die Mütze legen, einen Ruck durch seinen ausgemergelten Körper gehen lassen und jeden Militär vom Unteroffizier aufwärts grüßen. Die zu weit gewordene Uniform hat Dirk mit dem Koppel passend geschnallt. Seine Beine sind so lang, daß ich kaum Schritt mit ihm halten kann. So geht er neben mir her, kein Ritterkreuzträger, von dem andere Mädchen träumen. Unser erster Weg führt zum Pfarrer einer evangelischen Gemeinde, den Dirk bittet, ihn stundenweise an der Orgel üben zu lassen, vorausgesetzt, seine Finger seien nicht so steif geworden, daß überhaupt nichts mehr gehe. So oft er Ausgang hat, sitzt er an der Orgel, mir bringt er bei, ihm zu registrieren. In solchen Stunden sind wir dem Krieg vollends entrückt.

Ich muß das geflammte Doppelbett räumen, weil der Oberleutnant Schmaus auf Heimaturlaub kommt. Solange schlafe ich auf der Couch im Wohnzimmer, auf der sonst Frau Schmaus schläft. Ich denke nicht an Deutschland in der Nacht. Ich schlafe fest und tief. Leise zieht durch mein Gemüt liebliches Geläute. Ich bin noch lange keine natürliche Vollfrau deutschen Blutes, sondern ein sehnsüchtiges Mädchen. Frau Schmaus bittet mich, sie stundenweise in ihrem Geschäft zu vertreten, damit sie die kurze Urlaubszeit mit ihrem Mann voll auskosten könne. Sie zeigt mir, wie ich korpulente, aber auch überschlanke Damen, die vorne und hinten nichts haben, beim Kauf von Korseletts, Hüft- und Büstenhaltern zu beraten habe. Im Schaufenster haben die Brokatengel und die Tannenzweige mit den bunten Winterhilfswerkfigürchen wieder dem historischen Schnürmieder den Platz eingeräumt.

In derselben Märznacht, in der Essen zerbombt wird, schließt Wuttke, Alwin, seine Augen für immer. *Stiefel muß sterben, is noch so jung so jung.* Das sollten sie an seinem Grab blasen. Seine Leiche wird nach Berlin überführt. Dirk, auf der Orgelbank, läßt seinen Tränen freien Lauf. Sein Oberkörper wiegt vor und zurück. An diesem Tag spielt er nicht weiter. Wuttke hat ihm mehr bedeutet als irgendein anderer Kamerad, mehr auch als Kurt Jüngels. *Ich hatt' einen Kameraden / einen bessern findst du nit.* Das werden sie blasen auf dem Berliner Friedhof. Der Pfarrer, der Dirk seine Orgel zum Üben überlassen hat, hat bei der Lazarettleitung erwirkt, daß Dirk immer dann Sonderausgang erhält, wenn für einen in einem Kissinger Lazarett verstorbenen Wehrmachtsangehörigen die Trauerfeier in der Kapelle des Kissinger Friedhofes stattfindet. Der Organist ist eingezogen. Der Pfarrer ist nicht böse drum, denn dieser Organist sei ein Zyniker reinsten Wassers gewesen, der von Beerdigungen nur als von *Omas verstecken* gesprochen habe, *also wollen wir mal wieder eine Oma verstecken.* Jetzt im Krieg habe es dann *Helden verstecken* geheißen. Der Pfarrer ist froh, in Dirk einen Ersatz gefunden zu haben. Fast jedes Mal muß Dirk das *Largo* von Händel auf dem Harmonium spielen, oder die Hinterbliebenen wünschen sich das *Ave Maria* von Gounod. Dirk erhält zehn Reichsmark pro Trauerfeier und Harmoniumbegleitung.

Ich warte auf dem Friedhof, bis er aus der Kapelle kommt. Wie Fontanes *Frau in meinen Jahren* lese ich die *herzbeweglichen* Inschriften auf den Grabkreuzen. *G'vatter Tod*, läßt Fontane den alten Mesner sagen, *isch a Kenner, un wenn er kann, nimmt er nichts schlechts.* Auf einer Bank sitzend, schreibe ich Frau Wuttke. Auf dieser oder einer anderen Friedhofsbank warten wir an einem warmen Apriltag auf den Beginn einer Trauerfeier. Vor der Kapelle versammeln sich die Leidtragenden. Ich weiß nicht mehr, ob vor jeder Feier die Sterbeglocke geläutet hat. In meiner Erinnerung ist es totenstill bis auf ein Rascheln im Efeu vor unseren Füßen. Im Efeu an einem Grabhügel raschelt es leise, da liegt eine Schlange. Ich will schon aufspringen, Schlange und Biß gehören als Wortpaar zusammen, dabei habe ich außer im Berliner Aquarium hinter Wuttkes dicken Glaswänden noch nie Schlangen zu Gesicht bekommen. Dirk legt mir beruhigend die Hand aufs Knie. Bangbüchs. Eine Blindschleiche. Sandfarben, feucht, halb verdeckt von Efeublättern. Wir beugen uns vor, über ihre nackte Haut läuft ein Rieseln, ein Schwitzen, das in der Sonne glänzt, bei genauerem Hinsehen erkennen wir: Es sind zwei Schlangen, die sich paaren, ihre Körper liegen so eng aneinander, daß man sie für eine hält.

Meine Aufklärung ist mangelhaft gewesen, genaugenommen hat sie nie stattgefunden. Wer hätte mich aufklären sollen? Meine Mutter? Sie verfügt nur über das Wort Liebe, und Liebe ist wie die Kindheit der Himmel auf Erden, der siebente, in den man hineintanzt, und die Erde versinkt. Meine Großmutter? Einmal, ich war 15 oder 16, hat sie einen Anlauf genommen zu einem diesbezüglichen Gespräch, sie fragte mich, ob ich eigentlich über die Kinderkriegerei Bescheid wisse, ein modernes Mädchen sollte da nicht so ahnungslos sein, wie das zu ihrer Zeit der Fall gewesen sei. Ich war vielleicht baff. Was ist in Großmutter gefahren? Sie ist mir immer so erhaben vorgekommen, so anders als andere Leute. Bei ihr hat das Alltägliche soviel Würde, vielleicht deshalb, weil sie sich nur langsam bewegen kann wegen ihrer Behinderung oder weil sie so sorgsam mit allen Gegenständen umgeht, und wenn es nur ihre Brille ist, die sie anhaucht und putzt, die Serviette, die sie zusammenfaltet. Und nun diese Frage nach der Kinderkriegerei. Klar weiß ich Bescheid. Damit war das Gespräch beendet. Meine Lehrer beziehungsweise Lehrerinnen im Internat waren Meisterinnen des schicklichen Auslassens, beileibe nichts Zweideutiges, Schlüpfriges; hatten wir uns doch in der angeblich schönsten und schwersten Lebenskunst zu üben, rein zu bleiben und reif zu werden. Als wir in einigen aufeinanderfolgenen Deutschstunden den *Simplicius Simplicissimus* auszugsweise lasen, durfte unser Held alles sein, Page, Narr, Soldat, Galeerensklave und Pilger, nur nicht der galante Liebhaber diverser Damen; solche Seiten überschlugen wir im Unterricht, um heimlich unterm Pult wieder nach ihnen zu blättern. Und im Biologieunterricht? Da kamen wir über Blütenbestäubungen durch Wind oder Insekten auch nicht hinaus, in Erinnerung ist mir ein Lehrfilm, der uns die Selbstbestäubung eines Veilchens vorführte und, ins Riesenhafte vergrößert, einer Brennessel; ihre Staubfäden krümmten sich elastisch, um beim Geradeschnellen den Staub wie ein Mob auszustäuben.

Und nun der Anschauungsunterricht auf dem Friedhof, wo zwei Schlangen sich an einem Grabhügel paaren. Dirk geht langsam zur Kapelle. Ich bleibe mit den Schlangen zurück.

Gleich kommt es, sagt der Gefolgschaftsführer. Was kommt gleich, fragt eine Frau.

Um ein Haar hätte ich das auch gefragt, aber die Frau ist mir zuvorgekommen und fragt an meiner Stelle: Was kommt gleich?

Die lebt wohl auf dem Mond.

Die wenigsten können sehen, was kommt, dichtgedrängt, wie sie sitzen, stehen, Schulter an Schulter, Bauch an Bauch, Rücken an Rücken. Die vollgestopften Züge gehören ins Bild der Zeit. Was soll schon kommen, vorbeifliegender Himmel, viel schwebender Himmel über der norddeutschen Tiefebene, durchhängende Telegrafendrähte, ein Fieseler Storch schraubt sich ins Blaue, dann und wann eine Focke-Wulf, hier herrscht reger Flugverkehr. Bevor der D-Zug Berlin-Stralsund seine Fahrtgeschwindigkeit vor einer Station verlangsamt, hebt der Gefolgschaftsführer an mit seiner Unterweisung, oder sagt man Aufklärung, Schulung, Einschärfung? Ich würde es Predigt nennen, Bekehrung gar; es sei, sagt er, nicht die erste Verwundung gewesen, schon einmal habe den Führer ein Granatsplitter am linken Oberschenkel getroffen, da habe er im Lazarett Berlin-Beelitz gelegen; das, sagt der Gefolgschaftsführer zu seinen Pimpfen, deren Augen an seinen Lippen hängen, werde er ihnen ein andermal zeigen; eine Besichtigung von Berlin-Beelitz könne man von Wannsee aus mit einem Gepäckmarsch verbinden; heute stehe das Lazarett Pasewalk auf dem Programm, in welchem er mit seiner Gelbkreuzgasvergiftung gelegen und dabei einen göttlichen Auftrag empfangen habe; nämlich, das sei so gewesen: Mit seinem sturmerprobten Freiwilligenregiment List habe er an der flandrischen Front gestanden, ausgezeichnet bereits mit dem Eisernen Kreuz Erster Klasse. Am frühen Morgen des 15. Oktober 1918, um ganz genau zu sein: um 4.35 Uhr, wurde er von Gelbkreuzgas getroffen, das die verfluchten Briten abgefeuert hatten. Der einzige Verwundete, der noch wie durch Schleier sehen konnte, brachte seine jäh erblindeten Kameraden hinter die Linien in Sicherheit; im Gänsemarsch, sagt der Gefolgschaftsführer, einer die Hände auf die Schultern des Vordermanns gelegt, tappten die Verwundeten im Dunkeln; im Dunkeln lagen sie die erste Nacht auf ihren Betten im Feldlazarett von Oudenaarde. Um das Kreischen der Bremsen zu übertönen, hebt der Gefolgschaftsführer seine Stimme; sie gilt, die Bekehrung, längst allen in Hörweite Sitzenden, Stehenden, vornehmlich der Frau, die so dämlich *Was kommt gleich* gefragt hatte, vornehmlich also mir, die ich das auch hatte fragen wollen. Der Gefolgschaftsführer sagt *Berlin-Beelitz* und *Oudenaarde*, als rede er von den Kreuzwegstationen des Herrn. Wenn eine Jugend, sagt er, zu Gottmenschen heranwachsen soll, muß sie in ihrer wichtigsten Prägephase geeigneten, geschulten Führerpersönlichkeiten anvertraut werden, jungen Führerpersönlichkeiten, denn, sagt der Gefolgschafsführer und redet im Majestätsplural: Wir sind der Meinung, Jugend soll von Jugend geführt werden.

Kein Zweifel, hier spricht kein Anfänger, vielmehr einer, der mindestens den Ehrentitel Nachwuchsredner verdiente, Bannredner, Gebietsredner eines Tages, Reichsfachredner in naher Zukunft, wer weiß; rhetorisch talentiert, geschult, ergriffen, außer sich und so adrett anzusehen, ach, der schöne Junge, ein Prachtkerl, wer sollte ihn nicht gern haben. Man muß ihn ansehen und sieht Deutschland, wie es sich präsentiert.

Apokalyptische Bilder sehe ich nur von meinem heutigen Standpunkt aus: den Schnappschuß auf der Rückseite des dritten Bandes. *Der zweite Weltkrieg – Sieg ohne Frieden* zum Beispiel, auf dem ein Soldat rücklings hinstürzt und im Stürzen beide Arme in die Luft wirft, den

Mund zum Schrei aufgerissen, und sein Gewehr, das die hochgeschleuderte Hand hat fallen lassen, schwebt senkrecht in Höhe der brechenden Augen in der Luft. Es könnte der Gefolgschaftsführer sein. Es kostet große Mühe, die Bilder von einst und jetzt auseinanderzuhalten.

Zu dem Zeitpunkt, dem fraglichen, mag manch einer im Eisenbahnabteil gedacht haben: Großer Gott, es wird ihn doch nicht auch noch erwischen zu guter Letzt; wie alt mag er sein, der Springinsfeld, der Kiekindiewelt, der Milchbart, fünfzehn, sechzehn? Natürlich wird er sich freiwillig melden, er wird nicht zu bremsen sein, er hat's als Fieber im Blut, ihn hat's erwischt mit Haut und blondem Haar. Er sagt, hier habe ER im Lazarett gelegen, blind, apathisch, leise vor sich hinstöhnend. Alle lauschen ihm notgedrungen; wer hätte die Stirn, ihm ins Wort zu fallen; er gibt sein Bestes. Hier Pasewalk. Hier ist es gewesen, die Frau, die das nicht gewußt hat, soll sich schämen, hier hat ER gelegen, mehr tot als lebendig, denn der Feldgeistliche hat hier ihm die niederschmetternde Nachricht vom ruhmlosen Waffenstillstand gebracht. ER selber hat über diesen historischen Augenblick geschrieben: *Als ich so dalag, überkam es mich, daß ich das deutsche Volk befreien und großmachen und von dieser Niederlage erlösen würde.*

Unsereins kennt das, das ist Schulbuchwissen, Heimabendewissen, da bedarf es keiner Einschärfung, das hat man schon bei der Jungmädelprobe auf der Zunge gehabt, das fällt unter *Geschichten aus dem Leben des Führers und der Bewegung*, das ist die letzte, ungesungene Strophe des Horst-Wessel-Liedes, leicht zu lernen, schwerer wieder zu vergessen; unbeugbare Worte für alle, die damit groß geworden sind, Worte aus dem einen, dem anderen Volksempfänger empfangen, *denn die eigentliche Mobilmachung – es muß wiederholt werden –*

ist die Mobilisierung der emotionalen Kräfte eines Volkes. Amen. Mir wäre zu Pasewalk nur deshalb nichts eingefallen, weil meine Gedanken ganz woanders sind. Ich wäre glatt durch Pasewalk gefahren, ohne an den Führer zu denken. Er hat für mich nicht diese quasi göttliche Qualität, und das nur deshalb nicht, weil mein Vater mich gefragt hat: Oder hat der wildgewordene Gefreite aus Braunau für dich etwa quasi göttliche Qualität? Hier Pasewalk. Der Zug fährt weiter nach Stralsund. Der Gefolgschaftsführer und seine Mannen wählen den direkten Weg aus dem Fenster, springen hinein ins Vergnügen, zack, zack und ein fröhliches Hitler Heil, gute Weiterreise; wie der Zug wieder anfährt, haben sie sich bereits auf dem Bahnsteig formiert, ein Lied zwei drei...

Ein Dutzend Jungen wallfahren an den Ort, an dem ihr Idol gelebt und gelitten hat. Sie wollen verehren. Sie sind zum Verehren erzogen mit Aufmärschen, Fackelzügen, Sonnenwendfeuern, Treugelöbnissen, Kleidersammlungen, Pfundspenden, Heilrufen, Heil Heil Heil, im Gleichschritt marsch; ein Dauerrauschen, das alles andere übertönt, hat sie zum Anbeten erzogen. Es gibt kein Sortiment an Ideologien, es gibt nur die eine. Auf verblüffend einfache Weise läßt Sehnsucht sich mißbrauchen. Man predige nur lange und laut genug eine Gottheit, und die Anbeter kommen in hellen Scharen. Kein göttlicher Ehrentitel, der dem Führer nicht wieder und immer wieder zugesprochen wird: Retter und Erlöser, Messias, Wohltäter, Lenker der Geschicke und der Geschichte, allgegenwärtig und der Vollkommenheit nahe. Zu allem Überfluß ist er auch noch eine *Entsagungsnatur*, was immer das sei. Hitler eine Sagenfigur wie Siegfried, im Drachenblut der Geschichte gebadet und unverletzlich. Wer zur Legende geworden ist, an dessen Bild ist schwer zu rütteln; es bleibt herzerhebend, unaufbrechbar; und alle ohne Ausnahme können es sehen und begreifen, wo doch *Herz gegen Hirn und Tat gegen Tinte* gesetzt wird. Jeder Reichsparteitag eine Hinrichtung der Gedanken, ein Aufpeitschen der Gefühle. Auf Vordermann bringen, heißt das, auf Draht sein. Ist der historische Abstand zu solchem Verehrungswahn wirklich so unübersteigbar? Wer hält Gerichtstag über eine Generation, der von Kindesbeinen an ihre Träume vorgeträumt wurden? Träume, aus denen sie sich später nicht wird herausreden können?

Mai 42. Ich fahre nach Greifswald, um mich an der Ernst-Moritz-Arndt-Universität zu immatrikulieren. Greifswald deshalb, weil ich, um eine neue Mitte kristallisiert, mich hinfort nur noch nach Dirk richten will, und Dirk, das hat man durchblicken lassen, wird von Kissingen in ein Lazarett nach Stralsund verlegt werden. Die verschiedenen Orte büßen für mich ihre Unverwechselbarkeit ein; es gibt nur noch Orte, wo Dirk ist, und solche, wo er nicht ist. Mein Weltbild zu dieser Zeit ist nicht mit Stecknadeln gespickt, welche den Verlauf der Fronten anzeigen, eher gleicht es einer Strömungskarte, die Unaufhaltsamkeit, Geschwindigkeit, Druck und Dichte flüssiger Körper aufzeigt; hinter jedem Widerstand vereinen sich die Ströme und bilden einen Wirbel. Dirk wird überraschend schnell aus dem Lazarett entlassen: sechs Wochen Genesungsurlaub, ein Semester Studienurlaub, Worte, die für uns den Sinn von Galgenfrist haben, von Atemholen, gestundeter Zeit, geschenktem Leben. Während wir in Greifswald studieren, geht der Krieg weiter.

Wieder bleibe ich hier an dem Wort *während* hängen. Müßte in diesen Aufzeichnungen nicht jeder Satz mit *während* anfangen?

Während
nach der Schneeschmelze in Rußland schwere Regenfälle

einsetzen, so daß der Krieg im Osten vollends die grauschlammige Wochenschaufarbe annimmt, Panzer im Schlamm versinken, die Gräben unserer kämpfenden Front voll Schlamm laufen,
springen auf den besonnten *Wiesen bei Greifswald* wie auf Caspar David Friedrichs Bild die Pferde und stieben die Gänseherden auseinander, wenn Dirk und ich auf unseren Fahrrädern über Koppelwege und Knüppelwege fahren in einem grünen gräbendurchzogenen flachen Land.

Während
Ende Mai Panzerspähwagen in die eroberte Stadt Charkow vordringen und unsere neuen Waffen wie Garben aus der Erde schießen,
blühen blau und gelb kilometerlange bienenbeflogene Lupinenfelder auf Usedom. Das Wasser ist noch zu kalt zum Baden, aber wir machen barfüßig einen Slalomlauf um die Zungen der Brandung. Unsere Fußstapfen saugen sich hinter uns langsam voll Grundwasser und glänzen. Ein Wachposten in wehendem feldgrauem Umhang patrouilliert am Strand auf und ab, um das Meer, den Himmel oder weiß der Kuckuck was zu bewachen, und winkt uns lachend zu.

Während
am 30. und 31. Mai tausend feindliche Bomber auf 52 englischen Flughäfen zum Großangriff aus Köln starten, um über der Innenstadt 1455 Tonnen Sprengstoff abzuwerfen,
strahlt der Leuchtturm von der Greifswalder Oie. Seine Blenden drehen sich um die Lichtquelle, und ich küsse Dirks Gesicht jedesmal, wenn es dunkel ist, weil ich lieber im Dunkeln küsse. Wenn das Leuchtturmlicht über uns hingleitet, lachen wir über meine Scheu, im Hellen zu küssen. Bei drohendem Fliegeralarm erlischt das Blinklicht; da wäre des Küssens kein Ende gewesen, aber

das haben wir kein einziges Mal abgepaßt in unserem gegönnten Sommer.

Während

die Krim erobert wird und unsere Heeresleitung über die geheime, unfaßbare Waldarmee rätselt, die der kämpfenden Front das Leben schwer macht, Brücken sprengt, Eisenbahnwege unbefahrbar macht, Züge zum Entgleisen bringt, Tankwagen mit Benzin in Brand setzt – wehe, wenn diese Partisanen uns in die Hände fallen: Kolchosebauern in ukrainischen Hemdblusen, Traktoristen aus Getreidesolchos, bebrillte Buchhalter, Ärztinnen mit Ponyfrisuren, Sekretärinnen, Mittelschülerinnen und halbe Kinder, die die Verpflegung bringen –, während also diese Geisterarmee *Roter Blitz* unsere siegreichen Truppen vor allem nachts behindert,

stehen wir eines abends am Schwanenteich in Greifswald, auf dem wirklich *Die Schwäne im Schilf* schwimmen; die langen, schmalen Schilfblätter biegen und kreuzen sich zu der gotischen Architektur wie unter dem Pinsel des allgegenwärtigen Malers. Für kurze Zeit sehe ich Dirks Spiegelbild im Wasser. Eine Seerose wächst ihm durchs Herz. Ich beschwöre diesen Augenblick, wenigstens so lange in meiner Erinnerung zu bleiben, bis ich mir eingestanden habe: hier beschlich mich zum erstenmal eine Ahnung, daß ein so wehrloser Mensch, dem der rhythmische Lauf der Stimmen in einer Bach-Triosonate, das ruhige Ausbreiten der Klangformen an der Orgel wichtiger ist als alles andere –, daß ein so gearteter Mensch kaum eine Chance hat, aus diesem Krieg davonzukommen. Trauer, vorausgewußt. Die weiche, schwanke Spiegelung im Wasser vergeht.

Während

die Seeschlacht im Korallenmeer tobt und die Einheiten der 1. deutschen Panzerarmee Elista in der Kalmückensteppe einnehmen, Australier und Engländer gemeinsam

auf Neuguinea im Dschungel gegen die uns verbündeten Japaner kämpfen, unterstützt von Holländern und Papuas; während der japanische Vormarsch in den Kautschukwäldern Malaysia zügig vorankommt und vorgeschobene Gefechtsposten an der Eismeerfront sich dem Eismeerhafen Murmansk nähern; während man wirklich große Mühe hat, die Weltkarte mit allen Fronten im Auge zu behalten,
singen wir im Collegium musicum vocale *Die Himmel rühmen des Ewigen Ehre,* und spielt Dirk im Collegium musicum instrumentale Konzertflöte. Ich sitze dabei und sehe ihn an, seine Lippen, auf das Mundstück gestützt, seine Finger auf den Grifflöchern, das leuchtende Auge mit der schwarzen Iris.

Während
Molotow London besucht, um den Britisch-Sowjetischen Bündnisvertrag zu unterzeichnen, der jeglichen Separatfrieden mit Nazideutschland ablehnt; während Rommel, zum Feldmarschall befördert, als nächstes Angriffsziel in Afrika die Linie El Alamein–Alexandria–Nilmündung–Kairo bestimmt und der Obersten Heeresleitung zusagt, dieses Ziel bis zum 30. Juni erreichen zu wollen,
redet mit uns kein Mensch über Politik oder über die Ursachen des Krieges, sondern im altdeutschen Proseminar über Ansätze zu einer Schriftsprache in karolingischer Zeit, im neudeutschen über Lessings Prosadramen, im kunstgeschichtlichen über Caspar David Friedrichs Farbsymbolik, in germanistischen Vorlesungen über die Deutsche Mystik, insbesondere über Mechthild von Magdeburgs *Buch vom fließenden Licht der Gottheit*; und nur im Lateinkurs, an dem ich teilnehmen muß, um das große Latinum nachzuholen, ist vom Krieg die Rede, nur da wimmelt es von Schwertern, Speeren, Lanzen, da gibt es viele Worte für töten. Damals und heute der Krieg

eine Naturkatastrophe, ein fünftes Element, in das die Menschheit hineingezwungen wird wie in Feuer, Wasser, Luft und Erde. Der Krieg, ein kosmisches Prinzip. Der Vater aller Dinge. Eine moralische Größe, der die Menschen läutert. Professor Pichler gibt im Auditorium maximum eine Einführung in die griechische Philosophie. Platon, sagt er, habe den Krieg mit Krankheit gleichgesetzt, mit einem Zustand, der nicht wünschenswert, aber leider schwer vermeidbar sei, am besten, so Platon, könne man dem Krieg durch ständige Vorbereitung auf ihn und Übung der Kräfte vorbeugen, durch perfekte Vorbereitung und gegenseitige Bedrohung geradezu verhindern.

Während

deutsche U-Boote im Atlantik, in den amerikanischen Küstenmeeren, im Nord- und Mittelmeer im Monat Juli 110 alliierte Handelsschiffe mit insgesamt 455 800 Bruttoregistertonnen versenken,

rennen wir Hand in Hand ins Meer, treiben ein silenisches Spiel in einem Element, das uns trägt und vorm Untergang rettet. Es gibt viele Quallen im Bodden. Sie schweben in der Spülkante der Wellen. Eine strandet auf Tang und Geröll, die bugsieren wir mit ihren langen zuckenden Fußschnüren in meine Badekappe und tragen sie zurück ins Wasser. Von nun an radeln wir morgens vor der ersten Vorlesung zum Bodden. Der Krieg umschließt uns wie das Wasser den Schwimmer, aber er dringt nicht in uns ein, sonst würden wir untergehen.

Während

aus dem stoffbespannten Rund der Volksempfänger die Meldungen und Sondermeldungen sich überstürzen: *Italienische U-Boot-Erfolge im Golf von Mexiko, in der Karibik, den Antillen, Vorstoß nach… Operationen bei… Durchbruch durch… Erstürmung von… Verfolgungskämpfe in… Doppelschlacht bei… Umfassungs-*

kämpfe im Raum von ... Spähtrupp in der Wüste ... Vernichtungsschlacht von weltpolitischem Ausmaß ..., laufen wir an einer wunderschönen Küstenstelle auf Rügen über flache weißstufige Terrassen, die Kante um Kante zum Meer hinabsteigen, sich zuunterst überstürzen, um kleine Plateaus übers Wasser vorzuschieben. Da sitzen wir, baumeln mit den Beinen, die Wellen klatschen schlapp gegen den weichen Felsen und Dirk zeigt mit ausgestrecktem Arm über die flimmernde Meerfläche und fragt mich, ob der Strich am Horizont etwa die Südküste von Schweden sein könnte.

Und während
am 26. und 27. Juli die britische Luftwaffe Hamburg bombardiert,
der Himmel weiß, was wir da gerade machen, da könnten wir uns just an Rügens allerschönstem Aussichtspunkt befinden, den *Kreidefelsen auf Rügen*, eingegangen in Friedrichs berühmtes Bild, dazugemalt wie die romantischen Bäume, die es hier gar nicht gibt und nie gegeben hat; und es hätte uns nicht gewundert, Hut und Stock des Malers im Grase liegend zu finden, an der Stelle, wo er auf allen vieren dem Abgrund zukriecht, um hinabzuschauen.

Während
General Paulus, Befehlshaber der Panzertruppen der 6. Armee, den Befehl zum Angriff auf Stalingrad gibt, während es mit den Blitzkriegen in den Wochenschauen immer noch so weitergeht, US-Tanker vor unseren Augen im Meer versinken, Ölraffinerien im Kaukasus brennen, überflutete Täler von unseren Pionieren überbrückt werden; während wir in Kinosesseln den Befehlsübungen an Kartentischen beiwohnen und den Massenabsprung von Fallschirmjägern aus dem Leinwandhimmel mitansehen; während Ernst Jünger, dessen *Marmorklippen* ich gerade verschlungen habe, sich zusammen mit

General Rupp vor Tuapse an der Kaukasusfront präsentiert,
geizen wir mit jedem lieben langen Tag. *Der Morgen der Mittag der Nachmittag der Abend.* Die geraden Stämme des Kiefernwaldes stehen wie Gitter vor einem gelben Abendhimmel. Zwei Wanderer, fast verwechselbar mit den kleinen Bäumen im Vordergrund, gehen auf diesen Himmel zu. Ich wohne am Hafen. In den offenen Fensterflügeln spiegeln sich die Masten der Schiffe, die Luft- und Wolkenstudien, die Caspar David Friedrich auf Leinwandabfällen malte. An der Wand meines Zimmers hängt in Originalgröße ein Druck seines Bildes *Mann und Frau den Mond betrachtend.* Der Mond ist noch unbetreten von Neil Armstrong, unbeflaggt, einer von Friedrichs Vollmonden. Seine Abendsterne stehen am Himmel, seine Regenbögen, die heidnischen Eichen davor und seine Ruinen, Eldena vor allem. Wie kann ich Eldena vergessen. Wir liegen im Gras wie andere Paare auch. Eldena ist ein Ort für Liebespaare. Die Liebe scheint um so verläßlicher, je sinnloser der Krieg wird. Liebe, die Lebensgewißheit mitten im Krieg. Sich mit Liebe den Krieg vom Leib halten. Die Abschiede hinausschieben. Die Tage zählen. Die Liebespaare sitzen auf verfallenen Fenstersimsen, Säulenstümpfen. Schwarzgelbe, zerbrechliche Schneckenhäuser kleben zwischen den Steinbrüchen, Stranddisteln mit gepanzerten Blättern wachsen aus den Spalten, kleine Birken, Buchen, Kiefern; der Turm der Westfassade ist wie ein Rocken vom wilden Hopfen übersponnen. Das Meer liegt als Dunst in der Luft, als kräftiger Wassergeruch, als Geschrei und Geflatter der Silbermöwen; die Möwen stürzen sich aufeinander, um sich ihre Beute aus den Schnäbeln zu reißen. Das Meer liegt als zerquetschte Wollhandkrabbe in den Fußspuren der Liebespaare.

Alle Paare, die sich hier treffen, machen Pläne für den

Frieden. Sie trauen ihren Träumen mehr als der Wirklichkeit. Nur eine Studentin sieht man in Eldena einsam und allein, man kennt sie aus kunstgeschichtlichen Vorlesungen und Seminaren. Sie hat unser aller Mitgefühlt, denn sie trägt zwei Eheringe am knochendürren Ringfinger der rechten Hand; Frau Herr, das hat sich schnell herumgesprochen, ist Kriegswitwe, sie schreibt ihre Staatsexamensarbeit über die Zisterzienserabtei Eldena, deshalb ihr Umhergeistern in der weitauseinandergezogenen Ruinenanlage. Frau Herr erbringt den Beweis, daß das Ahornblatt hier allenthalben als Motiv verwendet wurde, nicht nur auf Kapitellen, Friesen, Lettnern, auch auf Glasfenstern und Tonfliesen. Falls Frau Herr überhaupt einmal ein Wort verliert in Eldena, in der Mensa, in Lesesälen der Universitätsbibliothek, redet sie von ihren Tonscherben, die, von Nieten zusammengehalten, ein Ahornblatt ergeben. Frau Herr, eine bienenfleißige, spirrige Person, nicht hübsch, nicht häßlich, vielmehr unauffällig, wie es unauffälliger nicht mehr geht. Sie trägt übrigens kein Schwarz wie die beiden anderen Kriegswitwen, die Arm in Arm in die Hörsäle kommen und nebeneinandersitzen, als könne eine ohne die andere ihr Schicksal nicht tragen. Frau Herr scheint es finanziell miserabel zu gehen, das ganze Sommersemester hindurch sieht man sie in demselben Fähnchen, einem verwaschenen Dirndelkleid mit Puffärmeln und blaßblauer Schürze. Auffällig an Frau Herrs Unauffälligkeit sind die eng zusammenstehenden Augen, die an ein Tier erinnern, an welches Tier? Ich mache mir keine Gedanken. Insgeheim wundert jeder sich, daß diese klapperdürre Frau einen Mann abgekriegt hat – aber wie gesagt, Frau Herr ist Kriegswitwe, das ändert alles. Das verbietet uns, sie Archivmäuschen zu nennen oder Blaustrumpf.

Während
im August 42 die Sowjets in voller Flucht vor den deut-

schen, rumänischen und slowakischen Truppen im großen Donbogen das Weite suchen und während die Terrorflüge der Briten auf west- und mitteldeutsche Städte den entschlossenen Siegeswillen der deutschen Bevölkerung nicht brechen können; während ganz in unserer Nähe, in der Versuchsstation Peenemünde auf Usedom, der Bau von Raketen und ferngesteuerten Flugzeugen vorangetrieben wird; während nur hinter vorgehaltener Hand vom baldigen Einsatz der Wunderwaffen gemunkelt wird, gegen die Stalinorgeln und Molotowcocktails Kinderspielzeuge sein sollen; während die Welt von Waffen starrt,
da habe ich gegen Ende des Semesters im Proseminar mein erstes Referat zu halten über Friedrichs Ölgemälde *Der Sommer*, auf dem ein Liebespaar in einer Laube sitzt und sich umarmt, neben ihm Rosen als Zeichen der Liebe, Lilien als Zeichen der Unschuld; und die hohen Sonnenblumen, ihre Blütenköpfe der Sonne zugewandt, stehen für die Sehnsucht. Ich zitiere Goethe und Kleist, wo und wie sie sich begeistert haben über den paradiesischen Charakter Friedrichscher Landschaften, und erweise mich durchaus als würdig, an einer deutschen Universität studieren zu können. Ich pfeife auf meinen Vater, der sich süffisant in einem Brief erkundigt, ob immer noch derselbe Jüngling sich der Liebe des Töchterleins erfreue oder ob selbiges Töchterlein dem Vater nachschlage, der mehr die Abwechslung liebe; allerdings habe er bei solchem amüsanten Reigen nie in einem politischen Nirwana gelebt, ich wisse schon, was er meine, oder müsse er sich noch deutlicher ausdrükken?

Zu diesem Zeitpunkt habe ich mindestens schon ein Dutzend Briefe meines Vaters aufgehoben, in denen er unmißverständlich gegen das Regime wettert. Meiner Mutter zeige ich diese Briefe nicht, aber Großmutter lese ich den einen, den anderen Brief vor. Was sagt sie dazu? Sie sagt: Ach Kind, wir können doch nicht für die Niederlage unsres eigenen Vaterlandes beten. Das können wir doch nicht. Oder sie sagt: Wenn dein Vater recht hätte, müßten wir uns ja das Gegenteil von Sieg wünschen. Das ist ein Ding der Unmöglichkeit. Nein, nein und nochmal nein. Er hat immer gelogen, dein Vater, leider.

Dirk ist über die Briefe meines Vaters nicht entsetzt. Im übrigen, sagt er, habe ich den Eindruck: Dein Vater ist dein Lieblingsfeind.

Dirk nennt meinen Vater meinen Lieblingsfeind.

Während

russische Dörfer evakuiert und nur die kräftigsten Frauen zurückbehalten werden, die, da keine Traktoren mehr vorhanden sind, die riesigen, bis zu den Horizonten wallenden Kornfelder mit Sensen schneiden müssen,

fahren wir mit der Bahn oder mit unseren Rädern von Kirche zu Kirche, weil Dirk, ehe er wieder die Uniform anziehen und strammstehen muß, alle im weiten Umkreis erreichbaren Orgeln sehen und spielen möchte, Orgeln in kleinen Dorfkirchen, die berühmte im Schweriner Dom und in der Neubrandenburger Marienkirche, aus der Caspar David Friedrich auf seinem unvollendet gebliebenen Bild Flammen schlagen läßt, die er brennend gemalt hat vor einem brennenden Himmel. Bevor Dirk sich an den Spieltisch setzt, prüft und betastet er das Orgelinnere, die Blasebälge, Windkanäle, Windkästen und Windladen, die Heerscharen von Pfeifen, mannshohen Baßsäulen, zigarrenkleinen Stifte, die nur giegsen können. Bei kleineren Orgeln trete ich die Bälge, bei elektrischen registriere ich. Die Hände auf zwei, drei oder auch vier Manualen, die Füße auf Pedalen, von denen manche bucklige, unverbundene, ausgetretene Stümpfe haben, ist Dirk in seinem Element. Wie hatte Kurt gesagt: Der würde noch spielen, wenn die Kirche schon brennt. Manchmal stoßen wir auf Register mit noch nie gehörten Namen: *Krummhorn* zum Beispiel, *Schnarrpfeife, Jungfrauenregal, Liebesgeige* und *Hölzernes Gelächter.* In einem der Dörfer hat der Pastor, der sich zu den Deutschen Christen bekennt, seine 800 Seelen zählende Gemeinde bewogen, die Kirchenglocken und die Bleipfeifen der Orgel in die Metallspende zu geben, noch bevor zur Metallspende aufgerufen worden ist; Gott loben könne man auch ohne Glocken und Orgelbegleitung. Und in einer kleinen pommerschen Stadt ist bei einem nächtlichen Gewitter ein Blitz in den Kirchturm gefahren und hat das Läutewerk der Glocken in Gang gesetzt; alle Leute, erzählt uns die Küsterin, seien in Nachthemden auf die Straße gelaufen und haben geglaubt, der Krieg sei vorbei, der Frieden ausgebrochen.

Während

nach den Worten des Führers der Atlantik zum Schiffsfriedhof für die britische und amerikanische Flotte wird und während unsere siegreichen Truppen im Osten am 19. September den Stadtrand von Stalingrad erreichen...

Während...

Und so könnte ich fortfahren, der Stachel des Wortes *während* verführt dazu. Ich, der Besserwisser von heute, der Himmelheber, der vielbemühte *Reiter überm Bodensee*, den's schaudert, wenn er zurückblickt. Es ist nicht möglich, Gewesenes herauszulösen aus den Bedingungen der Zeit. Wer von den Nachgeborenen glaubt es mir, wenn ich schreibe: Ein Wort wie *Stalingrad* sagt uns gar nichts im September 42. *Stalingrad* ist ein roter oder grüner Stecknadelkopf auf den Landkarten, die viele Leute sich aufgehängt haben, um mit den buntköpfigen Nadeln die Bewegungen der Fronten zu markieren. Und bis jetzt sind die bunten Köpfchen immer noch vorangekommen. Bis jetzt haben wir noch nicht zurückstecken müssen. Bis jetzt ist es einer nur als genial zu bezeichnenden Propaganda noch gelungen, eine 70 Millionen Seelen zählende Gemeinde unter einem Hirten zu weiden und ihr Opfer aufzuerlegen, denn *vom Opfer lebt das Leben / im Opfer pflanzt sich's fort / wer sich entzieht dem Opfer / verrottet und verdorrt.* Bis jetzt ist es der obersten Heeresleitung in tausend und abertausend Volksempfängermeldungen und Zeitungsschlagzeilen noch gelungen, das Kriegsgeschehen an den Fronten zu verharmlosen und zu entwirklichen. *Vorausabteilungen unserer Tapferen unschlagbaren Truppen haben den Stadtrand von Stalingrad erreicht.*

Im September bringe ich Dirk zum erstenmal mit nach Hause. Großmutter tritt nahe an ihn heran, sieht ihn an und sagt: Ja, das ist er. Mutter bekocht uns wie im tiefsten Frieden, und das, obwohl in den Schaufenstern immer mehr Mogelpackungen liegen und die Fleischration für den Normalverbraucher von 500 auf 300 Gramm pro Woche gesenkt worden ist, die Fettration von 270 auf 218 Gramm. Was sind solche Entbehrungen gegen den Opfergang unserer Soldaten an den Fronten.

Der erste Ausflug führt uns in die Delle. Dirk hat keine Uniform an, wir können Arm in Arm gehen. Wann wird das wieder so sein. Welchen Weg nehmen wir? Den unteren, von dem aus Dirk mich gesehen hat, als ich meinen Kondolenzbesuch bei Jüngels machte? In der Delle – wo denn sonst – hat unsere Geschichte angefangen. Wir haben schon eine Geschichte.

Die Hügelkränze ringsum liegen im unabgeblendeten Glanz eines überklaren Spätsommertages. Auf den Stoppelfeldern lassen Kinder ihre Drachen steigen. Klapperdürren Vogelscheuchen mit Hüten und schlotternden Jacken vergoldet das Licht die Schulterumrisse. Es glänzt das gekrümmte Bett des Baches. Die Heide deutet ihr Lila an. Schöner könnte sich der karge Landstrich nicht präsentieren. Die Mulden voll Schutt und Geröll sind mit Brombeergestrüpp überwuchert, die Beeren noch hellrot, die Äpfelbäume tragen grüne Äpfel; alles ist, wie es sein soll, die Nähe des anderen so tiefbewegend, daß wir den Krieg hinter den Horizont, hinter den blauen Schmelz der Kiefernforste verschieben.

Vor der von Ameisen wimmelnden Holzstufe an Jüngels Gartentor holt er uns ein, der Krieg. Dirk sagt: Ich wollte darüber nicht reden an einem so schönen Tag, aber es war ganz anders. Ich konnte es seinen Eltern nicht erzählen. Kurt hat noch ein paar Stunden gelebt. Das Einklinken des Gartentors schreckt Rosa auf, die in der Sonne gedöst haben muß, aufheulend tappt sie ins Haus. Am Küchenfenster erscheinen die Köpfe von Herrn und Frau Jüngels. Wir haben den Eindruck, mit der Tür ins Haus zu fallen, aber nun stehen wir da. Herr Jüngels schlägt vor, uns seine Seidenraupenzucht zu zeigen, inzwischen wird seine Frau Rosa beruhigen und sich anziehen, seine Frau denkt jedesmal, wenn einer hier auftaucht, sie wollen Rosa abholen; sie glaubt einfach nicht an das Führerverbot, das der Ausmerzung erbkranken Nachwuchses ein Ende gesetzt hat. Wir erfahren, daß die Seidenspinner durch jahrtausendelange Züchtung ihre Flugfähigkeit verloren haben, nur flattern können sie noch. Wir gehen durch die Reihen der Maulbeerbäumchen. Herr Jüngels sagt: Wissen Sie auch, wer dahinter gesteckt hat? Frick war es, der Herr Reichsminister des Inneren. Von solchem Geschmeiß ist der Führer umgeben. Herr Jüngels sagt: Um ein einziges Kilo Rohseide zu gewinnen, brauche ich 8 bis 9 Kilo getrocknete Kokons, können Sie sich das vorstellen? Leise, daß nur ich es höre, zitiert Dirk Goethe, der Tasso sagen läßt, daß *der Seidenwurm aus seinem Innern das köstliche Geweb entwickelt, bis er in seinem Sarg sich eingeschlossen.* Herr Jüngels sagt, zuerst spinnen die Raupen sich einen langen stabilen Faden als Fluchtseil. Er sagt: Zuerst, da hat Frick den Führer ja noch in Kenntnis gesetzt über seine Absichten, zum Beispiel hat Hitler dem Gesetz zur Verhütung erbkranken Nachwuchses zugestimmt, das ist ja auch ein vernünftiges Gesetz, stellen Sie sich vor, Rosa bekäme ein Kind. Nicht auszudenken. Vor dem Abhaspeln, sagt Herr Jüngels, werden die Puppen in den Kokons durch Heißluft getötet, um ein Schlüpfen der Schmetterlinge und damit die Zerstörung des Kokonfadens zu vermeiden. Wenn es soweit ist, will Herr Jüngels Rosa sterilisieren lassen, er wird es aber heimlich anstellen müssen, denn seine Frau gibt das Mädel keinen Tag aus der Hand, sie läßt sich von den tollsten Gerüchten ins Boxhorn jagen, Gerüchten, die aus dem Görden in Brandenburg kommen: Danach werden Schizophrene, Fallsüchtige, Schwachsinnige und eben auch Mongoloide aus den Anstalten abgeholt, nachts, in graugetarnten Postbussen mit blinden Scheiben; angeblich, um sie zu ihrem eigenen Wohl in Spezialheimen unterzubringen, in Wirklichkeit aber, um unnütze Esser aus der Welt zu schaffen durch Spritzen oder Gas. Herr Jüngels sagt: Frick und Genossen wäre ja sowas zuzutrauen, aber der Führer ist dahintergekommen und sieht ihnen jetzt auf die Finger, so was können die sich nicht mehr erlauben, da können Sie Gift drauf nehmen; das erste Kulturvolk der Erde benimmt sich nicht wie ein Stamm Primitiver.

Wir gehen aus der Maulbeerplantage hinaus. Alle Talwege, bis auf den einen, der zu Jüngels führt, verlaufen in abflußlosen Senken. Da ist es stickig um diese Jahreszeit. An allen feuchten Stellen wuchern Farne. Wo die Täler am tiefsten sind, stehen Tümpel mit ölig schillernder Wasseroberfläche, auf der kreisend sich Taumelkäfer bewegen. Herr Jüngels tunkt nach ihnen mit einem Stock, an dem sich ein paar Käfer mit ihren borstenbesetzten Flossenbeinen festhalten. Er sagt: Sie haben Unterwasser- und Oberwasseraugenteile, sie verpuppen sich an Land in selbstgebauten kugeligen Wiegen. Kleine Regenbögen und Mückenschwärme schweben in der Luft. Über einen der Tümpel führt eine Laufplanke, sie krümmt sich unter unserem Gewicht. Eine Meßlatte ragt aus dem Wasser. Hier habe ich als Jungmädel vormilitärische Übungen gemacht, das Gelände bietet sich dafür an. Vor drei Jahren, sagt Herr Jüngels, hat Chamberlain prophezeit, in spätestens drei Jahren werde Nazideutschland unweigerlich am Ende sein, allein deshalb, weil es vom Weltmarkt abgeschnitten ist, Herr Jüngels, auf der biegsamen Planke stehend, sagt: Und ich habe Chamberlain damals geglaubt, das gebe ich zu, ich habe diesem Hetzredner damals geglaubt, das muß ich zugeben, aber jetzt, was ist jetzt nach drei Kriegsjahren? Die halbe Welt ist in die Knie gezwungen. In Stalingrad geht es zügig voran, ich prophezeie ihnen: bald kommt kein Schiff mehr die Wolga hoch. Und was das wichtigste ist, sagt Herr Jüngels, wir wissen wieder, wer wir sind: Deutsche. Das hatten wir fast vergessen nach 1918. Wir sind wieder wer. Lassen Sie sich das gesagt sein von einem Mann, der sich eines Besseren besonnen hat.

Während wir die Seidenraupenzucht besichtigt haben, hat Frau Jüngels Butterkuchen gebacken, den sie, noch ofenwarm, auf den Tisch stellt. Umgezogen hat sie sich nicht, in Kittelschürze und Puschen, mit flüchtig zusammengestecktem Haar habe ich sie noch nie zu Gesicht bekommen. Wieder hole ich das gute Kaffeeservice aus dem Vertiko, in Augenhöhe stehen die Tassen mit den Silberrändern und den Silbernamen *Richard Kurt Rosa*;

oben auf dem geschnitzten Aufsatz die Fotografien von Richard und Kurt in den Stehrahmen, in denen vorher die beiden Marias zu sehen gewesen waren, die eine sich gegen die Verkündigung des Engels sträubend, die andere die Füße des Herrn mit ihren Haaren trocknend. Rosa, denke ich, hat nie jemand fotografiert; das arme Wurm könnte man nicht auch noch auf einem Bild festhalten. In dem Spiegel, der damals verhängt gewesen war, sehe ich Herrn Jüngels mit Dirk die Stube betreten, beide müssen unter der niedrigen Tür die Köpfe einziehen. Das ist ein Kamerad von Kurt, er opfert einen Urlaubstag, um uns zu besuchen. Das ist Dirk. Bevor er in mein Leben trat, hat es mich gar nicht gegeben. Wie Dirk jetzt noch einmal Frau Jüngels begrüßt, sehe ich: Er macht nie die geringsten Anstalten, sich anzubiedern.

Jüngels Stube ist ein Bild mit einem Spiegel, ein Innenraum mit tief verschatteten Ecken, zwei niedrig sitzenden Fenstern, einer Chaiselongue und einem Vertiko, dem obenauf ein leicht nach vorn geneigter Spiegel sitzt. In diesem Spiegel sehe ich mir selber zu beim Schreiben, wie ich ungeduldig am liebsten alles auf einmal sagen möchte, anstatt Satz für Satz mit ruhiger Inbrunst von der Liebe zu reden, vom Glück, von dem unmißverständlich zu reden nicht einfach ist. Wie sollte gewesenes Glück sich verwandeln können in die sechsundzwanzig Buchstaben des Alphabets, in eine Auswahl aus den dreihunderttausend bis sechshunderttausend Wörtern, die mittlerweile den deutschen Sprachschatz ausmachen? Die Stunden in der Delle kommen mir vor, als seien sie keiner Zeit unterworfen, nicht eingeklemmt zwischen Vergangenheit und Zukunft, weil sie zu ihrer Zeit, zu unserer Zeit, uns nur der Anfang zu sein scheinen, über den immer noch hinauszukommen sei; das allererste Blatt eines Buches, das bei Gott nicht geschrieben, das gelebt werden soll.

Na, und ihr zwei beiden, fragt Herr Jüngels beim

Kaffeetrinken, ihr seid euch einig? Rosa verschlingt ein warmes Kuchenstück nach dem anderen. Ihre gelenklosen Finger stochern in den tiefen Löchern voll Butter und Zucker. Als Frau Jüngels den Kuchenteller im Tischkasten verschwinden läßt, trollt Rosa sich ins Schlafzimmer. Durch die offene Tür sehe ich ein halbfertiges Brautkleid auf der Schneiderpuppe, aus den Nähten hängen Heftfäden, der Rock ist in Tüten aufgesteckt, damit er nicht auf dem Boden schleift. Frau Jüngels kann gerade noch verhindern, daß Rosas klebrige Finger das Kleid betatschen, das Staatsstück.

Rosa will bloß das große Paradekissen von den Betten holen, erklärt uns Herr Jüngels; wenn ihre Mama sich nicht um sie kümmert, braucht sie das Kissen, das ist dann ihre Mama, damit kann sie machen, was sie will, das kann sie überallhin mitnehmen.

Was macht Rosa mit ihrer Mama, ihrem Paradekissen? Sie schleppt es unter die Chaiselongue. Rosa läßt sich ihre Mama nicht wegnehmen von zwei Leuten, die einfach hereingeschneit kommen. Rosa liebt ihre Mama für Richard und Kurt mit. Wenn Kundinnen kommen, die vor dem hohen Schrankspiegel im Schlafzimmer Kleider anpassen, muß Herr Jüngels das Kind mit Bonbons weglocken. Er zieht den Tischkasten wieder auf und holt Rosa mit einem Stück Kuchen unter der Chaiselongue hervor. Er verspricht ihr, das Märchen vom Reisbrei, der nie alle wird, zu erzählen, wenn sie zu ihrer Mama in die Küche geht. Rosa versteht alles, sagt er.

Die Schlafzimmertür ist vor der kopflosen Braut ins Schloß gesunken. Herr Jüngels sagt: Meine Frau ist der Meinung, sie nähe nur noch Brautkleider für Kriegswitwen. So sieht sie das. Er trommelt mit den Fingern auf den Tisch: Wenn es nach mir ginge ... Die Tassen klirren auf den Untertassen. Ich schenke Kaffee nach. Herr Jüngels, den Dirk auf dem Rückweg mir gegenüber einen

Konvertiten nennen wird, fanatisch wie alle Konvertiten, einen, der alle undurchschaubaren Vorgänge auf einen Nenner bringt, Herr Jüngels also hat sich aus gutem Grund, wie er sagt, zum Führer bekehrt, weil der Führer, davon ist Herr Jüngels überzeugt, Rosa gerettet hat vor dem Zugriff der Fricks, weil er Rosa vor dem Abtransport in ein Heim bewahrt hat; weil er den Deutschen ihre Selbstachtung zurückgegeben hat, weil deutsche U-Boote die Weltmeere beherrschen, weil er einen Siegeslauf ohnegleichen in Gang gebracht hat, weil er dem Leben des deutschen Volkes Sinn und Ordnung wiedergegeben hat, weil er die edelsten Gefühle dieses Volkes erweckt hat, das für echte Kameradschaft zum Beispiel – wären Dirk und Kurt sich sonst je begegnet? –, das für Treue, das für Opferbereitschaft; und weil er, der herrliche Führer, ein Genie ist, ein gottgesandtes...

Mein Vater, der nie die Delle betreten, nie an diesem Tisch neben dem niedrigen Fenster gesessen hat, widerspricht aufs bissigste, nennt Hitler einen Mythenhändler mit einem Bauchladen voll Glanz und Gloria. Mein Vater spielt seine Überlegenheit aus und redet den armen Mann in Grund und Boden; der trommelt mit den Fingern auf die Tischplatte und beteuert, sehr wohl zu wissen, was er sage und wo sein Platz sei jetzt in dieser historischen Stunde des Vaterlandes, zu wissen auch, wofür er seine beiden Söhne hergegeben habe; die Söhne, schräg an Sofakissen gelehnt, blumenbekränzt und gerahmt auf der Spiegelkonsole, können nicht widersprechen; soll ihr Vater doch in die Partei eintreten, wenn er so besser über ihren Heldentod hinwegkommt, soll er doch einen Posten bei der Deutschen Arbeitsfront annehmen und ein Pöstchen im NSKK, sprich im NS-Kraftfahrzeug-Korps. Ja, ja, die Wurstelei von lauter Führerchen, lauter kleinen Hitlers, das ist wieder Originalton Vater. Ich spreche jetzt von meinem Vater; kein halbes Jahr ist es her, da habe ich an einem anderen Ort, an einem anderen Tisch einem Streitgespräch beigewohnt, falls man es Streitgespräch nennen kann, wenn einem, der seinem Gegenüber nicht gewachsen ist, über den Mund gefahren wird, seine immer kleinlauter, aber lautstärker werdenden Argumente vom Tisch gefegt werden, der anfangs ein irregeleiteter Idealist, blind vor Sehnsucht nach einem hehren Vaterland, genannt wird, dann ein idiotischer Phantast, ein hirnrissiger; und der smarte Herr, der sein Gegenüber so zur Schnecke macht, hebt nicht einmal seine Stimme, schnaubt nicht durch die Nase; wie nebenbei gelingt es ihm, alle Anwesenden als dumm zu verkaufen, alle hierzulande *der Memmen feige Schar* zu nennen, *dies Jammervolk, das nie recht lebend war*, woraus zitiert er nun schon wieder; genüßlich stellt er sein Besserwissen zur Schau; ein geistiger Kraftmeier, so ist mein Vater mir vorgekommen an der Festtafel auf der Hochzeit meines Halbbruders Gilbert; mein Vater, ein Jäger, der zur Strecke bringt, was er aufs Korn genommen und nun in Siegerpose, einen Fuß auf der erlegten Beute, dasteht: Seht mich an, ich habe die Weisheit mit Löffeln gefressen, ich weiß, wohin der Hase läuft, ich durchschaue die üblen Machenschaften der Muschpoke, ich, die Kompetenz in Person. Es gelingt mir nicht, das Bild meines Vaters zu verdrängen, seine Stimme zu löschen, die aufreizend leise Stimme, die, wie ich heute weiß, recht hatte, die sich, während die deutsche Wehrmacht noch siegt und siegt, darüber mokiert, daß ein Pathos über jede Bagatelle gestülpt wird, die unweigerlich Heine zitiert, das deutsche Volk *hölzern, pedantisch* nennt, *im Gesicht den eingefrorenen Dünkel*; die Stimme, die sich eingemischt hat an der Hochzeitstafel, sich einmischt hier am Kaffeetisch, wenn Herr Jüngels uns auseinandersetzt, wofür er seine Söhne hergegeben habe. Herr Jüngels sagt es nur mit anderen Worten, als der Brautvater es in seiner pathetischen Tischrede gesagt hat, der auch den Heldentod zweier Söhne zu beklagen hat; er wisse, sagte er, dankbar zu schätzen, daß man hier so fröhlich Hochzeit halten könne, nur der Treue und Standhaftigkeit unserer Frontsoldaten und der Weitsichtigkeit unserer genialen Heeresleitung sei dieser Umstand zu danken, *Lieb Vaterland, magst ruhig sein ... ans Vaterland, ans teure, schließ dich an* ... Keine Tischrede ohne Schiller, keine ohne Hölderlin: *Und Siegesboten steigen herab*, so schloß der Brautvater, ein Lehrer im Protektorat, ergriffen von seines eigenen Worten: *Und Siegesboten stiegen herab / der Sieg ist unser! / Lebe droben, o Vaterland, / und weine nicht. Denn dir ist, Liebes / nicht einer zu viel gefallen;* aber noch bevor der Festredner sein Glas heben konnte, schlug die Stimme meines Vaters zu, leise, doch ein Prankenhieb, und nannte die Begeisterung des deutschen Volkes einen Irrtum, für den es bitter werde büßen müssen, nannte die patriotischen Gefühle des Lehrers aus dem Protektorat Pseudogefühle: Ihre patriotischen Gefühle in Ehren, Ihre hehre Gesinnung, Ihre hochtrabenden Überzeugungen in Ehren, aber es sind Pseudogefühle, erzeugt durch pausenloses Aufgepeitschtwerden, Blitzsiege, Autobahneröffnungen – jeder Spatenstich ein Gebet –, Reichsparteitage, Kameradschaftsabende, Goebbels- und Führerreden, kurz, erzeugt durch eine hypnotische Dressur; ja diese Worte sagte mein gehaßlieber Vater an der Hochzeitstafel: hypnotische Dressur; und er würde sie hier wiederholen, säße er mit am Kaffeetisch, eine grotesk verschobene Figur, die sich Herrn Jüngels gegenüber niederläßt auf dem Stuhl, auf dem Frau Jüngels eben noch gesessen hat; meinem Vater ist es einerlei, wen er eines Besseren belehrt, seine Worte sind voll illusionsloser Bitterkeit: Ob der Herr – wie ist doch gleich sein Name – sich nun auch in die Herde einreihe, die dem Leittier blindlings folge, egal, ob der Weg ins Verderben führe? Was für ein Sinneswandel, mein lieber Mann. Herr Jüngels nimmt seinen Zigarillostummel aus dem Mund und sagt zu Dirk, der auch sich über seinen Sinneswandel wundert, er würde jeden ans Messer liefern, der jetzt dem Vaterland in den Rücken falle, so was laufe seinem innersten deutschen Empfinden zuwider, sogar seine Frau solle sich vorsehen mit ihren Brautkleidern für Kriegswitwen, das sei Miesmacherei sei das, die Stunde aber sei zu groß und heilig für Miesmacher, und der Führer, der Führer – ein Genie...

Ein Genie, o ja, mein Vater widerspricht dem Brautvater nicht, dem Lehrer aus dem Protektorat, nicht dem Seidenraupenzüchter aus der Delle, er ist ein Genie, der Führer, in jeder Bierhalle, auf jedem Reichsparteitag ein Genie, unübertroffen inszeniert er sein Welttheater, brilliert mit Ritualen, Symbolen, Schlagworten; den raffiniert ausgeklügelten Aufbau seiner Stücke habe er Wagner abgeluchst, die sich steigernde Spannung, den Druck auf die Tränendrüsen, die Pausen fürs Ergriffensein und die für den Applaus; wie schneidig, zündend, hinreißend sei etwa die Musik auf dem Zeppelinplatz in Nürnberg gewesen, während des Aufmarsches der politischen Leiter umschlossen die Musikstreitkräfte bildlich und musikalisch den riesigen Platz: Tausend Fanfahren, dreihundert Trommler, dreihundert Spielleute und jeder einzelne habe gewußt, daß es jetzt darauf ankomme, das beste aus sich herauszuholen, daß es jetzt darauf ankomme, vor den Augen und Ohren des Führers in Ehren zu bestehen; eine einzelne Signaltrompete, brennend wie eine Fackel, sei es dann gewesen, die in ihrer symbolischen Tonsprache das Eintreffen des Führers verkündet habe: *Siehe, ich verkündige euch große Freude*... und ganz zum Schluß – ich habe es mir angehört mein lieber Mann – da habe eine einzige Trommel mit feierlich-rhythmischem Wirbel das Einholen der Fahne begleitet; wenn das nicht genial war... Der Radiosprecher habe das alles auch so zu Herzen gehend geschildert, daß das innerste Empfinden des ganzen deutschen Volkes mobilisiert worden sei und daß dieses Volk süchtig geworden sei nach immer mehr Theater, daß es immer noch mehr hören wolle, tagtäglich hören wolle, es sei das erwählte unter den Völkern, dafür Opfer zu bringen sei sozusagen stinknormal; das sagte mein Vater und hält seine Stimme immer noch im Zaum, er sagt, es stinke zum Himmel, aber die Deutschen röchen es nicht, weil sie Weihrauch in der Nase haben, weil sie so schrecklich tüchtig und unpolitisch seien und so gerne *Jawoll* brüllen und nicht draufkommen, daß man zuerst denken und dann brüllen soll. Ich lauere darauf, daß er *Deutschland, zwei Silben Hysterie* sagt, an der Hochzeitstafel meines Halbbruders hat er es gesagt, meines Vaters Stimme klingt wie von heute, wie aus sehr großem Zeitabstand gesprochen, wie aus vierzig Jahre später geschriebenen Hitlerbiographien zitiert; so, als habe er aus der Vogelperspektive die Aufmärsche und Autobahneröffnungen und den Krieg, den er einen kriminellen nennt, mitangesehen. Aber ich beherzige nicht, was er sagt, eine Gewohnheit aus Kindertagen. Mein Vater kann mir mal im Mondschein begegnen, selbst wenn er recht haben sollte. Woher hatte er seinerzeit sein Mehrwissen, das uns heute erst der Rückblick erschließt? Unserer begrenzten Einsicht in der konkreten Lage war er immer um Nasenlängen, was sage ich, um Jahrzehnte voraus: ein scharfsinniger Beobachter der Macht.

Und dann ist Frau Jüngels mit der Trompete gekommen.

Frau Jüngels kommt zurück, umgezogen, das Haar gebürstet und aufgesteckt, Schuhe an den Füßen, in der einen Hand eine blitzblank geputzte Trompete, die sie Dirk hinstreckt, in der anderen eine Trompetenschule. Das ist Kurts Trompete. Er hat sie im Schulorchester geblasen. Frau Jüngels hat das Instrument hervorgeholt und geputzt, denn sie ist der Meinung, Dirk solle versuchen, zu einem Musikkorps versetzt zu werden, da brauche er bloß Truppenbetreuung zu machen und nicht an vorderster Front zu kämpfen...

Nicht an vorderster Front, die der Berichterstatter in der neuesten Wochenschau *eine Grenze aus Feuer und Stahl* nennt, *eine Symphonie der Vernichtung vom Kaukasus bis zum Ladogasee*, und nur *der wortlose Einsatz seines Seins*, den jeder einzelne deutsche Soldat leiste, lasse diese Front keinen Schrittbreit zurückweichen vor den wütenden Angriffen des Feindes. Zu den Worten des Wochenschausprechers werden in immer neuen Perspektiven Bilder von den Trümmerfeldern Stalingrads gezeigt, Stalingrads, mit dessen Besitz ein neuer Sicherheitspfeiler für das gigantische Werk des künftigen Aufbaus in unsere Hand fällt. Dann sehen wir Bilder von der Höhenwelt des Kaukasus; obschon die Schlacht seit Tagen entschieden sei, sagt der Berichterstatter, halten sich in tiefen Felsschluchten noch immer versprengte feindliche Gruppen verborgen; unsere schneidigen Vortrupps erledigen solche Verteidigungsnester im kühnen Handstreich. Wir sehen einen lehmverschmierten Soldaten sich aufrichten und eine geballte Ladung Sprengstoff in eine Höhle werfen. Sehen sodann einen Güterzug in einen Bahnhof einlaufen, einen Spendenzug aus der Ukraine; eine fette, beringte Hand greift in einen Berg aufgeschütteter Weizenkörner; die Hand, in Großaufnahme, hebt sich und läßt die Weizenkörner niederregnen; die Hand gehört zu Göring, sein Mund sagt zuversichtliche Worte zu einem gewaltigen Leistungsbericht über die Ernährungssicherung der Reichshauptstadt. Eindrücklich vergleicht er die Lebensmittelzuteilung im vierten Jahr des Ersten Weltkrieges – des Kohlrübenwinters – mit der völlig anders gearteten Lebensmittelzuteilung im vierten Jahr des

Zweiten Weltkrieges, und am Ende dieses vierten Jahres, sagt er, stehe zum Greifen nahe der Friede. (*Friede, Freude, Eierkuchen* – hat mein Vater das damals schon gesagt?) Göring, der Meier heißen will, falls auch nur ein einziges feindliches Flugzeug über Berlin kommen werde, verspricht dem ganzen deutschen Volk, die Zuteilungsmengen von Nahrungsmitteln hinfort nicht mehr zu senken, denn die deutsche Frau, nicht wahr, muß doch Kuchen backen können, wenn ihr Mann, ihr Sohn, ihr Bruder auf Heimaturlaub kommt. Das wäre ja gelacht, sagt er. Ganz zum Schluß der Wochenschau können wir noch einen Blick werfen in die deutschen Unterkünfte hinter den Feldstellungen, die strotzen vor Ordnung und Sauberkeit, richtig gemütlich sind sie, auf umgestülpten Benzinkanistern stehen zugetropfte Flaschen als Kerzenständer neben den Fotografien der Frauen, Bräute, Mütter und Kinder in der Heimat.

Wir sitzen auf Gartenstühlen in Kiesels Saal. Nach der Wochenschau soll der Film *Die große und die kleine Liebe* anlaufen, den ich in Kissingen schon gesehen habe. Aber Dirk ist die Lust auf Kino vergangen. Lieber will er Trompete üben, denn Frau Jüngels' Vorschlag, sich in ein Musikkorps versetzen zu lassen, ist so einleuchtend, daß er sich wundert, nicht selbst längst darauf verfallen zu sein, jetzt, wo er nur noch *verwendungsfähig Heimat* ist. Als Junge hatte er drei Jahre lang Trompetenunterricht und hat im Spielmannszug der Hitlerjugend Trompete geblasen.

Wir haben uns *Die große und die kleine Liebe* nicht angesehen, wir sind aufgestanden und durch den Lichtstrahl des Bilderwerfers gegangen, daß die Leute gemurrt und *Unverschämtheit* gerufen haben. Mit der Trompete sind wir wieder in die Delle gewandert. Hier, hat Herr Jüngels gesagt, können sie danebenblasen, keine Menschenseele hört sie hier.

Einige Male in diesem Urlaub sind wir abends in die Delle gegangen, im milden Licht des guten deutschen Mondes, der durch die Wolken hingeht und Bäume und Hügel scharf vor einen hellen Abendhimmel stellt und unsere Schatten auf den Weg wirft. An mondlosen Abenden auch, Busch und Tal eine düstere Schattenstruktur, Schattenmassen, Schatten von Schatten, ich habe eine Taschenlampe, mit der Zunge prüfe ich an den beiden Batterieenden, ob sie noch stromdurchflossen ist. Ihr Lichtkegel zeigt uns den Einschlupf in eins der engen Täler. Hier übt Dirk Trompeteblasen, meistens ohne Noten; wenn er nach Noten bläst, halte ich sie und leuchte mit der Taschenlampe, damit er lesen kann. Am Ende des Urlaubs bläst er wie ein Erzengel der himmlischen Heerscharen Trompete, nein, der Himmlerschen Heerscharen, um wieder mal meinen Vater zu zitieren, denn schließlich will Dirk sich nicht im Bläserchor einer Kirche oder bei einem Konzert- oder Theaterorchester bewerben, sondern bei einem Musikzug der deutschen Wehrmacht. Über die Reichsmusikkammer, der seines Wissens die Fachschaft Volksmusik, die NS-Gemeinschaft *Kraft durch Freude* und alle staatlichen Musikschulen unterstellt sind, würde nichts auszurichten sein; mit dem Nachweis, daß er, bevor er eingezogen wurde, ein Studium der Musik begonnen hatte, müßte er beim Musikkorps einer der drei Wehrmachtteile um eine Vorstellung ersuchen, um einen Vorblasetermin bitten; und bis dahin muß er so gut Trompete blasen, daß die gar nicht anders können, als ihn zu versetzen. Bis dahin muß er ein einschlägiges Repertoire vorzublasen haben, das von Stücken aus Haydns klassischem Trompetenkonzert und Webers *Freischütz*-Ouvertüre bis zu Leoncavallos *Bajazzo* reicht und natürlich weiter zur Marschmusik. Marschmusik gehört nach Alfred Rosenberg zu den höchsten Kunstwerten des deutschen Volkes, *Marschmu-*

sik regelt den Gleichschritt, Marschmusik ist nichts Einlullendes, nichts Ergötzliches, nichts Zuchtloses, Selbstgenießerisches; Marschmusik kämpft mit. Marschmusik ist keine bürgerlich-liberale Kunst, sondern ein dröhnendes Erlebnis der Musik und der Worte; besonders die Kampflieder sind ein singend abgelegtes Bekenntnis, etwa so, wie zu analphabetischen Zeiten die Lieder der Reformation es gewesen sind. Marschmusik ist unverzichtbar als wirkungsvollstes Propagandamittel, denn Marschmusik spricht zum Herzen, in ihr liegen Kraft und Stärke ...

Solches und mehr liest Dirk mir aus dem Vorwort von Kurts Trompetenschule vor und bläst, ohne danebenzublasen, gleich mal ein paar Lieder an, läßt *alle Brünnlein fließen*, läßt einen *Jäger wohl in sein Horn* blasen, *Wildgänse durch die Nacht* rauschen und *die roten Fahnen im Wind brennen*. Da hab ich womöglich mitgesummt und bestimmt mitgesungen, wie die Trompete sich bis zu Filmschlagern versteigt: *Merci, mon Ami, es war wunderschön*, und *Ich hab viellleicht noch nie geliebt, weiß nur daß es schöhön sein kann* und *Tausend Dinge möchte ich dir sagen ...* Dirk besorgt sich noch eine zweite Trompetenschule und übt vor allem Märsche und nochmal Märsche, den Badenweiler, den Dessauer, den Hohenfriedberger, den Torgauer Marsch, immer hübsch gerade im Takt, zwei- oder vierteilig, schrumm schrumm schrumm, Radetzkymarsch, Hochzeits- und Trauermärsche; was werden die zuständigen Herren hören wollen; ihnen müssen die Ohren vollgeblasen werden, daß ihnen Hören und Sehen vergeht. Mendelssohns Hochzeitsmarsch läßt man tunlichst weg, der fällt jetzt unter artfremde Musik; *die neueste fundierte Rassenstilforschung hat bewiesen, daß als Wertmesser guter Musik nicht die artistische, individualistische, kompositionelle Sonderleistung anzusehen ist, sondern die Tiefe rassischer Verwurzelung.* Unter diesem Gesichtspunkt kann beispielsweise Johann

Sebastian Bach als die höchste Verkörperung nordischer Tonkunst gelten; Mozart und Haydn zeigen nordisch-dinarische Mischungen auf und Bruckner einen dinarischen Charakter mit leicht ostischem Einschlag. Dirk sagt: O du mein Gott, wenn wir den Krieg gewinnen, studiere ich Sanskrit. Manchmal bei seiner Überei verfällt er in eine beliebige Aneinanderreihung von Bruchstücken verschiedenster Kompositionen, ein bißchen Bach in strahlendem C-Dur: *Gott der Herr ist Sonn und Schild*, ein bißchen Haydn, ein paar Takte aus dem Schwertmotiv bei Wagners *Siegfried*; ein noch schärferes Anblasen, und die Trompete mixt ein Potpourri aus Märschen und angedeuteten Kampfliedern, deren Texte ich kenne und zwangsläufig weiterdenken muß, Texte, die nie wieder aus meinem Kopf zu verdrängen sind, dort eingeschlossen wie die Luft in der zylindrischen Trompetenröhre, leicht in Schwingung zu versetzen. Während Dirk Trompete übt, wird mir klar: Man hat uns eine Sprache gegeben, die gesungen werden kann, und die ist die allerwirksamste Beeinflussung; das unverschließbare Ohr ist wehrloser als das Auge. *Die Forschung hat ermittelt: es gibt keine unmusikalischen Deutschen, das Musische ist mitgeboren beim nordischen Menschen. Das Volk singt mit. Und wo gar die Worte versagen*, sagt Goebbels, müsse *die edle Frau Musica die Fühlung zwischen den Herzen der Volksgenossen herstellen*; im Idealfall aber seien Text und Melodie unlösbar miteinander verbunden und werden gesungen von der Maas bis an die Memel, von der Etsch bis an den Belt. Diese Lieder rufen weiter, diese Lieder kämpfen mit: *Nun laßt die Fahnen fliegen / in das große Morgenrot / das uns zu neuen Siegen / leuchtet oder brennt zum Tod*. Lieder, geblasen in einem stickigen Tal der Delle, und Richard und Kurt mit ihren durchschossenen Lungen singen mit: *Kein schöner Tod ist in der Welt / als wer vom Feind erschlagen*. Dirk, vom

Teufel geritten, verfällt urplötzlich in einen wüsten Negerjazz, Jazz, ein Wort, das wir kaum auszusprechen gelernt haben, in einen ganz und gar rassefremden Niggerjazz verfällt Dirk unversehens, seine Finger hetzen über die Ventile, nie wieder habe ich ihn so nervös, so aggressiv erlebt. Was er seiner, was er Kurts Trompete abringt, abwringt, wäre in keiner Notenschrift festzuhalten und wäre nicht wiederholbar. Er improvisiert, als habe er sein Leben lang nichts anderes getan, als Jazztrompete geblasen. Er umspielt die Melodien der unsäglichen Kampfliedertexte in immer neuen Variationen, vermischt Dur und Moll, stopft, vibriert, wimmert, jault, weint und schreit. Zuerst denke ich noch, ich sollte eine kesse Sohle dazu tanzen, einen übermütigen Swing, den ich schließlich in der Tanzstunde gelernt habe mit den Jungs aus Schulpforta als Tanzstundenpartner, die fast alle schon gefallen sind, die diese Lieder gesungen haben, in denen sich immer Morgenrot auf Tod reimt, Mut auf Blut und Norden auf Morden.

Wie ist der Jazzabend in der Delle ausgegangen? Apart und romangerecht wäre es, könnte ich unsere erste Umarmung hier und jetzt stattfinden lassen, könnte die Nacht spätsommerlich warm sein lassen, mondlos, schummrig und was sonst noch alles ein junges, unerfahrenes Paar begünstigt, ein Liebespaar zu werden. Fast fühlt man sich beim Schreiben dazu verpflichtet, von wegen der geforderten Ehrlichkeit und Unverbrämtheit. Zu sagen, wir sind noch kein Liebespaar, es ist noch zu früh für uns, ist weniger einfach, als die *Dinge beim Namen zu nennen*. Wir sind aber so ineinander vertieft, daß nichts auf die schnelle erledigt werden kann. Wir können nichts hurtig und verstohlen hinter uns bringen. Mittlerweile hat man uns eingeredet, unseren intimsten Besitz preiszugeben und aufs Spiel zu setzen. Nichts darf da mehr sein, das einer für sich behalten möchte, worüber er sich lieber ausschwiege. Die Situation in der Delle ist aber nicht einmal eine, die man verfänglich nennen könnte. Ich möchte auch den Mond taghell scheinen lassen, denn anfängt alles mit Dirks Augen. Wenn er mich ansieht, ist es, als entwerfe er mein Gesicht und meinen Körper genau so, wie sie sind, während ich doch gar nicht einverstanden bin mit meiner blassen Haut, mit den Augen, die nicht blau, nicht grau sind, den farblosen Wimpern und Brauen, den blutleeren Lippen; das einzige, das ich an mir akzeptiere, ist mein Haar, es ist wellig und voll, allerdings hätte ich es lieber dunkelbraun wie das meiner Mutter und nicht aschblond. Seit meiner Blinddarmoperation bin ich dünn wie eine Bohnenstange. Dirk scheint auch das nicht zu stören, nicht einmal die dürftige Oberweite bemängeln seine Blicke. Nie habe ich Sorge, er könnte mich mit hübscheren Mädchen vergleichen, mit *natürlichen Vollfrauen*, um Frau Ebeling zu zitieren. Ich bin die rechte Braut für ihn, der Märchenschuh paßt genau an meinen Fuß. Es ist, als entspreche ich dem Bild, das er sich von einem Mädchen gemacht hat, wie umgekehrt er dem des Mannes aus meinen veschwiegensten Träumen ähnlich sieht. Oft habe ich mich über mich selber geärgert, habe mich sogar geschämt, weil ich vor den meisten Leuten die erwartete Rolle spielte, mich sympathieheischend den Ansprüchen anpaßte, die man an mich stellte, als Tochter meines Vaters zum Beispiel, als Stieftochter seiner Frau, als Nichte der vielen Tanten, als Schülerin im Internat, als Ausgleichsdienstleistende bei meinen Dienstverpflichtungen. Dirk erwartet keine Rolle von mir. Er will mich genau so, wie ich bin, als habe er die ganze Zeit nur auf mich gewartet.

Dieses Eingetauchtsein in die Zustimmung eines Mannes ist mit nichts bisher Erfahrenem vergleichbar. Und ist durch nichts Späteres zu korrigieren, weil es kein Später für uns geben wird, kein Nach-dem-Krieg. Also auch keine Zeit der Anpassung, keine Zeit der Auseinandersetzungen, der Veränderungen, der allfälligen Enttäuschungen, Gewöhnungen, Raufereien und Rempeleien, Versöhnungen und Unversöhnbarkeiten, keine Dauer. Keine Gelegenheit für Kleinlichkeiten, Mittelmäßigkeiten, Alltäglichkeiten, keine Gelegenheit für Untreue, Verrat, Wundenschlagen und -empfangen. Eine unversehrte Liebe mangels Dauer. Ich werde weiterleben können mit einem Bild, das gegen Beschädigungen gefeit ist.

Vom ersten bis zum letzten Tag sind wir versessen aufeinander, und diese Versessenheit kann nie widerrufen werden durch nachträgliche Ernüchterungen. Wir kennen den Augenblick, in dem die Liebe geboren wurde, kennen den Ort, die abgelegene Delle, für uns in die Mitte geschleudert, die niedrige Stube mit dem verhängten Spiegel und dem Zigarillorauch. Die ersten Worte aus Dirks Mund waren barmherzige Lügen über den Heldentod des Freundes. Ich fragte: Soll ich Kaffee kochen? So hat es angefangen.

Und jetzt sind wir abends allein in einem Tal, das nur verschwiegen genannt werden kann, so abgeschieden von der Welt, als seien wir die einzigen Liebenden, die sich umarmen könnten. Es geht um kein schickliches Weglassen von Pikantem, wenn ich damit noch gar nicht aufwarten kann.

Was ich allerdings zu diesem Zeitpunkt noch nicht weiß, sondern erst Jahre nach Dirks Tod nachlesen werde, ist ein Umstand, für den mir die Worte fehlen: *boshaft*, *schuftig*, *schurkig*? Was trifft hier zu? Mein Vater – der Satz muß abgebrochen werden, bevor er richtig angefangen hat, ich muß erneut Anlauf nehmen – mein Vater also – ich höre immer Vater – hat einen Brief an Dirks Vater geschrieben. Briefeschreiben ist seine Leidenschaft. In ein paar maschinegetippten Zeilen teilt er dem sehr geehrten Herrn Dr.D. mit, daß die künftige Braut seines Sohnes an einer allem menschlichen Ermessen nach unheilbaren Krankheit leide, deren Namen er keineswegs ausspart, an Krebs, und daß er, der Vater der bedauernswerten Tochter, sich moralisch verpflichtet fühle, die Eltern des jungen Mannes, eines idealistischen Jünglings offenbar, für den das Töchterlein, das halbe Kind, in Flammen stehe, über diesen traurigen Umstand in Kenntnis zu setzen; er verbinde damit die Bitte: Alle Erwachsenen mögen sich ihrer Verantwortung bewußt sein und mögen dem jungen, blindverliebten Paar zu dessen eigenem Heil von einer baldigen Heirat abraten. Mit verbindlichem Gruß...

Die Fürsorge meines Vaters könnte einem schier das Herz brechen, hätte er nicht zur selben Zeit einen Mann für mich ausgesucht, der ihm so recht in den Kram, will sagen in sein Archiv paßt, einen Mitarbeiter an seinem Lebenswerk, was denn sonst; wie er selbst besessen von der Weltgeschichte der Technik, einen Endfünfziger übrigens, der gut und gerne mein Großvater hätte sein können – in dessen Händen weiß mein Vater sein von den Nazis beschlagnahmtes Archiv gut aufgehoben; warum nicht auch seine heiratsfähige Tochter; der fragliche Herr hat bisher keine so glückliche Hand in punkto Frauen bewiesen, ist aber wild entschlossen, endlich eine Familie zu gründen, und was mein Vater ist, der hätte da durchaus ein junges Blut anzubieten, anzutragen, zu verkuppeln, oder wie sagt man in solchen Fällen? Ob die Tochter ihre bösartige Krankheit überlebt oder nicht – Hauptsache, das Archiv ist unter Dach und Fach...

Nein, ich bin nicht objektiv, schon gar nicht meinem Vater gegenüber, der mich zum Objekt machen will. Der immer alles durchschaut und niemanden erblickt. Der Wisch, der Drohbrief an Dirks Vater wird mir erst in die

Hände fallen, als Dirk schon gefallen ist und sein Vater sich erschossen hat. Beide haben nie ein Wort über diesen Brief verlauten lassen.

In unserem Trompetental erzählt Dirk mir von seinem großen Vorbild Karlrobert Kreiten, einem jungen Pianisten, kaum älter als er selber. Während seines Genesungsurlaubes besuchte Dirk einen Vetter in Düsseldorf, in dessen Haus Kreiten ein Konzert gab: das B-Dur-Klavierkonzert von Brahms und zwei Scarlatti-Sonaten. Wenn ich Dirks Meinung über Kreiten wissen will: Der übt täglich mindestens seine acht Stunden, so aus dem Handgelenk geschüttelt kommen die schwierigsten und vertracktesten Läufe, ein wahrer Hexenmeister, was die Technik betrifft, und darüberhinaus hat er eine Modulationsfähigkeit des Anschlags... Bis an sein Lebensende wird Dirk diesen Abend in Düsseldorf nicht vergessen. Kreiten hat ihm erzählt, daß er sich für dieses Jahr auf öffentliche Konzerte in Straßburg, Wuppertal, Oldenburg, Berlin und Heidelberg vorbereite, Liszts Spanische Rhapsodie, Paganini-Variationen, die F-Moll-Sonate von Beethoven Opus 57 stünden auf dem Programm; sogar eine Einladung nach Florenz habe Kreiten erhalten.

Ich gehe neben Dirk her, eng en ihn geschmiegt, den Blick auf dem holprigen Pfad, der aus dem Tal hinausführt. Ich weiß aber: Wenn Dirk auf die Musik zu sprechen kommt, ist das Leuchten seiner Augen so stark und warm, als trete durch ihre Schwärze eine Sonne. Wo immer man ihn jetzt zum Einsatz bringen wird, es kann nur in der Heimat sein, schlimmstenfalls kann man einen Frontuntauglichen in die Etappe schicken. Dirk sagt: Die Konzerte, über die Karlrobert Kreiten mich auf dem

Laufenden halten wird, werde ich hören, da werde ich Mittel und Wege finden, nur nach Florenz, nach Florenz werde ich natürlich nicht können; zum Lachen, wenn man dabei nicht ins Heulen käme.

Dirk hat vergeblich Trompete blasen gelernt. Seine durchtrainierten Hände, seine Fingerfertigkeit machen ihn als Funker bei der deutschen Wehrmacht unentbehrlich. Ich habe vergessen, zu wieviel Silben in der Minute er es schon bei der ersten Funkprüfung gebracht hat; jetzt funkt er spielend über 200 Silben pro Minute.

Funk doch langsamer.

Ich schaffe das einfach nicht. Ich funktioniere. Wir funktionieren alle immer noch. Nichtanderskönnen als Funktionieren. Das ist ein hochintelligenter Schwachsinn. Wir sind groß im Funktionieren.

In der Annahme, daß Dirk in Berlin stationiert bleiben wird, habe ich mich an der Humboldt-Universität eingeschrieben. Mein Vater hält mich für verrückt, denn die Zerstörung der Hauptstadt Großdeutschlands sei das erklärte Ziel der Engländer und Amerikaner. An einer kleinen abgelegenen Universität wie Greifswald hätte ich bleiben sollen oder nach Erlangen oder Heidelberg gehen, aber doch nicht nach Berlin. Er schreibt: *Soviel Kopflosigkeit hätte ich Dir denn doch nicht zugetraut, ich sehe aber, Du bist deutscher, als Du es wahrhaben willst.* Vatersätze. Anstatt mich aufzuregen, sollte ich für seine ständige Kritik und seine Korrekturversuche dankbar sein, denn es wird sich zeigen, daß er am Ende recht behalten soll.

Nach einem vierwöchigen Lehrgang in Berlin schickt man Dirk nach Stettin, wo er als Funklehrer einen verhältnismäßig ruhigen Lenz schieben kann, gemessen an den Todeskommandos der Fronten, gemessen auch an den militärischen Engstirnigkeiten und dem Gebrüll auf dem Kasernenhof. Dirk absolviert seinen Funkunterricht, manchmal wird er noch zu Schreibstubenarbeiten herangezogen. In der Johanneskirche steht ihm eine Orgel zur Verfügung. In der Stadt finden viele Konzerte statt, zu denen er meistens Ausgang erhält. Ich besuche ihn an zwei bis drei Wochenenden im Monat. Herz, was willst du mehr mitten im Krieg.

Man war jung. Ein Satz, den man oft hört, wenn von jenen fatalen Zeitläuften die Rede ist. Man war jung. Ein Satz, der um Nachsicht bittet. Man war jung. Ein Satz, der besagt, jeder meiner Generation habe zwei Leben, eines vor, eines nach 1945, und das zweite ist eine ständige Rechtfertigung und Korrektur des ersten, ein Zurechtrücken von Mißverstandenem, ein Wegräumen von Verfälschtem. Daß eine ganze Generation die eigene Jugend widerlegen muß, ist ohne Vorbild, denn noch nie ist einer Jugend dermaßen viel versprochen und so wenig gehalten worden.

Freilich belassen es die meisten heute bei unüberprüfbaren Legenden. Oder sie sagen: Was anderes hätten wir denn sein sollen als Nationalsozialisten oder wenigstens Mitläufer oder stumme Jasager oder Angepaßte, Verführte, Mißbrauchte. Was denn wäre passiert, wenn wir in Sprühdosenschrift, die's damals noch gar nicht gab, eine andere Meinung an die Mauern geschrieben hätten?

Mein Berliner Studienbuch besitze ich noch. Daraus geht hervor, daß ich vom 12. Oktober 1942 bis zum 13. März 1943 der Universität Berlin angehöre und daß über meine Führung nichts Nachteiliges bekannt geworden sei. Unter *Zur Beachtung*, dort wiederum unter Ziffer 10 steht zu lesen: *In Zimmer Nr. 101 der Universität werden Anwesenheits- und Sittenzeugnisse ausgestellt sowie Anträge zur Erlangung von Fahrpreisermäßigungen auf der Reichsbahn bescheinigt.*

In Zimmer Nr. 101 befinde ich mich einige Tage nach dem 9. November. Ein Sittenzeugnis – was immer das gewesen sein mag – werde ich kaum benötigt haben, wohl aber eine Fahrpreisermäßigung auf der Reichsbahn. Bevor die Sekretärin einen Stempel auf mein Formular drückt, bittet sie mich für einen Augenblick in das Nebenzimmer zu Frau Sanders.

Was soll ich im Nebenzimmer bei Frau Sanders?

Einen kleinen Augenblick...

Ich wollte doch nur...

Schon stehe ich im Nebenzimmer Frau Herr gegenüber. Ihr Name fällt mir sofort ein. Das Archivmäuschen aus Greifswald. Die engstehenden Augen. Jetzt ist das Gesicht dezent geschminkt. Kein schäbiges Dirndel mehr, ein elegantes Schneiderkostüm.

Gestatten sie?

Sie nimmt meine Aktentasche und stellt sie vor sich auf den Tisch. Nur noch ein Ehering an ihrem rechten Ringfinger. Sollte sie schon wieder geheiratet haben? Nahtrauung, Ferntrauung? Sie sagt, eine Durchsuchung aller Studenten nach Flugblättern sei angeordnet. Befehl von oben. Oder sollte ich nicht wissen, daß die Royal Air Force außer Bomben auch Flugblätter abgeworfen habe? Und das genau am 9. November, wo das deutsche Volk der Toten vom Marsch auf die Feldherrnhalle gedenkt?

Zum Glück kann ich Frau Sanders alias Herr mitteilen, daß ich am 9. November gar nicht in Berlin gewesen bin.

Und wo waren sie, wenn ich fragen darf?

In Stettin.

Am 8. und 9. November war ich tatsächlich bei Dirk in Stettin. Der schwere Luftangriff auf Berlin ist mir erspart geblieben. Nur im Radio hörte ich, daß *Bomben, groß wie Litfaßsäulen,* auf die Rüstungsbetriebe im Norden Berlins gefallen seien. Auch Teile der Führerrede sind mir zu Ohren gekommen. Hitler sagte, was Herr Jüngels noch vor wenigen Wochen orakelt hat: *Kein Schiff kommt mehr die Wolga hoch.* Er sagte: *Ich wollte zur Wolga kommen, an eine ganz bestimmte Stelle, an eine ganz bestimmte Stadt. Zufälligerweise trägt sie den Namen von Stalin selber, aber denken sie nur ja nicht, meine Volksgenossinnen und Volksgenossen, daß ich deshalb dort hinmarschiert bin.* Nach diesem Führersatz lachte das ganze deutsche Volk im Volksempfänger so laut und lange, daß Hitler zwei, drei Mal ansetzen mußte, bis er weiter der Welt sagen konnte, es sei eben kein Krieg, den Deutschland für sich allein führe, sondern ein Krieg, der für Europa geführt werde.

Frau Herr findet nichts in meiner Aktentasche zwischen Büchern und Kolleghеften, was ihr Mißfallen erregen könnte. Aus einer Seitentasche aber angelt sie einen Brief heraus, den ich heute von Dirk erhalten habe. Sie hält den Umschlag in der Hand, liest meine Anschrift in Berlin, dreht ihn um, liest Dirks Absender in Stettin, fächelt mit dem Brief in der Luft, ihre nahezusammengerückten Augen entdecken mich, als sei ich ein aus Tonscherben zusammengenietetes Ahornblatt – o nein, sie hat mich sofort wiedererkannt, als ich das Zimmer betrat. Immer noch, fragt sie mit einem infamen Unterton in der Stimme, mit dem Brief fächelnd.

Wir sehn uns an. Zwei Sekunden sind eine Zeitspanne, in der ein Mensch zweimal mit der Wimper zuckt; Frau Herr, Frau Sanders hat keine Wimpern zum Zucken. Und immer noch in der Etappe? Mit einer gezierten Handbewegung läßt sie den Brief wieder in die Seitentasche fallen. Ich könnte ihr ins Gesicht spucken. Ich habe das dringende Bedürfnis, ihr zwischen diese Augen zu spucken, in ein unbegreiflich häßliches Botokudengesicht mit von Lippenpflöcken gedehnten Tellerlippen, auf denen das Wort Etappe liegt. In der prekären Balance zwischen Erinnern und Vergessen kommt mir die ohnmächtige Wut zurück, das unbesiegbare Mißtrauen zwischen uns, in das die Umstände uns hineinzwingen.

Meine Wehrlosigkeit. Was habe ich mit Frau Herr, was mit Frau Sanders zu schaffen. Was hätte ich tun sollen, wenn sie, die zweifellos nie eine Kriegswitwe, sondern immer schon ein Spitzel war, Dirks Brief gelesen, mich gar aufgefordert hätte, ihn vorzulesen?

Mein Liebstes, heute kamen zwei Päckchen von Dir mit je ein Paar Socken (meine alten reißen auch wie Zunder), mit selbstgebackenen Keksen und dem heißersehnten Tabak. Letzterer ist kein Tauschobjekt mehr, ich rauche ihn selbst. Danke! In ihrem letzten Brief fordert meine Mutter kategorisch die Novemberpaketmarke, so daß Du auf Päckchen verteilen mußt, was Du mir schikken willst. – Bitte, wenn es Dir nichts ausmacht, schreibe die wichtigsten Vorlesungen mit und bring mir die Aufzeichnungen und die Fachliteratur; auf diese Weise studiere ich mit und sitze neben Dir im Hörsaal und vergesse darüber den Blick auf die Ziegelbauten und den Kasernenhof, wo den Neueingezogenen der Kadavergehorsam beigebogen wird, das Strammstehen und Gewehrüber. Alles ist auf eine primitivste Verständigung zwischen Vorgesetzten und Untergebenen zugeschnitten. Pseudoereignisse schlechthin. »Und in alledem machen sie ihre Kraft zu ihrem Gott«. Wenn es bloß erst soweit wäre, daß man sein eigenes Leben beginnen könnte; hier ist es, als müsse man jeden Morgen sich als Einzelwesen wieder hervorbringen, denn man redet uns ein, unsere persönliche Geschichte sei ausgelöscht in der Geschichte unseres Volkes, man redet uns ein, von nichts anderem seien wir bewegt als von der großen Zeit. O Gott, was ist nur so unerschütterlich falsch an diesem Deutschlandbild, in dem es wimmelt von Schulbuchhelden und Maulaufreißern. – Nächste Woche finden hier gleich drei Symphoniekonzerte statt. Ich stehe schon jetzt in Verhandlungen, damit ich Karten für alle drei ergattere. Gestern abend unser »Hauskonzert«. Ich spielte die d-moll-Phantasie von Mozart und wurde zum Schluß noch um eine Zugabe gebeten. Während ich schreibe, höre ich im Radio ein Orgelkonzert: Präludium e-moll von Nicolaus Bruhns, Du weißt, es ist das Stück mit dem langen Pedal-Solo am Anfang, das ich fürs Examen eingeübt habe, Walter Krafft, Organist in St. Marien in Lübeck spielte es, in den Mittelsätzen erheblich langsamer, als ich es genommen habe. In jeder Mittagspause übe ich Orgel für Prüfungen, die ich vielleicht nie werde machen können. – Du hast recht: Eine Philologiestudentin ist keine gefragte Existenz in den Augen derer, die das Sagen haben. Also tust Du gut daran, in der Nähstube der Frauenschaft mitzumimen. Reichlich spät besinnt man sich darauf, die Truppen für den russischen Winter auszurüsten. Sogar die kleinen Mädchen in der Klasse meiner Schwester stricken jetzt Pulswärmer und Schals. – Grüß Frau Wuttke, wenn Du sie besuchst. Ob sich Alwin seinen Humor immer noch bewahrt hätte? Und denk an meinen Ratschlag: jeden Abend eine kleine warme Mahlzeit essen, das ist wichtig für Dich. Da darfst Du keine Umstände scheuen. – Ich bin immer bei Dir, und oft am Tage ergreift mich ein unbändiges Glücksgefühl, wenn ich an Dich denke. Ich zähle die Stunden bis zum Wochenende, immer in Liebe...

NS. Bitte erkundige Dich, ob Romano Guardini in Berlin Vorlesungen hält. Mein Leutnant und Freund (Du hast ihn kennengelernt) will wissen, Guardini sei zwangsemeritiert, soll aber im Raum der katholischen Kirche in Charlottenburg vielbesuchte Vorträge halten. Wenn das zutrifft, solltest Du hingehen, denn eine einzige Guardini-Vorlesung würde alle übrigen aufwiegen.

Wäre ich imstande gewesen, der Frau mit den Igelaugen, Krötenaugen diesen Brief vorzulesen? Wer von Rechts wegen ermächtigt ist, Aktentaschen zu inspizieren, kann auch Liebesbriefe lesen, zumal wenn sie von einem deutschen Soldaten in der Etappe kommen. Etappe. Ein Wort nur, nichts weiter, aber Worte nähren Instinkte, wecken Taten, den Instinkt zum Beispiel, alle Nichthelden zu verachten, die Tat zum Beispiel, alle Nichthelden auszumerzen.

Ja, immer noch in der Etappe, sage ich. Oder vielleicht habe ich auch kein Wort über die Lippen gebracht oder nur eine vernuschelte Antwort und bin aus dem Nebenzimmer von Zimmer 101 gegangen. Wenigstens sind wir nun gewarnt, nie mehr Briefe zu schreiben, in denen etwas Verfängliches steht.

Welche Vorlesungen höre ich im Wintersemester 1942/43? Eine vielbesuchte über den Sturm und Drang bei Professor Franz Koch; eine sehr amüsante über den jungen Goethe bei Professor Pyritz; obgleich alle anderen es langweilig finden, belege ich ein Seminar für Fortgeschrittene über Wortgeschichte bei Professor Schwietering. Ich mache sogar die fällige Fleißprüfung zur Erlangung von Gebührenerlaß bei Professor Schwietering.

In einem schummrigen, mit viel Leder ausstaffierten Raum – Ledersessel, Ledertüre, lederbezogene Schreibtischplatte – werde ich nach untergegangenen Verben befragt, die einmal mit der Vorsilbe *be-* begonnen haben, denn nicht wahr, wir erleben ja ständig das Verschwinden vieler Wörter und das Aufkommen neuer?

Beleibzüchtigen, beblicken, beblitzen, bewitthumen.

Was meinte man ursprünglich mit *bewitthumen*?

Eine Frau mit einem Witwengehalt versehen.

Gut. Und wie nennt man das Verschwinden solcher umständlichen Wörter?

Semantisches Verblassen.

Wenn hingegen ein Bedeutungswandel eingetreten ist?

Dann nennt man es eine semantische Verschiebung. Das Wort *Elend* zum Beispiel wurde im Altsächsischen für

Fremde, Ausland gebraucht und nicht mehr wie im älteren Deutsch für *Verbannung, Exil.*
Was geht aus solchem Bedeutungswandel hervor?
Daraus geht hervor, daß, wie Alfred Webinger es ausdrückt, *der Deutsche im fremden Land von Herzen gequält wird und ihm in der Fremde der Aufenthalt zum wahren Elend wird.* Zitatende.

Aber Professor Schwietering begnügt sich nicht mit dem einen einzigen Beispiel für semantische Verschiebungen. Ich nenne noch *Nebenchrist* und *Nebenmensch*, heute *Mitchrist* und *Mitmensch.*
Untergangsgrund?
Neben bedeutete ursprünglich *in gleicher Linie*, nahm aber im Lauf der Zeit die Bedeutung von *in zweiter Linie* an.
Im Lauf der Zeit ist unklar. Seit wann sprechen wir von *Mitchrist, Mitmensch*?
Ich habe keine Ahnung.

Weil ich aber dann noch flüssig über die Hypertrophie, zu deutsch: über die Überlastung eines Wortes, reden und das Beispiel *Gesicht* anführen kann, das untergehen mußte, weil es Träger zu vieler Bedeutungen gewesen ist und heute in dem Wort *Sehkraft* eindeutigere Aussagekraft gewonnen hat; weil ich in diesem Zusammenhang selbstverständlich weitere Beispiele anführen kann, das Wort *Herzenszähmerin* nämlich, welches im älteren Deutsch für *Dichtkunst* gestanden hat, weil *Dichtkunst* die Herzen empfindend und teilnehmend macht – Untergangsgrund?
Das Wort *Herzenszähmerin* ließ sich nicht deulich genug abgrenzen und ist daher in die Bedeutung *Dichtkunst* eingegangen –; und weil ich schließlich und endlich die Verdrängung vieler Worte durch ein allgemeineres Wort an dem Wandel der Substantive *Jaherr, Jabruder, Jamensch, Jaknecht* in das heutige *Jasager* anführen und

dazu sagen kann, daß mit dem Wort *Jasager* eine verächtliche Person gemeint sein, die zu allem *Ja und Amen* sage und nicht das Herz habe zu widersprechen...

erhalte ich mein Fleißzeugnis mit der Note *gut* und brauche wieder einmal für ein Semester keine Beleggebühren zu bezahlen.

Im Auditorium maximum liest Professor Nicolai Hartmann über ethische Theorien Kants. Wenn Professor Hartmann den Hörsaal betritt, erheben sich die Studenten ehrfurchtsvoll und warten schweigend, bis der Pedell die Türen geschlossen hat. Studentinnen legen Blumensträuße aufs Katheder, so schön und so berühmt ist Nicolai Hartmann; man hört die berühmte Stecknadel fallen, während er – ohne jedes Konzept übrigens und sehr leise – spricht. Er sagt, Kant habe sich gar nicht genug darüber wundern können, daß das äußerst unpraktische Vermögen einer sittlichen Handlung bei den Kreaturen überhaupt vorkomme; man könne nicht umhin, von moralischen Organen zu sprechen, mit denen höher entwickelte Säugetiere ausgestattet seien.

Ich stenografiere mit. In der S-Bahn sitzend, fange ich schon an, das Stenogramm für Dirk abzuschreiben. Jeden Tag sitze ich zwei Stunden in der S-Bahn, denn ich wohne in Spandau. Das rhythmische Klopfen der Räder auf den Schienen, das pneumatische Japsen der sich öffnenden oder sich schließenden automatischen Türen auf jeder Station ist bis in meine Träume zu hören. Manchmal überholen wir Frontzüge. Die fahren Richtung Stalingrad. Zwischen zwei Zügen können Fronturlauber neuerdings von 23 Uhr bis 5 Uhr in der Frühe in der Behrensstraße den Vergnügungsmeister, die Plauder- und Stimmungskanone Udo Vietz erleben; denn nichts ist schlimmer, als halbe Nächte in Wartesälen verbringen zu müssen. Udo Vietz läßt sechs Stunden lang die Puppen tanzen, läßt Tänzerinnen, Sänger, Zauberer und Jongleure auftreten und Gitarristen mit der Hawaiigitarre, so daß den durch Berlin reisenden Frontkämpfern die Nacht wie im Fluge vergeht.

Die S-Bahn ist schlecht geheizt, morgens schwach beleuchtet und abends verdunkelt. Ich schreibe im Lichtkegel meiner Taschenlampe. Ich schreibe: *Verschlechterung des Wortsinnes*. Ich schreibe *ergraute Worte*, denn Professor Schwietering hat von ergrauten Worten geredet. Morgens steigt manchmal Kristina Söderbaum am Bahnhof Heerstraße in die S-Bahn. Jeder im Abteil starrt sie an, denn jeder kennt sie aus ihren Filmen *Jugend, Verwehte Spuren, Das unsterbliche Herz, Die Reise nach Tilsit, Jud Süß* und *Die goldene Stadt*. Kristina Söderbaum lächelt jeden an und nickt allen zu, als wolle sie sagen, ja, das bin ich. Ob sie weiß, daß jedermann sie die *Reichswasserleiche* nennt, weil sie in fast allen Filmen schwanger wird und ins Wasser geht? *Reichswasserleiche* – schon das muß man halblaut sagen, genau wie *Reichsschamhaarmaler* für den Maler Adolf Ziegler, der prallschenklige, vollbusige Nackedeis malt, ihnen Fackeln, Ähren oder Eichenblätter in die Hand gibt und das Ganze dann Freude am gesunden Körper nennt.

Berlin ist nicht mehr die Weltstadt, von der mein Vater schwärmt. Nicht mehr nachts die erleuchteten Fensterhaufen. Über weiß verputzte Giebelwände laufen nicht mehr die Leuchtbuchstaben, die eindringlich raten, mehr Obst zu essen. Von nichts sonst schwärmt mein Vater als von Berlin. Ganz besonders von dem Berlin der zwanziger Jahre, der *Golden Twenties*. Ich erlebe Berlin in den vierziger Jahren, im eiskalten Stalingradwinter. Auf jeder waagerechten Fläche kauert Schnee. Nicht mehr wie in meinen Kinderferien ist Berlin der Zoo, das Aquarium, der Funkturm, der Tempelhofer Flughafen, die Dampferanlegestelle, es ist nun die S-Bahn, der Hörsaal, der Luftschutzkeller, das Schlangestehen vor Geschäften.

Aber die Erinnerung an meine Ferienbesuche überfällt mich wölfisch. Das heimwehkranke Kind erklimmt die steile Treppe im Doppeldeckerbus, betritt die hevorquellenden Stufen der Rolltreppe, seine Hand fährt auf dem fließenden Geländer mit. Das Kind malt Kreidekreise und Quadrate fürs Humpelnspielen auf das Pflaster und hüpft auf einem Bein durch seinen Kreidehimmel, seine Kreidehölle da, wo jetzt das Pflaster von Bomben aufgerissen ist. Alle Berliner Küchen riechen nach Gas und haben vergitterte Fenster. Ein Schornsteinfeger biegt um die Straßenecke; es gelingt dem Kind, heimlich ein Stückchen von seinem Rutenbesen abzubrechen; das bringt Glück, da darf man vielleicht einen Tag früher wieder nach Hause fahren. *Besenbinder, Bürstenbinder, wohnt hier Mutter Tepperken? Schnedderengteng, schnedderengteng.* Der Vater des Kindes sagt Worte, die nie ergrauen: *Sprich deutsch*, zum Beispiel, *um Himmelswillen, sprich deutsch.* Oder: *Du sprichst ein Deutsch, das zum Himmel schreit.* Da ist das Ende von weg. Und er sagt wieder und wieder: *Sei kein Kind, sei kein Kind.* Die S-Bahn klopft den Takt dazu: lang kurz kurz, lang kurz kurz. Mit meiner verrosteten Quetschkommode spiele ich Wiener Walzer.

Manchmal sieht man Juden mit dem gelben Stern in der S-Bahn. Manchmal einen Ritterkreuzträger. Frauen mit Sammelbüchsen fürs Kriegswinterhilfswerk. Sie klappern mit dem Geld. Da ist nicht einer, der nicht mehr als ein Schärflein gibt; sogar der Jude mit dem gelben Stern will einen Groschen in den Büchsenspalt stecken, aber die Hand, die die Büchse hält, fährt zurück, als sei sie mit Brennesseln in Berührung gekommen. Weit über zwei Millionen Reichsmark beträgt das Aufkommen des Kriegswinterhilfswerks im Stalingradwinter. Der letzte Roman im Völkischen Beobachter hieß *Die Feuertaufe.* Jetzt heißt er *Die große Ordnung.*

Bei Professor Knudsen habe ich ein Seminar über *Das Drama der Gegenwart* belegt; das ist nicht etwa zweideutig zu verstehen, die Rede ist von den Dramen Erwin Guido Kolbenheyers, vornehmlich von dem Drama *Die Brücke. Die Brücke* wird im Schillertheater aufgeführt. Ich sehe mir *Die Brücke* an, denn noch sind die Theater beheizt, besser beheizt jedenfalls als mein Zimmer in Spandau; da kann ich an den Dampfheizungskörpern drehen, soviel ich will, es wird nicht wärmer. Meine Wirtin hat eines Tages Möbel, die nur von abgehauenen oder umgesiedelten Juden stammen können, denn zu kaufen gibt's keine Möbel mehr. Mein Zimmer ist nun so vollgestellt, daß ich mich hindurchschlängeln muß zwischen einem Biedermeiersofa mit Tisch und drei Stühlen und einer verschlossenen, eisenbeschlagenen Truhe. Auf dem Flur der Wohnung eine Standuhr mit Pendel und schönem, mit blauem Emaille ausgelegtem Zifferblatt, die römischen Ziffern erhaben und vergoldet. Die Uhr schlägt uns die Stunden. Hand aufs Herz, Hand auf die Schwurbibel: Hast du zu dem Zeitpunkt wirklich nur an abgehauene oder umgesiedelte Juden gedacht? Ja, wirklich; denn wenn mein Vater es anders wissen will, glaube ich ihm nicht. Mittlerweile nehme ich ihm ja schweren Herzens schon so manches ab, aber das nicht, denn, nicht wahr, *das erste Kulturvolk der Erde benimmt sich nicht wie ein Stamm Primitiver*. Das hat allerdings nicht mein Vater, sondern Herr Jüngels gesagt.

Franz Koch in seiner Vorlesung über den Sturm und Drang sagt: *Der Lebensglaube, wie er neu im Nationalsozialismus aufblüht und wie ihn der junge Goethe am vollendetsten bekundet hat, ist zum erstenmal bei Meister Ekkehard in der deutschen Seele aufgedämmert.* Ich stenografiere mit und schreibe es in der S-Bahn für Dirk ab. Daß ich solche Sätze nicht mehr mit blauen Augen lese, habe ich nicht nur meinem Vater, sondern nun auch Dirk zu verdanken. Beim Lesen meiner Niederschriften sagt er immer wieder: O du mein Gott, wenn wir den Krieg gewinnen, studiere ich Sanskrit. Was rede ich dann von Berlin. Ich sollte von Stettin reden. Von den unauslotbaren Augen. Freitags, manchmal schon Donnerstag abends fahre ich nach Stettin. *Die goldene Stadt* sehe ich in Berlin und in Stettin. Kristina Söderbaum geht ins Wasser. Oder ins Moor. Wenn ich ein Kind bekäme – ich würde mich wie ein Schneekönig freuen. Immer ist es stockdunkel, wenn ich in Stettin ankomme. Meistens kann Dirk mich vom Bahnhof abholen und ins Hotel bringen. Schnee bauscht die verdunkelte Stadt. Dirk hat bis 23 Uhr Ausgang. In Stettin ist nie Fliegeralarm. Um so öfter in Berlin. Da gehört Fliegeralarm zu den alleralltäglichsten, allerbanalsten Begleitumständen. Das rettende Schild LSR. Jeder hat sein Köfferchen mit dem Allernotwendigsten griffbereit. Was ist das Allernotwendigste? Jetzt kommen manchmal auch russische Bomber; die Berliner nennen sie Nähmaschinen oder Moskitos, weil sie so rattern. Sie erkennen schon am Ton, wer heute nacht kommt. Nach nächtlichen Fliegerangriffen ist die Berliner Sonne nachgedunkelt wie die Sonnen auf van Goghs Bildern, für die er nur billige Farben kaufen konnte. Einmal höre ich den Heulton der Sirenen, wie ich gerade in den Abendzug nach Stettin steigen will. Der Zug fährt trotz des Alarms sehr langsam aus der Stadt. Am Himmel werden Weihnachtsbäume gepflanzt. Jemand im dunklen Abteil sagt halblaut: Hätten wir doch bloß den uns aufgezwungenen Krieg nicht angefangen.

Wenn ich schon weder der Partei noch dem NS-Studentenbund angehöre, muß ich wenigstens irgend etwas vorzuweisen haben, das dem Großenganzen dient. In einer Ortsgruppe der NS-Frauenschaft helfe ich einmal wöchentlich, Winterbekleidung für Soldaten auszubessern und zu ändern. Die Nähstube am Savignyplatz ist schön warm und gemütlich. Die Leiterin, eine gealterte Frau Ebeling oder Frau Schmaus, hat das Haar mit *Robert's Nurblond für Blondinen* auf einen lichten Goldton gefärbt und sogar ein paar Löckchen in die Stirn gezupft. Sie sagt, auch mit der Nähnadel könne man den Heldenkampf unserer Infantrie in der Hölle Stalingrads unterstützen. Die Leiterin ist sehr nett. Nicht der Schatten einer kritischen Reflexion verdüstert ihr Gesicht. Meistens bringt sie echten Bohnenkaffee mit; die eine, die andere Frau spendiert Selbstgebackenes zum Knabbern. Der Radiosprecher sagt: *Die Bolschewisten kämpfen bis zur Selbstvernichtung*. Der Führer sagt: *Schlagen, schlagen und wieder schlagen.* Gerüchte sagen: Um der Hölle Stalingrads zu entkommen, klammern deutsche Soldaten sich an die Tragflächen der Ju 52, die Verwundete ausfliegt. Die Soldaten, sagt das Gerücht, die auf diese Weise der Hölle entkommen wollen, fallen wie Eiszapfen aus der Luft. Hölle sagen alle, wenn sie von Stalingrad sprechen. Im Lustgarten findet eine große Vorführung von Fallschirmspringern statt. Unter den Linden hört man oft Blasmusik, Märsche, Märsche und nochmal Märsche, denn Marschmusik kämpft mit, Marschmusik spricht zum Herzen. Einmal pro Woche kämpfe ich mit der Nähnadel mit in dem großen Kampf. *Bavaria Filmkunst zeigt: Der Weg ins Freie ... Drehbuch ... Bild ... Bauten ... Musik ... Produktionsleitung ... Spielleitung ...* Es dauert lange, bis der Film endlich anfängt. In der Volksbühne sehe ich das Lustspiel *Ich mach dich glücklich,* im Theater am Horst-Wesselplatz *Faust I.* Am Bahnhof Friedrichstraße, unter der Unterführung, steht ein Leierkastenmann. *Mutta, der Mann mit den Koks is da.* Singt hier einer Gassenhauer? Hier stand früher, vor dem Krieg, ein Bananenverkäufer. Sogar Ananas und Kokosnüsse hat er angeboten. In meiner Erinnerung war es ein Neger. Karl Koch spricht vor Hunderten von

Studenten über das deutsche, ureigenste, alles Fremde mitleidlos ausschließende Wesen. Im Märchentheater Kraft durch Freude wird seit Wochen *Schneewittchen* gespielt. Die Reichsstraßensammlung für das Kriegswinterhilfswerk beweist einmal mehr, daß das deutsche Volk zu immer größeren Opfern bereit ist. Da können die Alliierten hundertmal ihre Truppen in Französisch-Nordafrika landen, in Algier, Onan und Casablanca. Deutsche Truppen überschreiten die Demarkationslinie zum unbesetzten Frankreich, um französisches Territorium vor drohenden britischen Landungsversuchen zu schützen. Am 12. November wird uns eine Stunde geschenkt, weil die Uhrzeit für den Winter zurückgestellt wird. Wir können die Uhren zurückstellen, die Zeit geht deshalb nicht langsamer; die Zeit ist gegen uns, am meisten gegen die Liebenden, und das Glück ist die grausamste Waffe in der Hand der Zeit. Ich stopfe lange Unterhosen für Soldaten, die vielleicht schon gefallen sind. Trenne Knöpfe von Uniformjacken. Trenne Nähte auf. Aus den Nähten rieselt feiner Staub. Im November 42 wird die bisher höchste Versenkungsziffer auf den Weltmeeren erzielt. Insgesamt haben wir 166 Schiffe auf den Grund geschickt. Der Führer befiehlt die Beflaggung des Reiches. Am Savignyplatz singen wir jetzt Adventslieder. Ein drittesmal läuft mir Frau Herr, oder wie sie heißt, über den Weg. Von einer strengen, allwissenden Custodin geführt, gehe ich mit vielen Besuchern in der Staatsgalerie von Raum zu Raum, vor mir Frau Herr am Arm eines Panzermajors; das muß man gesehen haben, wie er seine Handschuhe Finger um Finger abrupft, um dann seine nackte Hand auf Frau Herrs Schulter zu legen (Berlin ist ein Dorf). Das Vexierbildhafte dieser Frau ist so, als habe mein Vater seine Hand im Spiel. Mein Vater behauptet ja schon lange, wir lebten in einem Staat, dessen Funktionen man auf Schritt und Tritt spüre. Weihnachten wird zum *Fest der ehernen Herzen* erklärt. Dirk erhält zwei Tage Urlaub. Wir wohnen in einem Hotel in der Dorotheenstraße, in das eine hölzerne Drehtür führt. Während der halben Sekunde, die ich mich allein in einer der dreieckigen Kammern der Tür befinde, habe ich Angst, Dirk könnte vor oder hinter mir nicht aus der Tür treten und alles sei nur ein Traum. *Heute geht aus seiner Kammer / Gottes Held, der die Welt / reißt aus allem Jammer.* Die Kaiser-Wilhelm-Gedächtniskirche steht noch. Der Pastor sagt, in der Hölle Stalingrads, unter afrikanischer Sonne, unter Palmen in Südfrankreich, im Eis Finnlands – allüberall werde an diesem Abend Gottes Held verkündet; seinetwegen schweigen die Waffen an allen Fronten.

Auf dem verdunkelten Kurfürstendamm begegnet uns der Weihnachtsmann auf Stelzen, der früher bei Wertheim Äpfel und Nüsse an die Kinder verteilt hat aus einem Sack, so groß wie ein Bettbezug. Jetzt verteilt er Führerpakete an Urlauber. Wir kriegen keins, weil Dirk nur noch für die Etappe taugt. Dirk muß Uniform tragen. Wir können nicht engumschlungen gehen. Wenn ich uns aus der Entfernung von heute in unserem Greifswalder Semester am liebsten auf Caspar David Friedrichs Gemälden untergebracht habe, so jetzt auf den späten Bildern Werner Heldts, der immer nur an einem Bild gemalt hat, als sei es noch von keinem vor ihm gesehen worden, an dem seiner Stadt Berlin und zuletzt an dem untergehenden, im Phosphorregen untergegangenen Berlin mit den leergefegten, leergewehten Straßen, den Potemkinschen Fassaden, hinter denen keine Wohnungen mehr sind, in die keine Türen mehr führen. Wir haben auch die tote Krähe mit den zerfledderten Flügeln liegen und das Ofenrohr aus einer Fensterhöhle sich winden sehen. Wir trinken ein blondes Bier, das lauwarm und wabblig schmeckt und sind glücklich. Heiligabend ist kein Fliegeralarm in Berlin, auch nicht am ersten Weihnachtsfeiertag.

Silvester höre ich in Kassel im Radio die Glocken der Kaiser-Wilhelm-Gedächtniskirche läuten. Mein Vater macht einen zweiten Versuch, mir den Herrn Geheimrat oder Archivrat näher zu bringen, aber der ist so väterlich und nett, daß wir uns verständnisinnig anplienen. Beim Abschied sagt er: Grüßen sie ihren Liebsten, Kindchen. Am 1. Januar sagt der Führer, das allwaltende Schicksal zwinge ihn, zum viertenmal seinen Neujahrsaufruf im Kriege an seine Parteigenossen, seine Nationalsozialistinnen und Nationalsozialisten zu richten, dieses Jahr 1943 aber bringe uns den siegreichen Frieden. Reichsmarschall Göring in seinem Aufruf sagt, die Losung heiße Sieg und *Über Gräber vorwärts.* Eine von starken Störgeräuschen überlagerte Stimme sagt nachts das Gegenteil von dem, was Hitler und Göring sagten. Dann bin ich wieder in Stettin. Nach jedem Besuch bei Dirk ist es, als kennte ich mich nun besser als am vorigen Wochenende. Ach du liebe Zeit.

Wieder in Berlin sinnen wir im Seminar bei Professor Schwietering dem Untergang der Worte *Lindigkeit, Dankzeit, Frohheit* und *Freudeleben, Wehtage* und *zernichten* nach. Am 16. Januar wird die Wohnung meiner Wirtin in Spandau, in der ich zur Untermiete wohne, ausgebombt. Der 16. Januar ist ein Samstag, ich bin in Stettin. Meine Wirtin hat nur das Allernötigste gerettet, natürlich nichts von meinen Sachen. Zum Glück habe ich einen Teil meiner Bücher und fast alle Kolleghefte schon seit einigen Tagen bei Maya, um nicht jeden Tag in dieser Jahreszeit, wo es so früh dunkel wird und so spät hell, bis Spandau fahren zu müssen. Maya hat eine schöne Vierzimmerwohnung in der Nymphenburger Straße. Kennengelernt habe ich Maya schon in Greifswald in einem althochdeutschen Seminar. Da saß sie, eine üppige Schönheit, die alle anderen zu Zuschauern machte, eine Exotin unter uns, und schrieb eifrig wie ein kleines Schulmädel jedes Wort mit. Erst nach einigen Wochen hörte ich, wie mangelhaft ihr Deutsch war. Sie radebrechte aber munter drauflos und lachte viel über sich selber: Ich Ungarin, Deutsch schwerr, nix auf Vilày so schwerr wie Deutsch.

Und warum um Himmels willen sitzen Sie dann in einem althochdeutschen Seminar? Sie sollten einen Deutschkurs belegen.

Ich denken, Deutsch lernen von Anfang her.

Maya Kossuth wollte Deutsch von der Pieke auf lernen, von Althochdeutsch über Mittelhochdeutsch bis zu Neuhochdeutsch. Und das aus lauter Liebe zu einem deutschen Offizier, mit dem sie verlobt war.

Ludwig orvos, sagte sie zu mir und machte dabei die Bewegung, als schneide sie sich den Bauch auf und nähe ihn wieder zu.

Ihr Verlobter ist Arzt?

Ja, Arzt. Er macht Leid nicht mehr, er... Sie suchte nach einem Wort.

Er macht Leiden weniger.

Ja, w-e-n-i-g-e-r.

Ich habe Maya ein paar Deutschstunden gegeben. Ihre federnde Intelligenz war umwerfend. Sie barst schier vor Glück und Kraft. Bald ging sie nach Berlin, um zu heiraten.

Wie ich sie dort wiedertreffe, in der Vorlesung bei Nicolai Hartmann, ist sie wie jemand, der unter Drogen steht. Unter der Droge Schmerz. Ihr Mann ist in Stalingrad vermißt. Schmerz eignet sich nicht zur Veröffentlichung, so wenig wie Liebe sich zur Veröffentlichung eignet. Wenn man darüber nicht schreiben kann, warum versucht man es trotzdem? Maya kann sich nicht helfen, und ihr kann niemand helfen. Sie bittet mich aber, nachts manchmal bei ihr zu bleiben. Sie hat Angst vor sich selber. Wie sie hört, daß ich ausgebombt bin, fragt sie fast triumphierend: Hàz kaputt? Du kommen zu mir. Sie verbessert sich rasch und sagt: Bitte komm zu mir. Sie duzt mich mit einem Mal, und das ist kein Grammatikfehler. Sie zeigt mir ihre schöne Wohnung noch einmal, obgleich ich sie doch längst kenne. Welches Zimmer willst du haben? Sie geht vor mir her. Jeder Schritt ein ausgehaltenes Zaudern zwischen Leben und Tod. Sie bewegt sich so verschüchtert, als dürfe niemand sie so sehen. Sie selber hält sich so nicht aus. Ihre vollkommene Erschütterung und Ergriffenheit teilt sich mir mit. Sie entschuldigt sich dafür: Hältst du das aus? Wie heißt Tier, welches man kaputt reißt?

Regenwurm.

Ja, Regenwurm.

Wenn ich ihr jetzt sagte, daß die Verletzungen des Regenwurms angeblich zu Erneuerungen führen, würde sie es nicht glauben. Ihre Trauer mißt sich an ihrem Glück. Manchmal, wenn wir im selben Zimmer oder in der Küche sind, beachtet sie mich nicht, als habe neben ihrem Schmerz nichts anderes mehr Platz. Sie weiß, daß ihr Mann nicht mehr lebt, obgleich noch niemand es ihr offiziell mitgeteilt hat. Eine Trauer hat sich ihrer bemächtigt, neben der alles andere verblaßt. Das Unaushaltbare ist auszuhalten. Jede nachträgliche Sinngebung wäre Beschönigung. Das Radio hat sie in mein Zimmer gestellt. Ich höre die Wehrmachtsberichte nur, wenn Maya nicht dabei ist, und stelle den Ton so leise, als hörte ich Feindsender. Am 23. und 24. Januar höre ich Sätze wie diese: *Der Kampf um Stalingrad stellt die härtesten Kämpfe dieses Krieges in den Schatten. Es wird um jeden Fuß Boden gerungen. Die Sowjets setzen massenhaft neue, schwere Waffen ein.* Eine Stimme aus Stalingrad sagt: *Wir hören hier im Bunker die Führerdeklamation. Wir erheben vielleicht zum letzten Mal bei den beiden*

Nationalhymnen die Hand zum deutschen Gruß. Die 6. Armee funkt, daß sie die Hakenkreuzfahne auf dem höchsten Haus der inneren Stadt gehißt habe und daß sie unter diesem Zeichen den letzten Kampf führe. Die 6. Armee funkt: *Im schwersten Kampf taten wir bis zum letzten unsere Pflicht. Es lebe der Führer. Es lebe Deutschland.* Über Großdeutschland wird drei Tage Landestrauer verhängt. Alle Bars und Luxusläden werden geschlossen. Ein neues Gesetz wird erlassen, das immer mehr Frauen kriegsdienstverpflichtet; besonders die Luftwaffe und die Marine suchen Abiturientinnen, die als Flugmeldehelferinnen und Marinehelferinnen ausgebildet werden. In der Universität gehen Gerüchte um, alle Fakultäten bis auf Medizin und Naturwissenschaften sollen geschlossen werden. Am 18. Februar ruft Goebbels den totalen Krieg als den kürzesten Krieg aus. Pointensicher und wohl wissend, daß das deutsche Volk wieder einmal erschüttert werden will, sagt er, er sehe den Sieg greifbar vor sich, man müsse nur zufassen. (Hinterher soll er gesagt haben: *Diese Stunde der Idiotie! Hätte ich befohlen, das ganze deutsche Volk solle aus dem dritten Stock des Columbushauses springen, es hätte das auch getan.)*

Um Maya an den Wochenenden nicht allein zu lassen, nehme ich sie, wenn ich Dirk besuche, bis Pasewalk mit; sie fährt dann weiter zu ihren Schwiegereltern nach Greifswald. Von dort bringt sie eines Tages die Nachricht mit, daß Professor Pichler ein paar Tage lang verhaftet worden sei, weil er in einem Seminar über die Einführung in die Philosophie unliebsame Äußerungen gemacht haben soll, die man durchaus als staatsfeindlich interpretieren könne. Eine gewisse Frau Herr soll den Stein ins Rollen gebracht und auch herausgefunden haben, daß Pichler Vierteljude sei (und Juden vergiften unsere reine Atmosphäre). Pichler sei zwar wieder aus der Haft entlassen worden, dürfe sogar weiter Vorlesungen halten, man habe ihm allerdings nahe gelegt, so bald wie möglich zu emeritieren.

Sie da, sieh da, Frau Herr.

Ich kann aber nicht weiter denken, nicht über das Gebirge Krieg hinweg, in eine Zeit nach dem Krieg, wo man eine Frau Herr zur Rechenschaft ziehen müßte.

Wie mir neben Pichlers Vorlesungen in Greifswald alle anderen zwar achtbar, aber langweilig vorgekommen sind, so jetzt in Berlin alle nichtssagend neben den Vorträgen von Romano Guardini. Dirks Leutnant hatte recht mit seiner Annahme, Guardini sei zwangsemeritiert worden. Er hält aber einmal wöchentlich in einer Jesuitenkirche sogenannte Predigtvorträge; gelegentlich auch in katholischen Volkshochschulen. Im Raum der Kirche kann man etwas, das sich Predigtvortrag nennt, nicht verbieten. Die Charlottenburger Veranstaltungen fangen zu verschiedenen Tageszeiten an wegen der drohenden Luftgefahr, vielleicht auch, um die Frau Herrs fernzuhalten. Ich weiß heute nicht mehr, wie wir, Maya und ich, immer wieder die Orte und Zeiten der Vorträge erfahren haben, es muß eine Art Flüsterpropaganda gegeben haben. Was Guardini sagt, ist mir unvergeßlich, weil es die brüllende Gegenwart so eigentümlich durchkreuzt wie nichts sonst. In diesen Jahren gibt es ja eine ganz bestimmte Weise zu denken, zu reden, sich zu geben, einen ganz bestimmten Stil des Diskurses, mit dem man wohlvertraut zu sein hatte, von dem man tunlichst selbst seine Träume nicht allzuweit abirren lassen sollte. Zu einem anderen Zeitpunkt, in einer anderen Stadt als diesem Nacht für Nacht bedrohten Berlin und in anderer als in Mayas Begleitung hätte ich womöglich nicht so offene Ohren für Guardinis Worte. Hier begreife ich, was mein Vater mir nicht hatte klar machen können: die unvereinbaren Verständnisebenen der Machthaber und der Ohnmächtigen. Wer heute Guardini eine Verherrlichung des Leidens, ja des Märtyrertums vorwirft, vergißt die Häufung der Drangsale, denen der Unverblendete und Leidensfähige ausgesetzt ist und die ihn zu einem Schwermütigen machen, zu einem, um mit Guardini zu sprechen, der in hohem Maße wertfühlig ist. Und er vergißt, daß Guardini keinen Kult treibt. Er wettert vielmehr gegen titanische Selbstübersteigerung, gegen kosmische Selbstverflüchtigung und gegen pessimistische Selbstelegie. Wenn die Menschen in hellen Scharen in diese von Staats wegen nur eben geduldeten Predigtvorträge kommen, so deshalb, weil hier einer verhindert, daß man sich in dieser verzerrten, die Macht, die Gewalt, die Menschenverachtung anbetenden, verwundeten Wirklichkeit um des Himmels willen nicht einrichten, schon gar nicht gemütlich einrichten kann.

Immer auch höre ich jedes Wort Guardinis mit Mayas Ohren: *Nur dem äußersten Maß an Trauer und Elend kann der Glaube so umfassende Trostkraft erpressen.* Manchmal könnte man rätseln, wer gerade vorn auf dem Katheder steht, Guardini oder Kierkegaard oder Kafka oder Jacob Burckhardt oder Pascal, so nahe wird den Zuhörern ein Geist gebracht, der zugibt, als Verzweifelnder und Schwermütiger gefährdet zu sein, und zwar in Schwäche und Hybris gleichermaßen. Diese Gefährdung ist auch ohne extreme äußere Bedingungen da durch alles, was Ausweichen, Verschwimmen, Lässigkeit, Trägheit oder deren Ambivalenz Vermessenheit ist. Am nachdrücklichsten habe ich Guardinis Betrachtungen über die vollkommene Unschuld des Mannes von Nazareth in Erinnerung; wie stumpf und hilflos die Macht dieser Erscheinung bis heute gegenüberstehe; daß dergleichen auf Erden wandele, sei der polternden, stolpernden Welt ein Greuel. Zuweilen kann es sein, als stehe die Wahrheit wie ein Wesen im Raum. Hier geht es nicht um akademisch ausgewogene Darbietungen von Stoff, vielmehr um einen hingerissenen, sich preisgebenden Gottesnarr, der Maßstäbe setzt für unsere verstauchten Gewissen.

Obgleich auch Maya keine Katholikin ist, bittet sie Guardini um ein Gespräch. Es werden mehrere Gespräche daraus, bis – ist es im Mai, ist es im Juni 43 – Guardini Berlin verläßt, verlassen muß, denn Goebbels fordert alle hier nicht unbedingt Notwendigen auf, die Stadt zu verlassen. Da geht auch Maya zu ihren Eltern nach Fünfkirchen zurück. Mir überläßt sie bis auf weiteres ihre Wohnung, aber noch bevor das Sommersemester zu Ende geht, weist das Wohnungsamt zwei Frauen ein, Kriegswitwen und ausgebombt beide, die als staatlich anerkannte Diätassistentinnen in einer ambulanten Diätküche des Deutschen Frauenwerkes, Abteilung Volkswirtschaft / Hauswirtschaft bis zur Selbstaufgabe arbeiten. Ich entgehe ihnen nicht, den Frauen, die Leib und Seele des deutschen Volkes zusammenhalten, die inbrünstig und entsagungsvoll alles, was sie tun, für den Führer tun.

Die beiden Frauen sind netter, wie es gar nicht netter geht. Da ich ja mit einem ärztlichen Attest, das mir eine strenge Diät verordnet, aufwarten kann, bringen sie mir jeden Abend eine warme Mahlzeit in einem Henkelmann aus ihrer Diätküche mit. Es könnte mir gut gehen, sehr gut sogar, wenn Dirk nicht in eine Verzweiflung gestürzt wäre, die ihn nur noch durch die Stunden, in denen wir zusammen sind, weiterleben läßt. Dank der Freundschaft mit seinem Leutnant war es ihm gelungen, an zwei Konzerten Karlrobert Kreitens in Mülheim und in Erfurt teilzunehmen. Beide Male war ich mitgefahren, hatte Kreiten spielen gehört und kennen gelernt. Das nächste Konzert ist in Heidelberg geplant, und wieder kann Dirk mit einem von seinem Leutnant fingierten Auftrag hinfahren. Wie wir aber an einem linden Frühsommerabend

– Ende Mai, Anfang Juni – zur Universität kommen, in deren Aula das Konzert stattfinden soll, lesen wir an der Aulatür ein Schild, auf dem steht: *Kreiten-Konzert fällt aus.* Die Leute zerstreuen sich, vielleicht ist der junge Pianist erkrankt? Wir haben noch Zeit, aufs Schloß zu wandern. Dirk muß mit einem Nachtzug nach Stettin zurückfahren, um morgens um 7 seinen Dienst wieder anzutreten. Er hat ein ungutes Gefühl, denn da er noch vor wenigen Tagen mit Kreiten telefoniert hat, glaubt er nicht an eine Erkrankung.

Erst eine Woche später erfährt er über seinen Vetter in Düsseldorf, daß Karlrobert Kreiten in seinem Heidelberger Hotel von der Gestapo verhaftet worden sei. Die Familie Kreiten erfährt wochenlang weder die Gründe für die Verhaftung noch den Aufenthaltsort des Verhafteten. Dirk weint nicht wie bei Alwin Wuttkes Tod. Er schlägt sich nur immer wieder mit der Faust vor die Stirn.

Wenn ich auch vor zwei Jahren aus dem Reichsarbeitsdienst als gesundheitlich untauglich entlassen worden bin, heißt das noch lange nicht, daß ich mich auf die faule Haut legen kann. Seit Goebbels am 18. Februar 43 im Berliner Sportpalast den totalen Krieg ausgerufen und das deutsche Volk befragt hat, ob etwa die infame Behauptung unserer Feinde stimme, daß die Volksgenossen sich der überhandnehmenden Kriegsarbeit zu entziehen suchen; ob diese Volksgenossen nicht vielmehr in ihren Leistungen alles bisher Dagewesene in den Schatten stellen und, wenn der Führer befehle, zehn, zwölf, ja wenn nötig, vierzehn Stunden täglich arbeiten und das letzte aus sich herausholen wollen für den Sieg – *Nun Volk steh auf und Sturm brich los* –, seit Goebbels in dieser beherzigenswürdigen Rede ferner gebrüllt hat, daß sich erst in den großen Erschütterungen die wahren Männer, aber (und nun wird's ernst) auch die wahren Frauen bewährten, man folglich, so Goebbels, nicht mehr vom schwachen Geschlecht sprechen könne, sondern von Männern *und* Frauen dieselbe Kampfentschlossenheit und Seelenstärke erwarten müsse, seitdem erfaßt man auch die letzten Drückeberger, auch die, die nicht ihr *Ja Ja,* stellvertretend für das ganze Volk, zurückgebrüllt haben im Sportpalast; auch die, die an dem einen, dem anderen Volksempfänger keine Gänsehaut bekommen haben vor lauter Ergriffenheit. In meinem Fall heißt das auf gut Deutsch: Ausgleichsdienst. Wiederum 4 Wochen Einsatz in den Sommersemesterferien anstelle des nicht abgeleisteten Arbeitsdienstes.

Diesmal werde ich in meinem Heimatdorf dem Erntekindergarten zugeteilt. Erntekindergärten sind segensreiche Einrichtungen. Wie hatte Frau Ebeling gesagt: Die Landfrauen müssen raus aus ihren Routine-Existenzen und rein in die große völkische Bewegung, in welcher sie Mannweiber werden; nein, der letzte Teil des Satzes stammt von meinem Vater. Die Frauen müssen Männerarbeit verrichten; die Kinder müssen betreut werden. Kinderbetreuung ist nun vier Wochen meine Aufgabe und wäre nicht erwähnenswert, wenn der Erntekindergarten sich nicht im Schweizerhaus unseres pleitegegangenen Ritterguts befände. Ich sage lieber *pleitegegangen* anstatt im Familienjargon *verlorengegangen.* Meine Mutter ist entsetzt. Einen Ton hast du am Leib. Sie nennt das Gut und alles, was einmal dazugehört hat, ihr Paradies, ihr gelobtes Land, wo Milch und Honig floß, ihren Himmel auf Erden. Da es sich als Ort der Austreibung erwiesen hat, ist Paradies gar nicht so schlecht. Ich war erst zehn Jahre alt, als wir hier das Feld räumen mußten, und kann es deshalb ganz hervorragend vermeiden, nun sentimental zu werden. Hin ist hin. Ich gebe mir Mühe, als uninteressierter Zuschauer ein- und auszugehen, die Stunden herunterzureißen, ab, nach Hause, fertig.

Aber so ist es nicht. Und es müßte ja auch nicht mit rechten Dingen zugehen, wenn es so wäre. Mutter sagt: Ich soll mein Herz in beide Hände neben.

Zuerst einmal muß ich zugeben, daß die Lieder nachklingen, die ich mit den Kindergartenkindern zu singen habe; *das gläserne Ting tang Tellerlein, wer klopft an meine Tür,* und der Kinderchor ruft zurück: *ein wunderschönes Engelein, das sag ich dir.* Nun zähle ich ab: *der erste Schlag, der zweite Schlag, der dritte Schlag soll bei mir sein, eins zwei drei.* Also gut, das wollen alle Kinder singen. Ich brauchte mich ja nicht nach ihren Wünschen zu richten. Bloß: Alle Lieder, die ich kenne, habe ich hier gelernt, alle Spiele, die mir einfallen, hier gespielt, das von der goldenen Brücke, die entzwei ist, *wer hat sie denn zerbrochen;* das vom schwarzen Mann, fürchtet sich etwa einer vor ihm? Keiner?

Wie ich das Schweizerhaus am ersten Tag wiederbetrete, ist alles auf bestürzende Weise kleiner geworden, als ich es in Erinnerung habe, doppelt anschaulich, weil's in Kindergärten kindergerechte Einrichtungen gibt, kleine Tische, kleine Stühle, kleine Bänke, Liegen, Borde; kleiner geht's nicht mehr. Das vergrößernde Sehen aus weitem Zeitabstand wird vollends Lügen gestraft: So eng war das also. So muffig. So niedrig die Stuben. Hier habe ich oft Pellkartoffeln und Stippe mitgegessen an einem Holztisch, in dessen Mitte eine Mulde gewesen ist. Hier habe ich mit den Künzi-Kindern Mensch ärgere dich nicht und Schinkenkloppen gespielt; hier will ich sogar meinen allerersten Kuß, eine Art Nasenstüber, von Willi Künzi bekommen haben.

Mehrmals täglich werde ich mit einem kleinen Handkarren ins Gutshaus hinübergeschickt. Ich ziehe an dem Teich vorbei, aus dem der Storch die Görzker Kinder holt; unter den Kastanien, unter der Teppichstange hindurch, über den Wirtschaftshof, um das Haus herum bis zur Veranda. Im Gutshaus befindet sich jetzt ein weibliches Arbeitsdienstlager. An der Wand im Entree, wo das Bild mit dem ährenraufenden Heiland gehangen hat, hängt jetzt ein ebenso großes: ein nächtlicher Fackelzug auf dem Reichsparteitag im Nürnberg; und wo der Eberkopf mit seinen Glasaugen herabgeglotzt und seine Stoßzähne gezeigt hat, daß einen das Fürchten ankam, blickt jetzt der Führer in weite Ferne. Übereck im Entree hat eine Standuhr ohne Pendel gestanden. Vor sehr langer Zeit, da ist ein Kugelblitz über Geweihe und Bilder gewandert und hat bei seiner Entladung das Pendel zum Schmelzen gebracht; Großmutter, zwischen Tür und Angel stehend, hat es mitangesehen, bis sie in Ohnmacht gefallen ist; guter Gott, die erste und letzte Ohnmacht meines Lebens! Das Riesenhaus liegt wie ausgestorben. Nur wer hier gelebt hat, hört die hinkenden Schritte einer Frau, das Knarren der Schiene. Auch das Holz arbeitet weiter in Treppen, Dielen, Balken, Täfelungen. Wenn ich jetzt eine Tür öffnete, würde die Stube dahinter im Nu zu einem Guckkasten, passend möbliert mit meinen Requisiten, auch wenn da nur lange Holztische und Bänke oder doppelstöckige Betten mit Strohsäcken stehen. Ich gehe übrigens nie durch die Hintertür direkt in die Küche, das tue ich mir nicht an. Wie angewurzelt bleibe ich in der Diele stehen und rufe Hallo. Oder: Hallo, ich bin's. Die Maiden sind im Außendienst. Die Maid, die Innendienst hat, bringt mir die Frühstücksbrote für die Kinder, die Äpfel, die Milch in einer Kanne. Das Mittagessen reicht sie mir in zwei Henkeltöpfen direkt aus einem der Küchenfenster.

Komm doch rein.

Nein.

Heil Hitler.

Heil Hitler.

Dabei wäre es geblieben, und die vier Wochen wären herumgegangen, ohne Spuren zu hinterlassen, wenn nicht eines Tages eins der Kindergartenkinder Tollkirschen in den Mund gesteckt hätte. Tollkirschen. Das Wort stammt auch aus meiner Frühgeschichte. Vor Tollkirschen wurde ich gewarnt wie vor Messer Gabel, Scher' und Licht; mehr noch, denn Kinder brauchen bloß ein, zwei Beeren in den Mund stecken und fallen auf der Stelle tot um. Die Beeren wachsen zuhauf im Burgwall und sehen lecker aus wie schwarze Johannisbeeren. Man hat mir seinerzeit auch die rotzipfligen Blüten gezeigt. Ich werd' mir einen Deibel tun und Tollkirschen essen.

Während die Kindergartenleiterin mit einer Kindergruppe auf dem Krocketplatz im Park spielt, werden Ruth und ich mit der anderen Gruppe zum Spaziergang in den Burgwall geschickt. Wir ziehen am Transformatorenhaus vorbei, das halb so hoch ist wie der Kirchturm. Unter einem schwarzen senkrechten Blitz steht auf einem Blechschild *Achtung Lebensgefahr.* Auf dem Hinweg geht Ruth an der Spitze, ich am Ende der Schar. Ich sehe Ruth gehen, ein Kind rechts, eines links an der Hand. Sie ist einsachtzig groß. Sie trägt schwarz. Pfingsten hat sie einen Panzermajor geheiratet. Es war eine Kriegstrauung wie im Frieden, bei der das ganze Dorf mitgefeiert hat. Ruth in weißer Fallschirmseide. Die mit Rosenknospen besteckte Schleppe wurde von sechs kleinen Jungen getragen, zum Blumenstreuen gingen sechs Mädchen voraus. An der Brust des Bräutigams glänzten das Eiserne Kreuz erster und zweiter Klasse, das Deutsche Kreuz in Gold, die Nahkampfspange; Ruth hat durchblicken lassen, ihr Bräutigam sei sogar für das Ritterkreuz in Vorschlag gebracht worden. Beim ausklingenden Glockengeläut trat Pastor Simon dem schönen Paar an der Kirchtür entgegen. *So tretet herzu, daß wir miteinander Gottes Wort über den Ehestand hören.* Es war ein windiger Tag, der Schleier der Braut wurde hoch über ihren Kopf geweht, ehe sie die Kirche betrat. Man sah ihr üppiges kastanienrotes Haar, das Frau Jüngels zu einem Vlies im Nacken gesteckt hatte. Vor dem Ringwechsel die Frage, ob die Eheleute den Bund der Ehe heilig und unverbrüchlich halten wollen, bis daß der Tod sie scheide. Er schied sie blitzschnell, der Heldentod. Noch am Nachmittag des Hochzeitstages wurde der Panzermajor telegraphisch an die Front zurückbeordert. Drei Wochen später die Todesnachricht. Ruth sagte, sie habe es gewußt, am Morgen, bevor der Brief gekommen sei, seien von den letzten Pfingstrosen im Garten vor ihrem Fenster alle Blätter auf einmal abgefallen.

Auf dem Rückweg führe ich die Gruppe. Ruth geht am Schluß. Wer weiß, wo sie ihre Augen hat. Bei einem Panzer, einem Drehturm, einem Todesrohr, auf sie gerichtet. Ihr Mann ist in seinem Panzer verbrannt. Ein Kind bleibt unbeobachtet zurück und steckt sich Tollkirschen in den Mund. Ich drehe mich nach Ruth um und sehe es. Es ist ein vierjähriges Mädchen. Zuerst kitzeln wir ihm mit einer Vogelfeder im Hals – umsonst, es erbricht nicht. *Heile heile Segen* hilft da nicht mehr. Ruth rennt zum Arzt, ich, das Kind auf dem Arm, zum Gutshaus, und alle Kinder im Galopp hinter mir her. Hier kenne ich mich aus, mein lieber Herr Gesangsverein, Schleichwege, Zaunlücken, Durchschlupfe durch Ligusterhecken. Das Kind braucht Milch, damit es die Tollkirschen erbricht. Die Milch wird im Keller des Gutshauses aufbewahrt, denn Kühlschränke hat hier noch keiner. Ich rufe: Hallo, hallo, ist da jemand? Zum Keller führt im Wirtschaftsgang eine hölzerne Falltür, die an einem Eisenring aufgehoben werden muß. Als Kind habe ich immer einen Bogen um die liegende Tür geschlagen oder habe mich wenigstens leicht gemacht beim

Drüberweggehen, weil ich Angst hatte einzubrechen. Noch heute muß ich manchmal im Traum über liegende Türen gehen und fürchte mich, sie zu betreten. Oder ich befinde mich unten in den Kellergewölben, darauf gefaßt, daß jemand die Tür von oben zufallen lassen wird. Dieser Jemand sagt: Hier geblieben! Ich schreibe meinen Namen mit Kohle auf die gekalkten Wände oder versuche eingeritzte Botschaften zu entziffern.

Dabei bin ich höchstens drei- oder viermal im Keller gewesen. Hier hatten Kinder nichts verloren. Und bei uns wurden Kinder dort auch nicht eingesperrt. Hinabgeschaut aber habe ich oft, wenn die Tür aufgeschlagen war. Kühle hat einen angeweht und Apfelgeruch. Apfelgeruch vor allem. Obgleich aus der Tiefe die herrlichsten Leckerbissen emporgereicht wurden, Pflaumenkuchen, Erdbeertorte, Schlagsahne, Eisbomben, Schwalbennester in Aspik, schien hier immer eher etwas versenkt zu werden, und die steile Treppe, dünkte mich, führe ins Bodenlose.

Ich lege das Kind auf einen Berg Schlafsackbezüge in die Wäschekammer. Hebe die schwere Tür auf. Es riecht immer noch nach Äpfeln. Auf den Horden lagern die Gravensteiner wie eh und je, Morgenduft, Boskop. Tafelobst darf keine Druckstellen haben und muß deshalb oft gewendet werden. Auf den Regalen stehen Batterien von Weckgläsern, als habe man für Ewigkeiten vorgesorgt. Aber in den Drahtgestellen sind keine Weinflaschen mehr, sondern beschriftete Flaschen mit Obstsäften, die mit Wachs verschlossen sind. Deutsche Mädchen trinken keinen Alkohol. Deutsche Mädchen sind aber auch keine Gemütsathleten und hängen Unwiederbringlichem nach, als könne man die Essenz Kindheit verdünnen, damit sie noch lange reicht.

Die Milch. Wo ist die Milch. In zwei Kannen steht sie auf dem Katzentisch. Heiliger Strohsack. Alle Möbel, alle bewegliche Habe ist mitgegangen, als das Gut verkauft werden mußte. Der Katzentisch ist hier geblieben und in den Keller gewandert, ein Fund, auf den ich stoße. Er ist blau. Er war einmal blau, viel Farbe ist abgeblättert, der restliche Anstrich in Sprünge zersplittert. Müßte ich nicht das Kind retten – welches Kind – müßte ich nicht mit fliegenden Händen eine Kelle Milch aus einer der Kannen schöpfen, ich könnte die Krakeleien wieder entziffern, mit denen unsere Narrenhände Tisch und Wände beschmiert haben, meistens mit den Zinken einer Gabel, während man da sitzen mußte am Katzentisch, weggeschickt aus der Tischrunde, ab durch die Mitte, ich will dich nicht mehr sehen; man hatte gekleckert, geschmatzt, eine freche Antwort gegeben oder hatte partout die sauren Nierchen nicht runtergekriegt oder zu gierig die Götterspeise verschlungen – egal, damals brachte man Kindern noch Manieren bei. Aber in unserer *guten Kinderstube* sind wir nie geschlagen worden, nie, ich sagte es schon, in den Keller gesperrt, mit drakonischen Maßnahmen und Mißhandlungen kann ich nicht aufwarten. Aber an den Katzentisch wurden wir geschickt. Das ist vorgekommen. Aufs Armsünderbänkchen wurden wir gesetzt. Hand aufs Herz: war es schlimm? Halb so schlimm. Wir sollten uns schämen. Schämst du dich nicht? Ja. Nein, eigentlich doch. Ein bißchen. Der Katzentisch war eine Schmollecke und mehr noch ein Ort der Sehnsucht, rasch wieder auf den Platz zurückgerufen zu werden, auf den man gehörte. Meine Mutter und ich haben uns ganz schön angeplient, während ich am Katzentisch saß. Dorthin verbannt wurde man nur von Großmutter, nur sie konnte der Prozedur ein Ende bereiten: Na, dann wollen wir mal wieder. Wo ist denn unsere Kleckerliese. Die Schüsseln kreisen. Sie sind aus Nickel, in den Deckeln sammeln sich Tropfen. Wenn der Tisch abgedeckt wurde, blieb meine Mutter immer am längsten auf ihrem Stuhl sitzen, als wisse sie nicht recht, wohin mit sich.

Bevor Ruth mit dem Arzt zurückkommt, habe ich dem Kind schon Milch eingeflößt. Es erbricht auf den Schlafsackbezügen. Die beiden Maiden, die an diesem denkwürdigen Tag Innendienst haben, werden bestraft – vier Wochen Ausgehverbot, vier Wochen Schreib- und Postempfangverbot – weil sie sich, mit wem auch immer, in der Scheune herumgedrückt haben. Der Arzt lobt meine Umsicht. Erst nachdem das Kind versorgt ist, kommt er dazu, Ruth sein aufrichtiges Beileid auszusprechen zu dem schweren Verlust. Er sagt: Ihr Mann war ein Ausbund an Tapferkeit. Vor fünfzehn oder mehr Jahren habe ich ihm mal eine Platzwunde an der Stirn genäht. Eine Menge Stiche. Er hat nicht mal mit der Wimper gezuckt.

Karlrobert Kreiten ist tot. Hingerichtet. Vom Volksgerichtshof wegen Wehrkraftzersetzung, übelster Hetzereien, Feindbegünstigungen und Verleumdungen des Führers und Großdeutschlands zum Tode verurteilt, ja, zum Tode durch den Strang. Eine Volksgenossin, welche er in ihrer Treue und zuversichtlichen Haltung zu beeinflussen suchte, hat diesen Parasiten am Volkskörper dingfest gemacht, angeklagt, belangt, überführt, verpfiffen, verraten, entlarvt, hat diese Hände für immer zum Erliegen gebracht. Es hat auch nichts geholfen, daß Wilhelm Furtwängler persönlich alles, aber auch alles Menschenmögliche getan hat, um dieses Unheil abzuwenden. Am 7. September, am Morgen nach einem schweren Luftangriff auf Berlin wurden in der Strafanstalt Plötzensee 186 Volksfeinde in Gruppen zu acht Mann hintereinander gehenkt. Unter ihnen Karlrobert Kreiten.

Dirk erfährt es am 10. September von seinem Vetter, hört auch, daß die Volksgenossin, die ihn angeprangert hat, seine Berliner Wirtin gewesen ist. Eine der Frau Herrs. Am 15. September bringt die Presse eine kurze entsprechende Notiz.

Hätte Dirk einen Bruder verloren, oder hätte er noch erfahren, daß sein Vater sich im Sommer 45 erschießen wird, er könnte nicht todtrauriger gewesen sein.

Am 22. Oktober ist Kassel das Angriffsziel der feindlichen Bomberverbände. Ich bin gerade zu Hause, um meine Wintersachen zu holen. Großmutter kommt die Treppe herunter: Kassel, heute nacht war Kassel an der Reihe. Dreiviertel der Stadt soll... Wir sehn uns an. Was sagen wir? Über den Herrn Erzeuger, den Ex-Gatten, den Ex-Schwiegersohn, den es erwischt haben könnte, über den Herrn mit dem gewissen schuftigen Charme, der anno 22 ein einziges Mal in Görzke war, um die Hand meiner Mutter zu erbitten. (Erobern und Verlassen war eins bei ihm, hat Mutter mal gesagt.) Das Sofa mit Vater. Er saß gerade unter dem Geweih eines kapitalen Hirsches. Ein Mann, der nichts mehr verachtete als mäßige Lebensfülle, die sich in Konventionen erschöpft. Was ihn betraf, so war er immer obenauf. War? Denken wir schon in der Vergangenheitsform an ihn? Falls eine Bombe ihn getroffen hätte, würde es morgen in der Zeitung stehen.

Ein Kreuz über seinem Namen. Kann man sich das vorstellen? Nein. Sein Metier ist Weltverfügung. Krankheit, Verwundung, Leiden, Sterben sind da nicht vorgesehen. Er gehört zu denen, die sich auf das Leben verstehen, er, der das Sonderrecht der Lebenskunst für sich in Anspruch nimmt, der sich zynisch abhebt von den Lebensstümpern. Also wird er auch gewußt haben, wo der sicherste Luftschutzkeller in Kassel ist und wird sich rechtzeitig dorthin begeben haben. Wir sind ganz sicher, daß er überlebt hat, er und die, die er zur Zeit die Seinen nennt. So ist es denn auch. Ein schwieriges Gedenken an ihn bleibt mir vorerst noch erspart.

Im Wintersemester 43/44 studiere ich wieder in Greifswald, um in der Nähe Stettins zu sein. Die Woche über arbeite ich im gut geheizten Lesesaal der Universitätsbibliothek, die Wochenenden bin ich bei Dirk in Stettin. Greifswald-Stettin, Stettin-Greifswald. Abschiede und Wiedersehen. Wiedersehen und Abschiede. Im April muß Dirk noch einmal für sechs Wochen ins Lazarett, weil seine Leberwerte seit der schweren Gelbsucht sich katastrophal verschlechtert haben. Das Lazarett liegt weit außerhalb Stettins. Wenn ich zu den Besuchszeiten an den Wochenenden mit meinen zusammengehamsterten und selbstgebackenen Lekkerbissen komme, brauche ich mehr Zeit, um vom Hauptbahnhof bis zum Lazarett zu gelangen, als ich Zeit für die Bahnfahrt Greifswald-Stettin gebraucht habe. Nun kann kein Zweifel mehr daran bestehen, daß Dirk nie mehr an die Front geschickt werden kann.

Besser, man besorgt sich rechtzeitig den Ahnenpaß vonwegen der arischen Abstammung und der Erbgesundheit, denn *Was nicht gute Rasse ist auf dieser Welt, ist Spreu.* Unsere rassische Erziehung an den Heimabenden im BDM, im Biologieunterricht der Oberschule hat schließlich Früchte getragen. *Wir jungen Deutschen sind das reine, edle Material der Natur, erbtüchtig und gemeinschaftsfroh. Ein völkischer Staat wird deshalb die Ehe aus dem Niveau einer dauernden Rassenschande herauszuheben haben, um ihr die Weihe jener Institution zu geben, die berufen ist, Ebenbilder des Herrn zu zeugen und nicht Mißgeburten zwischen Mensch und Affe.* Adolf Hitler.

Bloß: Damit kann ich meinem Vater nicht kommen. Nicht einmal mit der Mitteilung, in absehbarer Zeit heiraten zu wollen.

Heiraten? Ich höre wohl nicht recht. Du bist doch noch ein halbes Kind. Wen um des Himmels willen willst du heiraten? Doch nicht diesen Studiosus der Musik, dem innig-sinnig-minniglich du täglich Briefe schreibst, anstatt was für dein Studium zu tun? Dem du Socken strickst, anstatt Bücher zu lesen, die ich dir empfehle? Sag's doch gleich, du bist schwanger.

Ich bin schwanger. Und ich bin mündig. Kann also heiraten, wen ich will, vorausgesetzt, er ist frei von Erbkrankheiten, und er ist arischer Herkunft. Ich kann aber nicht heiraten, wenn ich nicht mindestens die Deutschblütigkeit meiner vier Großeltern nachweisen kann, mit anderen Worten, wenn du mir nicht die Personenstandsurkunden deiner Eltern schickst – hast du überhaupt Eltern gehabt? –, Geburts-, Heirats-, Tauf- oder Sterbeurkunden, welche durch Unterschrift und Beidrückung des Dienstsiegels beglaubigt sein müssen.

Ich drechsele an dem Brief an meinen Vater herum, der, seit er bei dem Angriff auf Kassel total ausgebombt ist, mit seiner Familie bei den Schwiegereltern in Mecklenburg lebt. Sein Archiv über die Weltgeschichte der Technik allerdings war rechtzeitig, zusammen mit den Büchern der Hessischen Staatsbibliothek, in einem Bunker außerhalb Kassels sichergestellt worden. Wie soll ich meinem Vater beibringen, daß ich zwecks Heirat einen Ahnenpaß benötige? Ich fange drei oder vier Briefe an und zerreiße sie wieder, Vaters homerisches Gelächter im Ohr: Die Kompaßnadel muß immer die gewünschte Nordrichtung zeigen. Die Ehe ist ein völkisches Sakrament, und die Ehewilligen sind Treuhänder der Ewigkeit des Volkes. Hallelujah! Sieh da, sieh da, das Töchterlein ist ehewillig. Na wer sagt's denn. Vögeln, was früher einfach ein Riesenspaß war, ist jetzt höchster Ehrendienst, der schönste Reichtum tiefgefühlten Erneuerungswillens, was sage ich, die vollkommenste Vertrauenskundgebung, künftiges Kanonenfutter in die Welt zu setzen. Das Kind adelt die Mutter. Erst wenn die Zahl der Wiegen die Zahl der Särge übersteigt, können wir frohen Muts in eine bessere Zukunft blicken. Nicht auszudenken, welche Kräfte einem Volk verlorengingen, das durch das liberalistische, materialistische Zweikindersystem sich bestimmen ließe. Bach, Mozart, Wagner, Kant, Lessing, Geibel, Fridericus Rex, Bismarck... sie alle hätten nie das Licht der Welt erblickt, denn sie waren Nachgeborene unter vielen Geschwistern, und nur aus vielem Guten kommt die Auslese der Besten. Trallalla. Oder hat das Töchterlein gar die soeben ausgegebenen Parolen des Münchner Gauleiters, Giesler heißt er, brav befolgt, welche bildungsversessenen Studentinnen dringend empfehlen, lieber dem Führer ein Kind zu schenken, am besten in jedem Studienjahr ein Zeugnis in Gestalt eines Sohnes vorzulegen – ja, und falls die eine, die andere Studentin nicht hübsch genug sei, einen Freund zu finden, würde der Herr Gauleiter gern jeder einen seiner Adjutanten zuweisen, und er könne da auf jeden Fall ein erfreuliches Ergebnis versprechen.

Der Brief an meinen Vater, der um Auskunft über seine Eltern bittet, bleibt, wie die meisten Briefe an ihn, ungeschrieben. Mir fällt zum Glück ein, daß mein Halbbruder Gilbert vor zwei Jahren geheiratet hat und also alle Unterlagen sich beschafft haben muß. Gilbert ist seit einigen Monaten vermißt gemeldet. Seine Frau schickt mir eine Ahnentafel, die lückenlos bis 1667 zurückreicht: Da heiratet ein Ur-Ur-Ur-Ur-Ur-Ur-Ur-Ur-Ur-Ur-Ur-Großvater – elfmal das *Ur* – eine Barbara von Homberg. Die ältesten ermittelten väterlichen Ahnen waren Schiffer auf der Mosel, seßhaft in Kochem, Bernkastel, Vollmarstein; später waren sie Glasermeister, Fassbinder, Wachszieher, im 18. Jahrhundert Tabakfabrikant, Kaufmann, Bürgermeister und schließlich zwei Generationen hindurch Apotheker in Neuss am Rhein. Durchweg haben sie biblische Namen getragen, vornehmlich die der Heiligen Drei Könige, Caspar, Melchior, Balthasar; auch Matthias, Johannes, Nikolaus, Jonathan. Die Frauen hießen nach den Heiligen: Barbara, Anna, Maria, Katharina, Josepha, Agnesia. Alle waren katholischen Glaubens, keine und keinen von ihnen kann ich mir vorstellen, kenne keinen der Orte, keines der Häuser, wo sie gelebt haben und gestorben sind; nicht einmal von dem Großvater, Apotheker in Neuss, und seiner Ehefrau Catharina geb. Binz aus Bernkastel, deren beglaubigte Heiratsurkunde meine Schwägerin mir schickt, weiß ich irgend etwas. Deinen Vater hat der Esel im Galopp verloren, sagt Großmutter. Er hat sich mit der ganzen Familie überworfen. Er muß das schwarze Schaf gewesen sein. Seine Frauen und Geliebten hat er wie seine Hemden gewechselt. Mit einem Wort: ein Lebemann. Gerechtigkeitshalber muß man dazu sagen: Er war nicht bloß von den Weibern, er war auch von seiner Arbeit besessen.

Weiber hat Großmutter sicher nicht gesagt. Das kann ich ihr nicht in den Mund legen. Auch daß er seine Frauen und Geliebten *wie seine Hemden gewechselt* hat, klingt eher nach abfälligen Bemerkungen über meinen Vater, wie sie reichlich von seiten meiner Tanten kommen. Großmutter, wenn sie – selten genug – von ihrem ehemaligen Schwiegersohn spricht, hat immer noch eine gewisse Hochachtung in der Stimme, einen kopfschüttelnden Respekt: Was für eine rätselhafte Figur, dein Vater. Für diesen Satz aus Großmutters Mund kann ich bürgen. Auch für Äußerungen wie die: Er fiel aus dem Rahmen. In seiner Familie muß er ein Fremdkörper gewesen sein. Wo die doch alle so katholisch waren. Und nun einer, der so ausschweifend lebt. So im Sinnentaumel. Locker, locker. Ein Tausendsassa. Manchmal habe ich schon gedacht: Wenn einer dermaßen rumliebt, muß er Gründe haben, vielleicht war dein Vater sogar sehr einsam in all dem Beziehungswirrwarr. Wer weiß. Was Großmutter sonst die Wechselfälle des Lebens nennt, heißt im Hinblick auf meinen Vater Beziehungswirrwar. Großmutter sagt: Jedenfalls ist er ein Einzelgänger, wie er im Buche steht. Ein Original. Das muß man ihm lassen. Einer, der einfach tut, was er will. Nicht zu fassen. Fast klingt es so, als schwanke sie zwischen Entrüstung und Bewunderung für die rätselhafte Vaterfigur.

Mit den mütterlichen Ahnen hat's keine Not. Großmutters Langzeitgedächtnis reicht bis zu ihrem Urgroßmütterchen Lovise Northe geb. Bäse in Körbelitz, geboren 1781, die sie natürlich nicht mehr gekannt hat, von der aber ihr Großmütterchen Friederike geb. Northe so viel erzählt hat. Auch wenn Großmutter von ihrer frühverstorbenen Mutter spricht, hängt sie die zärtliche Endsilbe an. Was die oben erwähnte Lovise Northe geb. Bäse betrifft, weiß man Wunderdinge von ihr: Sie habe durch Handauflegen geheilt, habe bei Vollmond Warzen besprochen, die Rose weggepustet und habe einen unfehlbaren Fiebersegen gekannt. Lag ein Kind quer im Mutterleib, habe sie durch sanfte Massage den Kopf nach unten gedreht, daß es geboren werden konnte. Ihr Haar soll ihr bis in die Kniekehlen gereicht haben und soll so dick gewesen sein, daß es eine wahre Pracht, aber auch eine Last gewesen sei, die ihr viel Kopfschmerzen bereitet habe. Freundliche Fabeln, verklärende Familiengeschichten, egal, nichts schmälert Lovisens Andenken. Ein handgeschriebenes Rezeptbuch von ihr, speziell über die Sauermilchgärung von Gemüse und Kräutern, befindet sich im Besitz von Großmutters Schwester Else Spangenberg, deren Mann hinwiederum ein Nachfahr jenes Liederdichters August Gottlieb Spangenberg ist, von dem im Gesangbuch der Text des Chorals *Die Kirche Christi, die er geweiht* stammt.

Die Hennigs – Großmutter ist eine geborene Hennig – saßen seit 1778 als Bäckermeister in Frohse bei Magdeburg. Von einem Gottlieb Frohse ist ein Meisterbrief aus dem Jahre 1827 überliefert. Ihren Vater Gustaf Hennig nennt Großmutter einen Aufsteiger, aber einen, setzt sie mit Nachdruck hinzu, der es vor den Gründerjahren aus eigener Kraft zu etwas gebracht hat: zum Sägemühlbesitzer, Kommissionsrat und Bürgermeister der Stadt Genthin. Wenn er nachmittags Schlag fünf aus seinem Kontor nach Hause kam, hatten seine vier Töchter an den vier ebenerdigen Fenstern seines stattlichen Hauses zu sitzen und zu stricken. So wollte er es. Wehe, wenn sie nicht da saßen und strickten. Das wäre völlig undenkbar gewesen. Allerdings haben die Töchter sich erst fünf Minuten vor fünf an die Fenster gesetzt, denn ihr Vater war die Pünktlichkeit in Person, und haben fünf Minuten nach fünf, wenn er sein Nickerchen hielt, die Handarbeiten wieder aus den Händen gelegt. Großmutter hat in ihrem vierundachtzigjährigen Leben nur selbstgestrickte Strümpfe getragen. Wie ich ihr – das muß im Sommer 1947 sein, vier oder sechs Wochen vor ihrem Tode – mein erstes Paar Perlonstrümpfe mit Naht zeigen werde, das vor Generationen ausgewanderte Hennigsche Verwandte aus Amerika schicken werden, wird sie das hauchdünne Gespinst gegen das Licht halten und es bestaunen wie wir später die Mondlandung.

Ohne rot zu werden, kann man auch von den Bertrands, den Hugenotten, reden. Die Schwestern von Mutters Vater, Großmutters Schwägerinnen, sprechen ihren Geburtsnamen nasal aus: Ich bin eine geborene Bertrand. Das ist ein Gütezeichen. Sie sind stolz auf den Schuß französischen Blutes, denn alles Vornehme kommt aus

Frankreich. Sie werden fuchsteufelswild, wenn man heutzutage von Frankreich als von dem Erbfeind spricht (sie sagen: das steht auf einem anderen Blatt) oder von Frankreich als der maroden, aussterbenden Nation. Sie lassen sich ihre Hugenotten und deren energischen Glauben nicht madig machen.

Die am weitesten zurückliegende Jahreszahl ist 1686, allwo der Walkmühlenbesitzer Jean Noél Bertrand aus Perpignan seines Glaubens wegen hat fliehen müssen, nachdem man seine Mühle konfisziert und ihn in seinem Versteck in den Pyrenäen aufgestöbert hatte, er aber durch nichts zur Rückbekehrung zum römischen Katholizismus zu bewegen gewesen war. Um diesen Glaubenshelden der Familie ranken sich Legenden. Seine Frau ist ihm auf der Flucht gestorben. Vielleicht ist sie niedergemetzelt worden, weswegen für mich ihr Bild in Conrad Ferdinand Meyers dunklem Ahnensaal hängt, *von eines weiten Herdes Feuer schwach erhellt / und je nach seines Flackern launenhaftem Licht / droht hier ein Hugenott im Harnisch / dort ein Weib, / ein stolzes Edelweib,* aus dem nicht herauszukriegen war, wo ihr Mann sich versteckt hielt vor den Mordbrennern. *Die Füße im Feuer* hat man mir an der Wiege gesungen, denn die Großtanten der Bertrandschen Linie, so unbekümmert sie auch lebten – locker, locker – halten sich etwas zugute auf ihre Hugenottenherkunft. Dabei wissen sie nicht mal, so Großmutter, wo in Magdeburg der Dom steht. Arm wie eine Kirchenmaus ist unser Jean Noél in Wüsten-Jerichow wiederzufinden, wo ihm vom Großen Kurfürsten eine Windmühle übertragen wurde. Als Windmüller, Ackermann, Imker sind Söhne, Enkel, Urenkel in die Kirchenbücher eingetragen. Zügig fülle ich die Sippschaftstafel als auch das Ahnenblatt zur Sippschaftstafel nach Karl Astel aus. Arischer gehts nicht mehr. Dabei mutet das ganze wie ein Geschlechtsregister aus dem Alten Testament an, wo gezeugt und gezeugt worden ist: *Sem war hundert Jahre alt und zeugte Arpachschad zwei Jahre nach der Sintflut und lebte danach 500 Jahre und zeugte Söhne und Töchter. Arpachschad war 35 Jahre alt und zeugte Schelach ... Schelach zeugte Eber ... Eber zeugte Peleg* ... und Carl Louis Eduard Bertrand war 59 Jahre alt und zeugte mit Friederike Henriette Neumann, Tochter des Erbpächters Johann Heinrich Neumann und der Dorothea Sabina geb. Friedrich aus Gloine, Söhne und Töchter, darunter den Jean Guido Eugen Bertrand, Rittergutsbesitzer in Görzke, was mein Großvater war, Großmutters frühverblichener Eugen, dessen Lebenslust sprichwörtlich war: Mein Eugen war so lebenslustig. Er starb, vierundfünzigjährig an Leberentzündung. Pustekuchen, an Leberpastete, an Fettleber ging er in die ewigen Jagdgründe ein (Kommentar meines Vaters). Wie dem auch sei, als der Großvater die Großmutter nahm, am 15. Januar 1885 in Genthin, herrschten 30 Grad unter Null, und mir ist, als sei ich dabei gewesen, so nahe gerückt ist mir der Tag durch Großmutters Erzählungen; als habe ich zugesehen, wie die junge Frau die Feder ganz tief ins Tintenfaß tauchte und *Agnes Bertrand geborene Hennig* unter die Heiratsurkunde schrieb; als habe ich mit in der Hochzeitskutsche gesessen, die Schritt fahren mußte über dick mit Asche bestreute vereiste Straßen; als habe ich die sechsmeterlange Brautschleppe getragen oder Blumen gestreut auf dem Weg zum Altar. Großmutter ist achtzehn Jahre alt und hat noch gesunde Glieder. Und Augen im Kopf. Das ist schon auf dem Hochzeitsfoto zu sehen. Ich kenne ihren Trauspruch und die Menükarte und die schreckliche Geschichte der Tante Erdmuthe Northe, die um ein Haar während des Tafelns an einer Fischgräte erstickt wäre, nicht auszudenken, aber der Bruder des Bräutigams, Onkel Louis Bertrand, Arzt in Gera, war zur Stelle, der gute Louis! Großmutter hat ihm überhaupt soviel zu danken.

Meine Großmutter und mit ihr meine Mutter verkörpern mir die vertraute Seite des Daseins, die warme, lebensvolle, kuschelige, mein Vater die aufklärerische. Die Mütter heilen durch Handauflegen, gehn für andere durchs Feuer, stricken, beten, singen. Mein Vater lacht sich einen Ast. Seine Gegenwart, ein Wort von ihm, ein Brief, ja ein Brauenhochziehen genügt, um alles in Frage zu stellen, meine Heimat hinter den Mond zu verschieben (*nichts als Gegend*, wo's noch Plumpsklos gibt); meine Familie zu Krautjunkern abzustempeln (nur Großmutter bildet da die rühmliche Ausnahme: Deine Großmutter hat Augen im Kopf. Das muß man ihr lassen); meine Liebe zu dem Studiosus der Musik als innig-sinnig-minnigliche Gefühlsduselei abzutun; mein Vaterland *Deutschland, zwei Silben Hysterie* zu nennen; das deutsche Volk ein Volk von kreischenden Papageien und den Staat einen Wasserkopf; den Führer? Den Führer einen Irrtum der Evolution, eine Bestie hätte er werden sollen, daß er als Mensch zur Welt gekommen sei, sei ein schieres Mißverständnis; die Zeit, in der wir leben, nennt mein Vater einen Rückfall ins finsterste Mittelalter; und die Erziehung und Bildung, die ich vier Jahre lang in den Staatlichen Erziehungs- und Bildungsanstalten Droyßig genossen habe, hat in den Augen meines Vaters meinen Blick durch Vorurteile nur noch getrübt; daran, so Vaters Überzeugung, werde auch mein Studium nichts mehr ändern, die deutschen Universitäten seien von Blinden bevölkert, die mit einigem Schimmer Licht noch mehr umhertappen und sich noch weniger orientieren als die ganz Blinden. Euch wird ja da sicher manches beigebogen, bloß nicht der rechte Gebrauch der Weltbetrachtung und beileibe keine Polemik, die bleibt euch ein Buch mit sieben Siegeln. Sätze aus Vaterreden. Der Vater spricht.

Kann man es einer Zwanzigjährigen verdenken, daß sie vorerst, zunächst, zumeist die Ohren sich zuhält? Alles, was mein Vater sagt und schreibt, hat diesen Biß, der wehtut; alles ist scharf gestochen und federt vor Ironie, zweimal muß man denken, um zu kapieren, jedenfalls wenn man jung und unbedarft und obendrein verliebt ist – da muß man ganz schön schlucken, schließlich ist einem zehn geschlagene Jahre lang das Gegenteil von dem, was er sagt, eingebleut worden: Sprüche. Sprüche. Der zitierte Schiller, der zitierte Hölderlin; wenn immer es sich anbringen läßt, wird auch Gott gern im Munde geführt, *die Vorsehung* mindestens, *das Geschick*, auch schon mal *der gütige Herrgott*, der hat am 20. Juli 44 in der Wolfsschanze den Führer *so sichtbar vor dem feigen Mordanschlag einer Clique verabscheuungswürdiger Offiziere bewahrt. Vor Stauffenberg und Konsorten. Der Führer lebt! Es lebe der Führer!* heißt die Zeitungsüberschrift am 21. Juli im Anzeiger für Görzke und Ziesar.

Frage: Was hast du gemacht am 20.? Der Alltag wird für gewöhnlich nicht archiviert. Alle mitverschwundenen Alltäglichkeiten, die Beliebigkeiten des Privaten weißt du nur, weil du jeden Tag Abend einen ausführlichen Brief an Dirk nach Bromberg schreibst und weil Dirk dir die Briefe gebündelt von Zeit zu Zeit zurückschickt, damit du sie für ihn aufbewahren sollst. Nachzulesen ist, daß du wunderbar geschlafen hast in der Nacht zum zwanzigsten, daß du dich amüsiert hast am Frühstückstisch, weil Mutter die Butterportiönchen so einteilt, daß deins der Löwenanteil ist, denn du mußt jetzt für zwei essen. Nachzulesen ist, daß du das klitschige Kriegsbrot durch Rösten auf der Herdplatte bekömmlicher machst und daß dir dann beim Bettenlüften, Bettenmachen, o Schreck – einer der ausgeleierten Strumpfhalter reißt, denn trotz der Hitze trägst du lange kunstseidene Strümpfe, vielmehr gerade wegen der Hitze, wie Frau Dr.Haarer in ihrem Buch *Die deutsche Mutter und ihr erstes Kind* es zur Vorbeugung gegen Krampfadern dringend empfiehlt. Natürlich weißt du dir zu helfen: aus einem alten, zu Spiralen aufgeschnittenen Kunstseidenstrumpf häkelst du mit sehr festen Maschen so etwas wie einen elastischen Strumpfhalter-Ersatz, an dessen unterem Ende die Schnalle des ausgedienten Strumpfhalters angenäht wird. Gegen Mittag bist du nach Schöntalmühle geradelt, um, bevor die Hühner in die Mauser kommen, Eier zu hamstern; da ist es schon so heiß, daß die Teerdecke der Chaussee brodelt und an manchen Stellen Blasen schlägt. Den Rückweg hast du auf einem Pferdefuhrwerk zurückgelegt, mit dem die Pächterstocher Anni Frühkartoffeln zur Bahn bringt. Dein Rad liegt auf den Säcken. Anni flucht, weil die Wehrmacht alle Pferde bis auf zwei alte Füchse beschlagnahmt hat; Anni beneidet ihre Schwester Wally, die einen Halbjahreskurs bei der Post gemacht hat für Fernschreiben, Funken und Fernsprechen. Manchmal hat Wally zwar Nachtdienst, aber die Finger macht sie sich nicht dreckig; wie aus dem Ei gepellt sitzt sie in ihrem Postamt in Großwusterwitz. Sie hat erzählt, die Deutsche Reichspost befördere jeden Tag sage und schreibe allein an Feldpost 22 Millionen Sendungen.

Eine davon täglich an dich. Eine an Dirk. Liebesbriefe, in denen ihr euch versichert, füreinander zugeschnitten zu sein, in denen ihr euch versichert, es gebe gar keine Trennungen, nur Unterbrechungen der Nähe. Liebesbriefe, in denen die Liebe mit dem Quadrat der Entfernung wächst; auf dem Prüfstand des Alltags und der Zeit wird eure Liebe sich nicht zu bewähren haben. Ein alter Brief ist ein bloßgelegtes Gedächtnis, du brauchst ihn nur wiederzulesen und weißt, wie ineinander versunken ihr seid, während …

wieder einmal ein soundsovielter Attentatsversuch auf den Führer mißlingt, freilich wußtest du so gut wie nichts von den vorausgegangenen, denn dem Gemunkel deines Vaters schenkst du keinen Glauben. Über vierzig minutiös geplante und vorbereitete Versuche, Hitler aus der Welt zu schaffen, soll es gegeben haben. In die Liebesbriefe kannst du dein späteres Wissen nicht miteinfließen lassen. In Dirks Brief vom 20. Juli ist überhaupt keine Rede vom Krieg, sondern ausgiebig von Partituren, die du ihm besorgen sollst. Der Not gehorchend, hat er es sich antrainiert, beim Partiturenlesen alle Stimmen tatsächlich auch zu hören, die in Notenschrift auf Linien geschrieben sind, die gleichzeitig erklingenden Töne untereinander. Seit seiner Trommelfellverletzung kann Dirk die hohen Töne nicht mehr hören. Am 21. Juli schreibt er, er habe gestern abend von *dem Geschehen* erfahren. Da steht nicht einmal von dem tragischen Geschehen, schon gar kein Wort von seiner Hoffnungslosigkeit, die ihn seit dem Mord an Karlrobert Kreiten nicht mehr verlassen hat. Derartiges hätte er nicht schreiben dürfen, denn daß die Briefzensur jetzt verschärft wird, steht außer Frage, da *die feigen Verschwörer dingfest zu machen ein ganzes Volk sich angelegen sein lassen werde.*

Auch im nachhinein kann man Gewesenes nicht wie eine Partitur lesen; das Gleichzeitige auch nur eines einzigen Tages nicht gleichzeitig hören:

die Stimme des Sprechers vom Großdeutschen Rundfunk, welche die Sondermeldung bringt, daß es keine Worte gibt für die Ergriffenheit des ganzen deutschen Volkes; daß wir alle noch unter dem Bann der Nachricht von dem ungeheuerlichen Tötungsversuch stehen, der unserem geliebten Führer galt, daß wir diesen verbrecherischen Plan als Anschlag auf uns alle, auf jeden einzelnen von uns, empfinden und daß der von einem gütigen Geschick so sichtbarlich Bewahrte uns dem Sieg entgegenführen werde...

den von Großmutter beim Mittagessen mitgeteilten Appell Himmlers, der seine Schutzstaffel zu untadeligem Vorbild verpflichtet und höchstpersönlich eifersüchtig über die Reinheit bis in die Schlupfwinkel persönlicher Unsauberkeit wachen will (Großmutters Kommentar dazu: Schnüffelei, das sei nicht mal unterm Kaiser bei seinen Offizieren so gewesen)...

den Zeitungsbericht über die tadellos organisierte Rückführung der Rußlanddeutschen ins Reich im Zuge der Absetzbewegungen im Osten... den Besuch – falls man es Besuch nennen kann – von Frau Rörick. Du bist gerade dabei, die Eier, eins nach dem anderen, ins Wasserglas einzulegen. Frau Rörick hat zu kontrollieren, ob in diesem Hause den Verdunkelungsvorschriften entsprochen wird, Spitzhacke, Schaufel, Eimer, Kisten voll märkischen Sandes im Keller bereit stehen. Nebenbei erinnert sie daran, auch bei der Bewässerung des Gartens Vernunft walten zu lassen, denn schließlich und endlich könne ja auch hier in Görzke mal der Ernstfall eintreten und das Wasser könne zum Löschen benötigt werden. Frau Röricks Ah und Oh über unsere Riesenbohnen und saftigen Erdbeeren, über Stachelbeeren und Salatköpfe. Ja, sagst du, wir wohnen hier auf einem Friedhof, einem alten wendischen, da wächst es, daß man zusehen kann. Aber keine Sorge, wir sparen mit Wasser. Wir halten die Verdunkelungsvorschriften ein...

jeder Volksgenosse benimmt sich vernünftig mit der Vernunft eines örtlich betäubten Patienten, nicht ahnend, welche Menge Pulver, Stahl und Phosphor noch über Deutschland abgeworfen werden wird, so daß München, Dresden, Bremen, Frankfurt, Hamburg, Nürnberg, Würzburg, Stuttgart, Kassel, Hildesheim, Braunschweig, Münster, Wesel und natürlich Berlin und nochmal Berlin in weiten Teilen dem Erdboden gleichgemacht werden...

nicht ahnend, daß noch mehr Menschen in den neun Monaten nach dem 20. Juli 44 bis Kriegsende umkommen werden, als in den neunundfünfzig Monaten seit dem 1. September 39 umgekommen sind, vorausgesetzt, man zählt dann die bei Fliegerangriffen, die auf der Flucht Umgekommenen, beim Feindeinbruch Verschleppten und Verschollenen zu den an den Fronten Gefallenen hinzu. Und falls es jemand prophezeite – das apokalyptische Bild entzöge sich unserem Vorstellungsvermögen.

Eine Handvoll verräterischer Offiziere hat sich das vorstellen können.

Du legst Ei um Ei ins Wasserglas.

Aus dem Volksempfänger erklingt der bunte Melodienstrauß der Kapelle Erich Börschel.

Du mußt die Heirat bei der Bürgermeisterei anmelden. Als Geschenk der öffentlichen Hand erhälst du eine Broschüre, die *Zehn Gebote der Gattenwahl*, welche dich zuallererst daran erinnern, daß du ein Deutscher bist, daß du nicht ehelos bleiben sollst, sofern du erbgesund bist; daß du deinen Körper rein, deinen Geist und deine Seele rein zu halten hast; auch sollst du bitte nur einen Deutschen zum Gatten wählen oder einen Angehörigen nordischen Blutes; bei seiner Wahl frage nach seinen Vorfahren, denn Gesundheit ist auch Voraussetzung für äußere Schönheit. *Heirate nur aus Liebe!* (achtes Gebot) *Suche keinen Gespielen, sondern einen Gefährten!* (neuntes Gebot) *Und wünsche dir viele Kinder!* (zehntes Gebot). Wie das Aufgebot dann aushängt – um etwaige Ehehindernisse ans Licht zu bringen – gehst du mindestens zweimal täglich an dem verglasten Kasten vorbei, um es schwarz auf weiß zu lesen: Ihr werdet heiraten. Die Leute sagen: Die Enkelin von Frau Bertrand hängt im Kasten.

Frau Jüngels näht mein Brautkleid. Ein Freund von

Dirk hat fünf Meter reine Seide noch aus Paris schicken können, ehe de Gaulle am 25. August wieder in Paris einmarschiert. Die Seide stammt aus Paris, was nicht ausschließt, daß die Raupen hinter Jüngels Haus sie nach viermaliger Häutung gesponnen haben können und ich ihnen dabei zugeschaut habe, wie sie beim Einspinnen ihre Köpfe kreisen lassen. Frau Jüngels streichelt mit der Seide ihre Wange. Ein Traum! So was Federleichtes, so was Duftiges ist ihr lange nicht untergekommen.

Wo hast du die bloß her?

Aus Paris.

Sag bloß.

Beim Maßnehmen, erst recht beim Anpassen, kippe ich um. Das ist mir schon als Kind so gegangen. Das Blut rauscht mir in den Ohren, mir wird schwarz vor Augen; langsam sinke ich mir im Spiegel entgegen. Auf Jüngels Ehebetten komme ich zu mir. Unter mir wirtschaftet Rosa mit dem Paradekissen. Frau Jüngels bringt mir ein Glas Wasser. Sie drapiert das ärmellose Kleid auf die schwarze Schneiderpuppe. Frau Jüngels sieht aus, als habe sie zu viel überflüssige Haut; die schlottert an den Armen, an Kinn und Hals.

Ich muß dreimal anpassen. Jedesmal sagt Frau Jüngels, daß bei der Landung der Invasionsflotte am 6. Juni an der Küste der Normandie mehr Schiffe als Wasser zu sehen gewesen seien. Ihr Neffe sei dabei gewesen und habe es gesehen. Mehr Schiffe als Wasser. Frau Jüngels sagt: Aber mein Mann ist nie um Ausreden verlegen, er behauptet, der Führer habe eben den Angriff an der Kanalküste erwartet. Sie fragt: Wie hoch sind deine Absätze? Sie meint, wie hoch die Absätze meiner Brautschuhe sein werden, das muß sie wissen wegen der Rocklänge. Ich habe noch keine Brautschuhe. Habe auch keine Pfennige für die Brautschuhe gesammelt, wie es die Sitte verlangt. Zu kaufen gibt es sowieso keine.

Richard und Kurt, sagt Frau Jüngels, müßten jetzt im Westen dran glauben, wenn sie nicht schon im Osten geblieben wären. Herr Jüngels bringt mich bis zum Gartentor. Er pumpt mir die Schläuche meines Fahrrades auf. Zur Hochzeit wird er uns vier Hühner stiften für das Frikassee. Auch Kapern hat seine Frau zurückgelegt. Es ist ihm nicht gelungen, seine Frau mit in die Wochenschau zu nehmen, in der man den Führer nach dem Attentat in der Wolfsschanze gesehen hat, wie er Mussolini empfing. Herr Jüngels kommt überhaupt nicht darüber hinweg, daß hohe Offiziere zu so was wie einem Mordanschlag fähig sind.

Achtung, Achtung, das ist eine Falschmeldung des Gedächtnisses. Nicht Herr Jüngels, Großmutter hat gesagt, sie komme nicht darüber hinweg, daß hohe Offiziere zu so was wie einem Mordanschlag fähig seien, Mord sei schließlich Mord; noch Wochen später sagt sie immer wieder, das sei Eid- und Treu- und Rechtsbruch. Da beiße nun mal keine Maus einen Faden ab. Ich, die künstlerische Vorsehung, die die Rollen verteilt, könnte es genausogut Herrn Jüngels sagen lassen. Gesagt aber hat es Großmutter, es ist nachzulesen in ihrem Klassischen Vergißmeinnicht: *Eid- und Treu- und Rechtsbruch. Das Oberkommando der Wehrmacht hat einen General für die Sühne des 20. Juli beauftragt.*

Ich habe andere Sorgen. Ich habe keine Brautschuhe. Fünftausend Menschen werden, wie ich heute weiß, im Zusammenhang mit dem 20. Juli im Lauf der darauf folgenden Monate hingerichtet. Ich jage einem Paar Brautschuhen nach. Die Welt geht unter. Ich will heiraten. *Meine geliebete Seele, das ist mein Begehren.*

Ich radele nach Buckau zu Pastor Simon, der, seit unser Görzker Pastor vermißt gemeldet ist, die Pfarrstelle mitversehen muß. In der ebenerdigen niedrigen Studierstube muß ich warten. Drei der vier Wände sind wie im Haus meines Vaters bis unter die Decke mit Büchern zugestellt; viele Bücher haben Lederrücken, in die Stufen und Blätter und Ranken mit Gold eingepreßt oder die mit Silbermetall beschlagen sind. Auch in Holz gebundene Bücher stehen da. An der vierten Wand neben der Tür hängt das unvermeidliche Lutherbild, aber keines der spät gemalten, trutzigen, breitschultrigen Reformatorenbilder des 19. Jahrhunderts, sondern Lucas Cranachs Kupferstich von dem Mönch Luther, dem ausgemergelten, zerbrechlichen. Nach dem Traugespräch trinken wir in einer mit Kapuzinerkresse überwucherten Gartenlaube Kaffee. Frau Simon tischt Waffeln auf, die sie in ihrem Waffeleisen gebacken hat, denn wohin im weiten Umkreis ich auch komme, man empfängt mich als die Enkelin meiner Großmutter und die Tochter meiner Mutter, als das halbe Kind, das ich in aller Augen immer noch bin.

Der Nachmittag im Buckauer Pfarrhaus nähme sich in der Erinnerung als Idylle aus, wir drei in der Laube als antiquierte Figuren aus einem Fontane-Roman oder als eine Fotografie von Anno Tobak im ovalen Rahmen, wenn ich nicht genau wüßte, daß beim Kaffeetrinken Frau Simon sich nach meinem Bräutigam erkundigt, seinem Beruf, seiner Landsmannschaft, seinem Dienstgrad. Er studiert Musik und ist Gefreiter, antwortet ihr Mann an meiner Stelle. Er sagt es so triumphierend, als sage er: Er ist General; nein, als sage er: Er ist Johann Sebastian Bach persönlich. So so, Gefreiter. Frau Simon lächelt. Und mehr will er auch gar nicht sein?

Nein, mehr nicht.

Simons haben zwei Söhne, die beide noch zur Oberschule gehen. Aber sie werden auch noch eingezogen. Davon sind die Eltern überzeugt. Das ist unabwendbar. Den Wehrdienst verweigern kann keiner. Weil wir einfach alle nicht wagen, uns zu weigern, müssen wir *Ja* und *Amen* sagen. Sogar wer *Nein* denkt, muß *Amen* sagen.

Nein und Amen. Um diesen Satz rankt sich Kapuzinerkresse mit orangeroten kapuzenähnlichen Blüten. Frau Simon sagt ihn und schenkt mir Kaffee nach. Reichlich versehen mit selbstgeerntetem Honig, mit Eiern und Segenswünschen radele ich nach Hause.

Mein Vater wird nicht zu unserer Hochzeit eingeladen. Was sollte er da auch. Wie hätte das gehn sollen mit Mutter und den ondulierten Tanten, die ihn anstarrten wie einen Exoten, den man für gewöhnlich hinter Gittern hält. Er wird doch nicht ... Nein, es steht gar nicht zur Debatte, ihn einzuladen. Darüber wird kein Wort verloren. Ich schreibe die Tischkarten. Einen Vater habe ich nicht. Störenfriede sind hier unerwünscht. Dabei wäre er glatt gekommen, wenn er gebeten worden wäre, daran zweifele ich nicht. Hätte gern diese Weltgegend mal wiedergesehen, wo sich Fuchs und Hase ... Wäre dann allerdings nicht mehr unter das Geweih eines kapitalen Hirsches zu sitzen gekommen wie bei der einzigen Aufwartung, die er Anno 22 der Mutter seiner Braut gemacht hat und die Großmutter die Inspektion eines brillanten Abenteurers zu nennen beliebt. In Mutters Haus hängen keine Geweihe. Sie haßt Geweihe und Eberköpfe mit Stoßzähnen und ausgestopfte Wiesel und Füchse. In Mutters Haus hängen Puttenbilder, Beethovens Totenmaske, Schwindts Morgenstunde, Böcklins Toteninsel, Ölgemälde ihres verstorbenen Vaters, ihres gefallenen Bruders, hängt ein allerdings kleines Führerbild und hängen Fotos von mir als Baby, nicht gerade bäuchlings auf einem Eisbärfell liegend, aber auf Mutters Schoß oder auf des Kindermädchens Ilses Schultern reitend; ich, acht- oder neunjährig, am Flügel sitzend, auf dem ich es doch nun wirklich nicht weitergebracht habe als bis zum *Flohwalzer*, zu *La Paloma, An Elise* und zu *O du mein Max, mein Max, mein Max.*

Leider darf auch Dirks jüngere Schwester nicht kommen. Das verwindet Dirk schwer. Daß seine Eltern unsere Einladung ablehnen, begründet er mit ihren strikten Grundsätzen: Man heiratet nicht als Student. Man gründet keine Familie, die man nicht ernähren kann. Bindet keine Frau an sich, der man nichts bieten kann. Den eigentlichen Grund, weswegen seine Eltern gegen unsere Ehe sind, behält er für sich (ich werde es erst Jahre später von meiner Mutter erfahren): Was mein Vater ist, der hat es sich nicht entgehen lassen, den künftigen Schwiegereltern seiner geliebten Tochter ein Licht aufzustecken, will sagen, ihnen brieflich mitzuteilen, daß die bedauernswerte Tochter eine Darmkrebsoperation hinter sich habe, es sei ein Wunder, daß sie überhaupt noch lebe; in der Tat, die Ärzte stünden vor einem Rätsel. Das Töchterlein selber natürlich sei ahnungslos, man brauche es aber nur anzuschauen, um zu wissen, was die Stunde geschlagen habe. Zum Umpusten sehe es aus ...

Meine Mutter ist außer sich vor Freude, daß ich ein Kind bekomme. Sie lacht wieder. Wie Dirk kommt, läßt sie sich überreden, vierhändig mit ihm zu spielen, Chopin, Scarlatti, Schumann. Sogar singen kann sie wieder: *Ich schnitt es gern in jede Rinde ein*. Sie zaubert Gerichte auf den Tisch, von denen man nicht einmal mehr zu träumen wagt, und behauptet, die Zutaten von allen Seiten geschenkt bekommen zu haben. Mutter ist wieder die alte. Ihr Schwung ist zurückgekehrt; ihre Fähigkeit, sich zu begeistern, ohne so genau zu fragen, wofür sie sich begeistert. Der rasche Enthusiasmus ist das frappierendste an ihr, das ihr bis ins hohe Alter den Anschein von Jugendlichkeit geben wird.

Oft tätschelt sie mir heimlich den Bauch. Strampelt es schon? Es muß doch bald strampeln.

Heute weiß ich: Für meine Mutter ist meine Schwangerschaft der Beweis, daß man in meinem Fall von Dauerheilung sprechen kann. Das Wort Krebs hat sie drei Jahre zu Boden gedrückt. Das Wort Dauerheilung richtet sie wieder auf. Sie glaubt an Wunder.

Dirk kommt für zehn Tage auf Heiratsurlaub. Es wird auch Zeit, bald passe ich nicht mehr in mein Brautkleid. Die Ziviltrauung findet in Nippolds Wohnstube statt, die nach frischgebackenem Brot, Sauerteig und Hefe duftet. Meine Mutter und ihre Freundin sind Trauzeugen. Wir nehmen an dem rechteckigen Tisch in der Mitte der blitzblanken Stube Platz. Aber wo wir auch sitzen – auf eine der gerahmten, mit Immortellenkränzen geschmückten Fotografien der jungen Soldaten Fritz, Heinz und Manfred Nippold müssen unsere Blicke fallen, wenn wir uns nicht in das verschlungene Muster der goldbraunen Filet-Tischdecke vertiefen wollen. Von den fünf Söhnen des Bäckermeisters, Bürgermeisters und Standesbeamten Nippold sind drei gefallen, der vierte ist vermißt gemeldet, der fünfte liegt mit zerschossenem Gesicht in einem Heimatlazarett. Auf der blumigen Tapete ist auch das Schützenfestfoto zu sehen. Die vergrößernde Erinnerung vergrößert es noch mehr, als es ohnehin schon ist: Nein, ich bin nicht darauf zu finden, denn nur die Kinder der Schützen hocken im Schneidersitz zu Füßen der weißbehosten, grünberockten Schützen, die Jungen als Miniaturschützen verkleidet, die Mädchen in weißen Kleidern, mit weißen Propellerschleifen im Haar. In der Mitte Herr und Frau Nippold als Schützenkönig und Schützenkönigin Anno 1931 unter der goldbestickten Fahne. Herr Nippold muß damals geahnt haben, wie gerne ich dazu gehört hätte, und muß deshalb mich kleine Krotte zum Tanz geholt haben, jawohl, getanzt hat er mit dem Kind nach der Melodie *Denkste denn, denkste denn, du Berliner Pflanze*. Trotzdem ist dieses Kind an diesem und an jedem Schützenfest mit seinem Blumenreifen in das ausgestorbene Dorf zurückgelaufen. Es wußte auch nicht warum. Wegen nichts und wieder nichts vom Schützenplatz weg ins Dorf zurück, das verrätselt war durch die Abwesenheit aller. Vor jedes Bild, das ich aus meiner Kindheit habe, schiebt sich das Inbild des bekränzten Mädchens, das sich hinwegschleicht von Bierzelten und Würstchenbuden und Kettenkarussell. Dabei hat Herr Nippold mir sogar noch eine künstliche rote Rose geschossen. Er duzt mich auch heute noch, ja, läßt meinem Vornamen die Endsilbe *-chen*, die allen Mädchennamen im Dorf anhängen, läßt mich das halbe Kind bleiben, das nun heiratswillig vor ihm sitzt. Wenn ich in seinen Laden komme, fragt er mich: Was darf's denn Schönes sein? Jetzt fragt er mich und nennt mich umständlich bei meinem Doppelnamen, ob ich Dirk zum Manne nehmen will, und fragt Dirk, ob er mich zur Frau nehmen will. Meine Mutter und ihre Freundin und die Gefallenen an den Wänden sind Zeuge, wie wir uns das Jawort geben. Beim Unterschreiben mit meinem neuen Namen drücken sich die geknüpften Seidenknoten der Tischdecke in meinen Unterarm. Alle arischen Ahnen unterschreiben mit. Die Fotografien. Die Filetdecke. Der Brotgeruch. Herr Nippold erklärt uns von Rechts wegen zu Mann und Frau. Als ob es dessen noch bedürfe. Wie jedes deutsche Brautpaar erhalten wir Hitlers *Mein Kampf* als Geschenk.

Polterabend. Wo würde mehr gepoltert als in einem Dorf, in dem es sechs Tonwarenfabriken gibt. Zu Hälften oder zu Scherben zerbrochen liegen bergeweise die Töpfe, Krüge, Schüsseln mit Brennfehlern, krumme, verzogene Stücke, zu schwach gebrannte, gerissene, geborstene, verhutzelte; schiefe Blumentöpfe, Gurkenkrüge ohne Henkel, Kannen ohne Tüllen, schlecht glasierte Vasen; die Kinder brauchen nur zuzulangen, zum

Hochzeitshaus zu rennen und die schadhaften Stücke endgülig in Scherben zu schlagen auf den Steinstufen vor der mit einer Tannengirlande geschmückten Haustür. Die Braut muß Streuselkuchen verteilen, der Bräutigam zu später Stunde die Scherben auf den Stufen zusammenfegen. So verlangt es die Sitte. Dabei summt er: *Wir werden weiter marschieren, wenn alles in Scherben fällt.* Das verlangt die Sitte nicht.

Auf den Tag genau fünf Jahre nach Kriegsausbruch die kirchliche Trauung. Ein warmer, sehr windiger Spätsommertag. Frau Jüngels kommt zum Schleierstecken. Ich drehe mich vor dem Spiegel. Der hüftlange Schleier ist von einer Freundin ausgeliehen, die vor sechs Wochen geheiratet hat. Gewöhnlich wird auf Hochzeiten um Mitternacht der Schleier zertanzt, jeder, der einen Fetzen abreißen kann, darf ihn mit nach Hause nehmen, das bringt Glück und neue Hochzeiten. Bei aller Liebe: Zeit zum Tanzen ist nicht mehr. Frau Jüngels steckt den Schleier in kleinen Tüten um meinen Kopf. Kaum erkenne ich mich in der feenhaften Verkleidung. Ich kämpfe gegen das Ohrensausen. Dem Himmel sei Dank, daß Backfischträume Schäume sind, denn sonst schwebte ich heute am Arm eines schmucken Offiziers der deutschen Wehrmacht, der im ersten Kriegsjahr bei uns einquartiert war, die Kirchstraße hinunter oder am Arm eines Traummannes aus Romanen von Ernst Wiechert oder Hans Carossa. Wir fahren in einem Gefährt, das wir Kutsche, Großmutter und Mutter Landauer, die Tanten Droschke nennen. Um den Kutschkasten ist eine Girlande drapiert. Dirk trägt seine Gefreitenuniform und ein spitzbübisches Lächeln auf den Lippen, das ich mir nicht erklären kann. Vom Turm läutet nur eine Glocke, die beiden anderen sind auf Befehl des Präsidenten des Statistischen Reichsamtes ausgebaut, ausgesegnet, abgeliefert und schließlich eingeschmolzen und als Glockengut zu kriegswichtigen Zwecken weiterverwendet worden. Der Wind weht mir oft den Schleier vors Gesicht. Wäre der Schleier länger, könnte ich mich draufsetzen. Die Kirche am unteren Ende des Dorfes steht an einer besonders zugigen Ecke. Wie die Kutsche hält, ist mein Kopf weiß umwickelt. Dirk steigt aus. Auch der Kutscher springt ab, ich nehme an, um mir beim Aussteigen behilflich zu sein. Während ich noch mit dem Schleier kämpfe, ziehen die Pferde wieder an und setzen sich in Trab Richtung Marktplatz. Was ist in sie gefahren? Mißverstehen sie die Rufe und Pfiffe der Dorfjugend, die zur Brautschau gekommen ist? Hat eine Bremse eins der Tiere gestochen? Die Pferde gingen glatt mit mir durch, wenn ich mir nicht Kranz und Schleier vom Kopf, den Rock hoch risse, mich auf den Kutschbock schwänge und die Leine vom Knauf wickelte. Ich bin keine Braut, sondern das von meinem Vater oft geschmähte Landkind, das kutschieren kann. Ich drehe eine Ehrenrunde um den Markplatz, um das Kriegerdenkmal; im Schritt zurück zur Kirche. Alles was Beine hat, kommt mir entgegengelaufen, nur Großmutter nicht. Auf ihren Stock gestützt, steht sie neben Pastor Simon an der bekränzten Kirchtür. Ich wette, sie betet. Der Kutscher flucht über die jungen Füchse, die noch nicht eingefahren sind und so leicht scheuen. Mit fliegenden Händen steckt Frau Jüngels mir den ramponierten Schleier halb so schön wieder auf. Ein längst ins Anekdotische gedrängter Zwischenfall, eine Episode, über die man später gelacht hätte, wenn es da noch etwas zu lachen geben würde. Ich glaube nicht, daß einer von uns dem Vorfall in Gedanken symbolische Bedeutung beizulegen wagt: Ein ungutes Omen, daß die Braut allein weiter, selber die Zügel in die Hand nehmen müsse...

Pastor Simon sagt: So tretet hinzu. Die feierliche Einholung in die Kirche findet ohne Orgelbegleitung statt, weil das Geschrei bis zu dem bälgetretenden Küster gedrungen ist; der kommt die Wendeltreppe hinunter und weiß überhaupt nicht, was los ist. Nach Gebet und Traupredigt, nach *Es ist nicht gut, daß der Mensch allein sei* und *Bis daß der Tod euch scheidet*, nach unserem Ja, nach Ringwechsel und Segen schiebt jemand mir einen Stuhl so unter, daß ich nun den Altar im Rücken habe. Ich sehe Dirk leichtfüßig den Mittelgang entlangeilen, sehe ihn noch oft den Mittelgang entlangeilen, so beflügelt, wie ein Soldat nie im Leben sich bewegen dürfte, höre noch oft das Stimmengeflecht der Tokkata und Fuge D-Moll und sehe ihn langsam zurückkommen, geblendet durch Streifen von Sonnenstäubchen, sehe uns den Altar umschreiten, und Dirk flüstert mir zu, er habe die Orgel vorher selber gestimmt. Der Wind legt sich auch in den nächsten Tagen nicht. Verfrühte Herbststürme entwurzeln Bäume, knicken Stämme und Telefonmasten um. Wir wandern in die Delle. Eine Sandhose mit rüsselartigem Wolkenschlauch tanzt vor uns her. Staubwolken werden zu Hügeln. Der Wind versetzt Berge. Die Berge nehmen Reisig auf den Rücken. Wir wandern in die Delle. Ist die Delle noch da? So ziemlich da. Rosa liegt mit einem Nabelbruch und einem viel zu spät erkannten Herzfehler im Belziger Krankenhaus; Frau Jüngels radelt jeden Tag nach Belzig und sitzt an ihrem Bett. Herr Jüngels war durch nichts zurückzuhalten, sich für einen Dienst am Vaterland zur Verfügung zu stellen. Weil man ihn mit seinen sechzig Jahren nicht mehr bei der Wehrmacht angenommen hat – zum Volkssturm wird man erst in zwei Wochen aufrufen –, ist es ihm über das NSKK, sprich *Nationalsozialistisches Kraftfahrkorps*, gelungen, einen verantwortlichen Posten im zum Luftschutznotgebiet erklärten Berlin zu bekommen. Dort leistet er Aufklärungsarbeit, damit kein Volksgenosse die wichtigsten Pflichten zum Selbstschutz unterläßt und sich gegen die

Allgemeinheit vergeht. Nach Fliegerangriffen ist Herr Jüngels in seiner Abteilung zur Stelle, wo es gilt, Straßen wieder passierbar zu machen, einsturzgefährdete Häuser abzustützen, schwerbeschädigte Gebäude, deren Einsturz beschleunigt werden muß, für Sprengungen vorzubereiten und Wasser, Verpflegung und Medikamente zu transportieren. Seidenraupenzüchten ist ein Luxus, jetzt, wo jeder aufrechte Deutsche, erfüllt von verbissenem Siegeswillen, hinter seinem Führer zu stehen hat. Ein Hundsfott, wer anders denkt. Jüngels Haus ist verschlossen. Dirk ist das gerade recht, denn er will in der Delle ein bißchen Pistolenschießen üben. Sein Vater hat ihm seine Browning mitgegeben.

Wozu?

Hier folgt Kafkas Gedankenstrich, so lang wie die Radien der Erdbahnen.

Frag nicht.

Ich frage aber.

Also gut. Sicher ist sicher. Was sollte ich wohl mit meinem Flatterherzen in russischer Gefangenschaft?

Die Tränen steigen mir bis an die Wimpern.

Du bist doch nicht an der Front.

Nein, aber die Front könnte zu mir kommen.

Sag das nicht.

Es ist doch nur für den Fall der Fälle. *Oft ist ein guter Tod der beste Lebenslauf*. Das habe ich bei dem unglücklichen Johann Christian Günther gelesen. Ich glaube nicht, daß mir noch etwas passiert, aber ich habe meinem Vater versprechen müssen, mich mit dem Ding da einzuschießen. Schließlich gibt's ja auch noch so was wie Selbstverstümmelung.

Dirk spricht selten über seinen Vater, der im ersten Weltkrieg ein Auge verloren hat. Aber wenn man jetzt mitansieht, wie er die Pistole fast zärtlich in der Hand wiegt, weiß man, wie es um die beiden bestellt ist. Und ich weiß mit einem Mal: Zwischen Dirk und mir stehen Erfahrungen, die nur er an der Front gemacht hat. Ich wette, er sieht die Landschaft gar nicht, die ihm vor Augen liegt. Er sieht russische Moore und Steppen, aufgefaltete Erde, abflußlose Senken und schuttgefüllte Täler. Die Delle ist übrigens einem Miniaturmodell slawischer Landschaften gar nicht so unähnlich.

Die Kiefern stehen hier licht und biegen ihre Kronen im Wind. Hier hat bei Kriegsausbruch das rote Ende des Regenbogens gestanden, als ich Erntehilfe gemacht habe und plötzlich ein bengalisches Licht sich ausbreitete. Alle auf dem buntbeschienenen Roggenschlag hielten das damals für einen Gotteswink, und alle glaubten im Ernst, wenn sie nur emsig weiterharkten, sei der Krieg schon so gut wie gewonnen. Aber Berge werden nicht versetzt und Hügel fallen nicht hin wie in der Bibel. *Aus unseren Erfahrungen*, Guardini sagt's mit leiser Stimme, *ist Gott nie und nimmer abzuleiten, im Gegenteil, nur allen Erfahrungen zum Trotz kann er einbrechen von einem ganz anderen Ursprung her, der unsere Fähigkeit, ergriffen zu sein, voraussetzt.* Wer soll das immer wieder schaffen? Von Maya höre ich nichts mehr, seit unsere Truppen im März Ungarn besetzt haben. Der Wind heult. Eine Himmelsziege meckert. Vor mir im blühenden Heidekraut ein Hexenring giftiger Pilze. Es ist gar nicht wahr, daß Dirk jetzt die Pistole hebt, um sie spielerisch da und dort anzusetzen, an der Schläfe, am Ohr, an den Mund. In den Mund schießen ist das sicherste. So wird es übers Jahr Dirks Vater machen, und man wird ihn nur an seinem Glasauge noch identifizieren können.

Dirk übt nur ein bißchen Pistolenschießen, spannt, legt den Zeigefinger an den Abzug, zielt auf einen dicken Kiefernstamm, der sich nicht im Wind bewegt, als hänge da eine Ringscheibe, zielt auf einen Baumstumpf. Die

Schüsse knallen hart und scharf. Er übt für den Fall der Fälle, der keineswegs eintreten muß. Die Delle liegt so schön außer Ruf- und Schußweite. Keine Menschenseele hört einen hier. Hätte mir jemand seinerzeit gesagt: Eines Tages wirst du die Delle zu Buche schlagen, und dann wird sie gegenwärtiger sein, als sie jetzt in unseren Flitterwochen ist – ich hätte ihn ausgelacht. Es wäre nicht auszudenken gewesen. Ich hätte auch keine Ahnung gehabt, wie oft etwas umgeschrieben werden muß, bis es sich dem Gewesenen nähert. Ein Rudel hochtrabender Worte prescht übers Papier: Sandhose. Berge versetzen. Vaterland. Volkssturm. Siegeswillen. Seidenraupenzucht. Pistolenschießen. Der Fall der Fälle. Ein guter Tod. Der beste Lebenslauf. Schläfe. Ohr. Mund. Mund. Ohr. Schläfe. Menschenseele. Flitterwochen.

Am vorletzten Tag des Heiratsurlaubes begleite ich Dirk bis Berlin. Unser Hotel in der Dorotheenstraße steht nicht mehr. Zwischen einem unversehrten Haus und den Grundmauern eines total zerstörten nur noch die Fassade mit Fenster- und Türhöhlen. Die angekohlten Rahmen der Drehtür lehnen an der Mauer, eine angekohlte Treppe schwebt, wo vormals die Empfangshalle war, es schweben verrenkte Eisenträger.

Wir machen einen Hotelnachweis am Bahnhof Friedrichstraße ausfindig, gegenüber der Sperre des U-Bahnhofs am Ausgang Georgenstraßen. Von dort schickt man uns in ein Hotel in der Paderborner Straße. Zum erstenmal trage ich mich als Dirks Frau ein. Jedes Zimmer trägt den Namen eines Olympia-Asses von 1936. Unseres heißt Lutz Long. Dirk kennt sich da aus und weiß, wie weit Lutz Long gesprungen ist: sieben Meter zweiundsechzig, aber er war nur zweiter; erster war wie beim

Hundertmeterlauf Jesse Owens. Man müßte wirklich mal nachsehen, ob ein Zimmer auch Jesse Owens heißt, wo der Führer sich doch so erbost haben soll, daß ein Neger die Germanen überrundet. Die breiten Flure des Hotels sind mit ausgefransten Sisalläufern belegt, die fangen rasch Feuer; unserem Zimmer gegenüber ist das scherenförmige Fahrstuhlgitter. Falls heute nacht Alarm kommt, sagt Dirk, benutzen wir auf keinen Fall den Fahrstuhl. Er informiert sich genau über den Weg in den Luftschutzkeller. Wir stellen unser Gepäck ab, essen ein Schnellgericht bei Aschinger und gehen zur Straßenbahn, um Frau Wuttke zu besuchen. Es sind noch zwanzig Stunden bis zum Abschied.

Berlin lerne ich lieben, wie es in Schutt und Asche sinkt. Über dem Schutt, über durchwühlten Kalk- und Aschehaufen und Scherbenbergen, die keinem Glück brachten, stehen mit der Deutlichkeit von Schattenrissen ästeringende, verkohlte Bäume und Häuser, die der Berliner *durchjepustet* nennt, Totalruinen, Halbruinen, die Fassaden von den Splittern der Flakgeschosse durchlöchert; ausgebrannte, schwere, rechtwinklige Bauwerke der Gründerjahre mit verrutschten Gesimsen, von denen jederzeit Steine sich lösen können, aufgerissene Wohnungen, Fußbodenreste, vom Feuer saubergefegte Hinterhöfe, eine Reihe hölzerner Verkaufsbuden.

In meiner Kindheit – sie liegt zu dem Zeitpunkt weiter zurück als jetzt, während ich schreibe – war Berlin der gefürchtete Gegenort zu Görzke. Das heile Vorkriegsberlin, in das mich meine Pflichtbesuche bei meinem Vater verschlugen, nannte ich die Hölle, weil meine Mutter ihre kurze Ehe mit meinem Vater die Hölle nannte. Es war die Hölle, Kind. In jeden Schulferien mußte ich in die Hölle. Diese Reisen waren die weitesten Wege, die ich zurücklegen mußte. Berlin lag auf dem Mond, und wir zu Hause wohnten hinter dem Mond.

Nicht kam ich in eine Stadt, wenn ich nach Berlin kam; eine Stadt kam über mich mit großen blauen Us über Treppen, die in Untergrundbahnen führten, wehenden weißen Persilkleidern auf Brandmauern, mit einem Weihnachtsmann auf Stelzen, einem Fotografen im Eisbärfell, einem Schäferhund, der die Vossische Zeitung in der Schnauze trug, mit Drehtüren, Drehorgeln, Rolltreppen, mit *Kaltem Kuß* und *Berliner Kindl* und dem Riesenvater in Knickebockern, aus dessen Mund Namen über Namen kamen, die dem erschrockenen Landkind weniger als nichts sagten. Hat der Vater, wenn er die Tochter durch Berlin schleifte, allen Ernstes angenommen, eine Zehnjährige verbinde mit dem Alexanderplatz schon den Namen Döblin oder mit den Zypressen auf dem Dorotheenstädtischen Friedhof den Namen Böcklin? Ganz zu schweigen von den berühmten Toten, die hier begraben lagen, oder den Heroen und Geistesgrößen an der Siegesallee. Alles in Berlin war schrecklich berühmt, und selbst der Name des Vaters stand im Lexikon; und ich hatte mich in acht zu nehmen vor seinen abwiegelnden Blikken, die mich zum Landkind machten, ganz zur Tochter meiner Mutter, und das Landkind wurde von Ferien zu Ferien verbiesterter, dösiger, maulfauler; das bekam Durchfall vor Heimweh. *Welche Schule besuchst du eigentlich? Die in eurem Kaff da? Um des Himmels willen. Sprich deutsch! Zieh das Klo ab! Sei kein Kind! Da ist das Ende von weg. Na denn gute Nacht, Marie.*

Mein Vater wohnt nicht mehr in Berlin. Er hat recht behalten mit seinen Unkenrufen, hier werde kein Stein auf dem anderen bleiben. Er hat gesagt: Ihr werdet euch noch umgucken. Er konnte sich gar nicht genug mokieren über die Selbstdramatisierung eines Hitler, eines Goebbels, eines Göring. Mein Vater hat sich ein Kissen in die Knickebocker gesteckt und Claire Waldorff nachgeäfft, wie die Göring auf die Schippe nahm: *Rechts*

Lametta, links Lametta, und der Bauch wird immer fetta. Aber er selbst, mein Vater – das versuche ich Dirk in Berlin klarzumachen – hat seine Macht ausgekostet und alles um sich herum klein gehalten. Mein Vater, der sich dauernd über den Führer aufregt, ist in seinem Reich der unumschränkte Herrscher, Herr über Frauen, Kinder, Mitarbeiter, die alle ihn anbeten sollen. Vielleicht sind seine Argumente deshalb so wenig überzeugend für mich.

Er wohnt nicht mehr in Berlin. Sein Archiv über die Weltgeschichte der Technik und seine ich weiß nicht wieviel tausend Bände umfassende Bibliothek sind wie alle Privatsammlungen einer bestimmten Größenordnung und Bedeutung verstaatlicht und der Landesbibliothek Kassel einverleibt worden. Man hat ihm dafür eine Schenkungsurkunde ausgehändigt. Da ist er seinem Lebenswerk nachgezogen, um, wie er sagt, wenigstens noch die Hand darüber zu halten und weiterarbeiten zu können.

Dirk ist in Uniform und muß oft uns entgegenkommende Vorgesetzte grüßen, nicht mehr mit dem Hand-an-die-Mütze-legen, sondern mit dem deutschen Gruß, denn kurz nach dem mißglückten Attentat auf den Führer wurde der Heil-Hitler-Gruß auch in der Wehrmacht eingeführt.

Noch neunzehn Stunden bis zum Abschied. Wir steigen in die Straßenbahn. Stehen in einem überfüllten Waggon, schwankend an den Halteschlingen. Wie wir umsteigen und auf einer Verkehrsinsel warten müssen, fallen sanfte Schüsse, die nur auf Rosen oder hölzerne Vögel zielen können. Drehorgel-Gedudel liegt in der Luft, der Wind riecht nach Zuckerwatte. Wir staunen nicht schlecht: Ein Zirkus zwischen Ruinen, die schon wieder durchwuchert sind von Grünem, ein Rummelplatz in einer Trümmerlandschaft, eine *Zeltstadt der tau-*

send Wünsche, ein Kettenkarussell, Bretterbuden und Wohnwagen. Ist das nicht paradox? *Paradox*, würde Wuttke sagen, *is, wenn det Joethedenkmal durch de Bäume schillert. Mannomann, nu frare ik ihn, isset een Zirkus oder isset keener, da hört sich doch die Weltjeschichte uff.*

Sie hört auf, die Weltgeschichte. Für zwei Stunden hört sie auf oder wird außer Kraft gesetzt, aber anders, als wir es erwarten. Wir sind auf eine Abkehr von der Wirklichkeit gefaßt, so, als griffen wir nach einem Märchenbuch; wir sind auf zwei Stunden Traumtänzerei gefaßt, auf halsbrecherische Sensationen in der Zirkuskuppel, auf Seiltänzer, Feuerfresser, Schlangenbeschwörer, Messerwerfer und einen dummen August, der rumalbert. Vorgeführt wird uns, wie man der Angst entgegentreten kann.

Zuerst fahren wir Kettenkarussell. *Steijen Se ein, meine Herrschaften, mit'n Wuppdich! Der Deibel soll mir frikassieren, wenn det keen Spaß nich macht.* Wir ketten unsere beiden Gondeln aneinander, ab geht's, schwebend über mit wolkigem Tarnanstrich bemalte Bretterbuden und Wohnwagen, über das Zelt, über Krater und Baumfragmente. Als Kind habe ich einmal gesehen, wie eine Reklame für Spitzendamenunterwäsche an ihren Platz an eine hohe Brandmauer gehieft wurde. Jetzt fliegt mir der Rock hoch über den Kopf und entblättert Unterwäsche, mit der kein Staat zu machen ist. Die Schüsse knallen leiser, der Wind hier oben riecht nach Verbranntem, der Himmel hält uns eine Wolkenfaust hin, unsere immer schräger fliegenden Gondeln reißen sich voneinander los. Mir kommt das Schnellgericht von Aschinger hoch. Die Ohren fallen mir zu. Dirk gelingt es, meine Gondel noch einmal an seine zu reißen, doch die Fliehkraft ist stärker, er wird wieder weggerissen. Wir strecken die Arme nacheinander aus. Es ist ein schöner, sonniger Septembertag, das Ende unserer Flitterwoche zwischen der

Schlacht an der Oberen Marne und den schweren Panzergefechten westlich von Charkow; zwischen der Regierungserklärung, Berlin sei von nun an Luftschutznotstandsgebiet und der gnadenlosen Abrechnung des Führers mit der italienischen Verräterregierung Badoglio, deren Treubruch er den infamsten Schurkenstreich der Weltgeschichte nennt.

Wir fahren nicht zu Frau Wuttke. Wir gehen in die Zirkusvorstellung. Hereinspaziert. Die kreisförmig ansteigenden Bretterbänke sind dicht besetzt mit Frauen und alten oder uniformierten jungen Männern, aber mit nur wenigen Kindern, denn die Berliner Kinder sind evakuiert in Gebiete, die vom Luftterror noch verschont sind. Wir haben zwei gute Plätze in der dritten Reihe dicht neben dem Podium, so daß uns der Tusch der Zirkuskapelle in die Glieder fährt; wir sitzen gegenüber dem Auftritt, aus dem die wilden Tiere kommen. Neben uns, engumschlungen, eine Maidenunterführerin und ein Obertruppführer vom Reichsarbeitsdienst. Sie wollen wissen, es habe bis vor kurzem noch Abendvorstellungen gegeben, da habe der Betriebsluftschutzwart vor Hunderte Glühlämpchen schwarze Blenden ziehen müssen. Jetzt beschränke man sich auf zwei Nachmittagsvorstellungen.

Wir sind nicht zu Frau Wuttke gefahren, aber wir sehen Wuttke, Alwin, als dummen August im grellen Scheinwerferlicht in die Manege schlendern, um erst mal die Stimmung anzuheizen; in rotem Trikot, mit rot umrandeter Glatze, mit viel zu großen Schlappschuhen latscht er über den großen Onkel einmal im Kreis herum. Mit äußerster Unbeholfenheit zerrt er eine hölzerne Stellage hinter sich her, eine Art Hürde; die plaziert er umständlich mitten in das sägemehlbestreute Rund, begrabscht mit beiden Händen den Boden, um zu prüfen, ob er weich genug ist, schlurft bis zum Rand der umgitterten Manege, so daß er fast in Reichweite von uns steht, läuft entschlossen auf die Hürde zu, setzt zum Sprung an und hält jäh inne. Was ist los? Schon hat er alle Lacher auf seiner Seite. Aus dem Zirkushimmel schwebt ein kleines dreistufiges Treppchen, wie es bei Dressurnummern verwendet wird. Der dumme August angelt es sich, stellt es neben seine Hürde, erklimmt die dritte Stufe und schaut herablassend, die Arme vor der Brust gekreuzt, von oben auf das Hindernis. Wie ein Sieger schreitet er das Treppchen wieder hinunter, marschiert gravitätisch zu seinem Startplatz und, angefeuert von den Rufen des Publikums, rennt er erneut auf das Unding zu, schlägt im letzten Augenblick einen Haken, duckt sich, läuft an dem Treppchen vorbei unter der Querstange der Hürde hindurch und applaudiert sich selber: *Du bist mir een scheener Held.* Weil's so umwerfend war und unser Klatschen kein Ende nehmen will, läßt August sich herab, daß ganze ein drittes Mal zum besten zu geben: wieder Anlauf, wieder Hakenschlagen, wieder Bücken und Unterlaufen der Querlatte; die schlägt ihm nun, Tücke des Objekts, in den Nacken, daß er der Länge nach im Sägemehl liegt, platt auf der roten Nase. Zwei livrierte Zirkusdiener heben ihn auf eine Bahre und tragen ihn unter dem Jubel der Menge hinaus. Man kann noch sehen, wie er den rechten baumelnden Arm hebt, als wolle er sagen *Samuilhilf* oder *Von der Wiege bis zur Bahre sind die merschten Lebensjahre*; und die Leute klatschen noch, als der dumme August längst auf der Bahre davongetragen worden ist, als haben sie begriffen, wie wunderbar sein Scheitern gelungen ist.

Nach dem Abgang des dummen August folgt ein volles Programm, in dem nicht einmal die große Eisbärnummer fehlt. Der Dompteur, klein, drahtig, in silberweißem, tressenbesetztem Phantasiekostüm, tritt den Tieren entgegen, als seien es Teddybären. Er hat ihnen Namen gegeben, und wie er sie nennt, so sollen sie heißen: Zamba und Cäsar, Nero und Kim. Was zu bewundern wäre, ist vorausgegangen und fand ohne Zuschauer statt: die hundertmal geübte Ablenkung der Tiere durch ein Stück Fleisch. Seine ganze Hoffnung setzt der Raubtierbändiger auf die Freßlust der Bestien. Sein Schicksal wäre besiegelt, kennten sie nicht bloß den einen Hunger. Gemessen an seiner Schutzlosigkeit können sie gar nicht unersättlich genug sein. Was er jetzt in der Manege vorführt, ist ein Bravourstück an Geistesgegenwart. Dirk flüstert mir zu: Das Wundertier ist er. Er hat den Spieß umgedreht. Er droht den Bären, sie werden ihr Fleisch nur bekommen, wenn sie Männchen machen, auf Kommando brüllen, sich pyramidenhaft auf Sockeln zurechtsetzen; schön, plump, geschmeidig den schweren Leibsack hin und her wiegen, den tückischen kleinen Kopf mit der langen Schnauze vorstrecken. Einer von ihnen ist der größte, er kann auf einer Kugel laufen, seine breiten Tatzen haben Schwimmhäute.

Nach einer Löwennummer mit Benzinfackeln werden die Gitter entfernt, und schon ziehen die Kunststücke der Luftakrobaten unter der Kuppel des kreisrunden Viermastenzeltes aller Augen auf sich. Es sind ein Mann und eine Frau in engen Trikots. Ein paarmal schaukeln beide hin und her, jeder an seinem Reck, dann folgt der erste Tausch; die andere Reckstange ist nur im genau richtigen Schwung zu erreichen. Sie arbeiten ohne Netz, kopfunter nun, die Kniekehlen um die Reckstangen geklammert. Wenn die Frau das Trapez fahrenläßt, sieht es aus, als habe sie Flügel, als sei ihre Gewißheit, den Mann im freien Flug zu erreichen, unerschütterlich, das Wiedererfassen seiner Hände das Selbstverständlichste von der Welt. Hier beginnen die Leute zu atmen. Hier müßte ein Tusch geblasen werden, aber es ist totenstill. Die Maidenunterführerin neben mir schlägt die Hände vors

Gesicht, sie kann das gar nicht mitansehen, ihr wird himmelangst.

Gab es auch einen Seiltänzer, einen Feuerschlucker, wurde eine Jungfrau zersägt? Egal, es gibt nur die Neuschaffung von Vergangenem. Einen Schlangenbeschwörer mit einem Turban auf dem Kopf hat es mit Sicherheit gegeben. Natürlich hat er seiner Schlange lange schon die Giftzähne ausgebrochen. Sie sind jetzt Freunde, sie und er, Verschworene vor aller Augen. Ihre List und seine Tücke, ihre Eitelkeit und seine halten sich die Waage. Sie durchschauen sich nachsichtig. Wer weiß, ob sie nach seiner Pfeife tanzt, sie ihm die Flötentöne beibringt. Sie räkelt sich gönnerhaft. Man kann sich nicht satt sehen an ihrem Einvernehmen. Über andrer Leute Rücken mögen Schauer gehn; die gefährliche Situation hat den Augenschein für sich. Dirk und ich sitzen eng umschlungen und sehen es mit denselben Augen.

Nach dem Schlangenbeschwörer stemmt ein Gewichtheber seine fünfzig oder mehr Kilo aus der Bodenlage bis zu seinen imposanten Schultern und reißt, nach effektvollem Muskelspiel, die Last mit gestreckten Armen über seinen Kopf empor. Jubel. Klatschen. Soll ich uns mitklatschen lassen? Wie spät ist es? Zu spät, um zu Frau Wuttke zu fahren. Es gibt noch eine Hundefußball-Nummer, die zum Totlachen ist. Ein Fakir legt sich auf Nägel, ein Zauberer zaubert einem Zuschauer Tauben aus dem Ärmel: Nervenkitzel, für die wir bezahlt haben. Einen Hungerkünstler gibt es nicht, Hungerkünstler sind wir alle. Ein in Tüll steckendes Mädchen, ein halbes Kind noch, steht breitbeinig auf einem galoppierenden Pferd, das Gesicht dem Publikum zugewandt, und kein Leinenführer führt die Leine. Als der Sägemehlstaub, den die Pferdehufe aufgewirbelt haben, sich gelegt hat, stellt sich eine beherzte Frau im grünen Schuppenanzug auf als Zielscheibe für die Messer eines Mannes, die aber nur die

Konturen ihres Körpers spicken sollen. Die Kapelle bläst ohrenbetäubend. Wir hätten uns nicht so in die Nähe des Podiums setzen sollen. Wie spät ist es? Mit einem Mal wollen wir raus hier, sitzen aber eingepfercht in der Menge. Ich brauche bloß die Augen zu schließen, das rauhe Tuch der Uniformjacke zu fühlen, um zu wissen: Morgen um diese Zeit wird die Angst mich wieder begleiten, und meine Tränen werden meine Speise Tag und Nacht sein. Wir werden heute nicht mehr zu Frau Wuttke kommen, aber Wuttke, Alwin, kommt noch einmal zu uns, platzt mir nichts dir nichts in den Tusch, der die Messerwerfernummer ankündigt, rauft sich die roten Haare, dreht sich im Kreis, wirft die Arme in die Luft, alles biegt sich vor Lachen, Applaus, Applaus für den dummen August; der legt eine pantomimische Glanznummer hin, daß sogar der Messerwerfer das erste Messer sinken läßt; Wuttke, Alwin, zaubert aus seinen Pluderhosen bunte Bälle, wirft sie hoch in die Luft und duckt sich, als seien die Bälle Bomben, mimt Entsetzen, wirft sich der Länge nach hin, mimt Sterben, bleibt stocksteif liegen, dreht sich auf den Bauch, trommelt mit beiden Fäusten auf den Boden, aber niemand glaubt ihm, daß draußen die Sirenen heulen. Fliegeralarm. Wer glaubt schon einem dummen August. Keiner hört sein Schreien: Alarm, Alarm, raus hier Leute, Leute raus. Vollalarm. Dalli, Dalli, *Samuilhilf*. O Gott, der meint es ernst. Die Leute klatschen nur noch lauter. Kann sein, wir sind die ersten, die kapieren, daß der dumme August aus der Rolle gefallen ist. Kann sein, wir sind die ersten, die aufspringen, die vor dem Tumult den Ausgang erreichen, vor dem Bombenhagel einen Bunker. Beim Davonrennen, das weiß ich noch, denke ich weniger an die Bomben als an die Eisbären und Löwen. Wie verhalten wilde Tiere sich beim Fliegeralarm? Wie sicher sind ihre Käfige? Wir rennen Hand in Hand, obwohl man alleine schneller rennen könnte, aber wenn wir uns losließen, wäre das schlimmer als eine Bombe. Und nun rennen wir vollends durch die alpdruckhaft gemalten Straßen Werner Heldts, durch sein Berlin am Meer aus Schutt und Asche auf seine Kellerzufluchten zu.

Es ist auf derselben Bahnstrecke, auf der der schmucke Gefolgschaftsführer die Geschichte von Hitlers Verwundung und Bekehrung erzählt hat, im selben D-Zug, der kurz nach sieben vom Stettiner Bahnhof in Berlin abfährt,

da finde ich keinen Sitzplatz mehr, ich bleibe im Gang stecken, stelle meinen Koffer hochkant und setze mich darauf. Dabei würde mir als werdender Mutter ohne weiteres ein Sitzplatz in einem Abteil freigemacht, schwebt doch ein Heiligenschein über meiner Entwarnungsfrisur, *ist doch die Mutterschaft das höchste Ziel jeder deutschen Frau; alle anderen Berufe erweisen sich dagegen als Notbehelfe, erzwungen nur durch die Ungunst der Kriegsverhältnisse; von Gott und der Natur vorgezeichnet ist der Frau, als der heiligsten Hüterin des Volkstums und der Rasse, nur die Mutterschaft, und diese zu schwächen wäre das allerletzte, was wir uns leisten könnten.* Die Stimme des Gefolgschaftsführers hätte mit diesen Worten geredet, falls *Die werdende Mutter als Verkörperung der Zukunft* auf seinem Programm gestanden hätte.

Ich will damit nur sagen, jeder hätte mir Platz gemacht, wenn ich darauf bestanden hätte; ich will aber lieber auf dem Gang in der Nähe des Aborts bleiben; das Kind drückt auf die Blase, ich sollte mich nicht in die Gangmitte schieben lassen, sondern wieder Richtung Abort drängeln, am besten ich hänge mich an den Feldpolizisten, den Kettenhund, der rücksichtslos gegen den Strom angeht und dem natürlich jeder Platz macht; in seinem Gefolge könnte ich unbeschadet bis zum Abort kommen; es sind sogar zwei Kettenhunde, ich mit meinem Koffer gerate zwischen die beiden, erst da bemerke ich ein Mädchen, das sie mit sich fortreißen, eine Fremdarbeiterin mit tief in die Stirn gebundenem Kopftuch, Polin oder Ukrainerin vermutlich; genug besetzte Gebiete, aus denen wir Arbeitskräfte ins Reich holen können, haben wir ja mittlerweile, Polen, diverse Republiken der Sowjetunion, die Tschechoslowakei, Griechenland, große Teile Frankreichs, Belgien, Luxemburg, Jugoslawien, Dänemark, Holland, Norwegen. Der vordere Kettenhund stößt die Klotür auf, flucht, weil Koffer auf dem Abortdeckel stehen, reicht das Gepäck seinem Kameraden raus und wendet sich an mich mit der Bitte, für zwei Minuten mit der Ostarbeiterin in die Toilette zu gehen, man solle, man dürfe sie nicht aus den Augen lassen, Sie verstehen?

Gut, ich mache das schon.

Ich ziehe die Tür hinter uns zu.

Nicht den Riegel vorschieben, brüllt es von draußen.

Zwei wildfremde Frauen in einem engen Kabuff. Die eine hat gottsjämmerlichen Durchfall. Die andere, Schwangere, dreht ihr den Rücken zu, steht mit dem Gesicht zum blinden Fenster.

Frau, flüstert die eine, du Frau, bitte.

Ich drehe mich um. Die Frau nestelt an ihren Röcken und hält mir ein ganz klein gefaltetes Papier hin.

Du Frau, bitte.

Ich soll den Zettel verschwinden lassen, aber wohin, um Gottes willen; in was werde ich da hineingezogen? In meinem Zustand.

Frau bitte.

Sie schlagen schon mit der Faust gegen die Tür. Rauskommen! Sie können mich durchsuchen, das können sie, im Ernstfall könnte eine Polizistin eine Leibesvisitation vornehmen. Vielleicht wird ein Ernstfall daraus. Der Zettel hat die Größe eines hartkantigen Sahnebonbons. Ich stecke ihn in den Mund. Etwas Besseres fällt mir nicht ein in diesem panikerfüllten Augenblick.

Rauskommen!

Jede Sekunde, die wir länger bleiben, machen wir uns verdächtig. Ich habe mehr Angst als Vaterlandsliebe. Ich habe ebensoviel Angst wie Erbarmen. Erbarmen, ein Wort, das die Frau auf dem Klo nicht in deutscher Sprache kennt; ein Wort, das die deutsche Sprache nicht mehr kennt.

Rauskommen!

Diese Momentaufnahme im Klo mit einer Belichtungszeit von vierzig Jahren. Das Bild ist total überbelichtet, das heulende Elend, das auf dem Klo kauert, nicht mehr zu erkennen, die Schwangere nicht in ihrer Ratlosigkeit.

Du Frau, bitte.

Ich hätte sie berühren sollen, ihr Gesicht, ihre Schulter, zum Zeichen dafür, daß ich... daß ich was... Mein bißchen nachträgliches Erbarmen hat niemandem geholfen. Mein bißchen nachträglicher Ungehorsam hat niemandem geholfen. Ich hätte sie berühren sollen. Ich habe sie nicht berührt. Was man die vorherrschenden Verhältnisse nennt – diese vorherrschenden Verhältnisse sind erdrückend, an welcher Stelle hätte ich sie ändern können? An dieser einen vielleicht, indem ich das verweinte Gesicht gestreichelt hätte? Wann endlich wage ich zu wissen, was ich doch weiß? Den Zettel wenigstens habe ich genommen, ja. In den Mund genommen. Eine Reflexbewegung. Die Kettenhunde vor der Tür.

Aufmachen!

Der Gestank hier drinnen. Ich mache die Tür auf.

Sie ist gleich fertig.

Vielen Dank. Sie haben uns sehr geholfen. Heil Hitler.

Heil Hitler.

Der Zug bremst. Ich muß in Angermünde nach Stettin umsteigen. Der eine Kettenhund reicht mir meinen Koffer raus. Erst jetzt bemerkt er meine Schwangerschaft. Er ist untröstlich. Er entschuldigt sich tausendmal, das sei eine Zumutung für mich gewesen, man hätte eine andere Frau...

Schon gut.

Ich nehme meinen Koffer. Auf dem gegenüberliegenden Gleis steht mein Zug schon unter Dampf. Der Kettenhund kommt hinter mir her, um mir den Koffer wieder abzunehmen und um mir einen Sitzplatz im Abteil zu sichern. Wie gesagt, er ist untröstlich. Und nett. Und höflich. Er entschuldigt sich nochmals. Leider müsse er jetzt zurück. Vielleicht hat ein Wink von ihm genügt, und der Stationsvorsteher wartet mit seinem Trillerpfeifenpfiff, bis mein Kavalier wieder in seinem Zug nach Stralsund ist.

Im Klosett des anfahrenden Zuges spucke ich den Zettel in meine Hand: ein aufgeweichtes Klümpchen Papier, auf dem kein Wort mehr zu lesen ist.

Die Eisenbahnstrecke Pasewalk–Greifswald verläuft schnurgerade, eine markante Linie, an der sich unsere Luftwaffe bei ihren Schulungsflügen orientiert, an der sich auch die feindlichen Bomber orientieren, die potemkinschen Geschwader, wenn sie am hellichten Tag Berlin, Hamburg, Dessau, Halle, Leipzig, Gera anfliegen. Für meinen Vetter Klaus hat sich ein Traum erfüllt: Er ist zur Luftwaffe gekommen. Ein persönlicher Daseinsentwurf ist ihm abgenommen worden, ehe er sich versah, wurde er ein Glied in einem Kollektivleib, aus dem es kein Entkommen gab. Er wird noch während seiner fliegerischen Ausbildung in der Luftwaffenschule Dievenow bei einem Blindflug über der norddeutschen Tiefebene abstürzen, unweit der Bahnlinie Grimmen–Greifswald. *Schmerzlich bewegt,* schreibt sein Oberleutnant an unsere Familie, *muß ich Ihnen die traurige Mitteilung machen, daß Ihr lieber Sohn bei einem Blindflug tödlich verunglückt ist. Ich spreche Ihnen zu diesem schweren Verlust meine und meiner Kompanie herzliche Teilnahme aus. Möge Ihr großes Leid durch den Gedanken gelindert werden, daß er sein Leben für die Zukunft und die Herrlichkeit Deutschlands gegeben hat...*

und die Kraft und die Herrlichkeit in Ewigkeit, Amen. Klaus wird auf dem Görzker Friedhof beigesetzt, aber nicht in unserem Erbbegräbnis neben seinem 1917 abgestürzten Onkel, sondern auf dem eigens angelegten Heldenfriedhof; der Helden werden mehr und mehr. Während wir um das offene Grab stehen, die Sargträger zurücktreten, die Trompeten *Ich hatt' einen Kameraden* blasen, die Abordnung der Kompanie strammsteht; während der Pastor seines Amtes waltet *Erde zu Erde, Asche zu Asche, Staub zu Staub;* während jeder der Trauergäste drei Handvoll Erde auf den Sargdeckel wirft, ziehen am blauen Himmel feindliche silberne Geschwader Richtung Süden. Großmutter, die ich in ihrem Rollstuhl vom Friedhof schiebe, sagt mit fester Stimme: Es ist schnell gegangen, bestimmt ist es schnell gegangen. Wer abstürzt, braucht sich nicht fragen, wie er *über Augenverbinden und Trommelwirbel hinwegkommt.* Ach, ihre Rettung in Fontanezitate. Wir kennen das. Solange sie da ist, sind wir noch eine Familie. In ihr Klassisches Vergißmeinnicht trägt sie ein: *Mein geliebter, einziger Enkelsohn Klaus Bertrand achtzehnjährig während der Flugausbildung abgestürzt. Er ist auf dem Görzker Heldenfriedhof mit allen militärischen Ehren beigesetzt.*

Dirk wird nach Bromberg versetzt. Er ist ja tauglich für den Wehrmachtsdienst, wenn auch seines Herzens wegen unbrauchbar für den Kampfeinsatz. Bromberg liegt östlicher als Stettin, ist aber immer noch Etappe. Bromberg hatte noch kein einziges Mal Fliegeralarm. Es besteht kein Grund zur Aufregung. In meinem Zustand, schreibt Dirk, dürfe ich mich überhaupt nicht aufregen.

Mein Zustand ist beneidenswert, denn der Reichsbevollmächtigte für den totalen Kriegseinsatz sieht sich gezwungen, auf die Opferbereitschaft der deutschen Frauen und Mädchen zurückzugreifen, weswegen er das Wehrmachtshelferinnenkorps ins Leben ruft; drei *Menschenreservoire* sind es, aus denen er dabei schöpfen kann: *Erstens Freiwilligenmeldungen einsatzfreudiger Frauen und Mädchen, zweitens diejenigen weiblichen Arbeitskräfte, die im Zuge der totalen Kriegsmaßnahmen einsatzpflichtig werden, und drittens die aus Partei, Staat und Wirtschaft herauszuziehenden weiblichen Einsatzkräfte.* Unter die zweite Gruppe wäre ich gefallen, wenn ich nicht in anderen Umständen wäre.

Am sechsten Kriegsweihnachten, zum *Fest der starken Herzen* erklärt, besuche ich Dirk in Bromberg. Aus aufgeräufelten weißen Baumwollstrümpfen, die Großmutter unter ihrer Schiene tragen muß und von denen sie sich Dutzende gestrickt hat, stricke ich Babyjäckchen. Strickend rase ich mit 100 Stundenkilometer der Ostfront entgegen.

22. Dezember 1944. Es sieht so aus, als müsse Deutschland im Westen empfindliche Gebietsverluste hinnehmen – das aber nur, weil die oberste Heeresleitung ganze Armeen von der Westfront abziehen und im Osten zum Einsatz bringen muß; nur deshalb, wird uns versichert, konnten die Alliierten im Sommer 44 in Südfrankreich landen; nur deshalb konnten sie wieder in Paris

einmarschieren, in Brüssel, in Lüttich, im Oktober in Aachen, im November in Straßburg; nur deshalb im Dezember den uneinnehmbaren Westwall durchbrechen. In der letzten Wochenschau, die ich sehe, kämpfen deutsche Soldaten in weißen Tarnanzügen in den verschneiten Ardennen. Insgeheim hält manch einer den Krieg für verloren und das Anrücken der Alliierten für wünschenswert; wenn nur die Ostfront gehalten werden könne, wenn nur Danzig, Königsberg, Thorn, Bromberg...

Ich fahre durch Westpreußen. Meine Zeit verläuft jetzt ohnehin anders als die Kriegszeit: Ich bin im sechsten, fast im siebenten Monat schwanger. Der Zug hat Verspätung. Für Liebende haben alle Züge Verspätung. Ich stricke ein Babyjäckchen. Bei meiner Ankunft in Bromberg ist das Jäckchen fertig, aber Dirk, der mich am Bahnhof hat abholen wollen, wie er mich, wenn es sich mit seinem Dienst vereinbaren ließ, von allen Bahnhöfen aller Städte, in denen ich ihn besuchte, abgeholt hat, ist nicht am Bahnhof. Auch im Hotel, in dem er mir ein Zimmer vorbestellt hat, finde ich keine Nachricht von ihm. Dabei leben wir von Nachrichten, von Briefen, Verbrieftem, Liebe schwarz auf weiß, und jede Verlautbarung, wir wissen es, könnte die letzte sein. Erheben wir noch Anspruch auf Zukunft? Verschiebt der Horizont sich noch? Der Krieg hält die Zeit an. Das ist es. Wie die Dinge liegen, müssen wir mit einem Minimum an Zeit auskommen, einem Minimum an Gegenwart. Auf was erhebt man Anspruch, wenn fünfzig Kilometer weiter sich schon die Trecks in Bewegung setzen? (Nicht in den Wochenschauen, Gott bewahre, aber Schrecken werfen ihre Schatten voraus.) Auf was kann man noch Anspruch erheben zwei Tage vorm sechsten Kriegsweihnachten in Bromberg in Westpreußen? Auf Galgenfrist vielleicht, auf Verschontwerden, auf Beistand? Bestimmt nicht auf Wunder.

Ich stecke die Kennkarte mit meinem Fingerabdruck und den bis zur Stunde unveränderten Kennzeichen in die Manteltasche und gehe durch die verschneite Stadt, um die Schlieffen-Kasernen zu suchen. Sie liegen weit außerhalb. Ich frage mich durch Wachposten, durch Wach- und Schreibstuben, in denen es nach Stiefelwichse und Tannengrün riecht, bis zur Aufklärungs- und Kavallerieschule und – mit herausfordernd vorgestrecktem Bauch – bis zu Dirks Kompaniechef durch, um zu erfahren, daß Dirk zusammen mit zwei Kameraden den Sonderbefehl erhalten habe, drei Funkgeräte aus X zu holen; kein Beinbruch, junge Frau, in drei Tagen ist er wieder hier, schon gut, schon gut, solange werden Sie's ja noch aushalten.

Drei Tage abgezogen von dem, was wir für unser Leben halten. Ich finde aus den Kasernen heraus. Stehe an einem Kanal. Höre das Poltern des Wassers unter dem Eis. Eine Hängebrücke mit Gehsteigen ist da, ein Bronzestandbild, ein Mann, dessen Arm herrisch in eine bestimmte Richtung weist, und auf dem Handrücken liegt Schnee. Ich will ins Hotel zurück. Ich will nicht ins Hotel zurück. Was soll ich da. Nur weg aus den Straßen mit den Weihnachtsbäumen, wo einem auf Schritt und Tritt Schulterstücke und Kragenspiegel entgegenkommen und Gott auf den Koppelschlössern. Ich biege in Nebenstraßen ab, die zu kurz sind, um Adolf-Hitler-Straße oder Hermann-Göring-Straße zu heißen, und die bestimmt nicht ins Hotel führen. Ich gerate in Vororte mit weit auseinanderliegenden Villen, gerate in einen kleinen Park; der angeflogene Schnee macht aus Buchen- Birkenstämme, auf den Bänken laden bauschige Schneekissen zum Sitzen ein. Ich gehe wieder aus dem Park hinaus und wäre am liebsten drei Tage weitergegangen, falls die Zeit sich durch Gehen totschlagen ließe. Ich gehe in bequemen Schuhen mit flachen Absätzen, die ich auf Sonderbezugschein kaufen konnte, in Kleidern auf Kleiderkarte, in einem gewendeten Mantel, der vorher grau gewesen war, jetzt grauweißschwarz kariert ist. Ich könnte nicht umhin, das Wort verloren zu gebrauchen, zu sagen, ich irre verloren durch die Vorortstraßen, wenn ich nicht wüßte, wie groß mein Vorrat Liebe ist, nur eben erst angebrochen und unerschöpflich. Ich bin überhaupt nicht verloren, wie ich da gehe. Ich kann Dirk herbeirufen und mir einbilden, er gehe neben mir in seinen Knobelbechern, in dem langen Heeresuniformmantel, das Schiffchen auf dem Kopf, an den Händen die von mir gestrickten feldgrauen Handschuhe. Sogar anreden kann ich ihn; ich sage: Mir ist kalt, und kann meine Hand in seine Tasche stecken. Wir gehen im Gleichschritt. Ich frage ihn, wie das Allerunmöglichste möglich sei: daß er in dieser Stadt, in dieser Straße sei. Ich kann laut reden, es ist niemand da, der zuhört. Aus einem Haus hört man einen Störsender zwitschern, da bleibe ich stehen und versuche, ein paar Worte mitzubekommen; es ist aber nicht auszumachen, ob deutsche russische Nachrichten überlappen oder russische deutsche. Es wird früh dunkel. Auch solche Tage hören auf. Ich friere wirklich. Ich gehe weiter und rede mir ein, Dirk gehe neben mir, ich stelle sein Bild her, zu dem die Uniform nicht passen will. Ich habe Zeit und Einbildungskraft genug und wundere mich deshalb nicht, als Dirk leibhaftig aus der Dämmerung auftaucht, ein paar Meter vor mir stehen bleibt in der typischen Haltung dessen, dem kein Schliff beizubringen ist; er antwortet, er habe seine beiden Kameraden mit Geld und Zigaretten bestechen können, ohne ihn die Funkgeräte zu holen, er sei sich im klaren darüber, auf was er sich da eingelassen habe, wie riskant Befehlsverweigerung sei, aber auf die Kameraden sei Verlaß; auf Umwegen müsse er sich nun in ein privates Quartier schleichen, das er ausfindig gemacht habe; von dort aus habe er mich im Hotel anrufen wollen, in einem Hotel könne er sich unter diesen Umständen nicht eintragen. Wir stehen immer noch voreinander. Wer kann schon Wunder stattfinden lassen. Aber Dirk fragt mich nicht: Wie in aller Welt kommst du in diese Vorortstraße, die in der Nähe unseres Quartiers liegt? Das Wort Wunder fällt nicht. Wir fallen uns in die Arme. Dirk meint nur, ich sei eben auf Empfang gestellt. In einem ausfaltbaren Plan der Stadt Bromberg, die jetzt Bybgoszcz heißt, ist eine Straße anzukreuzen. Da haben wir gestanden und haben an Wunder gelaubt. Dirk ist gekommen, obgleich es undenkbar ist, daß er hier vorbeikommen, daß er überhaupt in der Stadt sein könnte. Ich weine. Er lacht sich ins Fäustchen, drei Tage seines Lebens abgeknapst zu haben; es ist ohnehin kurz bemessen; wird er bei der Verteidigung dieser Stadt fallen? Dieser hingetuschten Brücke vielleicht, bei der vergeblichen Verteidigung ebendieser Straße? Der Störsender zwitschert. Es fängt an zu schneien. Wir denken nicht daran, daß wir uns genausogut hätten verfehlen können, daß ich genausogut in eine andere Nebenstraße hätte einbiegen können und es bei einer Beinahebegegnung geblieben wäre. Wir glauben an die Ausgesuchtheit der Stunde. Die Straße ist seitdem für mich zu einem Standfoto erstarrt, vom Schnee belichtet. Aus einem verdunkelten Fenster zwitschert der Störsender. Um unser Quartier zu erreichen, müssen wir durch den Park zurück. Hier lassen wir uns wie Kinder rücklings mit ausgebreiteten Armen in den unberührten Schnee fallen, rudern liegend mit den Armen, so daß unser Körperabdruck die Form eines Adlers mit weit ausgebreiteten Schwingen hat. Wir sind ganz aus dem Häuschen vor Glück.

Dirk bringt mich zu einem baltischen Pfarrerehepaar, vom Schicksal und der Weltgeschichte aus Dorpat hierher verschlagen. Wir bewohnen ein kleines, ebenerdiges

Zimmer neben der Haustür, und Dirk darf in der Kirche des Pfarrers Orgel spielen, so oft und so lange er will. Am nächsten Tag hole ich meinen Koffer aus dem Hotel. Im Haushalt des baltischen Pfarrers arbeitet ein polnisches Mädchen, das sinkt jedesmal, wenn es mir begegnet, in die Knie und küßt mir den Rocksaum, weil ich schwanger bin. Ich gerate in Verlegenheit und weiß nicht, wie ich mich verhalten soll. Das Mädchen heißt Mascha und spricht recht gut Deutsch. Eines Tages erzähle ich Mascha von dem polnischen oder russischen Mädchen, mit dem ich auf meiner Reise nach Stettin auf das Klosett gehen mußte und daß dort der zusammengefaltete Zettel mir zugeschoben wurde. Du Frau bitte. Maschas Augen füllen sich mit Tränen und laufen über. Sie weint, ohne zu schluchzen. Ich erzähle ihr, wie ich vor Schreck den Zettel in den Mund genommen habe, da schien er mir in der Eile am sichersten aufgehoben, aber als ich ihn erst nach dem Umsteigen in einen anderen Zug ausspucken konnte, war kein Wort mehr zu lesen. Mascha fragt barsch:

War Mädchen polnisch, oder war Mädchen russisch?

Ich weiß es nicht.

Wenn Mädchen russisch, gut, gut, nix lesen. Wenn Mädchen polnisch, du kommen in Hölle.

Den Rocksaum küßt Mascha mir nicht mehr. Wie sie am ersten Januar in den Neujahrsgottesdienst geht, Meßbuch, Rosenkranz, ein blütenweißes Taschentuch in der Hand, klopft sie an unsere Tür.

Du Frau.

Komm doch rein, Mascha.

Nein. Wann fahren du nach Hause?

Morgen früh.

Das ist gut, sagt Mascha, das ist gut.

Am nächsten Morgen bringt Dirk mich zum Zug. Er ist mit Jahresbeginn zum Obergefreiten befördert. Ich habe ihm noch den zweiten Winkel auf den Rockärmel genäht. Wir gehen langsam, um den Bahnhofsabschied zu verkürzen. Ich verspreche Dirk, gleich ein Paket zu schicken, in dem Selbstgebackenes und Tabak für seine beiden Kameraden ist, die die Funkgeräte ohne ihn geholt haben. Er ist heilfroh, daß dieses Abenteuer gutgegangen ist. Er fürchtet, wir werden uns vor der Geburt des Kindes nicht mehr sehen können, aber wenn es dann soweit sein wird, wird er Mittel und Wege finden, um an einen Auftrag in Berlin heranzukommen, und wenn es für einen einzigen Tag sein wird. Er steigt mit in den Zug und erobert mir einen Fensterplatz. Ich schwitze vor Angst, ob er gegen den Strom der Passagiere in dem engen Gang ankommt und rechtzeitig vor der Abfahrt des Zuges aussteigen kann. Der schwindelnde Gedanke, er könnte einfach mitfahren, ist unter den gegebenen Umständen des totalen Krieges nicht einmal als Traum möglich. In der schneidenden Kälte stehe ich am offenen Fenster und sehe Dirk auf dem belebten Bahnsteig sich zeitlupenhaft in etwas anderes verwandeln, sehe ihn kleiner werden zuerst, sehe den Schatten einer Handbewegung zum Abschied, aber die Hand kann schon zu jemand anderem gehören; sehr langsam schiebt sich ein Truppentransport vor das Bild, viele Soldatengesichter an vielen vorbeigleitenden Fenstern. Je näher ich hinsehe, aus um so größerer Ferne schauen sie zurück. Das sehe ich, als nehme ich es bereits in meiner Erinnerung auf.

Wann hat für mich begonnen, was man später den *Zusammenbruch* nennen wird, den *Umsturz* oder auch die *Befreiung*, je nachdem? Mein Vater sagt ja, das ganze Elend habe 33 angefangen oder sogar noch ein paar Jahre früher, als ich noch in den Windeln gelegen habe. Die holde, die goldene Jugendzeit einer Generation, ihre Kindheit, *die tiefe, versprechliche*, die *nie still wird in den Wurzeln*, fällt mit dem Dritten Reich ineins, mit dem: *Du mußt an Deutschland glauben, als wäre Deutschland Du.* Und jetzt? Wo einfach alles, was gegolten hat, außer Kraft gesetzt wird? Was nun? Sollen wir jetzt alle Schlangen sein, die mit ihrer Hand auch die Kapseln vor ihren Augen abstreifen?

Der letzte Brief von Dirk trägt den Feldpoststempel vom 19. Januar 1945. Da weiß ich noch nicht, daß es der letzte ist. Ende Januar ziehen die ersten Flüchtlingstrecks aus dem Osten durch Görzke, was zur Folge hat, daß die Görzker, obgleich sie längst für den Winter geschlachtet haben, noch einmal klammheimlich mit Hausschlachtungen anfangen; man kann ja nicht wissen, ob man eines Tages nicht auch noch wird losziehen müssen wie die bedauernswerten Flüchtlinge. Eine neue Menschenrasse ist geboren: Flüchtlinge. Das Wort Notschlachten fällt nicht, und von Schlachtfesten ist schon gar keine Rede, aber nie vorher haben wir von guten Nachbarn und Bekannten soviel Wurstsuppe, Blut- und Leberwurst, Schwartenmagen und Preßkopf geschenkt bekommen wie jetzt. Auch die Flüchtlinge gehen nicht leer aus; mit ihrer Versorgung rechtfertigt man die Schlachterei, denn Schwarzschlachten ist streng verboten. Vielleicht drückt die zuständige Behörde ein Auge zu. Oder die Schweine kriegen auch mal mitten im Winter Rotlauf trotz aller Schutzimpfungen, und das Fleisch muß schleunigst gekocht, gedämpft, gepökelt werden.

Der Zusammenbruch riecht nach gesengten Schweineborsten, nach Fett und Blut und Majoran und Nelken. Aus den Küchen und Waschküchen steigen Wasserdämpfe, Wannen rumpeln und Eimer, und wenn man einen Blick in einen der Höfe erhascht, lehnt da der Rührstock an der Mauer, oder das ganze Geschlinge,

Herz, Lunge, Schlund und Zunge, hängt an einem Haken oder die beiden Schweinehälften zum Auskühlen. Blasen schweben wie Luftballons.

Außer unseren vier Hühnern und einem Hahn haben wir kein Viehzeug. Der Hahn heißt nach unserem Propagandaminister Josef, weil er dauernd hinter den Hühnern her ist; soweit also ist es längst mit uns gekommen, daß wir den ganzen Kokolores auf den Arm nehmen. Den ganzen Galimathias. Josef, ich meine nicht den Hahn, sondern den Propagandaminister, erinnert am 30. Januar an die fackelflammende Nacht des 30. Januar im Jahr der Machtergreifung, als sich der Zug der Alten Kämpfer durchs Brandenburger Tor bewegt habe, das sei so bewegend gewesen, daß Steine dadurch beseelt worden seien.

Wie nennen wir, was jetzt geschieht? Den totalen Krieg? Oder gab's dafür keinen Namen? Geht in diesen Wochen der Spruch um: *Genießt den Krieg, der Frieden wird fürchterlich?* Denn der Feind, so Goebbels zu seinen Berlinern, würde uns im Fall unserer Niederlage einen Frieden auferlegen, demgegenüber dieser gegenwärtige Terror geradezu paradiesisch sei. Goebbels redet. Der Führer spricht. Die Sirenen heulen.

Beginnt der Umbruch, das heißt die Einsicht, nichts ist mehr zu retten, am 3. Februar? Meine Mutter dringt darauf, daß ich noch einmal vor der Entbindung den Berliner Arzt aufsuche, der mich vor dreieinhalb Jahren operiert hat. Meine Mutter, die mich sonst nie bevormundet, hat schon alles in die Wege geleitet, hat ausnahmsweise am Samstag einen Termin bei dem Arzt bekommen, hat die Fahrerlaubnis eingeholt, ein Pferdefuhrwerk organisiert, das uns morgens an die Bahn nach Wiesenburg bringen und abends wieder abholen soll. Da kann ich es noch so verrückt finden, jetzt nach Berlin zu reisen, schließlich ist Berlin gerade zur Festung erklärt.

Meine Mutter duldet keinen Widerspruch: Wir bleiben ja nicht über Nacht; das ist ihr Trumpf, den sie meinen Einwänden entgegenhält.

Der Arzttermin ist am Sonnabend den 3. Februar um 12 Uhr. Der 3. Februar ist Mutters Geburtstag, ihr siebenundvierzigster, den wir früher mit Apfelsinentorte gefeiert haben, und immer hat das Haus nach Hyazinthen geduftet. Wem wäre noch nach feiern zumute. Meine Mutter hat nur einen Geburtstagswunsch: daß ich den Berliner Arzt aufsuche. Nun gut, mir ist alles egal. Mir ist wirklich alles egal. Nur ein Feldpostbrief könnte mich noch aus meiner Betäubung reißen. Großmutter ist entschieden gegen diese Reise. Sie sagt zu Mutter: Du weißt vielleicht immer, was gut ist, Elisabeth, aber nie was richtig ist.

Natürlich läßt meine Mutter mich nicht alleine fahren. Sie kommt mit: Wenn wir zusammen sind, kann uns nichts passieren. Im Stockdunkeln bringt ein schlecht gefedertes Pferdefuhrwerk uns nach Wiesenburg. Ich stütze mich mit den Händen ab, damit das Gerumpel dem Kind nicht schadet. Das Ungeborene in einem Weckglas voll Spiritus, das mir meine Freundin einmal im Sprechzimmer ihres Vaters gezeigt hat, ist auf vertrackte Weise unvergeßlich: der dicke, auf den Bauch gesunkene Kopf mit der schrägen, verrutschten Augenhöhle an der Kopfseite, wo ein Ohr hätte sein müssen, die Arm- und Beinstummel, die gedrehte Nabelschnur.

Obgleich wir in alle Decken verpackt sind, die nicht in die Kleidersammlung gewandert sind, ist die Kälte nicht zu besiegen. Auch der Zug, der ziemlich pünktlich ab Wiesenburg fährt, ist ungeheizt. Aber er fährt. Wenn er auf einer Station hält, geben die Eisblumen am Fenster allmählich den Blick nach draußen frei. Sie schmelzen dahin, um sich gleich darauf im Fahrtwind wieder auf der Glasfläche festzusetzen, sich gegenseitig zu durchdringen als Gräser, Blätter, Farne, Nadeln und Graupeln, fast genauso wie vorher und doch ein wenig anders, weil die Kristallkeime mit den Schienenstößen verrutschen. Je größer die Geschwindigkeit, desto kleiner die Eisblumen. Kurz vor Wannsee wachsen sie ins Riesenhafte. Durch gehauchte Löcher sieht man die Gleise sich vermehren, sieht ein Stellwerk, Gegenzüge. Berlin.

Wie wir in der S-Bahn sitzen – oder ist es die U-Bahn? – heulen die Sirenen. Tagesalarm. Die Berliner bringt das nicht aus der Ruhe. Kein Gedränge entsteht. Jeder strebt dem Schild LSR zu: Luftschutzraum. Während meines Berliner Wintersemesters habe ich einige schwere nächtliche Fliegerangriffe erlebt. In der totalen Verdunkelung bewegte man sich katzenhaft, angepaßt an das Berliner Nachtleben, das ein Hohn ist auf das Berliner Nachtleben in Friedenszeiten. Jetzt scheint die Sonne; das macht alles halb so schlimm. LSR. Der enge Eingang steht in keinem Verhältnis zu dem Betonkoloß des Bunkers. Halb elf Uhr vormittags. Göring müssen wir nun endgültig Meier nennen, denn am 3. Februar 1945 fliegen, wie in einschlägigen Dokumentationen nachzulesen, am hellichten Tage 937 amerikanische Bomber in den Luftraum über Berlin ein. Sie orientieren sich am Halleschen Tor als an einem besonders markanten Punkt in der Trümmerlandschaft und laden ihre tödliche Fracht über der Innenstadt ab. Die letzten Gebäude zwischen Alexanderplatz und Brandenburger Tor sinken in Schutt und Asche. Die Bilanz: 2600 Tote, 1800 Vermißte, 1700 Verwundete, 120000 Obdachlose, der schwerste Schlag, den Berlin bisher über sich ergehen lassen mußte. Grauen läßt sich nicht in Zahlen addieren. Nirgends finde ich die genaue Angabe über den Zeitpunkt der Entwarnung. Der Aufenthalt im Bunker dauert eine Ewigkeit. Zuerst, als wir in einem erleuchteten Fahrstuhl in das Bunkerinnere fahren – wir sind fast nur Frauen, angehost wie Wintersportlerinnen, mit Mänteln über Trainingshosen und Schottenschals zu Turbanen um die Köpfe gebunden –, sagt meine Mutter immer wieder: Und ich habe dich nach Berlin verschleppt. Und ich habe dich nach Berlin verschleppt. Wir werden auf die verschiedenen Stockwerke verteilt. Uns wird ein Platz auf einer Bretterbank angewiesen. Es ist ein moderner Bunker auf Kugellagern, der nachgibt und schwankt, wenn er von Minen getroffen wird. Oder es ist kein moderner, sondern ein altmodischer Bunker, der noch keine Kugellager hat, und meine Mutter ist es, die mich wiegt, immer hin und her. Sie schlingt beide Arme um mich und wiegt mich. So feiern wir Geburtstag. Auch andere halten sich umschlungen. Die Lampen flackern. Die Wände beben manchmal. Dann ducken wir uns alle. Neben mir sitzt eine Frau in einem Kaninchenfellmantel, wieder – man sieht es, wie sie ihr Kopftuch abbindet – so eine Frau Ebeling oder Frau Schmaus, eine von den Unentwegten, deren spezifische Tüchtigkeit genau zu ihrem Dutt paßt, eine von denen, die fest auf ihrem Sinn beharren und so die Welt sich bilden, wie sie sein soll, gut, intakt, durchschaubar, und wenn die Welt nicht so ist, wenn sie partout nicht so ist, wie sie sein sollte, dann muß man eben an seinem Platz Hand anlegen, dann muß man wenigstens den Versuch machen...

Die Frau legt den Arm um mich und fragt: Wann ist es denn soweit?

Im März, sage ich, Mitte März.

Und da sind Sie noch in Berlin?

Die Frau ist entrüstet.

Wir sind eben angekommen. Ich wollte zu einem Arzt.

Herr des Himmels, gibt's denn bei Ihnen keine Ärzte? Sie wohnen wohl hinter dem Mond?

In Görzke, ja, 70 Kilometer von hier.

Görzke, sagt die Frau. Nie gehört. Also nun passen Sie

mal auf. Das sagt die Frau im Kaninchenfellmantel nun oft: Also nun passen Sie mal auf, wenn wir hier raus sind, versuchen wir erst mal bis zu meiner Wohnung zu kommen. Und wenn sie noch steht, bleiben Sie bei mir, bis sich eine Fahrgelegenheit findet. Und dann nichts wie weg. Ihren Arzt können Sie vergessen.

Das ist meine Mutter, sage ich.

Von nun an redet die Frau an mir vorbei mehr zu meiner Mutter als zu mir. Also nun passen Sie mal auf, machen Sie sich mal keine Gedanken. Wenn meine Wohnung noch steht... übrigens, auf Plündern steht jetzt der Tod. Also nun passen Sie mal auf. Ich arbeite in einem Lager für durchreisende Flüchtlinge, da kann ich Ihnen immer eine Fahrgelegenheit besorgen. Die Leute ruhen sich bei uns aus, wärmen sich auf, werden verpflegt und dann in den richtigen Zug gesetzt und im Reich untergebracht, wo keine Bomben fallen. Die Amis haben sich ja hier eine ganz neue Taktik ausgedacht: Auf eine Luftmine folgen zwanzig Sprengbomben und dann hundert Brandbomben. Also nun passen Sie mal auf, es gibt hier sechs Notausgänge, die werden nach der Entwarnung geöffnet. Neben jedem Notausgang ist ein Wasserhahn. Wenn wir Wasser haben, machen Sie Ihre Taschentücher naß. Und wenn wir rauskommen, halten Sie sich das nasse Tuch vor die Nase wegen dem Rauch, und auch vor die Augen, damit sie sich nicht entzünden. Also nun passen Sie mal auf, Sie gehen immer hinter mir her, ja? Bloß nicht Hals über Kopf ins Freie, weil da die heißen Luftströme uns entgegenkommen. Besser wir warten im Bunker ab, bis die Brände in der Nähe gelöscht sind, die Frischluftversorgung ist gut hier, da machen Sie sich mal keine Gedanken. Die Frau redet auch weiter, wenn der Bunker in seinen Grundfesten bebt. Dann gibt ihr Körper nach und wiegt auch hin und her. Also nun passen Sie mal auf, ich habe eine Taschenlampe. Die Batterie ist ganz neu, neu,

neu, Frau Weber, so heißt die Frau, stottert auf einmal. Ha-ha-haben Sie überhaupt eine Volksgasmaske?

Volksgasmaske? Haben wir nicht, nein.

Wir müssen sehr tief im Bauch des Bunkers sitzen, oder sind wir im Fahrstuhl aufwärts gefahren? Das Dröhnen anfliegender Bomberverbände hören wir nicht, nur dann und wann, mehr oder weniger nah, Detonationen von Sprengbomben, Brandbomben, das Bersten von Luftminen, eine Luftmine, zwanzig Sprengbomben, hundert Brandbomben. Wenn die Engländer kommen, sagt Frau Weber, die legen Bombenteppiche.

Soweit man das bei den vermummten Gestalten erkennen kann, bin ich die einzige Schwangere in dem Luftschutzraum. Die Blicke der Frauen liegen oft auf meinem Bauch, heben sich und sehen mich an, verständnisinnig oder mitleidig oder vorwurfsvoll. Andere Frauen stieren übernächtigt vor sich hin. Kinder im schulpflichtigen Alter sind nicht da, aber einige Mütter halten ihre Kleinkinder umschlungen. Normalerweise fiebern Schwangere im achten Monat ihrer Entbindung entgegen, wollen die Last endlich los sein, das Sodbrennen, den Druck auf die Blase, die Atemnot. Wer jetzt ein Kind erwartet, ist um jeden Tag froh, den es noch so verschwenderisch versorgt im Bauch hocken kann, ein paradiesischer Aufenthalt, gemessen an dem, was es erwartet, wenn es erst kopfüber ins Leben tritt. Das Licht der Welt erblickt. Das Licht geht aus. Ein paar Frauen knipsen ihre Taschenlampen an, auch Frau Weber, die uns erst mal mit in ihre Wohnung nehmen will, vorausgesetzt, wir kommen hier raus, und vorausgesetzt, die Wohnung steht noch und ist nicht geplündert (aber auf Plündern steht der Tod), und die uns dann auf den Weg bringen will, komme was da wolle, vorausgesetzt, eine Fahrgelegenheit findet sich, raus aus dieser Hölle. Eine Bombe schlägt so in unserer Nähe ein, daß der Bunker in seinen Grundfesten bebt. Ein Aufschrei geht durch die Reihen. Die zurückgehaltenen Flüche werden ausgestoßen. Die zurückgehaltenen Gebete. Der Lichtkegel von Frau Webers Taschenlampe leuchtet gerade in den Mund meiner Mutter, ich sehe ihre Zähne, die Goldplomben, den rosigen Gaumen, das Zäpfchen, die bläulichen Zungenbänder. Ich sehe den Schrei meiner Mutter. Wie dann die Sirenen den langanhaltenden Entwarnungston heulen, kriegen wir Mutters Hände nicht mehr auseinander, so fest hat sie ihre Finger verflochten. Sie hat viel mehr Angst ausgestanden als ich. Ich hätte es so schlimm gar nicht gefunden, wenn eine Bombe uns getroffen hätte, jetzt, wo das Schicksal von Mutter und Kind noch in eins zusammenfällt; jetzt, wo Dirk vielleicht auch gerade verreckt, erfriert, verhungert, zugrunde geht, erschossen wird; keine Todesart, die ich mir nicht ausmalen könnte. In Görzke gibt es eine Frau Jessrich, eine Bäuerin, deren beide Söhne als vermißt gemeldet sind. Seit die Vermißtmeldung des zweiten Sohnes sie erreicht hat, ist Frau Jessrich drauf gekommen, daß sie über die Kunst des Pendelns verfügt; und alle Frauen, die wissen wollen, ob ihr Mann, ihr Bräutigam, ihr Sohn noch am Leben ist, gehen zu der Jessrichen ihr Haus, wie das abseits gelegene Gehöft nun heißt, reißen sich ein Haar aus, ziehen ihre Ehe- oder Verlobungsringe vom Finger und legen eine Fotografie des Vermißten auf den Tisch. Frau Jessrich zieht den Ring auf das Haar und läßt ihn nahe über dem fotografierten Gesicht baumeln, wobei sie ihre Hand vollkommen ruhig hält. Ich habe mir erzählen lassen: Der Ring steht still, wenn der Vermißte tot ist; sollte er aber noch am Leben sein, fängt der Ring langsam an zu kreisen. Je weiter die Kreise sind, die er in der Luft zieht, um so besser geht es dem Vermißten, um so eher wird er zurückkommen. Über den Fotos der beiden Söhne soll Frau Jessrichs Ehering schöne große Kreise gezogen haben.

Wir hauchen und kneten Mutters Hände warm, bis sie in zwei gleiche Hälften auseinander in ihren Schoß fallen. Fast als letzte verlassen wir lange nach der Entwarnung den Bunker, immer hinter Frau Weber her. Man könnte meinen, der Angriff habe den ganzen Tag gedauert, es sei schon Abend und die giftige Schwefelsonne sei der Mond, so verdunkelt der Rauch brennender Trümmer den Himmel. Frau Weber stülpt mir rigoros ihre Gasmaske über, schnallt das Kopfband so, daß sie fest auf meinem Gesicht sitzt. Also nun passen Sie mal auf. Durch die Augenfenster sehe ich klaffende Trichter auf dem Straßenpflaster, ausgebrannte oder noch brennende Straßenbahnen, Busskelette zwischen den schwelenden Umrissen der Häuser. Menschen rennen und schleppen, was sie retten konnten. Eine Büste liegt vor ihrem Sockel in einem Bombentrichter. Man braucht das Loch nur noch zuzuschippen. Verwundete und Ausgegrabene werden von ihren Rettern auf Bahren getragen. Tote nebeneinandergelegt. Wegen Spinnstoffmangel wird man sie ohne Kleider begraben. Wir leben noch. Wir sind davongekommen. Auf dem Weg vom Bunker bis zu Frau Webers Wohnung, die vielleicht noch steht, sehe ich eine aus ihren Angeln gerissene weiße, rußgeschwärzte Tür am glimmenden Docht einer Litfaßsäule lehnen, eine junge Frau kniet davor und schreibt mit Lippenstift *Ich lebe* auf die untere Türfüllung. Ich sehe Wasser brennen, Phosphor schwimmt auf dem Eis eines Teiches. Ich sehe zusammensinkende Dachsparren und vor einem Portal Simson, den man geblendet hat, der schreit: *Laß mich los, daß ich nach den Säulen taste und sie einreiße.* Frau Weber nimmt ihn an die Hand, zieht uns in Nebenstraßen. Wenn ich etwas sage, rasselt meine Stimme; ich ersticke unter der Maske, aber Frau Weber hat mich fest im Griff. Ihre Wohnung ist wie durch ein Wunder verschont geblieben. Sie legt den Mann mit Mutters Hilfe auf ihre Chaiselongue im Wohnzimmer. Sein Gesicht ist rußgeschwärzt. Durch einen festen Kopfverband drückt sich schwarzes Blut. Mich bugsiert Frau Weber in das Berliner Zimmer, dessen Eckfenster in einen Ruinenhof blickt. Dort muß ich mich in ihr Bett legen. Sie droht, mich einzuschließen, wenn ich nicht still liege und an mein Kind denke. Noch vor Einbruch der Dunkelheit hat sie den Verwundeten in ein Lazarett geschafft, meine Mutter und mich auf einen Lastwagen, der Leichtverwundete nach Berlin-Buch fährt. Also passen Sie mal auf, ich habe gesagt, Sie sind schon im neunten Monat, strekken Sie Ihren Bauch mal ordentlich raus. Wir fordern Frau Weber auf, rasch das Nötigste zusammenzupacken und mit nach Görzke zu kommen, wo, wir schwören es, noch keine Bombe gefallen ist, aber sie weist dieses Ansinnen weit von sich. Frau Weber am 3. Februar 1945 sagt: Wo denken Sie hin. Es ist das Gebot der Stunde, sich in der Krise zu bewähren. Frau Weber sagt, was die Schlagzeilen im Völkischen Beobachter sagen: Wenn wir kapitulieren, ist das schlimmer als eine verlorene Schlacht. Frau Weber hat immer noch die totale Orientierung, es gibt da einfach nichts mißzuverstehen. Mir wünscht sie einen strammen Jungen und gibt mir sogar noch Erstlingshemdchen und Jäckchen aus der Babyzeit ihres Sohnes mit. Ihr Sohn und ihr Mann stehen im Osten.

Wenn ich versuche, mich zurückzuversetzen in diesen Weltkriegswinter, muß ich den Anfang vom Ende nach Berlin verlegen in die Torsowelt voll Feuer, Gasgeruch und beißendem Rauch, durch die Frau Weber uns zieht. Hier erst, nicht in dem unverändert gebliebenen Dorf, wird uns der Sturz der Idole augenfällig vorgeführt. Nach soviel Zerstörung kann nichts weitergehen. Der Zusammenbruch heißt Zukunftslosigkeit. Wie sollen wir nach solcher Vergangenheit uns Zukunft vorstellen?

Am 13. Februar wird Dresden zerstört, und am 22. bricht unter dem Bombenhagel von 700 Flugzeugen das Bahnnetz in Berlin zusammen. Da macht Frau Weber sich auf, um hinter den Mond zu gelangen.

Wir in Görzke haben in dieser Nacht zum zweitenmal Fliegeralarm. Wir sind nicht einmal sirenenversorgt, bei uns tutet das Feuerhorn. Wir sind luftschutzbereit, haben den Boden entrümpelt, die Kellerdecke behelfsmäßig mit Balken abgestützt, die Kellerfenster mit Splitterschutz verschalt, die Kellertreppe, die in den Hof führt, als Ausstieg freigelassen; Wannen, Eimer und Waschschüsseln sind voll Wasser, Löschsand steht in Kisten bereit, die Feuerpatsche hängt in der Waschküche neben dem Holzgalgen zum Pflaumenmusrühren, auch eine Spitzhacke lehnt an der Wand neben dem Waschbrett. So sieht es jetzt aus bei uns, aber kein Mensch bleibt in der Waschküche. Alle stehen auf der Kellertreppe und betrachten die an den Himmel gepflanzten leuchtenden Christbäume, mit denen die Engländer ihre Zielquadrate abstecken und die Strahlenbündel der Scheinwerfer, mit denen unsere Flak nach den Angreifern sucht. Es wird gemunkelt, die Engländer irritierten neuerdings durch Abwerfen von Staniolstreifen unsere Luftverteidigung und zauberten so falsche Zacken auf die Meßgeräte. Das Radio hat gemeldet, große Feindverbände befinden sich im Anflug auf Berlin. Wir hören ihr Brummen, das Bellen der Flakgeschütze.

Am 24. Februar morgens steht Frau Weber in ihrem angesengten Kaninchenfellmantel mit noch einer anderen Frau vor unserer Haustür. Da bin ich. Oder sagt sie: Das bin ich. Dabei streckt sie die Arme seitlich vom Körper weg wie ein Flüchtiger, der aufgegeben hat und zur Leibesvisitation bereit ist. Von dem Haus, in dessen zweiter Etage Frau Webers Wohnung gelegen hat, ist kein Stein auf dem anderen geblieben. Und als sie auf dem

Bahnhof Drewitz vergeblich versucht hat, einen Zug zu bekommen, hat sie auf einer der Listen, die seit einigen Tagen allenthalben aushängen und auf denen die Namen der von fliegenden Standgerichten wegen Desertation standrechtlich erschossenen deutschen Soldaten aufgeführt sind, den ihres Sohnes gelesen: Unteroffizier Karl-Heinz Weber, geboren am 29. Oktober 1923 in Berlin.

Sie sagt das nicht so flüssig, wie es sich hier liest. Frau Webers Stimme ist kaputt. Sie stottert nun, besonders bei Wörtern, die mit H beginnen, *H-H-H-Herrgottnochmal* und *H-H-H-Hilfe* und *H-H-H-Hitler* und *H-H-H-Hoffnung.* Sie hat nun auch keine Hoffnung mehr. Vor jedem H schnappt sie nach Luft und knetet den Zipfel ihres Taschentuchs. *H-H-H-Heinz h-h-h-hat...* Wir erfahren nicht, was Heinz... Unterwegs auf den von Trecks zugeschobenen Straßen hat sich Frau Weber einer Frau angeschlossen, besser: hat sich eine Frau Frau Webers angenommen. Wie ist doch gleich ihr Name? Banzleber?

Das ist Frau Banzleber.

Nix Banzleber. Ich heißen Banzlewer.

Wir haben das Haus bis unters Dach voller Flüchtlinge. Aber wir rücken zusammen.

Frau Weber ist für uns wie eine alte Freundin, der wir viel Dank schulden. Sie beginnt ihre Sätze nicht mehr mit: Also nun passen Sie mal auf. Das Herz dreht sich einem im Leibe um, wenn man zusehen muß, wie sie mit einem Atemrest Anlauf nimmt nach dem ersten Buchstaben eines Wortes, besonders wenn es ein Konsonant ist. *H-H-H-Himmel* zum Beispiel. *Der ganze H-H-H-Himmel hat gebrannt.* Nun nimmt sich Frau Banzlewer Frau Webers an, so wie sich Frau Weber meiner Mutter und meiner angenommen hat.

Die beiden Frauen hausen in unserer Küche. Da ist es schön warm. Wir haben noch Briketts im Keller. Tagsüber heizen und kochen wir mit Holz, aber jeden Abend hebt Frau Banzlewer mit dem Feuerhaken die innersten, rußigen Herdringe ab und legt von oben ein Brikett in die Feuerstelle. Genau im richtigen Augenblick drosselt sie dann die Glut, indem sie auch die runde eiserne Mitte der Ringe einsetzt. So braucht sie das Feuer morgens nur anzublasen, um für uns alle eine dicke Mehlsuppe zu kochen. Frau Banzlewer nimmt viele Dinge ohne Umstände in die Hand. Trifft Vorkehrungen, an die wir vermutlich nicht gedacht hätten, kopflos wie wir sind. Der Garten muß auch in diesem Jahr umgegraben, gejaucht und bestellt werden. Es ist schon fast zu spät dafür. Mehl, Zucker, Fett muß beiseite geschafft, das Federvieh geschlachtet und eingeweckt werden, solange noch Zeit dazu ist. Gegen Tabak, den Frau Banzlewer in ihren Röcken mit sich führt, ersteht sie ein Spanferkel. Sie schlachtet es in der Waschküche. Noch aus dem Blut braut sie etwas, das sie Schwarzsauer nennt.

Schwer zu sagen, wer oder was diese Frau Banzlewer eigentlich ist. Eine Flüchtlingsfrau eben, eine erfahrene, mit solchen Grenzsituationen vertraute, die uns manchen guten Ratschlag erteilt und selber Hand anlegt, wo es zuzugreifen gilt. Im Jargon meiner Familie nannte man das *eine einfache Frau aus dem Volk*. So recht freilich paßt Frau Banzlewer nicht in gängige Klischees, dazu ist sie nicht leutselig genug. Sie verliert kein Wort zuviel, kein Genöle, niemand weiß, woher sie eigentlich kommt. Ihrem geradebrechten Deutsch nach zu schließen, sagt Großmutter, kommt das Mensch aus dem Baltikum.

Das Mensch trägt eine gestreifte hochgeschlossene Flanellbluse, deren Ärmel meistens aufgekrempelt sind. Das Mensch ist nicht alt und nicht jung und hat die Backenknochen sehr hoch sitzen und die Augen sehr schräg. Vielleicht ist Frau Banzlewer nur deshalb so schweigsam, weil es, wie gesagt, mit ihrem Deutsch hapert. Auffällig an ihrer Unauffälligkeit ist die unverschämte Sicherheit, mit der sie gewissermaßen die Führung des Haushaltes an sich reißt. Sie scheint nie zu fürchten, etwas falsch zu machen oder etwas zu unterlassen. Sie erlaubt sich nicht eigentlich uns dreinzureden, sie nimmt sich nichts heraus. Stellvertretend für uns tut sie , was ihrer Meinung nach getan werden muß. Ihre Erfahrungen stammen nicht aus zweiter Hand. Nichts kennt sie nur vom Hörensagen. Weil sie uns für töricht hält, bemuttert sie uns rigoros. Und wir lassen es uns gefallen. Auch wenn die Frau uns nicht ganz geheuer ist, denken wir: Was machten wir ohne sie. Frau Banzlewer trifft Maßnahmen in unserem Haus, als handele es sich um ihr eigen Hab und Gut. Auf das, was man Fortune nennt, verläßt sie sich nicht. Aus ihrem Benehmen hätten wir schließen können, daß wir eine Zeitlang mit nichts würden rechnen können, nicht mit Wasser, nicht mit elektrischem Strom, nicht mit Nahrung, womöglich nicht einmal mit einem Dach über dem Kopf. Wir meinen aber immer noch, das Mensch male den Teufel an die Wand.

Ich würde es mir zu einfach machen, wenn ich nicht dazu sagte, daß Frau Banzlewer es faustdick hinter den Ohren hat. Auch auf die Gefahr hin, daß die Konturen ihres Bildes verschwimmen, kann ich sie nicht nur loben, sie nicht nur mit Eigenschaften ausstatten, mit denen Staat zu machen ist: mit Beherztheit, Unerschrockenheit, Unverdrossenheit, Entschlossenheit. Über das alles verfügt sie wie ein Tier über seine Instinkte. Sie täuscht nichts vor, was sie nicht ist. Packt nichts an, was sie nicht kann. Dabei setzt sie sich keineswegs hintenan, heimst vielmehr auch das ihre ein. Solange sie lebt, scheint sie sich in der Vorhut eines Krieges befunden zu haben, mitten im Krieg oder auf den nächsten Krieg gefaßt gewesen zu sein. Hätte ich damals schon Brecht gekannt, ich hätte sie Mutter Courage genannt. Mit einer Art

Planwagen ist sie übrigens auch angekommen, einem mit Segeltuch überwölbten Handwägelchen, das jetzt an seiner Deichsel aufgehängt in der Küche baumelt, denn Handkarren sind in solchen Zeitläuften unbezahlbar. Aber: *Genießt den Krieg, der Frieden wird fürchterlich* – das sagt Frau Banzlewer nicht. Höchstens schon mal: *Kein Omelette ohne aufgeschlagene Eier.*

Gerüchte werden geboren: In Bad Freienwalde, 50 Kilometer nordöstlich von Berlin, sollen englische Luftlandetruppen den endgültigen Angriff auf das zur Festung erklärte Berlin vorbereiten.

Oder: Von Bad Freienwalde aus, 50 Kilometer nordöstlich von Berlin, sollen deutsche Luftlandetruppen in weißen Tarnhemden den sich um Berlin schließenden Ring feindlicher Truppen aufbrechen.

Manche Leute wollen wissen, der Führer habe den Einsatz seiner Wunderwaffen V I und V II absichtlich hinausgezögert, um die feindlichen Armeen auflaufen zu lassen und sie mit einem einzigen gewaltigen Schlag zu vernichten; seine höchste Karte spiele er erst jetzt aus in genau dem richtigen Moment, den nur er allein kenne.

Der Volksempfänger meldet japanischen Widerstand auf Luzon und Iwojima, wo immer das liegen mag. Der Volksempfänger meldet Straßengefechte mit der 9. US-Armee am Kölner Dom. Reichsminister Dr.Goebbels bei einem Aufruf zum fanatischen Widerstand sagt, wir gehörten nicht zu jenen sprichwörtlich bekannten allergrößten Kälbern, die sich ihre Metzger selber wählen. Goebbels sagt: *Der Feind wird das bezahlen müssen, was er uns angetan. Umsonst haben Tausende von deutschen Frauen nicht geweint, als eine gierige Soldateska aus der Steppe über sie herfiel, sie einer nicht zu beschreibenden Mißhandlung unterwarf und ihnen zum teuflischen Hohn ihre erschlagenen Säuglinge vor die Füße legte.* Doktor Goebbels reißt sein Maul noch einmal gewaltig auf, aber später wird es so sein, als stamme auch er nur aus einem Geschichtsbuch, das papierne Geschichten zu berichten weiß. Die Geschichtsschreibung wird später Goebbels Sätze wie diese in den Mund legen: *Wenn das ganze deutsche Volk das Maul zum Jabrüllen aufreißt, muß man ihm das Fieberthermometer unter die Zunge schieben, oder wenn es seinen dumpfen Schlaf schläft, in den Hintern stecken, wehe, das Thermometer zeigt dann nicht ein paar Grad über dem roten Strich der Normaltemperatur, dann muß dem Volk neu eingeheizt werden.* Bei diesen Worten, so spätere Zeugen, soll Goebbels gewiehert haben vor Lachen. Liest auch diese Geschichte sich heute nur wie das Schwan-kleb-an-Märchen, in dem die Leute umhergescheucht werden, damit die Königstochter endlich wieder was zu lachen hat? In den letzten Kriegswochen schimpfen die Leute am meisten auf die Post, weil die Feldpostbriefe auf sich warten lassen, Rundfunk und Presse beschönigen nicht den Grund der Briefverzögerungen: Es gebe leider eine ganze Anzahl durch Luftterror vernichteter Postämter; der Feind schrecke nicht davor zurück, Züge im Tiefflug anzugreifen, und wo noch bis vor kurzem die Briefe auf Förderbändern sortiert wurden, müsse jetzt mühselig mit der Hand sortiert werden. Was hat Dr. Goebbels dazu zu sagen? Schimpfen erlaubt er dem deutschen Volk hin und wieder, denn Schimpfen, sagt er, sei der Stuhlgang der Seele. Flüsterwitze gehen um: *Was gibt's für neue Witze? Ein Jahr KZ.* Und: *Hätten wir doch bloß diesen uns auferlegten Krieg nicht angefangen.*

In der Zeitung steht, der Feind werde nunmehr auf Granit beißen; er werde desorganisiert in den Osten zurückfluten, woher er gekommen sei; und auch die Alliierten werden blutig enttäuscht ihre Schiffe nach Amerika und England wieder besteigen, da Deutschland weder zu erobern noch auszurotten sei.

Kein Lebenszeichen von Dirk. Wenn diese Augen sich für immer geschlossen haben...

Ein Mensch kann sich doch nicht einfach in Nichts auflösen.

Viele Menschen lösen sich in Nichts auf. Unter unserem Dach leben jetzt acht Frauen, darunter drei Kriegswitwen, Frau Banzlewer, Frau Weber, die seit Ende Februar keine Nachricht mehr von ihrem Mann hat, die 14jährige Tochter der Flüchtlinge aus Liegnitz, meine Großmutter, meine Mutter und ich.

Ich bereite mich auf eine Hausgeburt vor. Alle Görzker Mütter kriegen ihre Kinder seit eh und je zu Hause. Ich bin jung und gesund – letzteres bilde ich mir wenigstens ein – und werde zu Hause entbinden mit Hilfe unserer erfahrenen Hebamme, die schon über tausend Kindern auf die Welt verholfen hat. Und im Ernstfall würde auch der Arzt zur Stelle sein.

Aber am ersten März brechen wir auf. Was heißt *brechen wir auf*. Wir gehen auf die Flucht, meine Mutter und ich. Nichts und niemand treibt uns fort. Aber wir gehen auf die Flucht. Wohin wollen wir? Hat unser gesunder Menschenverstand, dieser biedere Ratgeber, uns im Stich gelassen? Wohin in aller Welt haben wir gewollt, selbdritt mit hochbepacktem Korbkinderwagen, den ich schiebe; meine Mutter trägt zwei Koffer, und ich trage einen Rucksack auf dem Rücken und das Kind im Leib. So ziehen wir los. Die wenigen Eingeweihten nennen unseren Entschluß hellen Wahnsinn. Frau Weber greift mit dem Atemstumpf nach dem H, *h-h-heller Wahnsinn*. Frau Banzlewer sagt, in solchen Zeiten könne es einem nirgends dreckiger gehen als auf der Flucht, und sie wisse, wovon sie spreche. Großmutter beschwört uns, zu bleiben: Jetzt noch aufzubrechen heiße, sich selbst in die Flucht zu schlagen. Es könne nur noch Tage dauern.

Woher sie das weiß?

Sie weiß es eben.

Sie sagt: Der Führer rennt den Lemmingen voraus ins Meer. Bei den Worten *der Führer* macht sie eine Handbewegung, als streiche sie sich die kellnerhafte Schmalztolle aus der Stirn. Sieh da, sieh da. Großmutter ist mit meinem Vater völlig tout-à-cœur. Und mit Marlene Dietrich, die in Amerika gesagt hat: Ich habe mein Vaterland aufgegeben, weil es mir Schande macht.

Du hörst doch nicht etwa...?

Sie hört. Nun ist es heraus. In letzter Zeit hört Großmutter BBC in deutscher Sprache. Leiht dem Feind ihr Ohr. Legt um Mitternacht eine Decke über den Volksempfänger, ihr rechtes Ohr, das besser hört als das linke, an das bespannte Rund: Ta ta ta taaaa, drei kurze, ein langer Schlag auf die Kesselpauke. *Hier ist der Londoner Rundfunk. Wir rufen unseren Feinden jetzt zu: Wir fordern bedingungslose Kapitulation. Wir Alliierten sind keine Ungeheuer. Unser Streben geht dahin, aus dem blutigen Chaos eine neue Welt erstehen zu sehen...* Großmutter hat die Stimme einer Berliner Jüdin namens Charlotte Grunow gehört, die von roten Flammenkaminen in den Konzentrationslagern berichtet hat, von unvorstellbaren Massenmorden an jüdischen Menschen. Und wir dachten – so Großmutter –, Konzentrationslager seien so eine Art Arbeitsdienst. Bei dem letzten Großangriff auf Berlin habe man die Leiche des Präsidenten Freisler unter den Trümmern des Volksgerichtshofes hervorgezogen. Großmutter erzählt uns das alles nur, damit wir ihr glauben, daß der Krieg so gut wie vorbei ist: mein Gott, Großdeutschland! Ein kurzer Traum, und nicht mal ein schöner. Bleibt hier, ich flehe euch an. Auf die Flucht zu gehen ist eine haarsträubende Improvisation, die man sich jetzt nicht leisten kann. Großmutter sagt: Vielleicht wird das Kind schon im Frieden geboren.

Dabei legt sie mir ihre Hände mit einer so vollkommenen hilflosen Gebärde auf den Leib, daß ich, könnte ich noch weinen, endlich geweint hätte.

Aber Mutter radelt nach Zerbst, um eine Reisegenehmigung für uns zu holen, denn man kann nicht einfach mehr Fahrkarten lösen und losfahren. Zerbst liegt zwanzig Kilometer von Görzke entfernt. Mutter tritt in die Pedale, durch nichts und niemanden ist sie von ihrer fixen Idee abzubringen. Aber wir werden ja nicht ins Blaue hineinfahren, sondern nach Stendal. Stendal? Ja, dort wohnt eine Pensionsschwester von Mutter, deren Mann Arzt am Städtischen Krankenhaus ist, der wird dafür Sorge tragen, daß ich auf seiner Station entbinden kann. Und Stendal, soviel wissen wir hoffentlich noch aus dem Heimatkundeunterricht, liegt westlich der Elbe.

Über mich zu verfügen ist leicht. Ich lasse alles mit mir geschehen. Zu sagen, was jetzt auf mich zukommt, übersteigt meine Kräfte, wäre nicht genug. Wie groß muß meine Apathie gewesen sein, daß ich dem Fluchtplan meiner Mutter nichts entgegenzusetzen habe. Als könne die erschütterte Seele sich keine unvernünftigen Bewegungen mehr erlauben, halte ich still. Meine Angst macht sich leicht. Wenn ich die Augen schließe, sehe ich ein Mohnfeld, und wo es am rötesten ist, ein Kreuz. Es gibt nicht mal mehr eine Hausmauer zum Anfassen. Ein fast glücklich zu nennendes Phlegma macht mich unempfindlich für alles Hin und Her und alle Gerüchte und Mutmaßungen. Meine Mattigkeit und mein Vitalitätsverlust rufen meine Mutter auf den Plan. Stur wie ein Panzer besteht sie auf unserer Flucht Richtung Elbe.

Die Frauen in unserem Haus halten uns für verrückt. Wer, seiner fünf Sinne mächtig, begibt sich zu diesem Zeitpunkt freiwillig in das Heer der Flüchtlinge, verläßt ein Haus voller Holz- und Essensvorräte, seine eigenen vier Wände, das Dach über dem Kopf, ein Dorf, in dem noch keine Bombe gefallen ist, und von Front kann auch noch keine Rede sein, von Fronten allenfalls, die sich aufeinanderzuschieben, die westliche mit kaugummikauenden Amis vom Rhein her, die östliche mit vertierten Bolschewiken von der Oder her. So sehen die Frauen das. Wohin soll man da noch gehen? Aber sie können sich den Mund fusselig reden, meine Mutter zwingt mich, mit ihr aufzubrechen, als kenne sie das Ziel, das wir doch nur von heute aus sehen: das hohe weiße Bett im vierten Stock eines Krankenhauses, von wo aus gesehen Mutters Torheit als Weisheit erscheint.

Meine Mutter ist gewarnt worden. In der vorletzten Nacht des Februar ist ihre beste Freundin gekommen, um uns zuzuflüstern, wir Görzker würden auch noch evakuiert werden, ein äußerster Luftverteidigungsring um Berlin sei vorgesehen; von hier aus würden erste Scheinwerfer den Himmel nach feindlichen Bombern absuchen, unsere Häuser müßten für die Soldaten der Flak geräumt werden. Mutters Freundin muß es wissen, denn sie arbeitet als die rechte Hand des Bürgermeisters im Gemeindebüro; sie selber hat die Listen für die Evakuierung zusammenstellen müssen. Um einer Panik vorzubeugen, werde genau vorgeschrieben, welche Bauern welche Volksgenossen auf ihren Wagen mitzunehmen hätten; nur: die Seelenzahl des Dorfes steige täglich durch hinzuströmende Heimatvertriebene aus dem Osten, und die Zahl der verfügbaren Gespanne sei nicht genau auszumachen, weil der eine, der andere Bauer trotz strengsten Verbotes und Androhung hoher Strafen bereits das Weite gesucht habe, zu deutsch: auf eigene Faust Richtung Elbe losgezogen sei.

Richtung Elbe. Aber sind die Elbbrücken bei Magdeburg noch oder wieder passierbar? Magdeburg war am 16. Januar in einem einzigen nächtlichen Luftangriff zur Hälfte zerstört worden. Großmutter an ihrem Volksempfänger hörte die Hiobsbotschaft zuerst und teilte sie uns im Wortlaut mit. Selten mußte sie noch ihre Kommentare dazu sagen, ihr Tonfall sagte mehr als die immer noch auf Hoffnung getrimmten Meldungen. Seit sie vor mehr als zehn Jahren die Treppe unseres Hauses heruntergestürzt kam, trotz ihrer knarrenden Schiene die Treppe heruntergestürzt kam und *Röhm erschossen* gerufen hat, *Odumeingott, die Nazis bringen ihre treusten Leute um* – seitdem ist sie noch oft die Treppe heruntergekommen, immer mühsamer mit den Jahren, Stufe für Stufe, sich am Geländer entlanghangelnd, um uns Sieges- und Sonder- und Schreckensmeldungen weiterzusagen, und ist wieder umgekehrt und hat ihre Fontaneschen Sprüche gemurmelt: *Es wird schon eine mulmige Geschichte gewesen sein*, oder: *Gott, ist die Gegend runtergekommen.*

An dem Morgen, als sie *Magdeburg* rief, *heute Nacht war Magdeburg dran*, war sie nicht wie sonst angezogen und frisiert; sie hatte aufgelöstes Haar und trug ihren lila Morgenrock; die Schiene freilich hatte sie angeschnallt, sonst hätte sie keinen Schritt mehr laufen können. Wir haben viele Verwandte in Magdeburg. Die Zahl der Toten und Verletzten, die Zahl der total- oder teilzerstörten Wohnungen hat man uns seinerzeit nicht genannt. (16000 Tote in einer Nacht, etwa ebensoviel Verletzte und die Hälfte aller Häuser beschädigt, der Dom, die Liebfrauenkirche getroffen.) *Wie unter Tilly*, sagte Großmutter. Sie hatte den Kopf immer noch oben und erinnerte daran, daß Magdeburg schon einmal in Flammen aufgegangen war. Wird Geschichte gemacht von ehernen Männern wie Gustav Adolf oder Bismarck oder Friedrich dem Großen? Oder ist Geschichte bloß das Ergebnis sich aufschaukelnder Mächte und Kriege, unbeeinflußbar wie Naturgewalten, denen man ausgeliefert ist? Solche Überlegungen hat meine Großmutter nach dem Magdeburger Angriff angestellt.

Ich packe: Windeln, Wickeltücher, Erstlingshemdchen, Erstlingsjäckchen – manche stammen von dem standrechtlich erschossenen Karl-Heinz Weber –, Klitzekleines, Strampelhöschen, Mützchen, Selbstgestricktes, Gehäkeltes. Ich nehme Öl, Watte, Wundcreme, Nabelbinden mit. Ich denke an alles, nur nicht an das, was man die Weltlage nennt. Außer der Angst und Trauer um den Vermißten beschäftigt mich nur noch meine Schwangerschaft und die bevorstehende Geburt. Mich gehen nur noch Sterben und Geburt etwas an. Zerstreute Aufmerksamkeit, verteilte Geschäftigkeit, gemischte Gefühle kann ich mir – so stellt es sich mir rückblickend dar – nicht leisten. Alles ist auf einen kleinen Kreis gerichtet, der für mich der Weltkreis ist. Nur wenn ich es so sehe, kann ich mir unseren Aufbruch am ersten März zwischen zwei Fronten erklären. Unseren fünf Sinnen trauen wir nicht mehr, ein sechster muß her, dem wir uns anvertrauen, dem wir blindlings wie einem Stern folgen. Das trifft vor allem für meine Mutter zu. Sie hat ohnehin jedes Interesse an sich selbst verloren und hat mein Schicksal und das des Kindes zu ihrem gemacht. Sie sagt: Ich würde mich für dich vierteilen lassen. Sie sagt: Du bist ja noch ein halbes Kind. Daß ich immer noch ein halbes Kind bleibe, ist wichtig für sie, so wachsen ihr ungeahnte Kräfte zu. Ich sehe noch das Größerwerden ihrer Augen, als ihre Freundin uns unter dem Siegel der Verschwiegenheit von der geplanten Evakuierung unseres Dorfes erzählt. Meine Mutter altert mit einem Mal, ihre Augen bleiben von nun an größer, die Nase wird schärfer, die vollen Lippen ziehen sich zurück. Sie sieht mitgenommen aus. Jemand hat diesen Satz gesagt. Ihre Devise: Das Kind wird jedenfalls nicht auf dem Treck geboren. Wer kriegt hier eigentlich ein Kind, meine Mutter oder ich?

In den letzten Jahren konnte man bei meiner Mutter gelegentliche Niedergeschlagenheiten bemerken, Müdigkeiten, typische Blutdruckabfall-Symptome, die man heute womöglich schon Depressionen nennen würde. Das alles ist wie weggeblasen. Sie wächst über sich hinaus. Sie radelt nach Zerbst, und ich ahne immer noch nicht, daß sie von derselben Angst um mich getrieben wird, die sie in das Flammenmeer Berlin getrieben hat.

Ich packe. Ich vergesse auch die drei Schachteln Phanodorm-Tabletten nicht, die wir uns für den Fall der Fälle, wie wir es umschreiben, von Mutters Arztfreund besorgt haben; nicht die Phanodorm-Zäpfchen für das Kind, falls wir erst nach seiner Geburt nicht mehr aus noch ein...

Ich packe mit großer Umsicht. Nehme nur ein einziges Buch mit: Dr.Haarer *Die deutsche Mutter und ihr erstes Kind*, in dem alles Wissenswerte über Schwangerschaft, Geburt und Säuglingspflege steht und das ich in- und auswendig kenne. Kein Hölderlin, kein Rilke, kein Jünger. Auch kein Lippenstift, keins meiner Lieblingskleider, kein zweites Paar Schuhe, das ist Luxus. Wenn alle Sinne aufs schiere Überleben ausgerichtet sind, wird man zur Spinne, die nichts kann außer Netzeweben, aber das kann sie mit allergrößter Kunstfertigkeit; zum Lachs, der unbeirrt auf Laichwanderung geht und in hellen Schwärmen stromauf springt. Mein kreatürlich-sinnliches Einverständnis mit meiner Schwangerschaft ist so groß, meine Vorstellungskraft nur noch auf den einen Punkt Geburt gerichtet, daß ich mechanisch nichts anderes mehr empfinde und betreibe als diese Aufgabe. Je mehr alles um mich herum aus den Fugen gerät, desto schärfer wird mein Instinkt, uns durchzubringen. Das Kind darf nicht auf dem Treck geboren werden. Also gehen wir. Es gibt sogar Augenblicke der Genugtuung: Warum sollten wir es besser haben als die Flüchtlinge?

Am frühen Morgen des ersten März fahren wir mit dem Triebwagen bis Ziesar und weiter mit der Kleinbahn bis Großwusterwitz. Hier hängen auch die Namenslisten der wegen Desertation erschossenen deutschen Soldaten: *Wer nicht kämpfen will und abhaut, wird umgelegt! Uns geht die Sonne nicht unter! Heil unserem Führer*! Die Liste hängt über einer Personenwaage: *Prüfe dein Gewicht.*

Nach Magdeburg fahren keine Züge mehr, weil in der Nacht ein Luftangriff den Hauptbahnhof in ein rauchendes Trümmerfeld verwandelt hat. Wir steigen in einen Bummelzug nach Genthin und weiter in einen Eilzug Richtung Stendal. Bei Tangermünde überqueren wir die Elbe. Einfach so. Ehe wir uns versehen, sind wir westlich der Elbe. Während der Zug im Schrittempo über die Brücke fährt, stehen wir am Fenster, sehen den Fluß im Weiterwälzen, sehen einen schwarz geteerten Kahn dümpelnd am steinigen Ufer. Bald zeigen sich die Backsteintürme der Stadt Stendal. Mutter zählt litaneihaft ihre Namen auf: St. Nikolai, St. Marien, St. Peter, St. Katharina, St. Annen. Meine Mutter freut sich wie ein Schneekönig. Sie sieht aus, als werde sie gleich nach Stendal hineinmaschieren und dabei erleichtert pfeifen. Da fängt der Zug an zu bummeln, steht, zuckelt wieder ein Stück, steht. Tagesalarm. Keiner in unserem voll besetzten Abteil hat die Sirenen gehört, aber alle sehen nun die Bomberformationen in Dreierketten am Himmel; die anfliegenden Maschinen haben keine Mühe, hinter- und nebeneinander zu bleiben. Früher sprach man vom Wetter in der Wortverbindung mit der Ernte, mit Reisen, mit Krankheiten; Erntewetter, Reisewetter, Rheumawetter, Grippewetter, das allerschönste Wetter hieß Kaiserwetter. Jetzt spricht man nur noch von Flugwetter. Heute ist ideales Flugwetter.

Meine Mutter wird verrückt. Sie wird wirklich verrückt, denn mit einemmal singt sie lauthals sozusagen und glockenrein, als begleite sie sich selber am Flügel:

Ach du klarblauer Himmel / wie schön bis du heut, / ob das Herz voller Sorgen, / die Erde voll Streit. Ich schüttele sie und halte ihr den Mund zu. Jemand schreit: Raus hier, bloß raus. Der Zug fährt so langsam, daß man nebenher laufen könnte. Die meisten Reisenden werfen ihr Gepäck aus Türen und Fenstern und springen hinterher. Wir warten, bis der Zug auf freier Strecke hält. Ein sehr netter Soldat ist uns beim Aussteigen behilflich. Er lacht und sagt verächtlich: Die wollen uns kapitulationsreif bomben. Er übernimmt nun das Kommando. Auf keinen Fall nach Stendal, da ist kriegswichtige Metallindustrie.

Solange die Bomber am Himmel zu sehen sind, hocken wir in einem Graben am Rand einer Wiese. Kreuz und quer über die Wiese laufen Wagenspuren, die mit dünnem Eis ausgegossen sind. Die Gräser konnten sich noch nicht wieder aufrichten. Zwischen zwei wulstigen Weidenstämmen sehen wir einen der Türme von Stendal. Der Soldat nimmt unsere beiden Koffer und befiehlt uns, hier auf ihn zu warten, er werde dem Kind schon schaukeln, wenn ihm auch quietscht. Der hat Humor. Wir warten sehr lange. Gehen auf und ab auf dem gläsernen, knisternden nachgiebigen Boden. Eine Stunde, zwei Stunden? Zur Frühlingssonne bläst ein scharfer Wind. Meiner Mutter ist sterbenselend. Ich denke: Gleich fällt sie rückwärts in den Schnee mit ausgebreiteten Armen und macht einen Adler. Wir müssen annehmen, der Soldat sei mit unseren Koffern auf und davon. Was sollen wir sonst von ihm halten! Wir besitzen jetzt noch den Rucksack und den vollbepackten Kinderwagen mit der Babyausstattung. Wir zählen auf, was alles wir noch haben, jedenfalls das Nötigste für das Kind. Großmutter würde sagen: reiche Habenichtse. Sie ist überhaupt sehr gegenwärtig. Man könnte sagen, sie glänzt durch Abwesenheit. Als wir gerade gehen wollen, um auf eine Landstraße zu gelangen, kommt der Soldat Arme rudernd über die Wiese gelaufen. Alles in Butter. Er hat einen Lkw der Deutschen Wehrmacht organisieren können, der fährt uns samt unseren Siebensachen in ein Flüchtlingslager nach Osterburg; die Leiterin des Lagers ist informiert, eine gewisse Frau Wohlgemut...

eine gewisse Frau Ebeling, die den Kotflügel der Geschichte berührt hat, eine gewisse Frau Schmaus, eine gewisse Frau Weber, eine von den famosen Frauen, die das beste aus allem machen, ohne die das Ganze zusammenbrechen würde. Ich bin ihnen immer wieder begegnet, den Unentwegten. Deren Wahlspruch *Hilf dir selbst, dann hilft dir Gott* heißt. Den Heldinnen der Heimatfront. Immer sehen sie so aus, als sagten sie: Was kostet die Welt. Auf ihren Schultern liegt die Last des Kriegsalltags. Sie wachsen über sich hinaus. Sie erliegen den Parolen, die in sich logisch und widerspruchsfrei und eben deshalb so schlagend sind. Für nichts und wieder nichts setzen sie sich bis zur Selbstaufgabe ein, schaffen das Notwendige herbei, auch wenn's an allen Ecken und Enden fehlt, zum Beispiel an Klinikbetten im März 45. Im Rückblick auf diese Frauen, deren Zahl Legion gewesen ist, fühlt man sich zu ironischer Beschreibung aufgestachelt, aus der sich konsequent das Klischee und daraus die Karikatur ergäbe und somit genau der Widerstand, den man sich beim Schreiben wünscht. Wie könnte ich mich zu ihrem Anwalt machen? Sind meine Geschöpfe etwa verletzlich? Hätten diese Frauen nicht so fabelhaft funktioniert, das Dritte Reich hätte sich kaum solange etablieren können. Ihrer Tüchtigkeit, Findigkeit, Brauchbarkeit, ihrem Rückgrat ist es zuzuschreiben, daß das Volk durchmarkt wurde von diesen Tugenden. Sie lebten es vor. Sie meinten es gut. Und wußten nicht, welchem Unheil sie Vorschub leisteten.

Frau Wohlgemut heißt wirklich so. Sie leitet das

Flüchtlingslager, Durchgangslager – oder heißt es Auffanglager, Notaufnahmelager? – in einer requirierten Schule in Osterburg. Helferinnen und ein Vertriebenenseelsorger gehen ihr zur Hand. Für die erste Nacht müssen wir vorliebnehmen mit einer Matratze in der Ecke des Klassenzimmers, in der Nähe eines Kanonenöfchens, das zusätzlich zum Kachelofen aufgestellt wurde und das eine Helferin hin und wieder mit Holz füttert. Über uns an der Wand hängt ein Plakat, das alle aus dem deutschen Osten Vertriebenen beschwört, Ruhe zu bewahren; Alarmgerüchte gingen leicht von Mund zu Mund; es komme jetzt aber darauf an, der zuständigen, nächstgelegenen Befehlsstelle der Wehrmacht oder des Volkssturms jede, auch die kleinste Beobachtung mitzuteilen, die sie auf ihrer Flucht gemacht hätten und die sich auf die Bewegungen feindlicher Truppen beziehe; also etwa die Zahl feindlicher Panzer und Fahrzeuge anzugeben, ihre Marschrichtung, ihr Verhalten, und sich genau des Orts, des Datums, der Tageszeit zu erinnern...

Der geschichtlichen Hochspannung müde, muß ich das Plakat zweimal lesen, um es zu verstehen. Das Taubwerden gegen das, was mit Gewalt uns aufgedrängt wird, greift um sich. Ich habe noch keine feindlichen Panzer zu Gesicht bekommen, das steht noch aus. Frau Wohlgemut bringt mir ein Kissen und stopft es mir in den Rücken. Na, denn gute Nacht (Marie). Frau Wohlgemut trägt ein strenges, graues Kostüm, das man Schneiderkostüm nennt, am Jackenrevers das Parteiabzeichen; mein Vater nennt es Wollhandkrabbe, weil das Hakenkreuz an Gliederfüße erinnert; im Volksmund heißt es Bonbon.

Meine Mutter liegt neben mir und legt mir die Hand auf den Bauch. Das Kind strampelt nicht mehr so fühlbar wie noch vor einigen Wochen, es wird ihm nun zu eng zum Strampeln. Wenn es ein Junge wird, soll er Michael heißen, wenn es ein Mädchen wird, Maren. Meine Mutter ist ganz sicher, daß es ein Mädchen wird. Ihre pastellfarbenen Vorstellungen, wie das Leben eigentlich sein müßte, hat sie immer noch nicht begraben. Sie malt mir aus, wie es sein wird, wenn Dirk zurückkommen und das Kind sehen wird. Ein Festtag wird das sein. Alles wird dann gut sein. Sie wird Lebensmittel herbeischaffen, damit wir Dirk aufpäppeln können, der sicher sehr abgemagert heimkommen wird. In unserem Haus steht noch soviel Zeug herum, das man bei den Bauern wird eintauschen können gegen Hühner, Fettigkeiten, Milch, Eier. Die Teppiche zum Beispiel liegen ja übereinander, für einen einzigen echten Perser bekomme man soviel, daß wir vier Wochen Fettlebe machen können. Und dann das Porzellan, ich bitte dich, zwei handgemalte Eßservice für je 48 Personen, wozu brauchen wir das noch? Da muß bloß die Tochter eines reichen Bauern heiraten, und man wird uns ein ganzes Schwein dafür geben. Oder das Silber von Urgroßmutter Northe, nach der Mutter Elisabeth heißt, der Frau von dem Erdmann Northe aus Genthin. Erdmann wäre auch ein schöner Name für einen Jungen. Aber es wird ja ein Mädchen. Von dem alten Silber will Mutter sich lieber doch nicht trennen oder nur im alleräußersten Notfall. Gegen den blinden Geschichtsvorgang entwickelt sie mir eine schöne Zukunft, keine leichte, nein, aber eine schöne, wo alle beisammen sind, die zusammengehören, eine Zukunft, in der es keine auseinandergerissenen Liebenden mehr gibt. Eine Zukunft, vor der der Krieg wie nicht gewesen ist. Und daß wir wieder nach Hause kommen, das weiß Mutter bestimmt. Daran zweifelt sie keinen Augenblick. Sie ist in den Wechseljahren und leidet oft unter fliegender Hitze. Sie wischt sich den Schweiß von Gesicht und Hals. Der mittlerweile klassisch gewordene rituelle Muttermord ist noch nicht erfunden. Meine Mutter, in der Nacht im Flüchtlingslager, tröstet mich, wie einen seine

Mutter tröstet. Mütter sind ja wie Pulsschläge, auf die man nicht achtet, weil sie regelmäßig sind und das Ganze in Gang halten. Auf der Flucht entdecke ich eine neue Nähe zu meiner Mutter.

Als Frau Wohlgemut die Milchglaslampe ausknipst, die von der Decke des hohen Klassenzimmers baumelt; als nur noch der wabernde Feuerschein aus den beiden undichten Ofentüren über die Flüchtlinge fällt, kriecht eine Frau, keine drei Meter von uns entfernt, auf den neben ihr liegenden Mann; beide reißen sich die Hosen vom Leib und machen ungeniert, als seien sie allein, Liebe, oder welches Wort paßt besser für die Pantomime, die rasch Schule macht, für das, was früher, so mein Vater, einfach ein Riesenspaß war und dann nach dem Willen des Führers oder Himmlers höchster Ehrendienst sein sollte, das jetzt und hier eher die Verlorenheit erleichtert, die Ungewißheit, das Vertriebensein; als sei ein Ventil aufgeflogen, rutschen andere Paare zueinander, die zusammengehören oder nicht zusammengehören, sondern nur zufällig auf Decken und Strohsäcken erreichbar sind; als sei der eine, die andere ein Strohhalm, an den man sich klammern kann, und wenn du nicht willst, dann eben eine andere, und wenn der nicht, dann ein dritter, wo ist da der Unterschied; Gerangel, unterdrückte Schreie, furioses Geflüster, hölzernes Gelächter, Liebesgeige, Schnarrpfeife, nie gehörte Namen; nichts gilt mehr; eine wahnwitzige Unschuld macht sich breit, unverblümt, schamlos, Irrsinn komplett; hier wird nicht genossen, hier werden Hoffnungen zu Grabe getragen, hier wird so getan, als könne eine Umarmung Unvorstellbares zu Ende bringen; dazu das Zischeln der Empörung von anderen, die um so erstarrter daliegen, um so einsamer; Proteste werden laut, Flüche, Drohungen, Verwünschungen, Schmähungen, Sauvolk, Hurenbock, Schleppsack, Schweinigel, alte Vettel, hau ab; oder anstachelnde Rufe: gib's ihm und bums sie, deutlich hört man den Zungenschlag östlicher Dialekte; man kann sich nicht die Ohren zuhalten, um das Stöhnen, Lachen, Kinderweinen, um Kraftworte, Lallworte, Stummelworte nicht mitanhören zu müssen.

Meine Mutter zieht mich hoch. Wir steigen über die Liegenden und gehen in die Küche. Eine Helferin schläft auf einem Strohsack. Mutter bläst die Glut unter der Asche im Herd an. Die Helferin erwacht und bietet mir ihren Strohsack an; mir geht es aber im Sitzen besser als im Liegen. Die Helferin geht hin und wieder durch die Klassenräume, um die Öfen in Gang zu halten, auch, um unser Gepäck zu holen; das hätten wir nicht liegen lassen dürfen, da ist ja die Hölle los, leider, leider sickere auch allerlei Gesindel in die Flüchtlingslager, sie wolle damit sagen, unter den vertriebenen Volksgenossinnen und Volksgenossen seien auch befreite Gefangene aus dem Protektorat oder sonstwoher, undurchsichtige Elemente, man höre es gleich an dem unmöglichen Deutsch, aber wie die Dinge nun einmal liegen, könne man keinen zurückweisen, selbst die nicht, die kein Sterbenswort Deutsch verstehen, es gehe eben alles drunter und drüber, Über- und Untermenschen, alles durcheinander. Frau Wohlgemut aber, darauf können wir Gift nehmen, wachse so leicht nichts über den Kopf.

Frau Wohlgemut ist, wie ihr Name sagt. Am folgenden Morgen hat meine Mutter ein Gespräch mit ihr unter vier Augen. Bei einer Tasse Bohnenkaffee. Das Resultat: Wenn die Wehen einsetzen, werde ich ein Klinikbett im Osterburger Krankenhaus bekommen. Gewohnt, Wunder zu vollbringen, hat Frau Wohlgemut das bewerkstelligt. Meiner Mutter fällt der sprichwörtliche Stein vom Herzen. Mir natürlich auch, aber selbst das bleibt am Rand meines Bewußtseins. Meine eigentliche Aufgabe heißt Lebenmüssen und Mitsterbenwollen mit Dirk.

Am dritten März bringt Frau Wohlgemut uns in ihrer Wohnung unter, in der Loggia, weil alle anderen Räume bereits belegt sind von Müttern und Kindern. Die Loggia, der überheizte Wintergarten, ist eine Vorwegnahme von Bildern, wie ich sie gut zehn Jahre später in Südwestafrika oft vor Augen haben werde. Frau Wohlgemut hat die Reichskolonialschule Witzenhausen besucht und hat vor dem Krieg einige Jahre als Kindergärtnerin in Windhuk gearbeitet. Von ihren Safaris hat sie Ableger und Samen und Stecklinge subtropischer Pflanzen mitgebracht, die sie seitdem mit Hingabe und Kennerschaft züchtet wie andere Leute Orchideen. Nur weil ich später in Steingärten und wildwachsend in der Namib diese Wunderpflanzen bestaunen werde, die gedeihen, wo es eigentlich gar keine Lebensbedingungen gibt, ist mir der Wintergarten so erinnerlich: die graugrünen Knollen, Klumpen, Flaschen, Walzen, Ruten, die fleischigen Blätter der Bäumchen, die akkurat übereinanderstehen und sich beschatten. Von der Decke hängen glasgeblasene Ampeln mit Schlangenkakteen, an der Wand eine Maske, die lächelt.

Frau Wohlgemut, am 3. März 45, kann sich gar nicht genug tun, uns die Überlebenskünste der wasserspeichernden Gewächse zu schildern: Manche Knollen verkriechen sich vor der Sonne in den Boden, andere schützen sich gegen das Austrocknen durch eine dicke Haut, durch Flimmerhaare, glänzende Wachsschichten, Harzmäntel, ja, einige sind so gerissen, daß sie sich Warzen aufsetzen, welche das Licht zurückwerfen und dadurch die Pflanze kühlhalten. Einmal, da hat Frau Wohlgemut beim Sukkulentensuchen in der Namib eine einmeterzwanzig lange Viper sich aus einem dreifachen in einen zweifachen Kreis räkeln sehen und ist ganz ruhig stehen geblieben und hat die Beweglichkeit der Rippen unter der glänzenden Haut bestaunt, denn, nicht wahr, Schlangen sind doch auch Gottes Geschöpfe. Frau Wohlgemut strömt Unerschrockenheit und Beherztheit aus. Wenn sie etwas haßt, dann sind das schwächliche Kompromißnaturen.

Im Wohnzimmer, von der Loggia durch eine Glastür getrennt, steht der unvermeidliche Volksempfänger. Was wird er gemeldet haben: *Große Abwehrerfolge in Ostpreußen, in Kurland, am Niederrhein, in Schlesien, in Südpommern, östlich des Plattensees, in der mittleren Slowakei, südlich des Oberlaufs der Weichsel, in Mittelitalien;* Abwehrerfolge, wohin man blickt. Wer kann sich die Weltkarte noch vorstellen. Die bunten Stecknadelköpfe fallen übereinander her. Eine der Flüchtlingsfrauen stellt das Radio ab, eine andere schaltet es wieder ein. Wir sind gierige, abgebrühte Konsumenten von Schreckensnachrichten: Das Oberkommando der Wehrmacht gibt die gesteigerten Versenkungserfolge vom Februar bekannt, die unserer angriffsfreudigen Seeführung zuzuschreiben sind. Es folgt ein bunter Melodienstrauß der Kapelle Erich Börschel. Manchmal hocken wir alle um den Volksempfänger in Erwartung dessen, was längst eingetreten ist, in dem wir schon mittendrin stecken, aber wir tun so, als stehe noch aus, was der Umbruch genannt werden wird. Wer soll wissen, ob jetzt noch nicht oder fast schon der Umbruch stattfindet. Im Augenblick haben wir dank Frau Wohlgemut ein Dach über dem Kopf. Eins der Kinder weint immer, nachts auch die eine, die andere Frau. Wir dürfen das Fenster im Wintergarten nicht öffnen. Wenn wir nicht ersticken wollen, müssen wir eine andere Bleibe finden.

Während meine Mutter auf der Suche nach einer Unterkunft für uns ist, gehe ich durch die Straßen von Osterburg. Die Stadt ist unzerstört. In meiner Erinnerung liegt jedes Haus in einem Garten, und ich stehe an Gartenzäunen, von denen manche nach frischer Farbe riechen, und kann mich nicht genug darüber wundern, daß auch in diesem Frühjahr die Pflanzenschnüre sich von einem Setzloch zum anderen spannen und gesät und gepflanzt wird, als gebe es eine Zukunft, als werden die Erbsen, die eine Frau in die gezogenen Erdrillen legt, tatsächlich keimen, die Zwiebeln, die sie in immer demselben Abstand voneinander steckt, ihre Schäfte hervorbringen, und das Wurzelzeug, das sie von vorjährigem Laub und Gestrüpp befreit, werde mit staunenswerter Pünktlichkeit Rosen oder Hortensien oder Rittersporn zeitigen, Osterglocken zu Ostern, Tränende Herzen zum Muttertag, Pfingstrosen zu Pfingsten; als sei Verlaß darauf, daß hier sich die Glyzinienpracht entfalten werde, dort der Phlox, die Königskerzen, Georgien, Dahlien, Astern. Regenwürmer werden sich aus der fetten Erde ringeln, an den Zäunen werden Brennesseln stehen, Kletten, Huflattich mit brusthohen Schlapphüten und allerlei von Vogel- und Hühnerschnäbeln verschlepptes Unkraut. Auch die unflätigen Kürbisse werden nicht fehlen. Maulwürfe werfen die Erde auf.

Die Gärten sind von der Katastrophe ausgeklammert. Schneeglöckchen und Krokusse haben die Erde schon durchstoßen, und nicht einmal die silbernen Kätzchen an den Weiden haben ihre Farbe gewechselt in diesem Jahr. Narzissen und die Tulipan werden kerzengerade dastehen wie immer, die Düfte werden einander abwechseln, über welkenden Maiglöckchen werden sich Rosen entfalten, neben verblühenden Rosen Reseda mit grünlichen oder gelben Blüten, sehr beliebt zum Winden von Totenkränzen. Die Stachelbeeren haben bereits winzige Knospen angesetzt. Vögel schilpen. Gelb und dünn liegt die Mittagssonne auf dem gebeugten Rücken eines alten Mannes; er kniet sich in die Arbeit hinein, als sei er selber in den Naturkreislauf einbegriffen. Er geht sehr vorsichtig zu Werke. Mit dem Spaten hebt er Löcher aus, schön tief, damit die Wurzeln der Kohlrabi- oder Salatpflänzchen, die er hineinsenkt, sich nicht verbiegen. Mit einer Hand schiebt der Mann die Löcher mit Erde zu, große Erdbrocken zerkrümelt er, dann drückt er mit beiden Händen einen Gießrand. Auf Knien rutscht er ein Stück weiter. Die Welt kann untergehen. Hier werden Kohlrabi und Salat gepflanzt. Die Folge von Entfaltungen wird in genauer Reihenfolge zu dem Frühlingsblust führen; der verlorene Kuckuck, der Angeber, wird seinen zweitönigen Ruf aus einem anderen Leben rufen, und ich werde seine Rufe nicht mehr zählen.

Unser Zimmer – nein, nicht einmal unter diesen Umständen kann man es Zimmer nennen – unsere Kammer liegt auf dem Hof der Gastwirtschaft *Im Krug zum grünen Kranze;* sie ist das ehemalige Waschhaus, etwa drei Meter lang, zweieinhalb Meter breit, mit einem hochsitzenden Fenster. Die Scheiben so schmutzig, daß man die Welt draußen impressionistisch sieht: einen Hofausschnitt unter einer scherbenbesetzten Mauer, die Scherben könnten auch Zinnen oder Blumen sein; Kaninchenställe, deren Drahttüren im Licht blitzen, gestapelte Kisten und Fässer, mehr angedeutet als ausgeführt. Die schmutzigen Fensterscheiben brauchte man gar nicht mehr verdunkeln. Der Wirt bringt uns aber eine Sperrholzplatte, die genau in die Fensteröffnung paßt. Seine größte Sorge ist, daß wir hier – wie Maria und Josef, sagt er – das Kind kriegen, also diesen Schlamassel verbittet er sich, nichts für ungut, aber er besteht auf einer Bescheinigung, daß ich wirklich in der Klinik entbinden werde, er traut dem Frieden nicht, jetzt, wo jedes Bett für Verwundete benötigt werde. Meine Mutter bringt ihm die Bescheinigung. Sie knüllt Zeitungen mit den Meldungen der Abwehrerfolge und der Durchhalteparolen zusammen und putzt damit die Fensterscheiben. Eins der eisernen Bettgestelle mit steinharter Matratze steht unter dem Fenster, das zweite an der gegenüberliegenden fensterlosen Wand. Zwischen die Kopfenden der Betten paßt ein Bierkasten, auf den wir unseren elektrischen Kocher stellen können, denn ein Steckkontakt ist vorhanden. Wenn wir einen Doppelstecker hätten, könnten wir auch noch eine Lampe anschließen. Mutter zaubert einen Doppelstecker herbei, eine Lampe und ein Kanonenöfchen, dem ein gußeiserner Fuß fehlt; wir schieben einen Ziegelstein darunter; für das Ofenrohr gibt es einen Austritt, da, wo einmal der Waschkessel gestanden hat. Wir gehen Holz sammeln. Das Kanonenöfchen ist abwechselnd glühend heiß und eiskalt. Irgendwoher schleppt Mutter ein paar Briketts an. Sie läßt mich immer wieder allein, weil sie weiß, daß ich wenigstens versuchen muß, mich auszuweinen. Vermißt sein ist gespenstischer als tot sein. Es hat mir noch niemand gesagt, aber ich weiß: Es wird nie mehr Spuren von unterwegs geben. Wie Millionen andere hört Dirk einfach auf zu sein. Wenn ich auf dem Bett liege, sehe ich große Feuchtigkeits- und Schimmelflecken an der Decke sich verändern zu immer fratzenhafteren Silhouetten.

Der Kinderwagen paßt nicht mehr in die Kammer, Frau Wohlgemut hat ihn zu treuen Händen in ihrer Wohnung behalten. Wir sind nun alleine und brauchen uns nicht von morgens bis abends die Meldungen aus dem Volksempfänger anzuhören. Trotzdem sind wir auf dem laufenden. Am 8., 9. und 10. März redet alle Welt in Osterburg (wir sind jetzt in Osterburg, das muß ich mir einprägen, das Kind wird in Osterburg geboren), redet also alle Welt von Städten wie Remagen, wo die Alliierten den Rhein überschritten haben, von Wittlich und Bernkastel an der Mosel und immer wieder von Köln. Meine Mutter singt nicht mehr *Fest steht und treu die Wacht am Rhein,* was sie früher so oft gesungen hat zusammen mit unserer netten Einquartierung. Meine Mutter hat sich wieder in der Gewalt. Die Umsicht in Person. Die über sich hinauswächst von Tag zu Tag. Ich weiß nicht, was ich ohne sie gemacht hätte. Doch, ich weiß es, ich will es mir aber nicht ausmalen.

Mittags essen wir auf unsere Lebensmittelabschnitte in der Gaststube bei unserem Wirt, meistens gibt es Kartoffeln, Sauerkohl und Blutwurst. Aus dem Volksempfänger hören wir vom Kampf um die Festung Königsberg, in der Kolbergstimmung herrsche und niemand ans Weichwerden denke, sondern nur daran, sich gegen den Einbruch der ostischen Steppe zu stemmen. Wir hören, daß Stargard nach erbitterten Straßenkämpfen verlorenging, und hören vom sturmgerüsteten Stettin.

Geboren werden hat seine Zeit, Sterben hat seine Zeit, pflanzen hat seine Zeit, auszureißen, was gepflanzt ist, hat seine Zeit, töten und heilen, weinen und lachen, klagen und tanzen, herzen und aufhören zu herzen, schweigen und reden, Streit und Friede – alles hat seine Zeit. Ich habe nur *Die deutsche Mutter und ihr erstes Kind* eingepackt. Jemand hat mir noch ein Buch in mein Gepäck geschmuggelt und hat mit unnachahmlicher, wie gemalter Altersschrift diese skeptischen und gefaßten Predigerverse auf die erste leere Buchseite geschrieben.

Die Wehen setzen pünktlich am 12. März abends ein. Als wir aus dem Krug zum grünen Kranze treten, um zum Krankenhaus zu gehen, heulen die Sirenen im Auf- und Abton: Fliegeralarm. Welche Stadt ist heute an der Reihe? Wenn wir uns beeilen, schaffen wir es vielleicht bis zum Krankenhaus, bevor das Brummen in der Luft zu hören ist. Wir schaffen es nicht. Ein Luftschutzwart scheucht uns in einen Keller. Es imponiert ihm nicht, daß ich schon Wehen habe. Eine Frau bekommt ein Kind. Na und? Erstens bekommt man in solchen Zeiten überhaupt kein Kind, und zweitens ist jetzt Fliegeralarm, da hat niemand etwas auf der Straße zu suchen. Der Luftschutzwart hat da seine Dienstvorschriften.

Nach der Entwarnung bringt er uns zum Krankenhaus. Er nimmt meiner Mutter den Koffer ab, den er, obgleich er schwer ist, immer in derselben Hand trägt.

Was soll's denn werden?

Ein Mädchen.

An einigen Haustüren klingelt oder klopft der Luftschutzwart und bemängelt die Qualität der Verdunkelungsrollos, wenn auch nur der winzigste Lichtspalt auf die Straße fällt. Wie der Soldat in Stendal, der mit unseren Koffern verschwunden war, sagt er: Die wollen uns kapitulationsreif bomben. Die meisten Häuser sind schon beflaggt mit schwarzen Fahnen, erst morgen früh werden sie Farbe bekennen und ihr Emblem zeigen; denn morgen ist Heldengedenktag. Wir gehen durch verdunkelte, beflaggte Straßen, an einem dunkel beflaggten Postamt, einer Schule vorbei; Heimatkunde, Singen, Schönschreiben wird hier gelehrt. Ob wir uns nicht darüber wunderten, daß er nicht an der Front sei? fragt uns der Luftschutzwart. Wir sollten es ruhig zugeben, wir wunderten uns bestimmt darüber. Seine genagelten Schuhe knallen auf das Pflaster, manchmal wird das Echo seiner Schritte von der gegenüberliegenden Straßenseite zurückgeworfen.

Wir wundern uns nicht.

Heimatschuß, sagt er, Tellermine. Glück gehabt, bloß eine Hand, die linke.

Er hält uns eine schwarze Lederhand nahe vor unsere Augen.

Soviel Umstände könnte man gar nicht erfinden, soviel Dichtung gar nicht vorschützen, daß die Wirklichkeit sie nicht überwältigte und selber zur Dichtung würde: Ein Mann mit Lederhand und Lederherz führt uns zackigen Schritts durch schwarz beflaggte Straßen.

Vor der Tür des Krankenhauses stellt er den Koffer ab und sagt: Nur Mut, junge Frau, wir sind noch lange nicht am Ende.

Dann wünscht er mir noch einen strammen Jungen. Alle Welt wünscht mir einen strammen Jungen.

Die Schwester in der Aufnahme schickt meine Mutter zurück, und der Luftschutzwart bietet sich an, sie nach Hause zu begleiten.

Wo wohnen Sie denn, gute Frau?

Im *Krug zum grünen Kranze.*

Die Hebamme rasiert mir die Schamhaare und macht einen Einlauf. Ein paar Stunden darf ich noch auf dem Krankenhausflur hin und her gehen, auf und ab, hin und her. Die Hebamme legt sich solange aufs Ohr, sie ist nächtelang nicht aus den Kleidern gekommen. Ich kann sie natürlich jederzeit wecken, falls die Wehen in kürzeren Abständen kommen sollten.

Wir befinden uns im vierten und obersten Stock des Krankenhauses. Die drei unteren Etagen sind mit Verwundeten belegt. Eine Frau, die auch ein Kind erwartet, kommt auf den Flur und geht mit mir auf und ab. Sie sagt: Hier wird Tag und Nacht operiert. Sie erzählt mir Witze, deftige Zoten zuerst: Kennen Sie den? Nein? Ja, ist denn das die Menschenmöglichkeit, den kennt doch jedes Kind. Flüsterwitze dann, die sie keineswegs flüstert. Zwei davon fallen mir wieder ein, weil wir unter einem Führerbild an der Wand auf und ab marschieren:

Gleich nach dem Krieg gibt's garantiert genug Butter, weil alle Führerbilder entrahmt werden.

Und:

Nehmt alle Führerbilder von den Wänden,
den alten Kaiser Wilhelm holt herbei
und laßt uns wieder Rasse schänden
wie einst im Mai.

Gegen Morgen muß ich mich auf eines der beiden Betten in einem Zweibettzimmer legen. Zwischen den Betten steht ein Wandschirm. Ich weiß nicht, ob dahinter jemand liegt. Ich kann aus dem Fenster sehen. Die Sonne quält sich ziemlich lange damit ab, die Wolken zu durchdringen; als es geschafft ist, leuchtet der klarblaue Himmel. Kaiserwetter. Die Hebamme sitzt auf einem Stuhl und strickt. Ihre Nadeln klimpern. Manchmal kippelt sie mit dem Stuhl. Hin und wieder wirft sie einen prüfenden Blick über ihre Brille. Sie sagt, ich sei eine junge Erstgebärende im allerbesten Gebäralter. Das bin ich, ja. Bis jetzt sind die Schmerzen auch auszuhalten. Das Kind liegt richtig mit dem Kopf nach unten. Braucht nicht gedreht zu werden in dem engen Geburtskanal. Ich habe allerdings nicht den Eindruck, daß es mit jeder Wehe ein Stück vorankommt. Hinter dem Wandschirm wird auch ein Kind geboren. Da setzt ein lautes Atmen ein, ein Stöhnen dann hinter zusammengepreßten Lippen. Die Hebamme kommandiert: Tief einatmen. Und aus. Und pressen. Und halt. Gut, sehr gut! Und nochmal. Und atmen. Und pressen. Ja. Zwei, drei Schreie, die einem das Blut erstarren lassen, der Kindesschrei dann, man hört nicht, wo der eine Schrei aufhört, der andere anfängt. Ein Junge. Und was für einer. Brüllt wie am Spieß. Ein neugeborener Mensch, der noch nicht weiß, daß er einer ist. Die Frau hinter dem Wandschirm exerziert mir die Kinderkriegerei vor. Nicht der Rede wert. Zwei, drei Preßwehen und zack, der Kopf ist durch. In Großmutters Tagebuch genesen die Mütter ihrer Kinder. Im Genitiv: *Am 11. Februar 1881 ist meine liebe Schwägerin Lotte*

Gräger eines Knaben genesen. Später werden die Kinder auch einfach geboren; *25. Oktober 1925: Mein drittes Urenkelchen Klaus Bertrand in Görzke geboren, ein Sonntagskind.*

Das Strickzeug der Hebamme liegt auf dem Fensterbrett. Vor den Scheiben Taubengleiten. Manchmal läßt eine Taube sich auf dem Sims nieder. Sie hat stechende Augen. Dann – es muß gegen Mittag sein, ich habe aufgehört, die Wehenabstände auf meiner Armbanduhr zu vergleichen – die Sirene. Das Brummen. Überklar die ausgeschnittenen Silbersilhouetten der Bomber am Himmel. Ein Bild von René Magritte. Ich kenne aber Magrittes Bilder noch gar nicht, auf denen die vertrautesten Gegenstände aufheulen, und habe sie doch schon gesehen: seine Fensterausblicke und Fenstereinbrüche, seine nächtlichen Straßen unter dem Tageshimmel, Felsen, die wie Wolken schweben, Blättervögel, Pflanzenvögel, steinerne Fische, raumfüllende Äpfel, versteinerte Blitze, Schuhe mit Zehen, die brennenden Trompeten und die Liebenden mit den umwickelten Köpfen.

Merkwürdigerweise kümmert niemand sich um die Bomber am Himmel. Hier hat man anderes zu tun. In Osterburg ist noch nie eine Bombe gefallen. Warum sollte heute eine fallen. Hier wird Tag und Nacht operiert. Hier werden Kinder geboren. Vor dreizehn Milliarden Jahren hat es einen Urknall gegeben. Das ist lange her. Nun sind wir nicht nur beim Säugetier, sondern sogar beim Menschen angekommen. Der kann sich nicht mehr einfach durch Zellteilung vermehren wie niedere Amöben und Geißel- und Wimperntierchen; der ist nicht mehr sein *Ururahne, ein Klümpchen Schleim, in einem warmen Moor;* der schnürt sich nicht mir nichts, dir nichts ab wie Schwämme und Würmer, ist kein Weichtier, das Eier ablegen kann, keine Spinne, kein Insekt, zu ränkevoller Brutpflege imstande; er, der Mensch, der

Schöpfung Ruhm und Preis, hat Fisch und Amphibie weit hinter sich gelassen, hat den Landgang geschafft, den schmerzlosen Schritt von der Kaulquappe zum Frosch, den vom Ei zur Larve; er schlüpft nicht, kriecht nicht aus, pickt sich nicht frei aus mehr oder weniger harten Schalen, verpuppt sich nicht lautlos, wickelt sich nicht aus Kokons; solche dumpfen Zwischenstadien erledigt er wie nebenbei, kopfunter im Fruchtwasser schwimmend, umbraust vom Blut seiner Mutter, um endlich nach zweihundertdreiundsiebzig Tagen oder nach zweihundertachtzig Tagen sich aufwendig und geschickt ans Licht zu knöpfeln, vorsichtshalber mit verschiebbaren Schädelknochen; um hinausgetrieben zu werden, so daß es die Mutter entzweireißt. Die Bomber am Himmel ziehen vorüber, keiner von ihnen hat sich erbarmt und hat eine Bombe fallen lassen auf den vierten Stock des Osterburger Krankenhauses; Osterburg in der Altmark ist ein ganz und gar kriegsunwichtiger Ort, in dem es nur Zigarrenfabriken, Sägewerke und Ziegeleien gibt, nichts von Belang.

Als der Himmel wieder leer ist, kommen die Preßwehen, genau so, wie es in *Die deutsche Mutter und ihr erstes Kind* beschrieben wird, nein, viel schlimmer, was wäre unbeschreiblicher als Schmerzen. Ich schreie und schreie, womöglich nicht nur der Wehen wegen, hauptsächlich natürlich der Wehen wegen, aber nicht nur. Ich schreie von zwölf bis eins und von eins bis zwei. Die Frau, die ihr Kind schon hat, wird an mir vorbei aus dem Zimmer geschoben. Sie sagt etwas. Der Wandschirm verschwindet. Ein Arzt kommt. Zwei Ärzte kommen. Man bindet zwei Stricke an das Fußende des Bettes, an denen ich mich hochziehen kann, schiebt mir ein Taschentuch als Knebel zwischen die Zähne, damit ich mir nicht auf die Zunge beiße. Das Kind will nicht kommen. Nicht in diese Welt. Ich lasse es nicht zu. Ich will es behalten. Ich will es loswerden. Es kommt um fünfzehn Uhr vierzig. Da habe ich den Kampf aufgegeben. Als der Kopf einschneidet, gibt man mir Lachgas. Mit der kurzen Zange holt der Arzt das Kind vorsichtig ans Licht dieses Heldengedenktages, und ich höre von weither den Arzt, der, über meinen Kopf gebeugt, mir die Gummimaske von Mund und Nase nimmt, sagen: So ein Aufwand, bloß um ein Mädchen. Ich liege da, im Nu in meine Haut zurückgekehrt aus dem Wust von Schmerzen, und höre mich sehr langsam, sehr ruhig und sehr ironisch sagen: Ich wünsche Ihnen zwölf Töchter, Herr Doktor, alle so sommersprossig und taktlos wie Sie. Einen Augenblick ist es totenstill im Zimmer. Dann schreit meine Tochter. Brüllt den Doktor mit der Lachgasmaske an. Der wird puterrot und entschuldigt sich, mehr beim Chefarzt als bei mir, so habe er das nicht gemeint, er habe gedacht, die Patientin höre noch nichts.

So, haben Sie gedacht, Herr Kollege.

Der Chefarzt hält mir das Neugeborene hin. Es schwebt, ein kleines Weibsbild, noch mit Schleim, und Blut verschmiert, zwischen zwei behandschuhten Händen.

Bitte legen Sie es mir auf den Bauch.

Der Chefarzt, in letzter Zeit gewohnt, nur noch Witwen zu entbinden, erfüllt mir meine Bitte.

Während das Kind geboren wird, feiert das deutsche Volk, allem Bombenterror zum Trotz, Heldengedenktag. Am Heldenehrenmal in Berlin wird der Kranz des Führers niedergelegt. Der Führer sagt zu seinen Soldaten, es falle in der Geschichte nur, was für zu leicht befunden werde, der Gott der Weltgeschichte helfe nur dem, der sich selber zu helfen entschlossen sei.

Der Führer bringt noch ein letztesmal alle undurchschaubaren Vorgänge auf den einen Nenner Deutschland und sagt mit der Logik der Übertreibung, *je finsterer die*

Finsternis, desto heller die Bahn des Kometen, es lebe Deutschland.

Während das Kind geboren wird, fliegen britische Bomberverbände nach Swinemünde, Dortmund und Berlin. Die am Tage Berlin angreifen, habe ich fliegen sehen.

Warum lasse ich es noch einmal geschehen, die Bomber, die Schmerzen, die Endzeit, als könne man gar nicht genug davon kriegen? Weltgrauen als Stoff. Apokalypse. Die neun Höllenkreise bei Dante, mit großer Sprachgebärde gemeistert, von Botticelli illustriert. Leonardos Zeichnungen vom Untergang der Welt, Hans Erich Nossack wird den Untergang Hamburgs beschreiben, andere den Untergang Königsbergs, Dresdens, Berlins, Warschaus, überlebende Zeugen werden Auschwitz beschreiben, nicht mehr mit großer Sprachgebärde, mit zugeschnürter Kehle.

Deutsche Studentinnen referieren unterdessen über Sintflutbilder und effektvolle, romantische Schiffsuntergänge, über die vergebliche Rettung auf ein Floß, über Caspar David Friedrichs gescheiterte Hoffnung und über sein Liebespaar in der Sommerlaube.

Ich liege in einem weiß bezogenen Bett. Drei Tage läßt man mich noch liegen. Meine Mutter kommt und sieht aus, als habe sie das Meer geteilt oder einen Stern stillstehn lassen, der ihr sagt: Hier ist es, bis hierher sollt ihr kommen, damit das Kind nicht auf dem Treck geboren wird, sondern in einem Krankenhaus unter der Leitung eines erfahrenen Gynäkologen.

Drei Krankenhaustage. Mein Bett steht in einem Niemandsland. Das Einschießen der Milch in meiner Brust geht mich mehr an als das Näherrücken der Fronten. Wäre nicht dann und wann, tagsüber und nachts, das Brummen am Himmel zu hören gewesen, man könnte meinen, der erflehte, edle Friede, wie er im Gesangbuch steht, die Zeit des Friedens, aus dem Prediger Salomonis, sei angebrochen.

Eine Beamtin kommt und stellt ihre Fragen, um das Kind ins Geburtsregister einzutragen und eine Geburtsurkunde auszustellen. Alles gut gegangen? Na also, gratuliere, ein strammer Junge? Nein? Ein Mädchen, wie soll's denn heißen? Und der Name des Vaters?

Wohnort des Vaters?

Beruf des Vaters?

Religion des Vaters?

In der zweiten und dritten Krankenhausnacht schleiche ich ins Säuglingszimmer auf der gegenüberliegenden Flurseite und hole mir das Kind ins Bett. Die Nachtschwester drückt ein Auge zu. Das Kind duftet nach saurer Milch und Niveacreme. Ich taste nach den beiden kleinen Dellen an seinen Schläfen, welche die Zangengriffe hinterlassen haben, als der Arzt, sehr schonend, wie er mir hinterher beteuerte, den Kopf des Kindes umfaßte, um es aus mir herauszuziehen. Eine Winzigkeit von Hand schließt sich energisch um meinen Daumen. Die Frage, ob die Nabelbinde des Kindes richtig sitzt, ist jetzt wichtiger, als die, wohin die Bomber in dieser Nacht fliegen. Vollkommen umweltlos liege ich da und zähle, daß meine Tochter an jeder Hand fünf Finger hat, ertaste durch das Wickeltuch die Zehen, lege meine Lippen auf die noch nicht geschlossene Fontanelle, der Puls darunter pocht schneller als meiner. Mit den Fingerspitzen fühle ich, wie sich die winzige Nase kraust.

Den zweiten Teil des Wochenbetts verbringen wir zu dritt in unserem Waschhaus im *Krug zum grünen Kranze.* Hier warten wir ab, bis ich wieder zu Kräften gekommen bin, dann – so der Stern meiner Mutter – sollen wir wieder nach Hause fahren, das Kind ist glücklich geboren, aufgehoben ist es nun am besten zu Hause.

Für die kurze Strecke, die wir auf der Herreise in

einem Tag zurückgelegt haben, brauchen wir jetzt fünf Tage, so unregelmäßig verkehren die Züge nur noch. Wieder die Flußüberquerung. Am westlichen Ufer Trecks, die noch über die Elbe gekommen sind, bereifte, dampfende Pferde, Füchse, Rappen, Schecken, manchmal sind zwei Wagen zusammengekoppelt, dann schnürt das Geschirr doppelt in die Pferdeleiber, aus denen die Rippen stechen; hin und wieder ist eine Kuh mit vor die Deichsel gespannt. In einem toten Arm der Elbe steckt ein Auto. Am östlichen Ufer ist der Bahndamm aufgerissen, die Schienen auf dem Nebengleis sind verbogen, das Stellwerk ist eine Ruine. Unser Zug fährt langsam Richtung Osten. Wir übernachten in Wartesälen, einmal bei Verwandten in Genthin. Aus Verlautbarungen der Volksempfänger und Zeitungen kann man sich ein ungefähres Bild machen, wo die Fronten verlaufen: Küstrin ist nach schwerem Ringen erlegen. In Oberschlesien werden Schwarzwasser und Ratibor verteidigt, im Westen Bottrop, Dülmen, Siegen, Paderborn; nach Heidelberg sind die Amerikaner schon eingedrungen und haben die Stadt besetzt. Der Führer sagt, unsere Hoffnung, die Entscheidung dieses Krieges noch jenseits der deutschen Grenzen herbeizuführen, habe sich nicht verwirklicht, nur die Ungunst unserer geographischen Lage im Herzen des Kontinents sei schuld daran. Der Führer sagt: Was nach dem Krieg noch übrig bleibe, seien ohnehin die Minderwertigen, denn die Guten seien gefallen.

Die Evakuierung Görzkes ist im letzten Augenblick durch den Gang der Ereignisse hinfällig geworden. Als wir am ersten April, Ostersonntag, zurückkommen, finden wir unser Haus vor, wie wir es verlassen haben. Nur Frau Weber ist nicht mehr da. Sie ist in die Delle gegangen, hat sich dort eine breitkronige, niedrige Kiefer ausgesucht und hat sich erhängt. Auf einem der drei Wege ist sie in die Delle gegangen, nachts vielleicht, in das von Kiefern durchstandene Tal, wo Dirk die Möglichkeit der Selbstverstümmelung ins Auge gefaßt hat. Frau Jüngels hat sie gefunden und abgeschnitten, aber ich denke, sie starb unter den Schüssen des sechsten Gewehrs, das bei standrechtlichen Erschießungen immer ungeladen ist, damit kein Soldat des Schießkommandos sich als Mörder fühlen soll. Ich denke, Frau Weber starb unter den Schüssen eines ungeladenen Gewehrs, auch wenn sie ein Stück unserer Wäscheleine abgeschnitten und mitgenommen hat. Dafür hat sie ihren Kaninchenfellmantel zurückgelassen; also nun passen Sie mal auf, auch wenn der Mantel hinten ein bißchen angesengt ist, können Sie noch eine schöne warme Jacke daraus machen.

Noch ein paar Wochen leben wir auf engstem Raum, aber wie zum Trotz nach alten Ritualen, setzen uns noch immer zu Tisch, noch immer selbsteingemachtes Kompott als Dessert, Servietten neben den Tellern und silberne Messerbänkchen, die auf zwei Kreuzchen stehen. Großmutter sagt: Breslau ist zur Festung erklärt. Ich hause mit dem Kind in Großmutters Wohnzimmer. Die stramm gepolsterten Plüschsessel und das Sofa müssen meinem Bett, der Wickelkommode und dem rosa verschleierten Stubenwagen Platz machen. Sonst bleibt hier alles unverändert, die Majolikabowle auf dem Vertiko, die Muschel auf der Konsole, die Uhr auf ihrem Elfenbeinsockel, das Ölgemälde des im Ersten Weltkrieg abgestürzten Gerhard Bertrand an der Wand: Ein Höchstmaß an Gewohnheiten, ein Raum voller unverbrauchbarer Gegenstände, haltbar und zeitlos; nichts hilft von hier fort. Großmutter schläft tagsüber oft ein. Ihr schlafendes Gesicht hat eine maskenhafte Endgültigkeit, eine totenmaskenhafte, für die das Wort verklärt zutrifft. Nachts kann sie nicht schlafen und flüstert manchmal Auswendiggekonntes. Als könne man nicht nur lahm, sondern eines Tages auch taubblind werden, hat sie Gelesenes ohne Buch und jederzeit parat, ihre Psalmen vor allem, die man in Israel schon gebetet hat, als die Germanen noch auf den Bärenfellen lagen. Wenn ich auch wachliege, stelle ich mich doch schlafend und warte auf das Flüstern, das die unbegreifliche Umkehr von Finsternis ins Licht vornimmt. In jeder dieser Aprilnächte hört Großmutter auch Feindsender, BBC in deutscher Sprache, obwohl den Abhörern von Feindsendern jetzt die Todesstrafe droht. Ich höre mit. Wir legen eine Decke über den Volksempfänger und unsere Ohren an das bespannte Rund. Die meisten Meldungen sind von starken Störgeräuschen überlagert. Hat einer von uns ein paar Worte deutlich verstanden, wiederholt er sie flüsternd: *Mit Messern und Zähnen gegen Panzer vorgehen ... Der Russe schießt sich mit weittragenden Geschützen in das Zentrum von Berlin ein ... Verteidiger von Trümmerhaufen ...* Großmutter will den Namen Wiesenburg herausgehört haben und im Zusammenhang damit den des Generalfeldmarschalls Keitel. Wiesenburg liegt neun Kilometer von Görzke entfernt. Es fallen Namen wie Raum Barby, Raum Baruth, Zossen, Zerbst, Dessau, *Panzerspitzen stoßen nach Dessau vor.*

In der Nacht vom 23. auf den 24. April führt ein junger Kommunist, der das Massaker nach dem 20. Juli 44 trotz eines Kopfschusses überlebt hat, amerikanische Armeeangehörige auf ein Trümmergrundstück in der Lehrter Straße in Berlin. Man findet dort die notdürftig verscharrte Leiche Albrecht Haushofers und auf seinen Leib gebunden 12 blutgetränkte, aber noch lesbare Manuskriptseiten: die 90 Moabiter Sonette. Das habe ich nicht in Feindsendern gehört, ich lese es Jahre später.

Wir, in der Nacht vom 23. auf den 24. April, vergraben unser Silber. Ich grabe nicht mit, weil ich mit einer Mastitis und hohem Fieber im Bett liege. Großmutter pflegt mich und das Kind, weil meine Mutter unter der Regie von Frau Banzlewer Vorkehrungen treffen muß in Erwartung der endgültigen Katastrophe, die immer noch aussteht. Frau Banzlewer scheint genau zu wissen, wie die aussehen wird. Da muß man reinen Tisch machen: Fahne weg, Hitlerbild weg. *Mein Kampf* weg. Was habt ihr noch? Die *Zehn Gebote zur Gattenwahl.* Irgendeine Uniform? Nein, keine. Parteiabzeichen? Auch keine. Sonstige Orden? Keine. Mutter sitzt auf meinem Bettrand, das Kind im Arm, und erzählt, sie habe das Silber nicht im Garten, sondern im Burgwall unter einer Eberesche vergraben, das Fahnentuch im Herd verbrannt, es sei ja nicht groß gewesen, und Führerbild, Kampf und Gattenwahl in Mutses Teich geschmissen, in Mutses Teich haben die meisten Leute solche Sachen versenkt.

Großmutter ist jetzt zweiundachtzig. Ich höre ihre Schiene knarren, wenn sie in dem vollgestellten Zimmer hin und her geht. Abends steigt das Fieber, dann liege ich wie seinerzeit beim Scharlach in einer gläsernen Kugel. Mein Bett steht genau wie beim Scharlach so, daß ich im Spiegel die Stubentür sehe, durch die jederzeit jemand treten kann. Abends kippt die Tür um, und ich muß über die liegende Tür gehen, die bei jedem Schritt unter mir einbrechen kann. Ich versuche, mich leicht zu machen, wie ich immer versucht habe, mich leicht zu machen, wenn ich über die Tür gehen mußte, aber ich war ein dickes Kind, das werden wir nie los, es ist immer dabei, fatalerweise aber nicht das vergnügte, mit dem der Schützenkönig getanzt, dem er eine Rose geschossen hat, sondern das andere, das davonschlich ins Dorf, den Weg zurück, den der Schützenzug genommen hat, nun ist alles seitenverkehrt, die Häuser haben ihre Plätze getauscht, die Bäume; keiner hat die Pferdeäppel, welche die geschmückten Rösser haben fallen lassen, von den Straßen gekehrt, wo sie doch sonst immer gleich angerannt kommen und jeder nicht nur vor seiner eigenen Türe kehrt; seinen schönen Blumenreifen legt das Kind ins seichte Wasser zwischen die Weidenwurzeln in Mutses Teich; Mutter und eine Frau Banzleber oder Banzlewer, das Mensch aus Dingsda, werfen das Führerbild und *Mein Kampf* und die *Gattenwahl* ins Wasser; alle Leute kommen nachts und werfen ihre Führerbilder und Kämpfe und Gattenwahlen und Parteiabzeichen und eisernen Kreuze und deutschen Kreuze in Gold und Nahkampfspangen und Tapferkeitsmedaillen und Feldzugserinnerungsmedaillen und Schutzwallehrenzeichen und Bruststerne und Himmelssterne ins schwarze Wasser. Hölzernes Gelächter. Ein Kettenhund heult und reißt so an seiner Kette, daß er sich überschlägt, den Schwanz zwischen den Hinterbeinen. Zwei Kettenhunde treiben ein Mädchen, das ein Kopftuch umgebunden hat, über eine Wiese, ihre Spuren sind mit Eis ausgegossen. Meine Ahnen sind arisch, nachweislich seit dem 17. Jahrhundert. Der Frühling mit seinen Verheißungen lärmt. Maulwürfe werfen die Erde auf. Das Kuckuckslied, seine ewige Wiederholung. Eingeschmolzene Glocken läuten mit umwickelten Klöppeln, und ein Kugelblitz wandert sehr langsam über die Bilder mit dem ährenraufenden Heiland und den Hirschen, über Eberköpfe mit Stoßzähnen und jede Menge Geweihe bis zu der schönen Standuhr, ihr Pendel schmilzt im Nu, die Zeit bleibt stehen, guter Gott, die erste und letzte Ohnmacht meines Lebens. Das ganze Geschlinge, Herz, Lunge, Schlund und Zunge, hängt neben dem versteinerten Blitz. Das Herz. Die Lunge. Der Schlund. Die Zunge. Felsen schweben wie Wolken. Bei klarem Wetter kann man die Südküste von Schweden sehen. Wasser brennt. Ich lege Ei um Ei in Wasserglas. Meine Mutter freut sich wie ein Schneekönig. Wie freut sich ein Schneekönig? Wie meine Mutter, als ich geboren wurde und das Kind geboren wurde, ein

Mädchen, na fein, wie soll's denn heißen? Maren, Maren heißt es. Die Kunst, auf die Welt zu kommen. Nicolai Hartmann sagt, man könne nicht umhin, von moralischen Organen zu sprechen, mit denen höher entwickelte Wesen ausgestattet seien. So ein Aufwand. Die Patientin hört die Bomber sehr wohl, sieht sie sogar wie gemalt am Himmel; Stanniolstreifen zaubern falsche Zacken auf die Meßgeräte; Wuttke, Alwin, zaubert bunte Bälle aus seinen Pluderhosen, und alle Zirkusbesucher rennen mit den wilden Tieren um die Wette, und wenn sie nicht gestorben sind, leben sie heute noch. Mit Gewalt reißen wir die betenden Hände auseinander. Dirk setzt die Pistole seines Vaters an die Schläfe. Das Drama der Gegenwart. Bavaria-Film-Kunst zeigt *Der Weg ins Freie*. Aber Heitschi Bumbeitschi bumbum bumbum, das ist die Stimme meiner Großmutter; die Stimme scheppert und gehorcht ihr manchmal nicht, sie singt das Kind in den Schlaf, das Lied hat viele Strophen: aber Heitschi Bumbeitschi bumbum. Man darf die Worte nicht sich selber überlassen, sie gleiten sonst aus dem Netz der Sätze; ich würde sie wieder einfangen, es würde mir auch gelingen, mich leicht zu machen und über Falltüren zu gehen, wenn nicht Glotzaugen von den Wänden mir zusähen, die Augäpfel auf kahlen Schädeln. Die Gemeindeschwester kommt und macht eine Notoperation, ohne Narkose, versteht sich, aber es ist unumgänglich, der Eiter muß abfließen, das Fieber muß fallen. Und ich muß dursten. Dursten müssen ist die Hölle, aber wenigstens träume ich nur noch von Wassereimern. Großmutter befeuchtet mir die Lippen. Es hilft alles nichts, Kind.

Mir entgehen die Ereignisse der letzten Kriegstage. Mir entgeht auch, daß meine Mutter die absurde Anordnung Frau Banzlewers befolgt, die besagt: Keiner der gewechselten, eitrigen, stinkenden Verbände wird weggeworfen oder verbrannt, sie werden vielmehr aufgehoben und luftgetrocknet. Frau Banzlewer prophezeit, einen sichereren Schutz vor Vergewaltigungen als solche Verbände könne es gar nicht geben, Milcheiter stinke so schön, das vertreibe jeden noch so besoffenen Sieger; vor nichts habe der Russe mehr Angst als vor Ansteckung, darauf könnten wir Gift nehmen. Ich bin der unfreiwillige Lieferant sehr begehrter, stinkiger Verbände, die man normalerweise schleunigst aus der Welt schaffen würde. Nicht nur die Frauen und Mädchen in unserem Haus versehen sich damit, auch die aus der Nachbarschaft. Meine Mutter hat den Eindruck, Frau Banzlewer treibe einen schwungvollen Handel.

In den allerletzten Kriegstagen ist Frau Banzlewer am Taubenschlachten. Jeden Mittag, jeden Abend, den Gott noch werden läßt, bringt sie uns entweder ein Taubensüppchen, das Feinste vom Feinen, oder gebratene Tauben, die fliegen uns wie im Schlaraffenland in den Mund. Großmutter sagt: Ich bin ein überflüssiger Esser. Sie weiß nicht, daß sie das Dach unseres Hauses ist. Oder sein Fundament. Sie hat derartiges nie für sich in Anspruch genommen; so wenig, wie sie einen schönen Lebensabend für folgerichtig hält.

Ich fiebere dem Frieden entgegen. Am zweiten Mai nachmittags klirren im Vertiko die Mokkatassen auf ihren Tellern, die langstieligen Römer stoßen aneinander und geben einen hellen Ton, als sitze eine putzmuntere Gesellschaft beisammen: zum Wohl, auf was trinken wir denn; das Haus bebt bis in die Grundmauern, die Weinranken vorm Fenster beben mit, der blühende Kirschbaum wirft Konfetti ab, die ersten russischen Panzer kriechen die Burgstraße hinauf, in den Drehtürmen lehnen Soldaten, die Todesrohre zielen auf unser Haus. Es steht auf einem Hügel. Das Kopfsteinpflaster, das eine Menge aushält, dröhnt. Ich brauche mich in meinem Bett nur aufzurichten, um einen Logenplatz zu haben, von dem aus ich mit fiebrigem Zuschauerblick die Burgstraße übersehen kann, die ich mir schon als Kind zu einer Schaubühne gemacht habe, indem ich eine der hauchdünnen bemalten chinesischen Mokkatassen gegen das Licht gehalten und so erreicht habe, daß bezopfte Männer auf spitze Brückchen treten, welche die Straße überwölben, daß Vögel durch hingetuschte Zweige fliegen oder sich in den vom Sonnenuntergang gefärbten Pfützen spiegeln. Dem Schauspiel, das jetzt auf der Burgstraße sich bietet, ist keine ästhetische Perspektive abzugewinnen. Es ist die erwartete, reale Katastrophe.

Keiner von uns kann in diesem Augenblick die Panzer als Befreier sehen.

Keiner von uns ist ja auch zwischen zwei Kettenhunden durch einen Zug getrieben worden.

Von heute aus gesehen sind die herankriechenden Panzer das Schlußbild eines Fernsehfilms, über den noch einmal die Titel laufen:

Zusammenbruch oder Befreiung?

Die Regie hat keiner mehr in der Hand.

Der Krieg ist aus.

Er hat 2075 Tage gedauert.

Die Gesamtzahl der Kriegsopfer beläuft sich auf 55 000 000.

55 000 000 Tote sind zu beklagen.

Von jetzt auf gleich wird alles anders?

Schluß. Ende. Aus.

Keine Sprüche mehr.

Keine Lieder.

Nie mehr der deutsche Gruß.

Wohin in der Eile mit der rechten Hand?

Wenn wir nun allen Ernstes unseren eigenen Wert am Wert des Vaterlandes gemessen hätten?

Hand aufs Herz: Hast du so am Fenster gehockt? Mit solchen Gedanken? Oder hast du vielmehr nichts gedacht? Nur Fieber gehabt. Rückfallfieber. Herzjagen. Denn jeder Grad, den die Quecksilbersäule im Thermometer steigt, wird mit acht Pulsschlägen mehr pro Minute beantwortet. Da ist nichts als Benommenheit, Wahnvorstellungen, der Krieg könne aus sein, ein klebriger Geschmack auf der Zunge, Gänsehaut am ganzen Körper, Lovisens Fiebersegen, Lindenblütentee, schluckweise, Wadenwickel, das Kind.

Die Kette der Panzer ist unabsehbar, sie dröhnt, als fahre sie quer durchs Zimmer. Immer neue Fahrzeuge tauchen am tiefgelegenen Ende der Burgstraße auf. Aus jedem Drehturm reckt sich ein oder recken sich zwei behelmte Soldaten, als sei der verdeckelte Trichter eines Kraters aufgeflogen. Zu einer Dorfstraße passen Pferdefuhrwerke, Mistwagen, Milchwagen, Handkarren, so wie die Tischdecke auf den Tisch gehört und Teller und Tassen auf die Tischdecke. Unsere Augen sind solche zusammenpassenden Bilder gewöhnt. Die Panzer auf der Burgstraße haben bis heute eine so hartnäckige Nachwirkung, weil sie ein nie gesehenes Bild sind, eins, das nicht mehr mit dem Wochenschaublick erfaßt werden kann; es ist nun, als seien einem die Augenlider weggeschnitten.

Während wir aus dem hochgelegenen Fenster noch auf die Panzer starren, kommen unten die ersten Eroberer in die Wohnstube. Sie brüllen *Uri, Uri* und fluchen, weil keiner mehr Uhren oder Schmuck herausrücken kann, denn auch hier hat Frau Banzlewer vorgesorgt: In die Fingerlinge alter Glacéhandschuhe – Relikte galanter Zeiten aus Großmutters Truhe – hat sie Ringe, Broschen, Ketten, Anhänger gestopft, die Uhren obenauf gelegt, die beiden Säckchen zugebunden, jedes in einen Lappen gewickelt, mit Erde, Lehm und Leim beschmiert und neben das Schwalbennest, verwechselbar mit ihm, unter den weitvorspringenden Balkon meines Zimmers geklebt.

Wie das echte Schwalbennest haben die Gold- und Silbernester Einfluglöcher. Wenn Schwalben am Haus nisten, so Frau Banzlewer in ihrem Kauderwelsch, wird alles Übel abgewehrt. Ich sagte es schon: Niemand wagt es, Frau Banzlewer zu widersprechen, und niemand traut ihr so recht über den Weg; ihre Tüchtigkeit ist zu tüchtig, ihre Findigkeit zu findig, als daß man wüßte, woran man mit ihr ist; jeder händigt ihr nur zögernd den Schmuck aus; weiß man denn, ob sie nicht...

Weil eine schräg geschnittene Augen hat, hochsitzende Backenknochen und ein Deutsch spricht, das zum Himmel schreit, muß sie erst, ich weiß nicht was tun (denn ich habe keinen Namen dafür), um jenes Ansehen der Person zu erlangen, das seine Würde ausmacht. Meine Mutter wird es uns erzählen, wie es gewesen ist. Demnach muß es sich folgendermaßen zugetragen haben:

Nachdem fünf oder sechs Gruppen russischer Soldaten ihr *Uri, Uri* gebrüllt haben und fluchend wieder abgezogen sind, ist ein einzelner Soldat in die Stube gekommen, Tatar, Mongole, Tschuwasche, wer soll sich da auskennen, einer, dem, Gottstehmirbei, das Mensch fast ähnlich sieht; der also hat sich umgesehen im Kreis der Hausbewohner, die sich versammelt haben wie Statisten zu einem Schauerstück, zu welchem vermummte, verwundete Figuren gehören. Unbeeindruckt von der blutigen Aufmachung ist der Soldat auf die fünfzehnjährige Tochter unserer Schlesienflüchtlinge zugegangen und hat nicht *Uri, Uri,* sondern *Frau, komm* gesagt; das Mädchen ist aufgestanden, was sonst hätte es tun sollen, angesichts des schwer bewaffneten Siegers, und ist quer durch das Zimmer vor ihm hergegangen, am Kachelofen vorbei, an dem Frau Banzlewer gestanden hat; die hat mit einemmal ihren Rücken an den kalten Kacheln gerieben, hat den Soldaten dreist und vor allem furchtlos angesehen, angeredet auch in einer Sprache, die keiner verstehen konnte;

ihre Flanellbluse aufgeknöpft hat sie zu allem Überfluß und dem Mann ein Bein gestellt; vieles hat sie gleichzeitig getan, alles hat ja schnell gehn müssen, gelacht hat sie, geil und fett, nach dem Arm des Soldaten gegriffen hat sie, den Arm getätschelt, sich zwischen ihn und das Mädchen geschoben, ihn übertölpelt mit girrenden Lauten: *Golubtschik idjom, Golubtschik idjom, komm mein Täubchen, komm,* und hat weiter auf ihn eingeredet in den Sprachen der ihrer verlorenen Heimat angrenzenden Länder, von jeder Sprache hat sie ein paar Worte gesagt und genau die richtigen, die der Mann in diesem Augenblick hören wollte: Sieh mich an, was willst du mit dem dürren, kranken Ding? sowas ähnliches hat sie zweifellos gesagt, mit einer Hand hat sie die Fünfzehnjährige zurückgedrängt, mit der anderen dem Mann den Hosenschlitz aufgenestelt, mit dem Ellenbogen die Türklinke runtergedrückt, und der Kerl hat mit ihr vorliebgenommen auf ihrer Matratze in der Küche, es ist ihm nicht drauf angekommen.

Dem Ansehen der Person, zu dem sie trotz aller Umsicht, die wir ihr zu danken haben, nun erst gelangt ist, vielmehr dem Vorbeisehen an ihr, weil jeder vor Scham, ihr mißtraut zu haben, die Augen niederschlägt, entzieht Frau Banzlewer sich bald, indem sie mit ihrem Handwägelchen weitertreckt Richtung Elbe; unter Hinterlassung der kostbaren Schwalbennester übrigens; nur Frau Webers angesengten Kaninchenfellmantel hat sie als ihr Erbe betrachtet und mitgenommen.

Am frühen Abend des ersten Besatzungstages betritt ein russischer Offizier das Zimmer meiner Großmutter. Bei ihrem Anblick – sie sitzt aufrecht in ihrem Sessel am Nähtisch, die Füße auf dem Fußkissen – salutiert der Offizier, das heißt er stutzt, steht stramm, legt die Hand an die Mütze und deutet so etwas wie eine Verbeugung an; so oder ähnlich haben deutsche Offiziere in Kriegs-

und Friedenszeiten Großmutter ihre Honneurs gemacht. Bei meinem Anblick macht der Fremde weitausholende Bewegungen der Bestürzung und des Mitleids, tritt an mein Bett, streichelt mit dem Zeigefinger über den Kopf des Kindes, das ich im Arm habe. Russisches Eia Popeia. Gutturale Laute. Verbrüderung. Das Ende des Mordens hätten wir feiern können, wenn nicht über meinem Bett an der sichtbarsten und hellsten Wand gegenüber der Tür, durch die man das Zimmer betritt, das goldgerahmte Ölgemälde des 1917 über Flandern abgestürzten Gerhard Bertrand in der Uniform eines Oberleutnants der Kaiserlichen Luftstreitkräfte hinge: Die rechte Hand des Oberleutnants umfaßt das Koppelschloß, das Gesicht unter dem Mützenschirm dreht sich aus dem Bild dem Eintretenden entgegen, der Schnurrbart und die gemalten Augenlichtpunkte lachen.

Nazi, Nazi brüllt der russische Offizier und hört auf, meine Tochter zu streicheln, *Nazi, Nazi,* ein dolchartiges Messer hat er in der Hand, damit sticht er, weit über mich gereckt, auf das Bild ein, *Nazi, Nazi* brüllend, zersäbelt er das lachende Gesicht des Oberleutnants der Kaiserlichen Luftstreitkräfte; *Nazi, Nazi* fluchend, mit dem Dolch fuchtelnd, zieht er sich zur Tür zurück, ohne uns den Rücken zuzudrehen, heftig gestikulierend gibt er uns zu verstehen, daß wir uns nicht von der Stelle zu bewegen haben und daß er gleich wiederkommen wird.

Von der Burgstraße her ist immer noch das Schreien der Pflastersteine unter den Raupenketten der Panzer zu hören. Großmutter erhebt sich aus dem Sessel, kommt, wie in meinen Träumen, hinkend auf mich zu, um, wie im Traum, mit ihrem Stock den schweren Goldrahmen, in dem die Bildfetzen hängen, wieder geradezurücken. Ich bitte sie, das Kind in den Arm zu nehmen, als könne noch irgendwer wen schützen, die Greisin die Kranke, die Kranke die Greisin oder eine von ihnen das Kind.

Warten tun wir, die berühmte Ewigkeit lang, auf wen, auf was, bis der hochdekorierte Offizier zurückkommt mit zwei Soldaten, die unseren großen Waschkorb an seinen Henkeln zwischen sich tragen, ihn vor mein Bett stellen und seinen Inhalt wie eine Weihnachtsbescherung auf dem achteckigen Tisch aufbauen: Geplündertes aus Langes Laden, Kernseife, Waschblau, Kaffee-Ersatz, Muckefuck, Honigersatz, Zuckerersatz, Ersatz für Ersatz; anderes, das unter Langes Ladentisch überdauert haben muß oder aus Heeresbeständen stammt: Corned beef, Ölsardinen, Junozigaretten und andere mit russischer Aufschrift, außerdem jede Menge Weckgläser voll Obst und Gemüse, die wir im Sommer und Herbst 44 selber eingemacht haben: Herzkirschen, Gute Luise, Gräfin von Paris, feine Erbsen, Karotten, *Eia Popeia, Babuschka, du Frau.*

Der Waschkorb ist leer. Die Soldaten salutieren und gehen. Der Offizier zeigt lachend auf den vollgestellten Tisch, spielt den Weihnachtsmann, streichelt das Kind und sieht sich im Zimmer um, wobei sein Blick an der schönen Uhr auf der Konsole hängenbleibt, die meine Großmutter nach dem Ersten Weltkrieg in einen Propellerflügel des Flugzeuges hat einbauen lassen, mit dem ihr Sohn über Flandern abgestürzt ist, weil immer sie vor Augen haben wollte, daß *mitten wir im Leben sind von dem Tod umfangen.* Lachen, strammstehen, sich mit angedeuteten Verbeugungen empfehlen, die Uhr sehn und sie mitnehmen, ist eins bei dem Offizier. Dabei wird die große hörende Muschel mit von der Konsole gerissen und springt in zwei Teile, so daß uns nun das wundeste Rosa ihres Inneren vor Augen liegt. Als ich klein war, hat Großmutter mir die Muschel oft ans Ohr gehalten und selbst ihr Ohr darangelegt, wobei ihr Haar an meiner Wange kitzelte, und wir glaubten beide, das Meer rauschen zu hören, wo doch nur unser eigener Herzschlag, verstärkt durch die Muschelwindungen, zu vernehmen war.

Am nächsten Morgen werden wir aufgefordert, auf der Stelle unser Haus zu verlassen, weil hier sich die russische Kommandantur einrichten will. Wir dürfen nichts mitnehmen, nicht einmal Großmutters Rollstuhl. Die Windeln des Kindes bleiben erfroren auf der Wäscheleine im Garten zurück. Wir finden Unterschlupf in einer Wohnung in der Breiten Straße, die eine Familie Hals über Kopf verlassen hat. Das Geschirr von gestern steht noch ungespült im Spülstein, der Nachttopf voller Urin im Nachttisch. Wir richten uns ein in dem Schlafzimmer aus geflammter Birke, und Großmutter, die ich nun doch unverwüstlich nennen muß, zitiert diesmal nicht Fontane, sondern Gustav Schwab:

Urahne, Großmutter, Mutter und Kind
In dumpfer Stube beisammen sind.

Eines Nachts Ende Mai werde ich von zwei Soldaten der Roten Besatzungsarmee abgeholt. Einer von ihnen spricht ein paar Worte deutsch. Die Worte: Aufstehen. Fertigmachen. Mitkommen. Man läßt mir kaum Zeit zum Anziehen. Ich hebe das schlafende Kind aus dem Bett, als sei es ein Stück von mir. Der Soldat nimmt es mir – ich muß zugeben – behutsam ab und legt es meiner Mutter in den Arm. Seit drei Wochen wiegen wir uns in Sicherheit. Nun kommt der Krieg zurück. Ich denke: Nun kommt der Krieg zurück. Ich denke: Nun bin ich an der Reihe. Fast wundere ich mich, daß ich jetzt erst an der Reihe bin. Wieder dieses Erschrecken, überlebt zu haben. Was sind wir? Besiegt? Befreit? Wir gehen die Kirchstraße hinunter, der eine Soldat rechts, der andere links von mir. Ihre genagelten Stiefel knallen auf das Pflaster. Wenn sie mich jetzt mitnehmen und verschwinden lassen, wie sie jetzt so viele verschwinden lassen, kann ich nicht einmal eine Botschaft auf einen Zettel schreiben. Ich setze einen Fuß vor den anderen. Was streue ich hinter mich, um wieder heimzufinden?

Der Mond scheint sehr hell. In den Gärten auf beiden Seiten der Kirchstraße sehe ich wachsen, was der alte Mann in Osterburg in die Erde gepflanzt hat, Kohlrabi und Salat, sehe die Blumen blühen, denen er Luft verschafft hat, Tulpen, Narzissen, Tränende Herzen. Das schmiedeeiserne Tor des Gutshofes wird von innen geöffnet und wieder hinter uns geschlossen. Im Hof sind viele Pferde von den Trecks, die nicht mehr über die Elbe gekommen sind. Die Tiere werfen die Köpfe nicht mehr, ich sehe ihre verschleierten Augen, ihre sehnigen Hälse , das struppige, glanzlose Fell, rieche den übelkeiterregenden Gestank von gekochtem Pferdefleisch.

Als wir noch etwa vierzig Meter vom Haus entfernt sind, sagt der Soldat: Hier stehen. Warten. Er redet mit Augenbrauen und Nasenlöchern. Er sagt zu mir: Du keine Angst. Dann geht er über die Veranda ins Haus. Der andere Soldat hat eine Hand am Lauf seiner Maschinenpistole. Ich warte. Sie lassen mich lange warten unterm Sternenzelt. Der Große Hund ist schon untergegangen. Der Fuhrmann knallt nicht mehr mit der Peitsche. Dafür steht um diese Jahreszeit im Wonnemond der Große Wagen am Himmel, tief am Horizont der Orion, die Jungfrau, sehr hell die Venus und viel kleines Sterngedränge in hellen Haufen. In unserem Milchstraßensystem soll es zweihundert Millionen Sonnen geben, aber nur sechs Prozent dieser Sonnen sollen Planeten haben. Da kannst du dir den Rest der Nacht ausrechnen, wieviel Milliarden Planeten es geben muß. Und einer der Planeten ist die Erde.

Es wäre mir ein leichtes, den Sternenhimmel im Mai zu

beschreiben. Oder das erleuchtete Haus. Oder die spitzen Glasdächer der Gewächshäuser. In der alten Waschküche der Gärtnerei habe ich mir in den Wochen vor Totensonntag oft ein paar Märkerchen verdient mit Tannenzapfendrahten. Die Frauen haben Kränze geflochten. Eine konnte so schön singen: *Rosestock Holderblüh.* Eher schweigen die Vögel in der Früh oder rennt der Hund vorm Hasen weg, als daß ich von meiner Angst reden könnte. Sie läßt sich nicht auf förmliche Vokabeln fädeln. Sie entzieht sich der wohlgeformten Prosa. Keine Ironie federt sie ab. Kein Lied hilft ihr auf: *Nehmen sie den Leib / Gut, Ehr, Kind und...* Ich bin aus lauter Angst zusammengesetzt. Wie ich da stehe, bin ich aus lauter Angst zusammengesetzt. Angstbauch. Angstbeine. Hasenherz. Ich drehe mich nicht um. Hundert Augen in meinem Nacken. Nacht der Pferdeaugen. Vor mir das erleuchtete Haus mit der Veranda. Die Zeit der Verdunkelung ist vorbei. Welche Zeit kommt jetzt? *Geborenwerden hat seine Zeit. Sterben hat seine Zeit, pflanzen hat seine Zeit, auszureißen, was gepflanzt ist, hat seine Zeit, töten und heilen, weinen und lachen, klagen und tanzen, herzen und aufhören zu herzen, alles hat seine Zeit.* Das Herz klopft mir in den Kniekehlen. Dorthin hat sich der Schlag meines Herzens verzogen. Ich starre auf das Haus. Die Saalfenster stehen auf. Männer- und Frauenstimmen sind bis hierher zu hören, als finde dort ein Ball oder ein Jagdfest statt. Es gibt eine Menge Fotografien von dem Haus, die aus dieser Entfernung oder aus näherem Abstand aufgenommen sind. Besonders die Verandastufen boten sich an zu gestaffelten Gruppenbildern. Einmal stehen Mutter und Großmutter umringt von schmucken Offizieren, Mutter in weißer Batistbluse mit eigenhändig gefertigter Lochstickerei. Ein Augenpulver, kann ich dir sagen, du hättest nie und nimmer die Geduld dazu gehabt. Auf einem anderen Foto sind die beiden

Frauen und alle Tanten und Onkel in tiefer Trauer, das war 1917 nach Gerhards Heldentod, Mutter eine sehnsuchtsvolle, schlaftrunkene Schönheit, neunzehnjährig, und Schwarz stand ihr so gut. Alle sehen mich an. Keiner kann mir helfen. Sonst konnten sie mir immer helfen. Es müßte nicht mit rechten Dingen zugehen, das Kind, das ich einmal gewesen bin, müßte nicht dermaßen rumoren, wenn ich hier als unberührter Zuschauer stehen könnte. Wird mich ausgerechnet in diesem Haus – wie sagt man – das Schicksal ereilen? Aufstehen. Fertigmachen. Mitkommen. Was heißt mitkommen. Wohin? Wozu? Was machen sie mit mir, wenn sie mich hineinholen? Sie können mit mir machen, was sie wollen. Der Soldat mit der Maschinenpistole geht jetzt auf und ab. Er bückt sich und hebt eine Zigarettenkippe auf. Er redet mit sich selbst. Ich möchte auch auf und ab gehen. Und für mein Leben gern auch eine Zigarette rauchen. Ich möchte auch mit mir selber reden. Früher gab es in dem Haus viele Verstecke. Sogar eine Falltür, die an einem Eisenring aufgehoben und wie eine schwere Buchseite umgeschlagen wurde. Ob im Türsturz zum Kinderzimmer noch die Schweineschwanzhaken sind, an denen die Schaukel hing? Und im Türrahmen die übereinandergeschnitzten Kerben, die das Größerwerden anzeigten? Sie hörten bei ein Meter vierzig auf. Weigere ich mich seitdem, größer zu werden? Besser, man gibt nicht zu, wie unerbittlich die Kindheit auf ihrer Hervorrufung besteht, sonst werden aus kleinsten erinnerten Szenen noch Auftritte...

Die Saalfenster sind offen, nämlich, damit die Seele rausfliegen kann. So! Ilse stieß ihren Atem in die Eisluft. Siehst du, so fliegt die Seele raus. Ilse stapfte im Schnee hin und her, bis sie den richtigen Platz gefunden hatte. Hier mußt du dich hinstellen. Dann kannst du es sehen. Ich sah Ilses Atem in der Luft. Aus dem Saalfenster schwebte die Seele der kleinen Ursula. Ilse sagte: Ihr seid schuld, daß das Baby gestorben ist, nämlich weil ihr die Kauerten nicht reingelassen habt. Die Mamsell hat ihr die Tür vor der Nase zugeschlagen und hat Gesindel gesagt. Die Kauerten kann die Rose wegpusten. Aber bloß wenn Vollmond ist. Ilse frißt einen Besen, wenn das nicht wahr ist. Alles, was Ilse sagte, war wahr. Sie wußte, daß die Nase wackelte, wenn man log. Daß die Schneeflocken aus der Bettdecke von Frau Holle geschüttelt wurden und daß das kleine Mädchen mit den Schwefelhölzern, über das wir oft zusammen weinten, nun ein Engel war wie die kleine Ursula. Auch daß der standhafte Zinnsoldat – Ilse lispelte und sagte *Sinnsoldat* –, ich habe vergessen, was sie über ihn wußte. Sie sagte: Euer Baby nämlich hat die Rose gehabt. Die Rose hat sich überm Bauch geschlossen, weil die Kauerten sie nicht weggepustet hat. Ich suchte in meinem Bett nach der Rose. Ich stellte mich splitterfasernackt vor den hohen Spiegel auf dem Treppenabsatz und betrachtete meinen weißen Bauch. Bis Ilse kam, mir die Hucke vollhaute und mich wieder anzog. Sie zog mich warm an und führte mich auf den Hof durch den Schnee. Umdrehen. Die Saalfenster sind offen. Siehst du nichts? Du bist ein Schaf.

Ohne die äußeren Umstände, die sie veranlaßt haben, ohne den Tod der kleinen Ursula, die an Gürtelrose starb und an die ich mich nicht erinnere, sind Ilses Worte haften geblieben: Die Saalfenster sind offen, nämlich damit die Seele rausfliegen kann. Ilses Atem in der Luft. Der Schnee. Das Haus der Häuser, mächtiger noch unterm Schneedach und zum erstenmal aus einiger Entfernung wahrgenommen.

Der Soldat, der mir zu verstehen gegeben hat, daß ich keine Angst haben soll, kommt zurück und führt mich bis vor die Hintertür, hinter der der Wirtschaftsgang liegt. Du warten. Er läßt die Tür offen stehen. Hinter mir im Schatten der blühenden Kastanien, die den Wirtschaftshof überdachen, steht, ich fühle es im Nacken, der Soldat mit der Maschinenpistole, und irgendwo im Dunkeln, das ist so sicher wie das Amen in der Kirche, verbirgt sich meine Mutter, die mir heimlich gefolgt ist. Sie wird das Kind zu meiner Großmutter ins Bett gelegt haben. Was wird sie gesagt haben? Ich komme gleich zurück? Wir kommen gleich zurück?

Der Wirtschaftsgang ist schwach beleuchtet, er war immer schummrig. Die Familienchronik will wissen, ich habe spät erst laufen gelernt auf rachitischen Beinen. Der Weg in die Küche führte die Treppe hinunter. Auf dem oberen Treppenabsatz lag ein gelber Hund mit gelben Augen. Er tat keiner Fliege etwas zuleide. Er bellte auch nicht. Er richtete sich nur auf zu voller Größe. Großer Hund. Am Himmel neben dem leuchtenden Sirius, siehst du? – März war's. Die Nächte wurden kürzer. Das Kind auf dem Arm des Onkels verrenkte sich den Hals, es war kalt. Es flimmerte vor den Augen. Großer Hund. Auf dem unteren Treppenabsatz kam ein dickes Kind einem dicken Kind entgegen; das drückte sich ans Geländer, stahl sich tolpatschig davon über die Diele mit dem Eberkopf und den Geweihen und den Ölbildern an den Wänden, dem großen, auf dem der Heiland durch ein Ährenfeld schritt, gefolgt von seinen Jüngern, den kleineren, auf denen immer Herbst war; die Diele mit dem Kurbeltelefon, zu dem jemand das Kind hochhob: *Hallo hallo, ja, es geht mir gut.* Das sind keine Gedächtnisnippes, sondern lebensvolle Erinnerungen, und die sind womöglich deshalb so überdeutlich, weil zum Schluß der Beginn wiederkommt. Ich muß den Eindruck haben, am Ende zu sein. Mit um so vertrackterer Genauigkeit bewege ich mich rückwärts, schlüpfe in ausgewachsene

Kleider und lasse alle jünger werden, die hier gelebt haben. Hinter einer Flügeltür beginnt der Wirtschaftsgang. Er ist mit ausgetretenen Ziegelsteinen gepflastert, so tief ausgetretenen, daß man das Kind vorerst noch jemandem an die Hand geben muß, damit es nicht strauchelt und vorbeikommt an den rohen Holztüren, die in ihren Angeln hängen, an Wäschekammer, Rollkammer, Kräuterkammer, Räucherkammer; ein Blinder könnte riechen, wo er sich befindet. Von der Decke hängen Tabakbündel, Bastbündel, vertrocknende Hortensien. Tritt nicht auf die Brettchen; tritt nicht auf die Lappen, die mit Braunbier und Gift getränkt sind. Wenn man Glück hatte, konnte man hier einen Igel schleichen sehen mit angelegten Stacheln; und das alles wegen der vermaledeiten Kakerlaken. Der Igel fraß sie mit langer Zunge, sie wurden unter dem Lappen zerquetscht, sie rannten die schrägen Brettchen hoch und ersoffen im Giftnapf, aber es kamen immer neue eklige platte kopflose Plagegeister im verrückten Zickzack angerannt, keiner wußte, aus welchen Spalten. Die Igel warfen Junge, ganze Nester voll, die Jungen wurden gesäugt, geschleckt, gepäppelt, man stellte ihnen Milch hin, sogar Hackfleisch mit Eigelb; den Igeln ging es gut bei uns; sie schleppten Flöhe ins Haus; sie fraßen die Kakerlaken. Kakerlaken. Igel. Igittigitt. Der Gang nahm kein Ende. Er führte über die Falltür, unter der sich der Einstieg in die Kellergewölbe befand. Das Kind machte sich leicht. An den Wänden hingen struppige Rutenbesen, Rohrbesen, Teppichklopfer. Hin und wieder kam der Besenbinder an die Hintertür, er brachte neue Besen, die kehrten gut. *Besenbinder, Bürstenbinder, wohnt hier Mutter Tepperken?/Schnedderengten, schnedderengten.* Es kam der Scherenschleifer, ein Affe saß auf seinem Schleifrad; der Scherenschleifer ließ den Affen auf die Erde springen. Das Kind durfte ihm eine Banane hinhalten. Mit seinen dünnen, schwarzen Menschenhänden grabschte der Affe nach der Banane, schälte sie manierlich ab und aß sie auf. Er knöpfte flink die Augenlider auf und zu und trug ein grünes Hütchen auf dem Kopf. Er wollte noch eine Banane, aber Bananen waren teuer, die Mamsell schlug die Hintertür zu: Gesindel.

Man hat mich vergessen, ich kann hier stehen und Kindheitsbilder beschwören, bis ich schwarz werde. Gewöhnt man sich an die Angst? Man gewöhnt sich daran. Wenn einer *Frau, komm* sagt, antwortet man: *Ich krank, ich Syphilis.* Vielleicht haben sie mich auch nur zum Kochen geholt. Oder zum Dolmetschen. Dolmetschen mußte ich gleich am zweiten Tag der Besatzung, weil die Russen einem Mann, der sich als französischer Gefangener ausgab, nicht glauben wollten, daß er Franzose sei. Vielleicht verwechselt man mich mit irgend jemandem. Das kommt leicht vor bei dem Schlamassel. Ich zermartere mir das Hirn darüber, was man mit mir vorhaben könnte. Für ein paar Minuten muß ich im Stehen eingeschlafen sein, mit offenen Augen womöglich, und der Schlaf verbreitet sich über das ganze Haus, da schlafen die Pferde im Hof, der Hund auf dem Treppenabsatz, die Tauben auf dem Dach, die Fliegen an der Wand, ja, das Feuer, das auf dem Herd flackert, wird still und schläft ein, und der Braten hört auf zu brutzeln....

Du Klavier spielen, fragt eine grölende Stimme, du Musik? Die Tür schlägt hinter mir zu. Ja, ja, ich Klavierspielen, ich Musik. – Gut, gut, komm. Den Gang entlang, über die Falltür, über die Diele, die Treppe hoch. Ein Haus zum Sich-Verirren, aber ich kenne mich hier im Schlaf aus. Hier habe ich laufen gelernt. Hier sprechen. Hier bin ich nachweislich Zentimeter um Zentimeter gewachsen, bis es nicht mehr weiterging. Hier habe ich gewissermaßen mein Herz verloren, meine Herren; was jetzt noch wie verrückt schlägt, ist ein Muskel, der sich keine Aufwallungen gestatten kann, auch wenn ich mit alptraumhafter Genauigkeit wahrnehme, wo ich mich befinde. Ich sehe die Messinghaken, an denen lila Samtportieren gerafft wurden, gehe durch Türen mit Füllungen, sehe die verkehrte Seite der abgerissenen Tapeten im Saal; und in den Gobelin, der hier gehangen hat, war die Orgie gewebt, die sich nun vor meinen Augen abspielt.

Du Musik. Du Klavier spielen!

Das ist ein drohender Befehl. O du mein Max, mein Max, mein Max, guter Gott, das ist fast das einzige, was ich auswendig spielen kann, und alle im Saal fangen an sich zu drehen, hast Beine wie Wachs, wie Wachs, wie Wachs. Ich kann sogar singen, so selig bin ich, daß keiner *Frau, komm* zu mir gesagt hat. Solange ich das Klavier traktiere, will keiner etwas von mir. Was kann ich noch? Den Flohwalzer. Ein dutzendmal den Flohwalzer. Und *Ach du lieber Augustin, alles ist weg weg weg*. Kann man danach tanzen? Sie drehn sich und stampfen. Im Gutshaus sollen über dreißig Flüchtlingsfamilien untergebracht worden sein. Da haben sie genug Frauen und Mädchen zum Tanzen. Das hier ist eine Siegesfeier. *Heil dir im Siegerkranz*, das kann ich nun wieder nicht spielen, das wäre absurd. Mein Repertoire ist schon erschöpft.

Du Klavier spielen! Ein hochdekorierter Offizier schlägt mit der Faust auf die Tasten. Das Klavier jault wie ein getretener Hund. Du Musik! Da kommt mir die Erleuchtung. Ich springe von meinem drehbaren Hokker: Du mitkommen. Ich Mutter holen. Die kann Klavierspielen. Schöne Musik. Du tanzen. Ich rede mit Händen und Füßen, Augenbrauen und Nasenflügeln, und der Offizier kommt tatsächlich hinter mir her, die Treppe runter, Diele, Wirtschaftsgang; ich reiße die Hintertür auf, da steht meine Mutter, die mich noch nie im

Leben allein gelassen hat, die mir heimlich gefolgt ist allen Ausgehverboten zum Trotz; du mußt Klavier spielen, sage ich außer Atem, Tanzmusik, komm.

Meine Mutter ist hier geboren. Sie kennt jeden Fußbreit Boden. Sie rennt in den Saal hoch und greift in die Tasten: *Ich brauche keine Millionen, / ich brauch kein Pfennig zum Glück;* ich singe mir die Seele aus dem Hals: *Ich brauche nur die Liebe und Musik, Musik, Musik.* Was für ein Segen, daß ich während des Krieges so viel ins Kino gegangen bin. Ich röhre wie Zarah Leander: *Tausend Dinge möchte ich dir sagen* ... Nun singe ich es zu Klavier – nicht zu Trompetenbegleitung. Es wäre zum Totlachen, wenn wir nicht um unser Leben spielten und sängen in ebendiesem Haus.

Die meisten Frauen, mit denen die Russen tanzen, kenne ich nicht, aber einige sind unter ihnen, mit denen ich zur Schule gegangen bin. Unsere Blicke treffen sich nicht. Fast alle sind betrunken. Sie stampfen, als gelte es, ein Feuer zu löschen. Wir dürfen keine Pause machen. Das Repertoire meiner Mutter freilich ist unerschöpflich. Sie spielt, als habe man ihr hier an der Wiege gesungen, daß sie zum Tanz aufspielen wird, Walzer, Foxtrott, Tango, Ländler, Mazurka, Polka, nur den allermodernsten Swing, den ich schon in der Tanzstunde lernte, kennt sie noch nicht, aber bei dem Kreischen und Stampfen kommt es darauf nicht an.

Du essen? Der Soldat, der mich abgeholt hat, berührt meine Schulter, komm! Er sagt nicht *Frau, komm.* Er ist nicht betrunken. Mit Wachsbeinen gehe ich vor ihm her. Die Treppe runter. Über die Diele. Hier hängt jetzt ein Stalinbild. Den Wirtschaftsgang entlang. Über die Falltür. In den Kellergewölben sitzen zu dieser Stunde, wie ich erst später erfahren werde, ehemalige Parteigenossen ein oder solche, die die pedantischen Russen für Parteigenossen halten. Die Gefangenen schreiben und ritzen

Botschaften auf die geweißelten Wände. Der Offizier reißt die Küchentür auf. Die Küche ist warm und wie immer voller Frauen. Manche hantieren am Herd, darunter die Mamsell, andere sitzen auf der Eckbank, auch ein paar halbwüchsige Kinder lungern herum…

Die Küche, daran gibt es nichts zu deuteln, hat das Kind nicht betreten, es ist so manches liebe Mal hineingeritten auf dem Arm seiner Mutter, oder, wie eine nachgebräunte Fotografie zeigt, auf dem Nacken von Ilse; neben Ilses Bauch, am rechten Bildrand, hängen von einem Punkt nach unten verrutschte, immer größer ausschwingende Kreise: die Herdringe an der Küchenwand. Das Kind ritt in die Küche, *König Kind, hoch zu Roß,* umschmeichelt von den Frauen, die die Küche bevölkern, einige hantierten am Herd, andere saßen auf der Eckbank und hatten alle Hände voll zu tun mit Kartoffelschälen, Äpfel- und Birnen schälen, Stachelbeeren abknipsen, Johannisbeeren abstreifen, grüne Bohnen fädeln und schnippeln, gelbe Maiskolben plündern, Schoten knacken, Erbsen verlesen, *die guten ins Töpfchen,* mit Pflaumen entsteinen, Kirschen entsteinen – mit was weiß ich allem beschäftigt, saßen sie nebeneinander auf der Eckbank, aber wenn das Kind angeritten kam, wischten sie die Haarnadeln, mit denen sie die Kerne aus dem Fruchtfleisch polkten, an ihren Schürzen ab, steckten sie in die Dutts zurück und streckten beide Arme aus: Ei, wer kommt denn da. Kinder sind was wonniges, auch wenn sie noch so dick sind vom Breiessen. Der Brei dampfte. Mutter bepustete den Brei, während Ilse, stelle ich mir vor, mit mir Galopp durch die Küche ritt. Die Küche war so groß, daß alle späteren Küchen sich nicht mit ihr messen können. Von hoher Warte sah ein Kind auf eine Bilderbuchküche, aus deren Seiten, wie auf ausfaltbaren Bilderbüchern, Tisch und Bank und Herd sprangen, Schränke und Borde, und die Dimension der Tiefe vortäuschten. Das Kind roch Küche, schmeckte Küche als süßen Brei mit Kirschen. Der Brei war noch heiß. Während er abkühlte, hob jemand das Kind über eine Kiste auf dem Herd; Flaum schwebte ihm vorm Mund, tief aufatmender, weicher, weißer Flaum, *eia popeia, was raschelt im Stroh,* das sind die Hulegänschen, Gänseküken, Hühnerküken; man gab dem Kind eins in beide Hände, ein lebendiges, warmes Küken hat man ihm gegeben, das kitzelte in den Handflächen, es piepte, wuselte, pickte, die Hände fuhren auseinander, das arme Küchlein brach sich den Hals. Rasch flößte man dem Kind Trost ein mit süßem Brei, stopfte den Mund, der noch keine Worte hatte für Entzücken und Schrecken, die Worte hatten die Frauen, damit tönten sie dem Kind die Ohren voll, *eia auweia,* das Küchlein ist tot, das Hulegänschen, mach dir nichts draus. Die Mamsell ergriff meine beiden Hände und tanzte mit mir durch die Küche, dabei mußte sie, dick wie sie war, in die Knie gehen: *Hule hule Gänschen, was raschelt im Stroh.* Die Frauen sangen dazu. Saßen auf der Bank und rupften Hühner, bis sie ganz nackt waren. Ein Küchenmädchen riß beim Hühnerausnehmen die Galle kaputt. So ein Schaf. Die Mamsell holte mit der Hand aus zu der Ohrfeige, die schon lange fällig war...

und das ganze Haus erwacht, die Pferde im Hof, der Hund auf dem Treppenabsatz, die Tauben auf dem Dach, die Fliegen an der Wand, ja, das Feuer flackert wieder auf dem Herd, der Braten brutzelt, und alle sehen einander an mit großen Augen.